Pistes noires

Viveca Sten

Pistes noires

ROMAN

Traduit du suédois
par Amanda Postel et Anna Postel

Albin Michel

Édition originale suédoise parue sous le titre :
VILSELEDAREN

À Lennart,
Dans la joie comme dans la peine

Prologue

La vallée de l'Åredalen somnole dans un intense froid hivernal. Moins vingt-cinq degrés – une température polaire à faire crépiter l'air. Les pistes de ski sont vides, désertées même par les dameuses et leur ballet lumineux.

Pas âme qui veille dans la nuit de janvier.

Un corps gît devant le luxueux chalet en bois situé tout en haut de la zone pavillonnaire de Sadeln. Une joue dans la neige, les yeux fermés sur l'éternité.

Le ciel est bouché par de lourds nuages noirs. Le bâtiment se fond dans l'obscurité ; seul le faisceau ténu de la lampe de façade baigne le jardin d'une lueur fantomatique.

Assez pour voir sans être vu.

Quelques flocons de neige tombent doucement, finissant leur course virevoltante sur le visage durci par le gel.

Puis tout redevient calme.

VENDREDI

1

Dans l'atmosphère survoltée de la gare d'Uppsala, Fanny Smedsås, talonnée par son amie Olivia Hallin, fend la foule au pas de course pour attraper le train de nuit en direction d'Åre. Une cascade de mèches châtain clair devant les yeux, elle souffle sous le poids de l'encombrante housse à skis qu'elle porte à l'épaule. Les deux jeunes femmes traînent de surcroît une grosse valise à roulettes chacune. La quantité d'affaires à prévoir pour une simple semaine aux sports d'hiver est tout bonnement ridicule – et encore, Fanny s'est limitée au strict minimum.

Il est vingt-trois heures passées ; le train entrera en gare dans cinq minutes. Sans surprise, Olivia est arrivée en retard, mais Fanny a l'habitude, depuis le temps. Et elle n'est pas du genre rancunière, surtout avec sa meilleure amie.

« Ça y est, je les vois ! » lance Olivia.

Fanny lève les yeux et aperçoit un peu plus loin sur le quai les quatre camarades de fac d'Olivia – filière économie et gestion – qui sont aussi du voyage.

À l'avant-poste du groupe, William Löwengren, alias Wille. Solidement campé sur ses jambes, comme toujours, il parle avec enthousiasme à grand renfort de gestes. Wille jouit d'une inébranlable confiance en lui que Fanny lui envie. Pas étonnant qu'il y ait entre Olivia et lui une alchimie évidente : ils ont l'un comme l'autre quelque chose de solaire, se retrouvent systématiquement au centre de l'attention et en redemandent.

Tout près de Wille, Amir trépigne d'impatience. Il passe une main dans sa frange brune et se déride soudain à une plaisanterie de son ami, inaudible dans le brouhaha général.

Sur son visage, une subtile admiration, comme souvent lorsqu'il s'adresse à Wille.

Fanny donnerait tout pour qu'Amir la regarde comme ça, *elle*. Il se passe quelque chose dans son corps lorsqu'elle le voit sourire. Impossible de se détacher du regard intense de ses yeux noisette...

Cela fait des mois qu'elle a ce mec dans le viseur. Mais bien qu'elle ait accompagné plus d'une fois Olivia dans leurs virées entre potes, il semble à peine avoir remarqué son existence.

Elle met tous ses espoirs dans ce séjour à Åre pour enfin débloquer la situation. Fanny, bouillonnante de hâte, étreint la poignée de sa valise.

Elle n'est pas aussi proche des garçons qu'Olivia, puisqu'elle est, pour sa part, inscrite en sciences politiques. À vrai dire, elle avait prévu de consacrer ses vacances à ses révisions, mais Olivia lui a si bien vendu ce séjour à la montagne qu'elle s'est trouvée incapable de résister à la tentation. L'hébergement sera gratuit : ils profiteront de la résidence secondaire des parents de Wille. Et puis il y aura Amir...

Elle lui jette une nouvelle œillade et sent sa poitrine se serrer. Quel beau gosse ! En une semaine à partager un toit et des virées à skis, Amir finira peut-être par comprendre ce qu'elle ressent pour lui ?

Pontus, qui les a enfin aperçues, lève une main dans leur direction.

« C'est pas trop tôt ! On commençait à se dire que vous alliez louper le train ! » lance-t-il avec son fort accent de Scanie.

Un goulot de bouteille émerge d'une poche de sa veste. Pontus semble s'être mis à picoler avant même de quitter Uppsala.

« Ça va être un truc de dingue ! » pépie Olivia en sautant dans les bras de Wille. Derrière elle, le train pour Åre, venu tout droit de Stockholm, entre lentement en gare. Fanny laisse son amie à ses embrassades et salue joyeusement les autres garçons, adressant un signe de la main à Emil, qui parle au téléphone à quelques mètres du groupe. Il a grandi à Umeå, dans le Norrland ; c'est le seul à ne jamais se plaindre du froid qu'il fait à Uppsala.

Alors que les portes du train s'ouvrent dans un bruit d'air comprimé, Emil abrège la conversation pour rejoindre la foule de passagers qui se pressent pour embarquer. Fanny s'est retrouvée en bout de file ; elle cherche Olivia des yeux, mais son amie semble s'être engouffrée dans la rame : elle se contente de suivre le mouvement, tout sourire.

Le petit groupe a réservé un compartiment de six couchettes pour eux tout seuls. Dans un peu plus de neuf heures maintenant, ils se réveilleront à Åre.

2

En lorgnant à travers le hublot du petit avion à hélice, Hanna Ahlander devine un paysage de neige sans relief. Des points lumineux scintillent au loin, signe qu'ils approchent d'une ville – mais laquelle ? Il est presque dix-neuf heures, et ils font route vers le nord.

« Où m'emmènes-tu ? » demande-t-elle pour la troisième fois en dévisageant Henry Sylvester, installé face à elle dans un fauteuil en cuir crème.

Il affiche un air mystérieux, teinté d'une pointe de satisfaction amusée.

« C'est une surprise, je te dis. Un peu de patience ! »

Il porte sa coupe de champagne à ses lèvres, tandis que le steward s'avance vers eux pour les resservir.

Hanna ne sait quoi penser. Quand Henry avait évoqué une « petite escapade » en guise de cadeau pour ses trente-sept ans, elle s'était d'abord imaginé un séjour tout confort dans un palace de la région. Et puis il lui avait demandé de préparer son sac pour trois nuits. Le jour J, elle s'est trouvée tout embarrassée en arrivant à l'aéroport de Molanda, un peu avant Järpen, où un petit avion les attendait sur le tarmac.

En temps normal, elle fait tout pour oublier que son jules est un richissime homme d'affaires : l'ampleur de sa fortune l'angoisse bien plus qu'elle ne la fait rêver. Mais aujourd'hui, alors qu'elle s'envole pour la première fois de sa vie à bord d'un appareil privé, elle peut difficilement en faire abstraction.

Enfin, à quoi bon perdre son temps à gamberger ? Elle ferait mieux de profiter de l'instant. Hanna lève son verre en cristal pour trinquer avec Henry. Dans la lueur tamisée de la cabine, elle le trouve plus séduisant que jamais. Ses yeux légèrement enfoncés pétillent d'intelligence ; son profil taillé à la serpe respire la vigueur et la sécurité.

Hanna sent une chaleur se réveiller juste sous le nombril.

Bien calée au fond de son siège, elle savoure une nouvelle gorgée de champagne ; les bulles délicates crépitent sur sa langue. Elle essaie de se détendre, de lâcher prise pour une fois – de laisser Henry mener la barque. S'il y a une chose qui lui plaît tout particulièrement chez cet homme, c'est bien son assurance.

Que sa chère et tendre soit inspectrice de police ne semble pas le désarçonner le moins du monde. C'est certainement la première fois qu'Hanna se retrouve dans une relation amoureuse où elle ne se sent pas obligée de se dévaloriser, ni dans sa vie personnelle ni dans sa vie professionnelle, pour ne pas froisser monsieur dans sa virilité. C'est infiniment reposant.

La voix du pilote grésille dans les haut-parleurs : « Nous approchons de notre destination et devrions atterrir à Kiruna dans une quinzaine de minutes. »

Hanna écarquille les yeux. Kiruna ?

Henry a toujours la même expression mystérieuse. Qu'est-il allé inventer ? L'emmènerait-il dormir à l'hôtel de glace, à Jukkasjärvi ?

Hanna connaît bien sûr la réputation de cette attraction touristique de luxe, rebâtie chaque hiver à partir de blocs de glace du fleuve Torne. Un lieu insolite, mais hors de prix – pas vraiment le genre de séjour qu'on peut espérer s'offrir avec un salaire de policier…

« Tu m'emmènes à l'Ice Hotel ? » risque-t-elle, espérant lui soutirer une bribe d'information.

Henry secoue la tête : « Tu ne sauras rien !

– Allez, insiste Hanna. Au moins un petit indice ! »

Henry lui oppose un nouveau signe de refus ; il prend un malin plaisir à la faire mariner.

« On croirait voir une petite fille, s'amuse-t-il. On ne t'a jamais appris la vertu de la patience ?

– Tu sais que ce n'est pas trop mon fort. »

Henry lève les mains dans un geste de résignation feinte.

« Depuis le temps, c'est vrai que j'aurais dû m'en rendre compte. »

Quand elle regarde Henry, Hanna s'étonne encore parfois qu'ils se soient mis ensemble. Lui, le millionnaire évoluant le plus tranquillement du monde entre les beaux quartiers de Stockholm et les villas de Saint-Tropez. Elle, banale policière dans un bled perdu, dont la modeste paye s'est souvent déjà envolée au moment où tombe la suivante.

Ils ont commencé à se fréquenter il y a environ huit mois, mais Hanna n'a encore parlé de cette histoire à personne. Pas même à sa sœur Lydia, de dix ans son aînée – pourtant sa première confidente.

Alors qu'Henry brûle de s'afficher à ses côtés, Hanna se démène pour dissimuler leur relation.

Elle n'en a pas non plus pipé mot à Daniel, son collègue le plus proche. Il a passé une année particulièrement difficile, ébranlé par sa séparation d'avec la mère de sa fille, et peine à prendre ses marques dans sa nouvelle vie de père célibataire. Hanna l'a bien compris au fil des conversations qui ponctuent leurs covoiturages entre Åre et Östersund, où est basée la brigade criminelle à laquelle ils appartiennent tous les deux.

Dans ce contexte, il lui a paru indélicat de lui annoncer qu'elle avait rencontré quelqu'un – du moins, c'est l'excuse qu'elle s'est donnée.

D'ailleurs, Daniel ignore tout des sentiments qu'elle éprouvait pour lui avant de rencontrer Henry.

Hanna presse le front contre le hublot pour s'éclaircir les idées. Pourquoi se perd-elle dans ces considérations au lieu de savourer la surprise qui l'attend ? Elle ferait mieux de penser à Henry, qui s'est donné tout ce mal, plutôt que de s'enliser dans de vieilles histoires d'attirance non réciproque pour un collègue.

La voix de son compagnon la ramène à la réalité : « Bon, je vais te donner un petit indice : en arrivant à Kiruna, il se pourrait bien qu'un hélicoptère nous attende... »

Hanna fronce les sourcils, de plus en plus perplexe. Un hélicoptère ?

Il n'y a pas très loin de Kiruna à Jukkasjärvi : prendre un taxi volant hors de prix n'aurait aucun sens. Et à bien y réfléchir, ne faut-il pas une dérogation spéciale pour un vol de nuit en hélico ?

Mais avec Henry, on n'est jamais au bout de ses surprises.

« *The rich are different* », a-t-elle lu un jour. C'est entièrement vrai : elle a pu le constater depuis qu'elle connaît Henry. Ce n'est pas qu'il essaie de l'impressionner, qu'il soit du genre à jeter l'argent par les fenêtres ou à regarder de haut ceux qui n'ont pas son compte en banque. Au contraire : il a déjà prévu qu'à sa mort, le gros de sa fortune n'ira pas à ses trois fils, mais à une fondation qu'il a créée pour la protection de la Baltique.

Malgré tout, le fait de disposer d'un patrimoine illimité produit un étrange effet : comme si cela dotait Henry d'une sorte de cuirasse. Personne ne peut l'atteindre, et sa liberté d'action paraît infinie.

Ne jamais avoir à réfléchir au prix des choses : voilà un privilège qui sépare Henry de quatre-vingt-dix-neuf pour cent de ses congénères. Hanna s'est souvent demandé si elle devait l'envier ou le haïr pour cela.

Au fond, personne ne *mérite* d'avoir des revenus pareils : ça n'a rien de sain ni de juste. Il lui arrive de fulminer en pensant aux salaires misérables de ceux qui, comme elle et ses collègues, risquent pourtant leur vie dans l'exercice de leurs fonctions. Henry n'y est pour rien, cela dit, si l'État ne rémunère pas sa police à la hauteur de son utilité sociale...

Henry se penche vers Hanna et lui caresse doucement la joue. Son eau de parfum lui chatouille les narines – un suave mélange de cèdre et de bergamote sur une note de fond de vétiver, dont elle se languit en son absence.

« Je t'assure que tu vas adorer, lui souffle-t-il. Mais il faut que tu te détendes. Fais-moi confiance. »

La confiance n'est pas son point fort, surtout depuis que son ex, Christian, l'a larguée sans ménagement après l'avoir trompée pendant des mois. Mais Hanna décide de donner raison à Henry : pour une fois, elle va s'autoriser à lâcher prise et à se laisser chouchouter.

Après tout, demain, c'est son anniversaire.

3

Daniel Lindskog fait le tour de l'appartement en ramassant un par un les jouets bariolés d'Alice. Hier, il est allé chercher sa fille chez Ida après sa journée de travail au poste ; elle sera chez lui pour le week-end, après quoi Ida la gardera deux jours avant de lui repasser le relais.

Une garde partagée au rythme « 2-2-3 » : deux jours avec papa, deux jours avec maman, puis le vendredi, le samedi et le dimanche avec papa. La semaine suivante, on inverse : ce sera au tour d'Ida de profiter du week-end avec la petite.

C'est elle qui a suggéré cet arrangement : Alice n'a que deux ans et demi ; un rythme plus classique d'une semaine sur deux paraissait trop pénible à Ida, qui ne pouvait pas supporter l'idée d'être séparée de sa fille aussi longtemps.

Daniel n'a pas eu l'énergie de protester, même si, au fond de lui, ce rythme lui paraît haché et malcommode. Dès qu'Alice s'est enfin habituée à être avec lui, elle doit retourner auprès de sa mère. D'ailleurs, il arrive assez souvent qu'Ida demande à inverser les jours à la dernière minute ou à garder Alice une nuit de plus. Pour Daniel, la stabilité du quotidien en prend un coup, tout comme l'organisation des journées de travail : il a été convenu avec sa supérieure, Birgitta Grip, commissaire de la brigade criminelle d'Östersund, qu'il irait travailler là-bas au moins deux jours par semaine. Soit une bonne heure et demie de route depuis Åre.

Daniel entre à pas de loup dans la chambre d'Alice et dépose les jouets dans un bac en plastique bleu calé contre un mur. La petite dort à poings fermés, allongée sur le dos. La tête de son doudou dépasse de la couverture : un petit renne brun en peluche aux grands yeux tendres et aux bois en velours, répondant au nom de Rénou – ou « Yénou », dans la bouche d'Alice.

Il reste en arrêt près du lit et hume le parfum du shampooing pour bébé – une note de pomme verte qui lui évoque le grand soleil des jours d'été, les excursions au lac Ottsjön et les longues baignades sur sa belle plage de sable.

Alice a les joues roses, ses petites paumes ouvertes laissent voir des doigts minuscules. Il aimerait tant la prendre dans ses bras et la porter jusqu'à son propre lit pour rester tout près d'elle, mais il ne voudrait pas perturber son sommeil. Elle est si paisible…

Sa fille a presque l'âge qu'il avait lui-même quand son propre père les a abandonnés, sa mère Francesca et lui. À la naissance d'Alice, il s'est juré de lui offrir l'enfance à laquelle il n'avait pas eu droit : elle grandirait dans un cadre aimant, sécurisant, avec un père impliqué qui serait toujours là pour elle.

Toute sa vie, Daniel a entretenu ce rêve parfait d'une famille nucléaire. Mais il n'a pas su, en dépit de toutes ses bonnes intentions, sauver une relation qui battait déjà de l'aile.

Alice n'avait que vingt mois quand Ida est partie.

Il se souvient mot pour mot comment Ida, des larmes dans la voix, assise à la table de la cuisine, a donné le coup de grâce à leur histoire : « Je crois que je ne suis plus amoureuse de toi. »

C'était le lundi de Pâques, l'an dernier. Daniel venait tout juste d'achever une enquête éreintante – un homicide au couteau au Copperhill Mountain Lodge, un des plus beaux hôtels d'Åre, qui avait fait les gros titres des semaines durant.

Le moment était terriblement mal choisi. Daniel, déjà au bout du rouleau, avait eu du mal à intégrer l'information. Il avait fixé les yeux mouillés de larmes d'Ida, presque incapable de comprendre ce qu'elle venait de lui dire. Ses mots ne laissaient pourtant guère de place au doute.

Dès le lendemain, elle était partie chez sa mère, à Järpen, pour ne plus revenir. Au bout de quelques mois seulement, elle emménageait chez son nouveau mec : Gustav, guide de montagne, qui avait été son collègue du temps où elle travaillait chez Skistar.

Dix mois se sont écoulés depuis la rupture. Et pourtant, Daniel a toujours du mal à se faire à la décision d'Ida. Cette relation appartient désormais au passé – il a beau le savoir, cela ne l'empêche pas de rester des heures à ruminer, surtout la nuit. À essayer de comprendre pourquoi elle l'a rejeté. Pourquoi leur couple s'est brisé alors qu'il incarnait ce dont il avait toujours rêvé.

Daniel s'était montré prêt à tout pour éviter l'issue d'une séparation : il voyait lui-même une psy depuis plus d'un an déjà et avait aussitôt proposé à Ida une thérapie de couple.

Il lui avait fallu un certain temps pour comprendre qu'elle avait simplement déjà tourné la page. Elle n'avait plus envie d'être avec lui.

Cela lui semble parfois la pire des trahisons : qu'Ida n'ait même pas fait l'effort de se battre pour leur famille, qu'elle puisse aussi facilement mettre au rebut tout ce qu'ils avaient construit ensemble.

Que pour elle, leur histoire n'ait pas plus d'importance que ça.

La couette d'Alice a glissé. Daniel remonte doucement la housse ornée d'ours en peluche sur la petite poitrine de sa fille, qui se soulève paisiblement à chaque respiration.

Il vit toujours dans le même trois-pièces à quelques encablures du commissariat, dont il a racheté la part d'Ida à un prix généreux pour s'éviter des polémiques inutiles. C'est une solution qui leur convenait à tous les deux : elle lui a clairement fait comprendre qu'elle souhaitait tout reprendre de zéro et chercher un nouveau logement bien à elle.

Avec Gustav.

Daniel lâche un soupir las en sortant de la chambre de sa fille. Il y a presque un an, sa vie a été mise sens dessus dessous. Et il peine encore à comprendre ce qui s'est vraiment passé.

4

Fanny déglutit pour lutter contre la nausée qui monte. Dans le compartiment, l'air est chaud, étouffant, et une odeur rance se dégage du coin de banquette où elle s'est assise, près de la fenêtre. Jamais elle n'aurait dû boire autant ; la pièce commence à tanguer autour d'elle.

Amir s'est installé deux places plus loin et ne l'a pas gratifiée d'un seul regard depuis qu'ils ont quitté Uppsala. Toute son attention est absorbée par Wille, qui, lui, semble n'avoir d'yeux que pour Olivia.

Alors qu'ils viennent à peine de dépasser la gare de Gävle, ils ont déjà vidé, à eux six, deux bouteilles entières d'alcool fort. Chacun s'époumone, gobelet en plastique à la main, tandis que le dernier tube d'Ed Sheeran s'échappe à plein volume de l'enceinte portable qu'Amir a emportée dans ses bagages.

Il y a un petit moment, un voisin a manifesté son agacement en tambourinant à la cloison mitoyenne, puis le contrôleur est passé pour leur enjoindre de baisser d'un ton. Mais aussitôt ce dernier parti, Amir s'est à nouveau empressé de pousser la musique à fond.

Fanny regarde au loin à travers la vitre encrassée du train.

Un froid glacial s'est emparé du pays. D'après les prévisions, il devrait faire entre moins quinze et moins vingt degrés toute la semaine à Åre.

Le paysage sombre défile à toute vitesse – dans le clair de lune, Fanny devine une succession ininterrompue de forêts d'épicéas et de champs recouverts de neige.

La Suède est endormie.

Wille se penche soudain vers elle, brandissant un sachet transparent rempli de poudre blanche.

« T'en veux ? »

Fanny secoue la tête en tentant d'esquisser un sourire. Elle se méfie de la drogue – trop peur de perdre le contrôle. Sans compter qu'elle est lessivée. Elle a passé une semaine éreintante à bûcher sur une dissertation pour son cours de théorie politique.

Elle aimerait surtout s'allonger, laisser le sommeil dissiper la nausée. Mais aucun de ses compagnons de voyage ne semble vouloir siffler la fin de cette soirée arrosée, et elle refuse d'être cataloguée comme la rabat-joie de service. D'ailleurs, vu son état, elle se sent bien incapable de déplier toute seule la couchette du haut pour aller se glisser sous la couverture.

Sur la banquette d'en face, Olivia, tête penchée vers l'épaule de Wille, écluse un cocktail vodka-airelles. Après quelques gorgées, elle avale de travers et recrache violemment sa boisson par le nez, aspergeant au passage le visage d'Amir.

« Ah, mais c'est dégueulasse ! » s'écrie son voisin de banquette en bondissant de son siège, les joues dégoulinant de liquide rouge clair.

Pour toute réponse, la coupable lève les yeux au ciel en pouffant de rire devant la réaction outrée de son ami. Décidément, Olivia pète le feu – elle s'est clairement laissé tenter par la cocaïne. Elle secoue ses cheveux de jais coupés aux épaules avant de boire une nouvelle gorgée de vodka.

Olivia n'est jamais la dernière à faire la fête jusqu'à l'aube ; sur ce plan, Fanny et elle, c'est le jour et la nuit. Ça ne les a pas empêchées de rester meilleures amies au lycée puis de choisir ensemble la ville d'Uppsala pour leurs études, où elles vivent dans la même résidence universitaire.

Olivia se lève et disparaît en direction des toilettes. Fanny sent qu'il faut vraiment qu'elle s'allonge, ne serait-ce que quelques minutes. Elle ne peut réprimer un bâillement et remarque aussitôt du coin de l'œil le regard de Pontus.

« Dis tout de suite que tu te fais chier ! » s'exclame-t-il.

Il aurait pu lancer ça sur le ton de la plaisanterie, mais il n'a pas vraiment l'air de rigoler : comme si Fanny l'offensait personnellement en ne partageant pas l'euphorie générale.

C'est Pontus qui s'est occupé de la tise, comme il a pris soin de le répéter dès leur arrivée à bord. Il est déjà bien éméché – ils le sont tous à ce stade, mais la diction de Pontus est particulièrement traînante. Ses yeux sont embués, la sueur perle sur son front, et de grandes auréoles de transpiration s'étalent sur sa chemise.

Plongeant la main dans son sac, il en sort une bouteille de vodka Explorer qu'il brandit comme un trophée sous le nez de Fanny.

Elle secoue la tête : pas question qu'on lui fasse avaler une goutte de plus.

« Eh, faut se lâcher un peu ! lance Pontus à haute voix. C'est la carte des boissons qui te va pas, ou quoi ?

– Non, j'ai assez bu, c'est tout. »

Fanny avale sa salive pour chasser une nouvelle vague de nausée et lance à Pontus un regard sans ambiguïté. Il ne va quand même pas lui prendre la tête avec ça ? Mais Pontus ne lâche pas le morceau et se lève, bouteille à la main, pour se planter devant elle, la tête penchée. Il est beaucoup trop près, elle sent monter l'odeur moite de ses aisselles.

« Vas-y, file ton gobelet, je te ressers. »

Ce n'est pas une proposition, c'est un ordre.

« J'ai pas envie. »

Soudain, elle a l'impression que tous les regards sont braqués sur elle ; Fanny se sent rougir. Ce gros lourd de Pontus, le consentement, ça ne lui dit rien ?

« Ton verre est vide, il faut le remplir ! » bafouille-t-il.

Il tend le bras pour essayer de saisir son gobelet, mais Fanny l'en empêche.

« Laisse-moi ! » se défend-elle.

Amir, jusqu'alors absorbé par l'écran de son portable, lève les yeux dans leur direction. Si seulement il pouvait ranger une bonne fois ce téléphone et prendre sa défense…

Pourquoi il ne bouge pas ?

Alors que Pontus tente à nouveau de lui arracher son verre, c'est Emil qui finit par intervenir : « Eh mec, lâche-lui la grappe. Elle t'a dit qu'elle ne voulait pas. »

Il retient Pontus par le pull, jusqu'à lui faire perdre l'équilibre et le forcer à se rasseoir. L'importun marmonne une phrase inaudible, puis dévisse le bouchon de la bouteille inentamée dont il s'envoie une large rasade. Un filet de vodka lui dégouline sur le menton.

En tentant d'adresser à Emil un sourire reconnaissant, Fanny n'arrive qu'à esquisser un vague rictus. Elle aimerait se fendre d'un commentaire sur l'attitude de Pontus, mais il risquerait de l'entendre et de recommencer son cirque.

« Si tu veux aller te coucher, je peux t'aider à déplier le lit du haut », lui propose gentiment Emil.

Fanny acquiesce aussitôt, sur quoi il joint le geste à la parole. Une fois la couchette rabattue, il installe l'échelle et aide Fanny à y grimper et à faire sommairement son lit. Il reste debout sur l'échelle, tout près de son oreiller, en lui souriant, tandis qu'elle se détend enfin, allongée de tout son long sous la couverture.

Il est cool, Emil, pense Fanny, l'esprit embrumé par l'alcool. C'est pas un gros bourrin comme Pontus.

Quelques centimètres séparent leurs visages ; elle sent le souffle d'Emil sur sa joue.

« Bonne nuit », fait-il avant de sauter de l'échelle et de disparaître de son champ de vision.

Fanny distingue le rire d'Amir, qui s'amuse d'une remarque de Wille. Elle a un pincement au cœur : il lui a à peine adressé la parole depuis qu'ils ont quitté Uppsala. Elle se tourne vers le mur, en chien de fusil, essayant de convoquer des pensées positives.

Au fond, elle a une semaine entière devant elle pour attirer l'attention d'Amir. Elle a une seule hâte : arriver enfin à Åre.

5

Depuis l'hélicoptère qui survole les vallées lapones encadrées de montagnes, Hanna s'émerveille de voir le ciel s'illuminer de toutes parts. La lumière ondule en rubans chatoyants dans un dégradé de couleurs allant du vert au violet, dont l'intensité rare la laisse bouche bée.

Elle n'a jamais vu une aurore boréale aussi spectaculaire : c'est au-delà des mots. Comme si Dieu lui-même s'était saisi d'un large pinceau pour colorer la nuit polaire de longues traînées émeraude dansant sur l'horizon.

« Waouh ! s'extasie Hanna dans le micro de son casque. C'est magnifique…

– On a une chance inouïe », souffle Henry depuis le siège derrière elle, tendant la main vers la sienne pour la serrer.

Il lui a laissé la place à côté du pilote pour qu'elle puisse profiter pleinement du spectacle. C'est la première fois qu'elle prend un hélicoptère de tourisme : jusqu'ici, les vols qu'elle a réalisés étaient toujours liés à ses missions de police – où l'on ne perd guère de temps à admirer la vue.

« Nous sommes bientôt arrivés », dit le pilote.

Hanna ne veut pas que ça se termine. Elle pourrait rester là des heures, à explorer infiniment cet univers de neige et de glace, ces phénomènes célestes qui semblent pourtant si proches qu'elle pourrait les frôler.

Elle brûle soudain d'ouvrir l'épaisse vitre latérale pour tendre la main vers ce déferlement de couleurs. Il suffit qu'elle détourne les yeux une seconde pour que le ciel se pare de nouveaux motifs ondoyants, dans une danse qui paraît sans fin.

Cela fait bien quarante minutes qu'ils sont dans les airs ; ils ne doivent pas être loin de la frontière norvégienne. Et pas âme qui vive à l'horizon : difficile d'imaginer qu'on puisse trouver un hôtel ici, au beau milieu de la toundra.

Au même moment, le pilote fait une embardée vers la gauche.

« Là, regarde », dit Henry, pointant l'index vers d'infimes lueurs qui se dessinent dans l'ombre.

Les points lumineux grossissent à toute vitesse sous les yeux d'Hanna. Alors que l'hélicoptère perd de l'altitude, elle aperçoit une rangée de torches et de braséros enflammés. Un bâtiment de couleur sombre, traversé par un étonnant mur de pierre semi-circulaire aux airs de ruine d'amphithéâtre, émerge de l'ombre. Plusieurs bâtisses plus petites semblent se blottir contre la plus grande, comme pour s'abriter collectivement du froid polaire.

Ici, impossible de survivre, si ce n'est par la chaleur et l'entraide.

« Où est-ce qu'on est ? » interroge-t-elle tandis que l'hélicoptère entame un vol stationnaire avant de descendre lentement vers le sol, à quelques dizaines de mètres du bâtiment principal.

L'appareil se pose dans la neige avec un bruit étouffé ; le battement assourdissant des pales s'estompe pour s'éteindre dans un murmure.

« Bienvenue à la Niehku Mountain Villa, sourit Henry. C'est ici qu'on va fêter ton anniversaire. »

6

Il fait encore nuit quand Fanny rouvre les yeux dans le compartiment silencieux. Elle se sent groggy, probablement encore ivre. Le noir est compact ; seules les respirations de ses camarades endormis sont perceptibles, et le martèlement sourd des bogies du train qui file à travers la nuit.

Quelque chose cloche.

Elle est étendue sur le dos, mais ne parvient pas à se retourner sur sa couchette. L'arrière de sa tête est coincé contre le mur, comme pris dans un étau.

Qu'est-ce qui la serre comme ça ?

Fanny sent son corps se glacer en prenant soudain conscience de ce qui se passe : elle n'est pas seule sur la banquette. Une odeur étrangère lui monte aux narines, un mélange d'alcool et de sueur.

L'odeur est presque sur elle ; elle l'étouffe.

Puis elle sent des mains qui parcourent son corps. Des doigts inconnus frôlent ses clavicules, ses seins, se frayent un passage sous son tee-shirt.

Une main triture le bouton de son jean, tente d'abaisser la fermeture Éclair et de se glisser sous le tissu. En soufflant lourdement dans son oreille, l'inconnu lui comprime la cage thoracique avec une telle force qu'elle peine à respirer.

Fanny essaie de s'orienter, mais tout tourne autour d'elle. Ses bras sont bloqués sous la couverture ; impossible de se défaire de ce carcan. Elle sait qu'elle devrait crier, mais la peur la paralyse. Elle ne se souvient même plus comment on fait – et elle reste allongée, muette, tétanisée, honteuse de sa propre passivité.

Elle tente d'ouvrir la bouche, mais aucun son ne sort ; comme si sa langue, elle aussi, refusait de lui obéir.

Est-ce qu'elle va se faire violer ici, au milieu de ses amis assoupis ?

Tout lui semble flou. Est-elle bien réveillée ?

Le vertige reprend le dessus ; Fanny ferme les yeux.

Un bruit s'élève d'une des couchettes du dessous. Il y a un bruissement de draps, puis une voix grave qui marmonne dans un demi-sommeil : « Mais qu'est-ce que tu fabriques ? »

Fanny sent la pression contre son corps disparaître aussi brusquement qu'elle était arrivée. Elle peut à nouveau bouger.

Tout est revenu à la normale.

On entend un choc contre le sol, comme si l'étranger était descendu d'un bond. Fanny tâtonne autour d'elle dans l'obscurité.

Y avait-il vraiment quelqu'un ou était-ce un mauvais rêve ?

On n'entend plus que le battement rythmique du train sur les rails.

Puis Fanny retombe dans le sommeil.

SAMEDI

7

Quand le taxi s'immobilise devant la résidence secondaire des parents de Wille, sur le coteau de Sadeln, Fanny n'en croit pas ses yeux. Devant elle se dresse une immense maison en bois à la façade rose framboise agrémentée d'un balcon filant, qui occupe presque toute la largeur du terrain sur lequel elle est bâtie. Elle est construite à flanc de colline, montée sur de robustes pilotis.

Rien à voir avec le « petit chalet de montagne » qu'elle avait imaginé en écoutant Olivia. En contemplant la perspective sur la vallée de l'Åredalen, Fanny se croirait presque dans un film – comme si un studio hollywoodien était venu composer un décor d'hiver idéal, plus vrai que nature. Le soleil est si éblouissant qu'elle plisse les yeux, la main en visière.

Pourtant, ni le paysage ni le temps radieux n'arrivent à faire passer le profond goût de malaise que lui a laissé le voyage.

Lorsqu'elle s'est réveillée ce matin dans le wagon-lit, une demi-heure avant l'arrivée en gare d'Åre, elle s'est mise à trembler de tous ses membres, sans même comprendre pourquoi elle se sentait aussi mal.

Puis la sensation lui est revenue – celle des mains inconnues posées sur son corps.

Est-ce vraiment arrivé ? Quand elle y repense, tout lui semble aussi flou qu'un rêve.

Fanny n'arrive pas à en être sûre – l'incertitude fait monter une vague d'angoisse et de panique. Elle jette un regard par-dessus son épaule : si l'un des garçons est vraiment monté la tripoter, elle n'a pas la moindre envie de passer une semaine sous le même toit que lui.

Mais si c'était juste un cauchemar, une hallucination forgée par son cerveau pris dans les vapeurs de vodka ?

Elle ne va pas accuser quelqu'un à l'aveuglette – d'autant qu'elle serait bien incapable de dire de qui il s'agissait.

Plus elle tourne la chose dans son esprit, moins elle a de certitude. Toute cette situation est terriblement perturbante. Elle a honte, tant de ses soupçons que de l'état dans lequel elle s'est mise. Et malgré leur amitié, elle hésite à en parler à Olivia.

« Allez, on se bouge ! crie Emil depuis le coffre ouvert du taxi. Venez chercher vos affaires ! »

Ils déchargent leur encombrant paquetage et le traînent le long de la pente menant à la porte d'entrée. À leurs valises s'ajoutent plusieurs grands sacs de victuailles : avant de monter dans le taxi, ils ont profité du supermarché ICA, situé dans l'enceinte de la gare, pour acheter quelques provisions.

Quand Pontus soulève l'un de ses sacs de voyage, un tintement s'en échappe – le stock d'alcool qui le rend si fier est loin d'être épuisé.

Il pousse un grognement en transbahutant son lourd baluchon vers l'entrée.

Fanny l'observe du coin de l'œil. Ses yeux sont rouges et son teint cireux ; il a visiblement une sévère gueule de bois. Il fallait s'y attendre, vu l'état dans lequel il s'est mis hier soir – et qui l'a rendu particulièrement pénible et cassant.

Serait-ce lui qui a grimpé dans sa couchette en pleine nuit ?

Si tant est qu'il y ait vraiment eu quelqu'un.

Elle s'efforce de balayer les tensions de la veille.

« Ça va, tu tiens le coup ? demande-t-elle à Pontus.

– Je t'en pose des questions ? » lâche-t-il sèchement sans croiser son regard.

Fanny sursaute, sidérée. C'est quoi, son problème ? Elle décide d'essayer d'en faire abstraction et tourne les talons pour rejoindre Olivia, qui se tient avec Wille devant la porte d'entrée. Ce dernier tape une suite de chiffres sur le cadran de la serrure à code, et la porte se déverrouille avec un bip.

« Et voilà, lance-t-il, faites comme chez vous ! »

Fanny devine au ton de sa voix qu'il savoure la situation – pouvoir exhiber sa superbe maison sous les yeux envieux de ses potes.

Les parents de Wille sont richissimes, et il ne s'en cache pas, bien au contraire. C'est un enfant d'Östermalm, le quartier le plus cher de la capitale – et par extension, de tout le pays. Un archétype de la grande bourgeoisie stockholmoise.

Comme Olivia, Fanny a grandi à Västerås, une ville moyenne à une centaine de kilomètres à l'ouest de Stockholm. Certes, elle a un père médecin et une mère infirmière, mais le niveau de vie de sa famille est sans commune mesure avec celui auquel Wille a été habitué.

« Mais quelle classe ! s'exclame Olivia, avec un petit coup de coude à Fanny. Quelle baraque de dingue ! Vous l'avez depuis longtemps ? »

Wille sourit d'un air comblé.

« J'avoue, elle est pas dégueu. Mes parents l'ont fait construire il y a quelques années. Avant celle-là, on avait une autre maison un peu plus bas dans la vallée. Mais ils ont voulu prendre de la hauteur, avoir une vue dégagée sur le Renfjället. Ici, on a un max de soleil, même quand le village est dans l'ombre en hiver.

– Ça donnerait presque envie de s'installer ici à l'année, fait Olivia en riant. C'est OK si on reste jusqu'à Pâques ? »

Tout excitée, elle serre Fanny dans ses bras et l'entraîne derrière elle dans le spacieux hall d'entrée, presque plus grand, à lui seul, que les chambres de leur résidence étudiante. Il débouche sur une vaste pièce à vivre à double hauteur sous plafond, éclairée par d'immenses fenêtres à meneaux orientées au sud.

« Oh, le rêve ! » lâche Olivia en écarquillant les yeux.

Fanny s'arrête elle aussi pour admirer la vue. Le lac Åresjön, pris dans la glace, s'étend sous leur regard. Le panorama embrasse la vallée tout entière, jusqu'aux montagnes à l'ouest. En contrebas de la colline, on aperçoit le départ du Sadelexpressen, le télésiège qui relie le quartier au reste du domaine skiable. Une piste passe juste en dessous de la maison : il n'y a qu'à chausser ses spatules en sortant le matin pour partir à l'assaut des sommets.

Le grand luxe, se dit Fanny, tandis que Pontus entre en claquant la porte avec fracas. On entend un bruit de chasse d'eau, et Emil sort des toilettes pour se poster près d'eux devant la baie vitrée.

« Tu t'étais planqué aux chiottes pour aller sur Tinder ? » lance Pontus avec un rictus, comme s'il l'avait pris sur le fait.

Emil ne relève pas : « Quelle vue de dingue ! »

Wille sourit de toutes ses dents, comme si le mérite de ce panorama royal lui revenait.

« J'avoue, c'est grandiose, acquiesce Olivia.

– Il y a cinq chambres et quatre salles de bains dans la maison, poursuit Wille. Il faudra que deux personnes se dévouent pour partager une piaule ; à moins que vous ne vouliez que je vous ouvre le chalet de jardin, les filles ? Vous l'aurez pour vous toutes seules. »

Il désigne par la fenêtre une dépendance à dix mètres de là.

« Il a deux chambres doubles, une kitchenette et une salle de bains séparée, précise-t-il.

– Moi, ça me tente grave ! sourit Olivia, passant son bras sous celui de Fanny. Une suite rien que pour nous, comme dans un cinq étoiles !

– Dans ce cas, venez ; je vais vous montrer vos quartiers. »

Les deux filles prennent leurs valises et lui emboîtent le pas. La dépendance est construite dans le même style que le bâtiment principal, avec des bardages en bois et de hautes fenêtres à meneaux sur la façade sud.

Fanny se sent un peu plus légère en entrant dans le chalet. Elle préfère de loin dormir ici que de partager la maison principale avec les garçons.

Surtout avec Pontus.

Si seulement elle pouvait être sûre de ce qui s'est réellement passé cette nuit…

8

Il est un peu plus de neuf heures du matin quand Daniel entend sonner à la porte de son appartement. Pourtant, il n'attend pas de visite.

En ouvrant, il découvre Gustav sur le palier, le visage barré d'un large sourire et un sac en plastique à la main. Comme d'habitude, il a l'air frais, gonflé d'énergie. Il porte un survêtement noir, signe qu'il doit être en route pour la salle de sport.

Ida cherchait une vie à l'opposé de celle qu'ils menaient tous les deux, ça ne fait plus de doute, se dit Daniel. Il suffit de regarder Gustav : il a dix ans de moins que lui, gagne sa vie comme guide de montagne et ne jure que par le fitness et les activités de plein air.

Daniel ne l'a jamais vu stressé, ni même fatigué.

La petite Alice déboule à pas maladroits depuis le salon et sourit à pleines dents en découvrant le visiteur.

« Gustav ! » gazouille-t-elle, mains tendues pour l'inviter à la prendre dans ses bras.

D'instinct, Daniel fait un pas en avant pour arrêter sa fille dans sa course, avant de se raviser. Il reste planté là, à regarder cet homme faire tournoyer dans les airs une Alice hilare, puis la reposer délicatement au sol.

Gustav tend le sac en plastique à Daniel : « Tiens, Ida m'a demandé de te déposer ça en allant à la salle. C'est la robe fétiche d'Alice, toute propre ; elle l'a encore portée quasiment tous les jours cette semaine. »

Daniel empoigne le sac avec un rictus figé.

C'est gentil de la part d'Ida d'avoir pris cette peine – Alice lui a effectivement réclamé cette tenue avec insistance –, mais comme toujours, la simple présence de Gustav le met d'une humeur de chien. De quel droit a-t-il pris une place aussi grande dans la vie d'Alice, qui l'accueille désormais avec des sourires ravis ? Alors que lui, son propre père, est condamné à vivre éloigné d'elle pendant la moitié de son enfance ?

Si Gustav veut jouer au papa poule, il n'a qu'à fonder sa propre famille.

« Merci », fait Daniel, laconique, dans l'espoir que l'importun disparaisse au plus vite.

Au fond, il devrait se réjouir qu'Ida ait rencontré un type bien, qui témoigne à l'égard de sa fille une affection sincère. Mais chaque fois qu'il aperçoit Gustav et Ida en ville, en train de promener Alice dans sa poussette, il a le même pincement au cœur.

C'est ma gamine ! aimerait-il lui crier. *Enlève tes grosses pattes de là !*

Au lieu de cela, il change d'itinéraire pour éviter d'être repéré et d'avoir à leur parler.

Chaque fois, ça lui fait toujours aussi mal.

9

Olivia pénètre dans le sauna installé au sous-sol en rez-de-jardin, son corps nu simplement drapé d'une serviette. La vapeur d'eau est étouffante.

Wille, Emil et Pontus sont déjà assis sur le banc du haut, où la chaleur est la plus forte ; Olivia voit aussitôt leurs trois regards tomber sur sa poitrine.

Qu'ils la reluquent. Qu'est-ce que ça peut lui faire ? Olivia sourit intérieurement ; elle n'est pas spécialement prude et n'a aucun scrupule à se baigner nue en été. Et elle sait que son corps est beau – pourquoi irait-elle le cacher ?

Wille lui tend une bière. La bouteille est encore fraîche, trempée de condensation.

« Allez, fais-moi un peu de place », lance-t-elle en poussant Amir du coude avant de se poser dans un coin. Elle appuie sa tête contre le mur, savourant la chaleur qui monte en bouffées.

De l'autre côté de la baie vitrée, la vallée de l'Åredalen est plongée dans le noir. En cette saison, le soleil se couche un peu avant seize heures ; les remontées mécaniques sont déjà fermées. Ils n'ont pu faire que quelques heures de ski aujourd'hui, après avoir passé la matinée à déballer leurs affaires. Sans compter que les températures sont glaciales : moins dix-sept degrés sur les pistes et jusqu'à moins vingt-trois au pied du télésiège VM8 – la plus grosse poche de froid de la station.

Quel pied de retrouver l'ambiance douillette de la maison ! Au retour des pistes, Olivia n'attendait qu'une chose : le sauna. Elle a toujours raffolé de cette chaleur intense qui vous envahit, délasse tous les muscles et détend l'esprit. Qui sait, peut-être a-t-elle du sang finlandais dans les veines ?

La porte s'entrouvre à nouveau, et Fanny apparaît dans l'entrebâillement, en maillot de bain à rayures rouges, la mine pincée, comme si la situation ne la mettait pas tout à fait à l'aise.

Olivia adresse à son amie un sourire engageant et lui fait signe de la rejoindre. Fanny ne connaît pas les garçons aussi bien qu'elle et peut être assez timide. Elle a passé la journée dans son coin ; pourvu qu'elle ne regrette pas déjà d'être venue… L'idée était tout de même qu'elles profitent toutes les deux à fond de cette semaine !

« Ferme ! grogne Pontus. Tu fais entrer le froid. »

Olivia lui jette un regard agacé. Ça le tuerait d'être un peu plus agréable ?

« Désolée », souffle Fanny en refermant la porte à la hâte.

Olivia se pousse pour lui faire une place, et Fanny se cale sur le banc, les jambes repliées contre la poitrine.

« Tiens », fait Amir en lui passant une bière.

Elle le remercie, intimidée, et boit une petite gorgée d'alcool avant de se mettre à gratter d'une main le vernis bleu de ses ongles d'orteils.

« Tchin ! s'exclame Olivia en faisant tinter sa bouteille contre celle de Fanny avec un grand sourire. Un sauna à domicile, le pied ! »

À mesure que la température monte, le calme s'installe. Alors qu'Olivia a presque terminé sa bière, elle s'aperçoit soudain que sa serviette a un peu glissé sur sa poitrine, dévoilant un téton.

So what ? Les garçons savent bien à quoi ressemble une fille à poil.

Du coin de l'œil, elle voit Pontus se tortiller ; une bosse s'est formée sous la serviette qu'il a enroulée autour de ses reins. Cette vue provoque chez Olivia un mélange d'amusement et de dégoût : jamais de la vie elle ne laisserait Pontus la toucher – même pas en rêve. Ils ne jouent clairement pas dans la même cour.

« J'en peux plus, moi, souffle Wille. Allez, tous dans la neige ! »

Avec enthousiasme, il saute de sa banquette, sort du sauna et ouvre la porte-fenêtre qui donne directement sur l'extérieur avant de se jeter de tout son long dans une épaisse congère.

« Oh, putain, ça réveille ! l'entend-on hurler. Allez, venez, bande de baltringues ! »

Olivia relève le défi avec plaisir : elle sort à son tour et se débarrasse de sa serviette pour se rouler dans la poudreuse à côté de Wille. Le choc thermique lui arrache un cri suraigu ; le froid glacial titille ses nerfs et fait monter d'un coup l'adrénaline. En une seconde, toute la fatigue s'est envolée.

Wille sourit, avec un regard discret sur son corps dévêtu étendu près du sien. Pontus et Amir, qui les ont rejoints, courent en tous sens dans la neige en braillant, nus comme des vers eux aussi, hilares.

Fanny est la seule à ne pas avoir fait le grand saut. Elle est restée dans l'entrée et les regarde à travers la vitre, l'air crispé.

« Allez, Fanny ! claironne joyeusement Olivia. Viens, c'est le kif total ! »

Mais Fanny se contente de secouer la tête avant de retourner s'asseoir dans le sauna.

10

En apercevant la bande de jeunes qui se roulent dans la neige dans le plus simple appareil, Åke Carlsson ne parvient pas à réprimer une grimace ulcérée.

Planté dans sa cuisine, il fixe le spectacle déplorable qui se déroule sous ses yeux. Seuls une vingtaine de mètres séparent sa propriété de la leur, et pourtant, ces gamins se comportent comme s'ils étaient seuls au monde : ils entrent et sortent en courant, claquent les portes et beuglent sans le moindre égard pour le voisinage.

Et aucun d'entre eux n'a la décence de se couvrir un minimum, comme une personne respectable.

Une bande de sales gosses impudiques et mal élevés.

Il n'est que dix-sept heures trente, mais à en juger par leur comportement de plus en plus erratique, ils n'ont pas attendu le soir pour commencer à s'imbiber.

Il s'est douté dès le matin qu'il allait y avoir du grabuge en voyant le taxi van déposer toute la clique. On entendait leurs vociférations même fenêtres fermées.

Il a bien reconnu parmi eux le jeune fils du propriétaire. Mais il n'a aucune envie d'aller faire des courbettes à ces Löwengren : moins il aura affaire à ces gens-là, mieux il se portera.

Åke avale une dernière gorgée de son cocktail puis ouvre la porte du bar pour en sortir le gin. Il sent la moutarde lui monter au nez. Excédé, il abat la bouteille sur le comptoir en granit avec une telle violence qu'un minuscule éclat de verre s'en détache.

S'il a choisi de s'installer à Åre pour sa retraite, ce n'est pas pour se coltiner des ados éméchés. Ce qu'ils recherchaient, Karin et lui, c'était la quiétude de la montagne, l'air pur, l'harmonie de la nature. Après une longue carrière de fonctionnaire au ministère suédois de la Défense, à Linköping, il voulait changer de vie, quitter pour de bon l'environnement urbain. Quand son service a subi un plan de licenciement, assorti de généreuses indemnités de départ, il a aussitôt sauté sur l'occasion.

À l'époque, il y a une grosse quinzaine d'années, la colline de Sadeln était quasiment vierge de constructions. Karin et lui avaient eu l'embarras du choix au moment d'acheter : parmi les nombreux terrains en vente, ils avaient rapidement jeté leur dévolu sur une parcelle située au calme, jouissant d'une vue exceptionnelle. Hélas, les emplacements voisins avaient ensuite été vendus les uns après les autres, et les villas avaient poussé comme des champignons autour de la leur.

Seul le terrain directement adjacent était resté vide, sans doute du fait de sa superficie importante et de son prix prohibitif.

Åke avait tenté de le racheter à plusieurs reprises – avant tout pour s'éviter la présence d'un voisin séduit comme lui par la vue sur l'Åreskutan –, mais tous ses efforts s'étaient révélés vains.

Le propriétaire était un Norvégien particulièrement cupide, qui avait investi à Åre par pure spéculation. Chaque fois qu'Åke s'était enfin senti prêt à lâcher un billet, ce type avait préféré faire monter les enchères en exploitant à fond la hausse du marché.

Et un beau jour, le terrain était passé aux mains d'un Stockholmois plein aux as dont l'architecte, à en juger par son œuvre, devait souffrir d'une grave déficience visuelle.

Åke se sert une bonne lichette de gin, qu'il complète de tonic avant de déguster le mélange. Si seulement il avait pu se décider à acheter ce terrain, même au prix fort, quand il était encore temps.

Mais qui aurait pu prédire la flambée insensée des prix à Åre ? Aujourd'hui, ils ont quasiment atteint ceux de Stockholm. Depuis la pandémie, le pays entier semble avoir décidé simultanément de s'acheter une résidence à la montagne.

Par la fenêtre, il aperçoit une jeune femme dévêtue qui se jette dans la neige en poussant des cris stridents. Ses seins ballottent au gré de ses mouvements : certes, il fait nuit noire, mais l'éclairage de la façade est suffisamment fort pour qu'il distingue sa peau nue.

Elle est plutôt bien fichue ; ça, c'est indéniable – mais ça ne tempère en rien l'exaspération d'Åke.

Comment peut-on manquer à ce point de pudeur ?

Peter, son fils aîné, passe quelques jours chez lui avec ses enfants, qui n'ont que trois et cinq ans. Åke n'a surtout pas envie qu'ils soient témoins de ces manifestations éhontées d'ivresse et d'exhibitionnisme.

La gamine n'a même pas eu la décence de garder une culotte !

Elle se roule dans la poudreuse, soulevant une gerbe blanche autour d'elle. À peine a-t-elle fini ses gesticulations qu'elle glousse et court se réfugier au chaud. Les garçons lui emboîtent bientôt le pas, les portes claquent, puis le calme revient, enfin.

Åke renâcle bruyamment, comme chaque fois qu'il pose les yeux sur la maison de son voisin. C'est, sans conteste, la plus laide de tout Sadeln. Ça l'insupporte – et ce, depuis les premiers coups de pelleteuse.

Ou même, à vrai dire, depuis la réception des plans d'architecte envoyés aux voisins pour consultation.

« Et les cahiers de recommandations architecturales, c'est pour les chiens ? » grommelle-t-il dans la pénombre. Les villas du quartier sont censées présenter une unité de style. Les premières années, Åke a lui-même siégé au bureau de la copropriété, où il avait à cœur de veiller au respect des directives.

Mais la *chose* qu'a fait construire la famille Löwengren va à l'encontre de toutes les préconisations.

La couleur de la façade, à elle seule, lui donne des pics de tension. À la différence des autres bâtiments de Sadeln, dont le bois est peint de teintes neutres ou simplement traité au sulfate de fer, celui-ci est… rose fuchsia.

Qui aurait l'idée de construire une maison de Barbie en pleine montagne ?

Sans compter que le style architectural détonne dans le voisinage avec une effronterie encore inédite. Cette abomination ressemble à un gigantesque coucou suisse – dont on pourrait, à la rigueur, tolérer la présence dans les Alpes… mais certainement pas à Åre.

Pour couronner le tout, la bâtisse dans son ensemble est gravement disproportionnée, la surface constructible ayant été maximisée par rapport à la largeur du terrain sans la moindre considération pour l'équilibre général. C'est proprement aberrant qu'on ait accordé un permis de construire à un pareil projet. Le responsable du dossier a dû avoir une crise de démence au moment d'en approuver les plans. Ou alors ces gens ont des contacts à la mairie : avec un bon réseau, on peut faire passer n'importe quoi. Depuis le temps, Åke en a vu des vertes et des pas mûres.

Il y a trois ans, les travaux ont commencé : la vue ininterrompue sur l'Åreskutan a disparu. Et avec elle, la tranquillité d'esprit d'Åke.

Cette maison est si proche de la sienne que leurs occupants peuvent voir tout ce qui se passe dans sa cuisine et dans son salon. Et vice versa.

À présent, voilà que ce fils à papa a rameuté son insupportable troupe pour faire la nouba – et mettre un maximum de bordel.

La semaine à venir s'annonce infernale…

11

Hanna a posé ses couverts, s'adosse au fond de son siège et adresse à Henry un sourire comblé. Ce dîner était tout bonnement éblouissant : au menu, une délicate entrée de poisson suivie d'un filet de renne, le tout préparé à la manière du Norrland et agrémenté d'ingrédients venus tout droit des montagnes. Un superbe hommage à la cuisine arctique traditionnelle.

Une subtile saveur d'airelles et de pousses d'épicéa s'attarde encore sur sa langue. En tournant la tête, Hanna voit le chef s'affairer sur un large bar éclairé par des suspensions aux abat-jour cuivrés. Derrière lui se dresse un pan de mur en granit, vestige d'un ancien bâtiment intégré avec goût dans l'architecture du lieu.

Hanna pousse un soupir de contentement, avant d'être frappée par une révélation soudaine : Henry et elle sont seuls dans le restaurant. Il est déjà vingt heures trente, il serait temps que les clients de l'hôtel viennent s'y attabler.

« Mais où sont tous les autres ? » s'étonne-t-elle.

Henry vient de saucer son assiette pour ne pas perdre une goutte de ce plat exquis.

« À part le personnel, je n'ai pas vu un chat depuis notre arrivée. »

Son compagnon termine sa bouchée avant de lui répondre. Il n'a pas pris la peine de se raser ce matin, et ses joues sont piquées de poils gris. Si cela a tendance à vieillir la plupart des hommes, Henry, lui, n'en paraît que plus irrésistible. Hanna ne songe plus guère à la différence d'âge – vingt ans, tout de même –, qui la travaillait pourtant au début de leur relation.

« Bien vu ! On a l'hôtel pour nous tout seuls ce weekend », lâche Henry, comme une évidence.

Hanna pose son verre de vin et se redresse d'un coup, perplexe.

« Attends, qu'est-ce que tu veux dire ?

– Ils n'ont pas d'autres clients que nous. »

Hanna reste interdite. Elle a discrètement recherché l'hôtel Niehku sur Internet, pour découvrir que le lieu était très couru et qu'il fallait s'y prendre de très bonne heure pour obtenir une chambre. Bien que l'établissement n'ait que quelques années, il a déjà remporté plusieurs distinctions internationales.

Niehku signifie « rêve » en same du Nord – et c'est vrai que ce nom correspond tout à fait à l'ambiance éthérée qui imprègne les lieux.

« Pour tout te dire, l'établissement est fermé en janvier : il fait trop sombre et trop froid pour qu'il puisse accueillir la clientèle, explique Henry. Il ne rouvre pas avant le premier week-end de mars.

– Mais comment tu as pu réserver une chambre, alors ?

– Disons que j'ai dû faire preuve d'un peu de persuasion, sourit Henry. Mais c'est plutôt agréable d'avoir cet endroit rien que pour nous, non ? »

Hanna le fixe ; elle commence à comprendre.

« Attends, tu ne leur as quand même pas demandé d'ouvrir l'hôtel avec deux mois d'avance, juste pour nous accueillir ? »

Henry opine du chef en levant son verre de rouge pour porter un toast imaginaire. C'est un grand vin de Bordeaux, dont Hanna n'ose même pas imaginer le prix. Si ses souvenirs de barmaid à Barcelone sont bons, ça peut tourner autour de trois mille couronnes la bouteille, au bas mot.

Henry a choisi ce cru en connaisseur. « La vie est trop courte pour lésiner sur la bonne chère », a-t-il l'habitude de dire.

Il se dédouane d'un geste de la main.

« À t'entendre, on dirait que j'ai commis un crime. Ce n'est pas comme si j'avais braqué un pistolet sur la tempe du directeur ! J'ai simplement demandé s'ils pouvaient faire une petite exception en nous accueillant ce week-end, même s'ils étaient fermés au public.

– Tu leur as dit quoi au téléphone ? "Salut, est-ce que vous pourriez rouvrir l'intégralité de l'établissement et faire revenir le personnel juste pour nous deux ?"

– Ce n'est pas tout à fait comme ça que ça s'est passé », répond Henry avec un clin d'œil.

Hanna imagine sans trop de peine comment il a dû s'y prendre – il a vraisemblablement demandé à l'un de ses assistants de s'en charger. Il en a plusieurs : des jeunes diplômés d'école de commerce surmotivés, qui se battent pour travailler pour lui. Une recommandation de sa part est un véritable tremplin pour qui veut faire son trou dans le monde de la finance.

Assise au fond de son siège, elle fixe Henry avec un sourire incrédule.

Fréquenter un homme comme lui, c'est comme visiter un pays imaginaire. Une contrée dont elle ne pouvait que supposer l'existence, où tout devient possible, même les folies les plus improbables, à condition d'être prêt à y mettre le prix.

Hanna aperçoit soudain du coin de l'œil le chef qui se dirige vers leur table ; dans ses mains, un splendide gâteau décoré d'élégantes roses en chocolat et hérissé de bougies allumées. Venu à sa suite, le personnel de service se masse autour d'eux pour entonner un « joyeux anniversaire » qui résonne dans la salle jusqu'alors silencieuse. S'avance enfin le sommelier, un Dom Pérignon dans une main et deux coupes dans l'autre.

Hanna reste un moment bouche bée devant sa part de gâteau et son breuvage aux bulles aériennes.

« Je me sens tellement gâtée ! Ce n'est pas tout à fait ce que j'imaginais quand tu m'as parlé d'une petite escapade en tête à tête.

– Je voulais te surprendre avec une expérience hors du commun. Tu n'arrêtes pas de travailler… Pour une fois que nous passons quelques jours ensemble, je voulais utiliser ce temps le mieux possible. »

C'est l'une de leurs pommes de discorde : les horaires d'Hanna. Ou plutôt, sa tendance à s'investir dans son travail au point de s'oublier elle-même.

Ils mènent leur relation à distance ; Henry aimerait qu'elle lui rende visite plus souvent à Stockholm, mais Hanna trouve toujours un prétexte pour éviter de descendre dans la capitale – à commencer par son boulot.

Le plus souvent, c'est lui qui doit monter la rejoindre. Et d'une certaine manière, elle trouve plus simple de fréquenter Henry lorsqu'elle est dans son élément. À Stockholm, tout vient constamment lui rappeler la classe sociale de son compagnon et les cercles dans lesquels il évolue, où il a le statut de petite célébrité. Tandis qu'à Åre, il redevient pour elle un monsieur Tout-le-monde ; elle n'est pas non plus obligée de frayer avec ses amis de la haute. Hanna a aussi tout fait pour ne pas être présentée aux trois fils d'Henry. Peut-être parce qu'elle a du mal à s'avouer – et à le reconnaître auprès de lui – qu'ils forment bel et bien un couple.

Sans compter qu'elle n'a que cinq ans de plus que son fils aîné.

Un petit paquet plat est soudain apparu sur la table devant elle.

« Joyeux anniversaire. »

L'épais papier d'emballage blanc, orné d'un large ruban rouge soigneusement noué, trahit déjà un contenu des plus chics.

« Tu ne l'ouvres pas ? »

Elle ne peut que sourire face à l'enthousiasme contagieux d'Henry, qui la regarde comme un enfant impatient.

« Bien sûr que si ! »

Hanna attire le paquet à elle et en défait le ruban. En dépliant l'emballage, elle découvre une boîte rouge bordeaux sur laquelle est gravé le mot « Cartier » en lettres dorées. Ce cadeau, quel qu'il soit, a encore dû lui coûter une fortune.

Elle pose les doigts sur la boîte, sans pouvoir se résoudre à l'ouvrir. C'est trop ; tout est trop. Elle ne sait quelle attitude adopter devant pareille surenchère. Ils ont passé ensemble une journée comme Hanna n'en avait jamais vécu : après un bon petit déjeuner au lit, ils se sont envolés avec un guide de montagne à bord d'un hélicoptère, qui les a déposés sur un sommet à la neige vierge pour une descente à skis qu'elle ne risque pas d'oublier de sitôt – avec la montagne pour eux seuls. À l'arrivée, sur un plateau baigné de soleil, ils se sont fait servir un déjeuner gastronomique arrosé de champagne, avec pour décor les montagnes norvégiennes à perte de vue.

Et, comme si tout cela ne suffisait pas, ce luxueux cadeau d'anniversaire, dont la facture s'élève probablement à plusieurs mois de son salaire de policière.

Daniel ne serait jamais allé lui offrir quelque chose de chez Cartier. Il n'en a pas les moyens, et puis les bijoux lui sont indifférents.

Elle chasse aussitôt cette pensée intrusive. *Ne pas penser à Daniel.*

En ouvrant la boîte, elle découvre un fin bracelet ovale en or rose brossé, reposant sur un coussin de velours. À côté, un petit tournevis de la même teinte.

« C'est un bracelet un peu particulier ; il s'appelle "*Love*", dit Henry en s'emparant de l'outil. Je vais te montrer comment le mettre. »

Il défait le fermoir et enfile délicatement le bracelet au poignet droit d'Hanna, avant de resserrer la vis.

« Ne perds pas le tournevis, surtout, annonce-t-il d'un ton faussement grave. Tu ne pourrais plus le retirer et tu serais contrainte de porter mon cadeau pour toujours. »

À la lumière des bougies, le bijou se pare d'un doux éclat rose tendre. C'est un ruban métallique à l'ovale parfait, orné, en alternance, de décors imitant de minuscules têtes de vis et de diamants délicatement ciselés.

Hanna n'a jamais reçu un objet aussi raffiné – ni aussi cher.

« Il te plaît ? »

Elle lui répond avec un grand sourire : « Il est magnifique. Mais vraiment, tout ça, c'est… »

Hanna pose les yeux sur son poignet en essayant de comprendre le sens de ce cadeau : quel message veut-il lui transmettre à travers un tel geste ? Et surtout, comment pourra-t-elle jamais lui rendre la pareille ?

« C'est trop ? » complète Henry en replaçant le bracelet qui a glissé le long de son avant-bras.

On peut dire beaucoup de choses d'Henry, mais pas qu'il manque de sensibilité. C'est probablement l'une des personnes les plus intelligentes qu'Hanna ait jamais rencontrées – l'une des raisons pour lesquelles elle apprécie tant sa compagnie. Elle l'a constaté, c'est un excellent juge des caractères, empathique et d'une grande finesse, capable de capter les moindres variations d'humeur et les infimes nuances émotionnelles de son entourage. Il a aussi le cœur sur la main – au cours de l'année passée, il a consacré énormément de temps à Philip, son filleul, qui a vécu l'enfer après l'assassinat sanglant de sa mère au printemps dernier.

Il est évident qu'Henry s'est plié en quatre pour elle. Et la dernière chose qu'elle souhaite est de passer pour une ingrate.

« J'avoue que c'est peut-être un peu excessif, concède-t-elle. Je me sens comblée, vraiment. Mais pour ma part, quand viendra ton anniversaire, je ne pourrai sans doute pas t'offrir beaucoup plus qu'un dîner à Granen et une bricole de la boutique d'artisanat d'Åre. J'aurai beau me démener, je serai bien incapable de rivaliser avec ce faste.

– Je suis sûr que ce sera parfait. Finalement, je n'ai besoin de rien. La seule chose qui m'importe, c'est de te faire plaisir. »

Henry se cale dans son siège et savoure une première gorgée de champagne.

« La Bible ne dit-elle pas qu'il y a plus de bonheur à donner qu'à recevoir ?

– Depuis quand observes-tu les préceptes de l'Évangile ? » réplique Hanna, en riant de sa propre remarque.

L'atmosphère se détend. Mais tout à coup, Henry devient grave, son visage exprime une soudaine pudeur. Il prend la main d'Hanna et la presse contre ses lèvres.

« J'aimerais te poser une question. Ça fait presque neuf mois qu'on se voit, toi et moi. Et on est bien assez grands pour savoir ce qu'on veut. »

Hanna risque un sourire hésitant. L'année a filé à toute vitesse, et elle ne s'est à vrai dire pas posé tellement de questions ; elle a surtout vécu au jour le jour. Tout en appréciant la compagnie d'Henry, elle ne s'est jamais vraiment projetée au-delà du rendez-vous suivant.

Au fond, elle vit cette histoire comme une parenthèse infiniment agréable, mais presque dissociée de la vie réelle : elle n'a jamais voulu s'embarrasser à réfléchir à des projets communs ou au devenir de leur relation. Dès qu'elle a senti ses pensées s'égarer dans cette direction, elle a préféré les ignorer, bien consciente que les choses se compliqueraient d'un coup si elle devait penser sérieusement à l'avenir.

« Hanna, dit Henry en plongeant ses yeux dans les siens. Que dirais-tu d'emménager avec moi ? »

12

De la casserole fumante posée au centre de la table, juste sous le nez de Fanny, émane un délicieux parfum d'ail et de tomates mijotées.

Emil, amateur d'expérimentations culinaires et fort de plusieurs années dans la restauration, s'est chargé du dîner, en chef cuistot autoproclamé du groupe. Il a préparé un repas simple, mais qui s'annonce délicieux : des pâtes à la sauce tomate ainsi qu'une magnifique focaccia maison, ronde et bien dorée.

« J'ai une de ces dalles ! » rugit derrière Fanny la voix de Pontus, quasiment dans son oreille.

Il est déjà à moitié saoul ; pas question de laisser cet imbécile s'approcher d'elle. Depuis sa chaise, elle jette un coup d'œil prudent en direction d'Amir, debout à l'autre bout de la table. Après le sauna, il a enfilé une chemise vert mousse dont il a retroussé les manches – la couleur met parfaitement en valeur son beau teint doré.

Pourvu qu'il vienne s'asseoir à côté d'elle avant que Pontus n'ait l'idée de le faire. Comme s'il avait lu dans ses pensées, Amir tourne la tête vers Fanny. Il sourit, esquisse quelques pas dans sa direction et tire la chaise voisine de la sienne.

Fanny ressent un agréable frisson. Elle aimerait tant lui glisser une remarque spirituelle, qu'il la trouve drôle et spontanée. Mais rien à faire – la nervosité lui cloue le bec. Et puis, elle sent ses joues lui brûler ; elle doit être rouge comme une tomate. Pour se donner une contenance, elle s'empare de son verre de vin et en avale une lampée.

« C'est bon, on peut attaquer ? s'impatiente Olivia en brandissant la louche à spaghettis.

– Oui, servez-vous ! répond Emil, un bol de parmesan râpé à la main. Allez, tout le monde à table ! »

Wille, accroupi devant la cheminée, se lève en s'époussetant les mains. Ses joues sont encore rouges de la chaleur du sauna. En y repensant, Fanny n'en revient pas qu'Olivia ait eu le courage de se montrer complètement nue devant toute la bande. Non seulement dehors, lorsqu'ils faisaient les andouilles dans la neige, mais même après, de retour dans l'étuve.

Ça n'avait pas l'air de la perturber le moins du monde ; et on voyait bien que Wille luttait de toutes ses forces pour ne pas dévorer son corps des yeux.

Pontus ne s'est pas non plus gêné pour la mater, d'ailleurs. Quand Olivia est retournée dans le sauna sans serviette, il avait presque la bave aux lèvres. Quel gros porc, celui-là...

À côté d'elle, Fanny s'est sentie comme transparente. Si seulement Amir avait pu la regarder comme ça ! Mais elle est bien trop inhibée, ne serait-ce que pour enlever le haut.

Fanny rêverait d'être aussi à l'aise qu'Olivia – oser se rouler dans la neige, engager la discussion avec Amir. Flirter avec décontraction, avec l'assurance d'être la plus jolie fille de la soirée et qu'il devrait s'estimer chanceux d'avoir éveillé son intérêt.

Non qu'elle soit jalouse de sa meilleure amie – au contraire. Fanny adore Olivia, elle l'admire. Elle aimerait simplement pouvoir être... exactement comme elle. Pour Olivia, tout a l'air si facile. Elle n'a peur de rien, elle est belle, d'excellente compagnie, toujours ouverte et de bonne humeur, et dotée d'une intelligence qui lui permet de survoler ses études sans effort particulier.

Pour Fanny, au contraire, chaque examen est une épreuve pour laquelle elle doit suer sang et eau, se battre avec ses bouquins des soirées entières.

Si elle veut réussir un jour à boucler son cursus, elle n'a d'autre choix que de travailler sans relâche. Il n'y a pas d'alternative, de toute manière : pour ses parents, il serait impensable qu'elle lâche ses études en cours de route. Déjà qu'elle n'a pas été admise en médecine, comme ils l'auraient espéré, il faut au moins qu'elle arrive à décrocher son master de sciences politiques avec mention. Et peut-être même passer le concours du ministère des Affaires étrangères, une fois diplômée. Elle sait à quel point elle rendrait ses parents fiers.

Elle sait aussi combien un échec les décevrait – et cela lui serait insupportable. Fanny est fille unique ; tous leurs espoirs ont constamment reposé sur elle, depuis sa plus tendre enfance. Elle n'y peut rien, évidemment, si sa mère a subi plusieurs fausses couches après sa naissance. Elle sent pourtant peser sur ses épaules le poids de leurs attentes et la hantise constante de les décevoir.

« Mmm... Trop bon ! » s'exclame Amir en prenant une nouvelle fourchetée de pâtes.

Au moins, il ne semble pas s'être aperçu que Fanny a perdu l'usage de la parole à la seconde où il s'est attablé à côté d'elle. Pour se donner du courage, elle avale encore deux goulées de vin.

Un rouge bien corsé, sorti de la cave électrique des Löwengren, spacieuse et bien fournie. Les parents de Wille les ont autorisés à y puiser à leur guise – exception faite des grands crus et des bouteilles à plus de quatre cents couronnes.

Fanny pouffe intérieurement à cette idée. Elle n'a jamais bu un vin aussi cher de sa vie – et serait bien incapable, d'ailleurs, de le distinguer d'une bouteille premier prix.

Mais ici, c'est gratuit, et quand c'est gratuit, c'est toujours bon.

À mesure que la chaleur de l'alcool se diffuse dans sa poitrine, sa langue commence à se délier ; aborder Amir lui semble soudain à sa portée. Après une nouvelle gorgée, elle se jette à l'eau en lui parlant de ski, lui demande s'il est déjà venu à Åre.

Elle attrape la bouteille pour lui proposer du rouge et en profite pour s'en resservir un verre généreux – rien de tel pour pouvoir bavarder avec plus de décontraction.

Elle veut tout savoir sur Amir : ses goûts musicaux, ses passe-temps, ses sports préférés.

Une voix inconnue résonne tout à coup dans l'entrée : « Bonsoir ! Je ne vous dérange pas ? »

Quand Fanny lève les yeux, un homme d'une bonne quarantaine d'années se tient planté devant la porte, affublé d'une barbe de trois jours, de grosses bottes et d'une doudoune vert foncé. Quelques flocons de neige sont encore collés à son bonnet en laine noire.

Wille se lève et lui lance : « Eh, salut, Staffan ! »

Il rejoint l'homme et lui serre la main.

« Les gars, je vous présente Staffan, annonce-t-il. C'est lui qui s'est occupé d'allumer le chauffage et de déneiger le terrain avant notre arrivée. »

Fanny ânonne un « bonjour », en chœur avec les autres membres de la bande.

Wille reste quelques minutes à discuter avec Staffan puis le raccompagne à la porte avant de s'attabler à nouveau.

« Il passait juste vérifier que tout roulait. Voir si on n'avait besoin de rien. Franchement, si Staffan n'était pas là, ce serait le chaos ici. C'est lui qui s'occupe de la maison en notre absence. Si on a un souci, un truc à réparer, il suffit de l'appeler.

– Mais c'est ça qu'il nous faudrait dans la vie, s'amuse Olivia. Un Staffan qui débarque dès qu'on a un pépin. Dis, tu me files son numéro ? »

Une heure plus tard, la table est débarrassée, et une partie du groupe a migré vers les canapés du salon. À côté d'Amir, qui bat d'un geste machinal un paquet de cartes à jouer, Fanny consulte mollement son smartphone. Olivia et Wille, à la cuisine, se sont dévoués pour s'occuper de la vaisselle.

Le plan de départ était de descendre jusqu'au centre-ville pour finir la soirée au Bygget, la plus grosse boîte d'Åre. Mais la fatigue du voyage a eu raison de leurs ambitions. Ce sera pour demain : ils ont toute la semaine devant eux.

Ce dîner à côté d'Amir a été une réussite : Fanny est aux anges, elle n'avait jamais autant discuté avec lui. Et elle est franchement repue. Pour le dessert, Emil avait concocté une mousse au chocolat dense, un vrai délice, dont Fanny a sans doute un peu abusé.

« Il serait temps d'égayer la soirée, non ? » lui glisse Amir à l'oreille.

Il extrait de sa poche un petit sachet de poudre blanche, très semblable à celui qu'avait sorti Wille la veille, dans le train.

« T'en veux ? » lui propose-t-il avec un clin d'œil.

Elle lui répond par un sourire incertain. Fanny a vu des amis vriller complètement après avoir pris certaines substances et redoute comme la peste qu'il lui arrive la même chose.

Sous le plastique transparent, la cocaïne d'un blanc immaculé accroche la lumière comme des cristaux de neige.

Une porte d'entrée vers un autre monde.

« Allez, dit Amir, les yeux aussi brillants que la poudre. Ça nous réveillera un peu ! »

Elle adore la manière qu'il a de la regarder ce soir : comme un membre à part entière de la bande, parfaitement à sa place. Comme une fille dont on pourrait tomber amoureux.

Amir sort un trousseau de clés auquel est accrochée une minuscule cuillère. Il la plonge dans le sachet pour y prélever une petite dose de poudre qu'il aspire par la narine gauche, puis répète l'opération du côté droit avant de tendre l'instrument à Fanny.

« Je suis sûr que ça va te plaire », fait-il avec une œillade encourageante.

Fanny hésite un moment, puis elle décide de sauter le pas et imite les gestes d'Amir.

Au début, son nez lui brûle ; elle a l'impression qu'elle va éternuer. Mais très vite, elle commence à se sentir incroyablement bien.

Les couleurs lui semblent plus vives, son corps plus alerte, Amir encore plus beau. La vie rayonne, elle ne s'est jamais sentie aussi euphorique.

Amir range son matériel et appelle Wille et Olivia : « Vous avez bientôt fini là-bas ? Ramenez vos fesses, qu'on fasse un jeu.

– On arrive ! » réplique Olivia depuis la cuisine.

Cinq minutes plus tard, elle a rejoint Fanny sur le canapé, Wille à sa suite.

« Alors, à quoi on joue ? » demande Olivia.

Amir sourit, les yeux pétillants de malice.

« Un petit Action ou vérité, ça vous tente ?

– Pourquoi pas ! répond Olivia du tac au tac. Son regard vitreux laisse deviner qu'elle est bien éméchée. Moi, je suis motivée ! »

Fanny pose sur Amir un regard fasciné.

Action ou vérité ? Elle n'y a pas joué depuis une éternité.

On lui pose une question à laquelle elle doit répondre sans mentir, même si la réponse est hautement embarrassante. Si elle refuse, elle doit en subir les conséquences sous forme d'une « action » : vider son verre cul sec, par exemple, ou faire un truc idiot, comme embrasser Olivia sur la bouche. Mais ça peut aussi aller plus loin – enlever une fringue, ou même se déshabiller entièrement et faire le tour du jardin en courant. La « vérité » peut être tout bonnement cruelle : devoir nommer la personne qu'on aime le moins dans la pièce ou celle qu'on ne voudrait pas inviter à sa soirée d'anniversaire.

Fanny s'efforce plutôt d'éviter ce genre de jeu d'habitude, mais ce soir, une fois n'est pas coutume, elle se sent d'humeur. Le vin, la coke et l'attention d'Amir l'ont rendue particulièrement gaie. À table, elle l'a déjà fait rire à plusieurs reprises, alors, en l'espace de sept jours, elle devrait bien réussir à titiller sérieusement son intérêt.

Fanny reprend son verre de vin, déjà rempli et vidé on ne sait combien de fois : le goût corsé de l'alcool coule dans sa gorge – et l'audace dans ses veines.

« Partante pour jouer, dit-elle en adressant à Amir un sourire charmeur. Qui est-ce qui commence ? »

13

La musique aux basses assourdissantes qui s'échappe de la maison des voisins met Åke Carlsson dans un état de tension insupportable.

Il est vingt-trois heures passées et, installé dans son fauteuil préféré, il arrive à peine à entendre le son de l'émission qu'il essaie de suivre à la télé. Les jeunes d'à côté ont ouvert les fenêtres qui donnent directement sur sa maison, et le martèlement répétitif est en train de le rendre fou.

Ils n'ont pas l'air d'avoir vraiment compris qu'il existe des gens qui vivent ici à l'année – ou alors ils s'en contrefoutent. Tout le monde ne vient pas à Åre exclusivement pour faire la fête, bon sang de bonsoir !

« Tu ne veux pas venir te coucher ? Tu t'es levé aux aurores. »

Åke tourne la tête vers Karin, son épouse, qui l'observe avec une mine soucieuse. Ce matin, il est allé chercher Peter et les petits-enfants à l'aéroport : leur avion atterrissait à neuf heures et quart, ce qui l'a fait partir sur le coup de sept heures.

À bout de nerfs, Åke fixe la maison voisine par la fenêtre.

« Comme si on pouvait dormir avec ce boucan de tous les diables ! »

Karin hausse les épaules avec un petit soupir, mais Åke ne lâche pas le morceau.

« Ils croient pouvoir faire absolument ce qu'ils veulent, sans aucune espèce d'égard pour les autres.

– Tu n'es pas en train de te monter le bourrichon ?

– Je les ai bien observés à leur arrivée, ce matin. Une bande de gosses de riches de Stockholm, qui s'imaginent que tout leur est dû.

– Arrête. Ils sont à peine sortis du lycée, ils ne se rendent pas compte du bruit qu'ils font.

– Tu les défends, en plus ? »

Åke lance à sa femme un regard oblique.

« Allez, ne fais pas ton vieux grincheux, rétorque-t-elle. Si la musique n'a pas empêché Peter de s'endormir, tu devrais bien y arriver, toi aussi. »

Au bout de trente-cinq ans de mariage, elle devrait savoir qu'il est inutile de lui faire la leçon. Le sommeil de Peter n'a rien à voir là-dedans. Mais à quoi bon le lui faire remarquer ?

Karin ajuste la ceinture de sa robe de chambre.

« Tu sais, je dis ça pour ton bien. »

Åke renâcle.

« J'ai envie de passer chez eux pour débrancher le câble de leurs enceintes. Peut-être que ça leur mettra un peu de plomb dans la tête, à ces sales gosses. »

Karin lève les yeux au ciel et cale une mèche de cheveux gris derrière son oreille.

« On ne ferait pas mieux d'aller se coucher ? insiste-t-elle. La chambre ne donne pas sur leur maison, tu seras probablement moins gêné par le bruit.

– Vas-y, toi, répond Åke. Je ne vais pas tarder. »

14

Au milieu du chaleureux brouhaha qui règne à la Boqueria, le bar à tapas du centre d'Åre, Anton Lundgren entend à peine ce que dit le serveur en apportant leur bouteille de rioja. Le restaurant est bondé et, derrière le large comptoir, une jeune barmaid prépare des cocktails colorés à un rythme effréné.

Anton est attablé en tête à tête avec Carl, son petit ami depuis maintenant neuf mois. Cela fait un an que le jeune homme laisse pousser sa chevelure blonde, qu'il portait presque à ras au moment de leur rencontre. Un changement qui n'est pas pour déplaire à Anton.

Ils viennent de passer ensemble une magnifique journée de ski, en terminant par la zone de hors-piste à l'arrière de l'Åreskutan. C'est l'une de leurs passions communes : tous deux sont des skieurs aguerris, détenteurs du forfait saisonnier.

« *Skål* ! fait Anton en levant son verre. À cette belle soirée. »

Le serveur est bientôt de retour avec une grande assiette garnie d'olives, de chiffonnade de serrano et de manchego affiné, le tout accompagné d'une corbeille de pain frais.

« À notre santé », répond Carl en posant doucement sa main libre sur celle d'Anton.

Ce geste d'affection le crispe aussitôt – c'est comme un réflexe qu'il est incapable de réprimer. Il doit se forcer à ne pas retirer sa main et à laisser Carl la serrer entre ses doigts.

Anton aimerait tant faire fi du regard des autres, assumer devant tout le monde les cajoleries de Carl, mais il a un mal fou à se détendre.

Et si une connaissance les apercevait ? Ni ses parents ni ses plus proches collègues – Daniel, Hanna et Raffe – ne sont au courant de son homosexualité.

Il s'efforce de cacher au mieux son malaise aux yeux de Carl : « Ça a l'air tellement bon ! Je meurs de faim. »

Profitant de l'occasion, Anton libère sa main de l'étreinte pour pousser l'assiette de tapas vers son petit ami.

« Vas-y, commence, l'encourage-t-il avec un rire forcé. Sinon, je vais tout boulotter d'un coup. »

La bouche d'Anton se tord dans un sourire figé. Il se déteste. Carl est la personne la plus importante de sa vie ; ils sont fous l'un de l'autre.

« Je te laisse te servir en premier », poursuit-il, comme si cela pouvait compenser sa lâcheté.

Il prie pour que Carl n'ait rien remarqué de son malaise. Une petite ride s'est pourtant dessinée entre ses sourcils blonds. Celle-là même qu'Anton a vue apparaître les dernières fois qu'il a refusé que Carl lui prenne la main dans la rue ou quand il s'est dérobé lorsqu'il a voulu le serrer dans ses bras en public.

Anton sent que son blocage risque de leur gâcher la soirée, mais il n'y peut rien. C'est si difficile d'assumer qui il est vraiment.

15

L'ambiance est survoltée dans la maison, et la température est montée tout autant que le volume de la musique sortie de la grosse enceinte portable qu'a apportée Amir. Olivia vient d'ouvrir une nouvelle fenêtre : la chaleur qui émane du feu de cheminée a créé dans la pièce une atmosphère de sauna.

« À toi ! » bafouille Pontus.

Il est encore complètement torché. Olivia commence à bien le connaître, mais pourquoi faut-il systématiquement qu'il finisse dans cet état ? On dirait que Pontus n'a que deux modes de base : soit il est sobre et ne dit pas un mot, soit il est ivre mort et ultra-pénible.

« Arrête de radoter, mec », soupire-t-elle.

Pontus répond par une mine contrariée, mais elle sait qu'il n'osera pas lui prendre le chou. Il a compris qu'il ne fait pas le poids.

Soudain, on entend par-dessus la musique une série de coups agressifs à la porte d'entrée. Olivia jette un coup d'œil interrogateur à Wille, qui rejoint le vestibule à pas pressés.

De nouveaux coups résonnent alors qu'il s'apprête à ouvrir. Puis une voix d'homme, manifestement hors de lui : « Vous allez me couper tout de suite cette putain de musique ! On vous entend dans tout le quartier. Vous avez vu l'heure qu'il est ? »

Depuis le canapé, Olivia entrevoit, planté sur le seuil, un homme de haute stature aux cheveux fins. Un vieux croûton – au moins soixante-dix ans – qui passe ses nerfs sur Wille en gesticulant furieusement avec les mains.

Ça doit être le voisin d'à côté. Olivia croit l'avoir aperçu tout à l'heure sur le parking, au retour de leur virée à skis.

« On ne met pas sa musique à fond à cette heure-ci, merde ! s'emporte-t-il. Il est minuit passé, les gens veulent dormir ! »

Wille bredouille une excuse à peine audible. L'homme fait quelques pas vers le salon et aperçoit le reste de la bande. Olivia le voit ouvrir de gros yeux en découvrant les bouteilles accumulées sur la table basse et les vêtements qu'ils ont semés au petit bonheur sur le parquet à mesure de l'avancée de leur jeu.

L'air de désapprobation sur son visage est sans équivoque.

« Mais qu'est-ce que c'est que ce foutoir ? Vous faites une orgie, ou quoi ? »

Alors que Wille ouvre la bouche pour parler, Fanny se lève d'un bond de son fauteuil. Elle n'a plus de pantalon et ne porte qu'un soutien-gorge, une culotte et un débardeur. Le jeu n'a pas été tendre avec elle ; il faut dire qu'elle a passé son temps à choisir les « actions ». Pourtant, elle n'a pas l'air gênée le moins du monde. Au contraire, les défis ont même semblé décupler son assurance. Fanny est complètement désinhibée ce soir, comme si elle essayait de se prouver quelque chose.

« Mais monsieur, faut pas vous fâcher comme ça ! pépie-t-elle en esquissant une petite danse en direction du bonhomme. Venez nous rejoindre, on fait un jeu. »

Le vieux l'ignore royalement.

« Si vous ne baissez pas tout de suite votre musique, j'appelle la police, assure-t-il à Wille. Je ne plaisante pas. »

Fanny s'est encore approchée de l'homme, au point de quasiment le frôler. Quand soudain, elle retrousse d'un seul geste son débardeur et son soutien-gorge pour dévoiler sa poitrine nue.

Olivia en est interdite.

« Allez, avouez que ça vous plaît, le nargue Fanny. C'est pour voir des trucs comme ça que vous êtes venu ? »

L'homme a un mouvement de recul, l'air horrifié. Fanny doit être encore plus torchée qu'Olivia ne le pensait.

« On joue à Action ou vérité. Vous pouvez participer si vous voulez ! poursuit Fanny, venant mettre ses seins littéralement sous le nez de son interlocuteur.

– Mais enfin, arrêtez ! s'offusque le vieux.

– Mais enfin, arrêtez ! l'imite Fanny.

Olivia ne sait pas comment réagir. Elle n'a jamais vu son amie se comporter de la sorte – on dirait qu'elle est devenue quelqu'un d'autre. Combien de verres a-t-elle bus, au juste ? À moins qu'elle ait aussi goûté à la coke de Wille ?

Le visage du voisin est de plus en plus cramoisi, comme s'il allait exploser d'un moment à l'autre.

Fanny fait une petite moue. Tout à coup, elle tend le bras et lui pince la joue comme on le ferait à un bébé : « Oh, qu'il est fâché, le monsieur ! »

Elle jette ensuite un regard démonstratif en direction de son bas-ventre : « Enfin, j'ai quand même l'impression que je vous fais un petit effet… »

Alors que la main de Fanny est sur le point de se poser sur son entrejambe, l'homme la repousse d'un geste si brusque qu'elle titube, perd l'équilibre et s'étale de tout son long sur le sol.

« Eh, mais ça va pas la tête ? s'égosille-t-elle, les yeux écarquillés. Vous êtes malade ! Vous voulez me casser la gueule, c'est ça ? »

Tous les regards sont rivés sur l'homme. Il y a un silence hébété, brisé par un nouveau cri de Fanny : « Sale pervers ! »

L'homme écarte les lèvres, puis recule en hâte vers le vestibule. Avant que quiconque ait pu ouvrir la bouche, on entend la porte d'entrée s'ouvrir puis claquer avec fracas.

Olivia est abasourdie. Elle ne sait pas quoi dire devant l'absurdité de la situation. Mais un gloussement sonore lui fait tourner la tête vers Fanny, toujours allongée sur le parquet en petite tenue.

« Oh, putain ! lance-t-elle, hilare. Vous avez vu sa tête ? Quel loser !

– Ouais, il fait tellement pitié ! » renchérit Amir.

Il se met lui aussi à rire, et Pontus avec eux. Emil esquisse un sourire vaguement perplexe. Seul Wille, aussitôt parti baisser le volume de la musique, a réellement l'air ennuyé – peut-être a-t-il peur que le vieux téléphone à ses parents ?

Fanny, à quatre pattes, s'efforce de se relever, en vain. Elle finit par devoir s'accrocher à Amir, qui la tire vers lui et la ramène titubante jusqu'au canapé.

Il en a bien profité pour lui peloter les seins, ça n'a pas échappé à Olivia. Lui aussi, c'est un porc, à sauter sur Fanny alors qu'elle a clairement perdu tout discernement. Il faut qu'elle tire son amie de ce mauvais pas ; jamais elle ne l'a vue dans un état pareil.

Pauvre Fanny ! Quand elle se souviendra de tout ça, demain au réveil, elle risque de faire une énorme crise d'angoisse.

Et si son objectif était d'impressionner Amir, elle s'est radicalement trompée de stratégie.

« Bon, on a assez joué, non ? lance-t-elle à Fanny. Je propose qu'on aille se coucher, si on veut arriver à skier demain. »

Elle regarde ses camarades en espérant trouver un peu de soutien. Comme sur commande, Emil laisse échapper un bâillement. Fanny, sourde à la suggestion de son amie, se serre un peu plus contre Amir qui affiche un sourire satisfait – comme s'il s'agissait d'une compétition et qu'il venait de coiffer Olivia au poteau.

Qu'est-ce qu'il la gonfle ! Il ne pourrait pas lui filer un coup de main au lieu de faire de la provoc' ? Amir voit bien, lui aussi, que Fanny est complètement déchirée. Il n'a qu'à tenter sa chance avec elle une autre fois ; ce soir, il est évident qu'elle n'est pas en état de savoir ce qu'elle veut.

Olivia lui lance un regard furieux, auquel il répond en se serrant un peu plus encore contre Fanny.

« Allez, viens ! » lance Olivia en tendant la main vers son amie.

Cette dernière secoue la tête : « Tu ne me donnes pas d'ordres ! dit-elle avec un gloussement, en la chassant d'un geste. Moi, je ne bouge pas d'ici ! »

16

Il est presque une heure du matin et les dernières braises faiblissent dans la cheminée du salon. L'ébriété est générale et la fête est encore loin d'être finie – hormis pour Emil, le seul à être parti se coucher. La table basse est poisseuse d'alcool, et le sol, jonché de sachets de chips vides et de miettes de gâteau.

Fanny attrape son cocktail rose clair et le vide d'un trait. Ce soir, elle a prouvé qu'elle aussi savait faire la fête.

Elle sourit à Amir, qui la regarde avec admiration.

« T'es au taquet, toi, fait-il en montrant le verre vide.

– Eh ouais, on ne s'emmerde pas avec moi ! »

Fanny étend les deux bras ; le mouvement manque de lui faire perdre l'équilibre. La scène avec cet imbécile de voisin lui revient en tête et la fait rire aux éclats. Qu'est-ce qu'il avait l'air con, planté là, rouge comme une tomate, à hurler sur Wille !

« Je repense au vieux de tout à l'heure, la gueule qu'il avait... », articule-t-elle entre deux gloussements. À l'entendre, Amir se met à pouffer à son tour.

Elle est partie dans un fou rire qu'elle n'arrive pas à arrêter. Elle en pleure à faire couler son mascara, jusqu'à manquer de s'étouffer, puis finit par s'effondrer sur Amir, qu'elle entoure de ses bras dans une étreinte spontanée.

« Je crois que je commence à être pompette, fait-elle en s'essuyant les yeux, reprenant son souffle. OK, en vrai je suis complètement torchée ! »

Elle ponctue sa phrase d'un baiser humide sur les lèvres d'Amir. Elle n'aurait jamais osé le faire avant le dîner, mais là, ça lui semble la chose la plus naturelle du monde. En se redressant sur le canapé, elle se rend compte qu'Olivia la fixe d'un air réprobateur. Comme si elle voulait lui dire d'arrêter les conneries.

Mais Fanny s'en moque. Olivia ferait mieux de la laisser s'amuser et de s'occuper de ses fesses. Elle lui a suggéré de retourner se coucher : plutôt crever !

Fanny pouffe. Pour une fois, c'est elle, la fêtarde qui veut boire et danser jusqu'au matin.

Elle lève son verre et cherche une bouteille du regard : « Quelqu'un peut me resservir ?

– Il est plutôt l'heure d'aller au lit, non ? » répète Olivia.

Qu'est-ce qu'elle est pénible ! C'était bien Olivia, pourtant, qui disait qu'elles allaient profiter de cette semaine pour se lâcher. Pourquoi elle vient lui prendre la tête ?

Fanny se tourne plutôt vers Amir : « T'as envie d'aller au lit, toi ? » lui demande-t-elle, sans pouvoir s'empêcher de jouer la comédie en imitant la voix d'Olivia.

Elle a eu du mal à articuler la phrase, mais en l'entendant, elle lui a paru compréhensible. Elle a juste buté sur quelques mots.

« Ça dépend… », réplique Amir.

L'invitation est sans équivoque. Sans que Fanny sache trop comment, il lui a passé un bras autour de l'épaule et elle s'est retrouvée serrée contre lui. Il est torse nu ; elle sent la tiédeur de sa peau contre la sienne et quelques poils qui viennent lui chatouiller le décolleté.

La chambre d'Amir est sur la mezzanine juste au-dessus d'eux.

Fanny sent monter une bouffée de chaleur – ce qu'elle désirait se réalise enfin. Elle entrouvre les lèvres et lui fait un sourire aguicheur, quand Olivia l'interrompt : « Allez, Fanny, il est tard. Viens, rhabille-toi, on retourne dans notre piaule ! »

Fanny n'en a aucune envie. Elle repousse le bras de son amie : elle a la situation en main. Et puis Olivia n'est pas sa mère.

Elle préfère brandir une nouvelle fois son verre : « Alors, le bar est fermé ou quoi ? »

Pontus s'approche avec une bouteille et lui sert une bonne rasade. Ce soir, elle le trouve carrément sympa. Elle ne comprend pas pourquoi il lui avait paru si exaspérant hier, dans le train.

La vie est géniale.

« T'es trop chou ! » lui crie-t-elle.

Fanny s'entend bafouiller, mais s'en moque. Elle poursuit, en montrant Olivia du doigt : « Pas comme elle, là. Elle, c'est une grosse rabat-joie, elle veut qu'on aille tous faire dodo ! »

Olivia hausse les épaules.

« Bon, fais comme tu veux. Moi, en tout cas, je vais me coucher. »

DIMANCHE

17

Quand Olivia ouvre les yeux, elle a la bouche sèche et se sent vaguement nauséeuse. Elle a beaucoup trop forcé sur l'alcool. Elle n'avait pas prévu de boire plus de deux ou trois verres de vin, histoire d'être assez fraîche le lendemain pour profiter des pistes, mais elle s'est méchamment laissé entraîner.

Les yeux ouverts dans la pénombre, elle se met à l'affût du moindre bruit. Elle n'entend rien venir de l'autre chambre ; Olivia a la nette impression d'être seule dans la petite maison. À peine avait-elle posé la tête sur l'oreiller hier soir qu'elle s'est sentie partir.

Fanny a-t-elle dormi ici ? Elle n'en a aucune idée.

Mais qu'est-ce qu'elle a foutu ?

Olivia se retourne dans sa couette en gémissant sous les courbatures. Hier, après le dîner, son amie était déchaînée. On aurait dit qu'elle voulait prouver à tout le monde qu'elle pouvait, elle aussi, se prendre une cuite monumentale.

Elle a probablement passé la nuit dans la maison, avec Amir.

Son amie devrait vraiment prendre mieux soin de son petit cœur. Bien sûr qu'Amir est beau, avec sa tignasse brune et son chaud regard noisette. Mais c'est un garçon superficiel, bien trop conscient de son charme. Tout ce qui compte vraiment pour lui, c'est ce que pense Wille, qui n'a qu'à claquer des doigts pour le voir rappliquer comme un chien. Amir ferait n'importe quoi pour traîner avec lui et ses amis d'enfance bourrés de fric.

Si seulement Fanny pouvait le voir – et comprendre qu'elle ne sera jamais une priorité pour lui.

Ce n'est pas qu'Olivia n'aime pas Wille et sa bande de potes flambeurs – son style lui plaît, et ils ont eu pendant un temps une aventure intermittente –, mais elle sait très bien que Wille est un enfant gâté, obnubilé par son propre nombril. Pour ne pas se faire bouffer, il faut qu'elle lui tienne la bride haute.

Pas question de s'enticher de ce genre de type qui se lasse dès qu'il a eu ce qu'il voulait. Si Olivia tombait amoureuse de lui pour de bon, ça le ferait fuir aussitôt, à coup sûr.

Un coup d'œil à son portable lui signale qu'il est grand temps de se bouger si elle veut pouvoir skier aujourd'hui. Olivia enfile le legging en mérinos de la veille, puis passe une tête dans la chambre d'à côté.

Elle est vide, comme elle le pressentait. Fanny n'est pas retournée au chalet cette nuit.

Si elle s'imagine qu'Amir va devenir son mec juste parce qu'ils ont couché ensemble un soir de beuverie, elle risque d'être déçue.

Olivia ne devrait pas se sentir coupable : elle a essayé plusieurs fois d'inciter Fanny à venir se coucher. Mais elle s'inquiète tout de même pour elle, imaginant déjà sa meilleure amie se réveiller avec une énorme gueule de bois et paniquer tandis que les souvenirs de la nuit passée lui reviennent en pleine figure.

Lorsque Olivia ouvre la porte de la villa, l'odeur de bière éventée la prend à la gorge. Elle tape du pied pour ôter la neige de ses après-skis et se déchausse dans le vestibule avant d'entrer dans le salon, où Emil est occupé à nettoyer le carnage de la nuit précédente.

Dans la cuisine, Pontus, les yeux injectés de sang, remplit à gestes lents le filtre de la cafetière. Il la ramène clairement moins qu'hier soir.

Pas de Fanny en vue. Amir et Wille sont aussi aux abonnés absents.

« Alors, la forme ? » ironise Olivia, avant de commencer à rassembler les bouteilles vides éparpillées sur la table basse.

Emil a un sourire en coin. C'est lui qui a le moins bu ; il a l'air relativement frais.

« Plutôt, oui ! Et Fanny et toi, bien remises d'hier soir ? »

Olivia se recoiffe avec un large bâillement. De la cuisine s'échappe une odeur de café corsé. Ça réveille.

« Moi, ça va à peu près, répond-elle. Fanny, je ne sais pas. Elle n'a pas fini la nuit dans le chalet. »

La porte de la plus grande chambre, où Wille a préempté le lit king size de ses parents, s'ouvre avec un petit claquement. Wille s'arrête sur le seuil, vêtu d'une robe de chambre bleu marine siglée Ralph Lauren.

« Salut, la compagnie ! s'exclame-t-il avec un enthousiasme surjoué. Prêts à tâter la poudreuse ? »

Pour Wille, c'est une expression consacrée depuis l'enfance : apparemment, c'est ainsi que l'on s'exprime dans l'élégante famille Löwengren.

Le regard d'Olivia s'attarde sur la baie vitrée. Le temps n'est pas idéal : il fait brumeux, et le ciel est couvert. Un brouillard à couper au couteau s'est déposé sur le lac Åresjön, et la moitié de la vallée semble noyée dans une purée de pois grisâtre. Le thermomètre extérieur indique moins dix-sept – et c'est sans compter le vent, qui rendra l'air plus glacial encore.

Mais peu importe : Olivia sait que sortir prendre l'air lui fera le plus grand bien.

Elle ouvre le réfrigérateur pour en extraire de quoi préparer le petit déjeuner : de la confiture, des tranches de jambon et du salami.

« Quelqu'un prendra des œufs ? » s'enquiert-elle pardessus son épaule.

On entend du bruit sur la mezzanine, où se trouve la chambre d'Amir. En levant les yeux, Olivia voit ce dernier descendre l'escalier à pas lents. Il est pieds nus, les joues ombrées par une barbe naissante, l'œil terne et fatigué.

Pour quelqu'un qui vient de s'envoyer en l'air, il ne semble pas très joyeux, se dit spontanément Olivia.

« Fanny est réveillée ? » lui demande-t-elle quand il arrive près de l'îlot de cuisine où elle se tient.

Amir lui jette un regard interrogateur.

« Comment je pourrais le savoir ?

– Qu'est-ce que tu veux dire ?

– Je suis censé la surveiller ? Je suis pas sa mère ! »

Olivia repose la brique de lait qu'elle venait de saisir.

« Vous n'avez pas passé la nuit ensemble ?

– Non », fait Amir en secouant la tête.

Olivia ne comprend plus rien.

« Mais elle a insisté pour rester avec toi quand je suis allée me coucher. Elle ne t'a pas suivi dans ta chambre ? »

Amir se passe la main dans les cheveux. Il commence à s'agacer et insiste d'un ton abrupt : « Non, je viens de te le dire. »

Un pincement d'inquiétude se réveille dans la poitrine d'Olivia. Elle s'efforce de s'en débarrasser, en fixant son attention sur Amir.

« Mais elle est où, alors ? Elle n'était pas dans le chalet quand je me suis réveillée.

– J'en sais rien, moi ; elle a dû aller se coucher dans une autre chambre. Il y en a cinquante, dans cette baraque. »

Son haleine est rance, encore alcoolisée. Amir n'a manifestement pas pris la peine de se brosser les dents avant de les rejoindre.

Olivia essaie de réfléchir calmement. Il y a cinq chambres dans le bâtiment : celle d'Amir à l'étage, l'imposante chambre parentale du rez-de-chaussée, et puis, au sous-sol en rez-de-jardin, il y en a encore trois, en plus du bureau. Une fois que les garçons ont choisi chacun la leur en arrivant, une dernière chambre est restée inoccupée… Olivia a un soupir soulagé : c'est là, évidemment, que Fanny a dû s'effondrer hier soir.

« OK, fait-elle en refermant le réfrigérateur. Je vais voir si je la trouve en bas. Tiens, occupe-toi du petit déj' en attendant. »

Avant qu'Amir ait le temps de répondre, elle lui tend le beurrier et quitte la cuisine à la hâte pour dévaler l'escalier qui mène au sous-sol. La première chambre est un vaste fouillis de vêtements sales et de draps froissés ; elle y reconnaît cependant la valise de Pontus. En ouvrant la porte de la suivante, elle devine qu'Emil y a pris ses quartiers : elle est bien plus ordonnée, jusqu'au lit, qu'il a soigneusement fait.

Fanny a donc dû s'effondrer dans la dernière chambre à coucher, située derrière le sauna et l'espace de détente. Olivia se dirige vers la porte fermée. Au fond, elle est rassurée que son amie n'ait finalement pas passé la nuit avec Amir – il peut parfois se comporter en vrai salaud. Fanny a beau l'avoir exaspérée hier soir, elle ne voudrait pas pour autant qu'il lui arrive malheur.

Ou qu'elle ait le cœur brisé.

« Debout là-dedans ! » s'écrie-t-elle en ouvrant la porte en grand.

Puis elle se fige. Le lit est vide, sans un pli sur les draps.

Fanny n'a pas dormi là.

18

Il fait un froid de canard dehors, au point que Daniel songe un instant à tirer un trait sur sa balade avec Alice. La petite s'est réveillée à cinq heures vingt ce matin ; la nuit a été courte, et il est exténué. Mais ils ont l'un comme l'autre besoin d'un bon bol d'air frais.

Marchant à pas vifs avec la poussette, il débouche sur la place principale d'Åre. Les décorations de Noël n'ont pas encore été retirées des arbres ; dans le brouillard du petit matin, elles donnent un peu de chaleur au lieu. Des milliers de minuscules lumières scintillent entre les branches nues, éclairant leur manteau de givre d'un doux halo doré.

Daniel a prévu d'achever son petit déjeuner à la brûlerie d'Åre, au centre de la place, qui sert un cappuccino imbattable. Il a ses exigences en matière de café – sans doute héritées de sa mère italienne.

« Tu veux une brioche ? demande-t-il à Alice, dont la bouille s'illumine aussitôt.

– Bioche, bioche ! » répète-t-elle d'un air ravi.

Alice raffole de celles fourrées à la vanille ; elle pourrait ne manger que ça.

Alors qu'ils arrivent devant le café, Daniel reconnaît la silhouette de Gustav, à quelques dizaines de mètres de lui. En combinaison, skis à l'épaule, il s'avance à grandes enjambées en direction de la station de funiculaire. Ida l'accompagne, elle aussi en tenue de ski. D'évidence, ils profitent de ce week-end sans enfant pour se faire une journée sur les pistes – qu'ils compléteront à coup sûr par un déjeuner dans l'un des restaurants d'altitude, Kastrullen ou Hummelstugan.

Daniel baisse la tête et fait mine d'ajuster quelque chose dans la poussette. Pourvu qu'ils ne le remarquent pas, il n'a aucune envie de leur faire la causette. Surtout pas à Gustav.

Heureusement qu'Alice est assise dos à eux et ne peut pas les voir.

Ida est en pleine conversation avec Gustav, son enthousiasme est évident ; elle fait de grands gestes de la main, laisse échapper un gloussement.

Quand Daniel et Ida se sont rencontrés trois ans plus tôt, au Bygget, elle avait ce même rire. Il se souvient encore avec quelle fulgurance il était tombé amoureux d'elle. L'attirance avait été immédiate. Jamais il n'avait éprouvé un amour aussi puissant, addictif même ; il avait envie de sentir à chaque seconde le contact de sa peau.

Quelque part en chemin, ce rire a disparu.

Quelque part, ils ont cessé de se toucher.

La naissance d'Alice est le plus beau cadeau que la vie lui ait fait. Mais leurs journées se sont dès lors rapidement changées en une succession ininterrompue de tâches à accomplir. Tout tournait autour d'Alice. L'intendance, la logistique, la gestion du quotidien.

Ida est devenue plus taciturne, plus renfermée. Inquiète.

Elle s'est mise à haïr le travail de Daniel, à redouter qu'il se mette en danger. Elle ne supportait plus ses horaires imprévisibles, de ne faire que le croiser dès que survenait une grosse enquête, et l'accusait sans cesse de faire passer son travail avant sa famille.

Et puis elle a fini par le quitter.

Ida sourit à Gustav, le visage rayonnant. Puis le couple disparaît du champ de vision de Daniel.

Heureusement qu'elle ne l'a pas repéré. Il a toutes les peines du monde à rester stoïque quand Gustav est là. Après son passage inopiné à l'appartement hier, ç'aurait été la goutte de trop.

Quand il soulève doucement Alice de sa poussette pour entrer dans le café, il sent un douloureux vide s'ouvrir dans sa poitrine.

19

Olivia gravit quatre à quatre les marches de l'escalier. Dans le salon, le reste de la bande s'est attablé pour entamer le petit déjeuner.

« Fanny n'est pas là ! » s'écrie-t-elle.

Il y a un silence.

« Comment ça ? demande Emil.

– Elle a disparu ! »

L'angoisse d'Olivia transparaît dans sa voix. Elle ne veut pas avoir l'air de céder à la panique, mais où Fanny peut-elle bien être ?

« Attends, du calme, dit Emil. Redis-moi ce qui s'est passé. »

Olivia essaie de s'expliquer, mais ses mots s'emmêlent.

« Je vais voir si ses chaussures et son manteau sont encore là », fait Wille en se dirigeant vers le vestibule.

Après quelques secondes, il reprend : « Je n'ai pas l'impression. Il y a tes après-skis, mais je ne trouve pas ceux de Fanny. »

Olivia sort son téléphone portable pour une énième vérification. Elle a déjà tenté d'appeler Fanny à plusieurs reprises, mais n'est tombée que sur sa boîte vocale. La carte de Snapchat, qui permet de suivre en temps réel les déplacements de ses amis, est désactivée et ne leur sera d'aucune aide.

Fanny ne s'est pas manifestée, ni par SMS ni sur WhatsApp ou Messenger.

« Qui est-ce qui l'a vue en dernier ? » questionne Emil.

Olivia cherche du regard celui d'Amir. Quand elle est partie se coucher, il était sur le canapé, serré contre Fanny. On aurait dit qu'il allait la bouffer.

Et il se serait donc subitement désintéressé d'elle, comme ça ?

« Amir ? hésite-t-elle. Fanny n'est pas restée avec toi hier soir ? »

Amir secoue la tête.

« Non, je te l'ai déjà dit. Je me suis couché peu de temps après toi.

– Promis ?

– Quoi, tu penses que je mens ? »

Olivia fait machine arrière.

« Mais alors, où est-ce qu'elle est allée après ça ?

– Comment je pourrais le savoir ?

– Moi, je suis allé me pieuter en même temps qu'Amir, dit Wille.

– Pontus ? l'interpelle Olivia. Tu as dû te retrouver seul avec Fanny dans le salon, dans ce cas. Il s'est passé quoi ?

– Sincèrement, j'étais dans un état… J'ai plus trop de souvenirs.

– Essaie de te concentrer », insiste Olivia.

Pontus rougit un peu.

« Je comatais. Je crois que c'est à ce moment-là que je me suis endormi. Quand j'ai émergé, tout le monde était parti.

– Mais où est-ce qu'elle a pu aller ? répète Olivia. C'est pas possible !

– Tu as vu si ses affaires étaient bien dans le chalet ? » demande Emil.

Olivia tente de se concentrer. Le lit n'était pas défait, mais sa valise ? Oui, elle en est sûre : elle était posée contre le mur, ses vêtements de ski de la veille jetés en tas sur une chaise.

« Elle a dû aller se promener, dit Wille. Ou alors, je ne sais pas, elle est peut-être partie skier sans nous. Tu t'inquiètes sûrement pour rien. »

La main d'Olivia se crispe sur son portable. Elle vient encore d'envoyer plusieurs messages à son amie, sans réponse.

« Peut-être qu'elle voulait rester seule un moment ? poursuit Wille. Elle a peut-être honte pour hier soir.

– Comment ça, *honte* ?

– Honnêtement, elle était dans un sale état. C'était pas très joli à voir… »

Olivia lance un regard éberlué à Wille, qui s'adosse paresseusement à sa chaise. Quel hypocrite, putain ! Pontus et les autres étaient tout aussi bourrés que Fanny – et elle les a déjà vus faire bien pire à d'autres occasions. Mais eux, personne ne sous-entend qu'ils devraient avoir honte.

Emil a l'air de remarquer qu'Olivia est à bout de nerfs.

« Bon, je propose qu'on refasse le tour des deux maisons pour voir si on la trouve ; on ne sait jamais. Moi, je m'occupe du rez-de-chaussée. Wille, tu n'as qu'à vérifier la mezzanine et le sous-sol. »

Olivia est reconnaissante à Emil de prendre ainsi les choses en main ; elle n'arrive pas à penser clairement, et son angoisse ne fait que grandir. Quand Emil commence sa ronde, elle l'accompagne. Dans chacune des pièces de la maison, rien à signaler. Même si cela semble absurde, ils prennent le temps de regarder jusque dans les armoires et sous les lits.

Un quart d'heure plus tard, tout le monde se rassemble autour de la table : aucune trace de Fanny. Ses skis et ses bâtons sont toujours dans le placard extérieur, a confirmé Wille.

« Viens, Olivia, on va voir le chalet, dit Emil. C'est vrai, après tout, elle était peut-être sortie faire un tour. Elle a pu retourner dans sa chambre depuis. »

Pendant les quelques mètres de marche jusqu'à la dépendance extérieur, Olivia arrive presque à se convaincre que Fanny est là, en effet. Qu'elle est simplement partie se promener, comme le suggérait Wille, avant de rentrer sans rien dire à personne.

Lorsqu'ils ouvrent la porte et pénètrent dans le petit hall, elle se sent déjà un peu mieux. Tout va bien se passer, se raisonne Olivia ; elle s'est stressée pour rien.

« Fanny ! appelle-t-elle aussitôt le seuil franchi. Tu es là ? »

Pas de réponse. La chambre de Fanny est toujours vide.

« Elle n'est pas là non plus », souffle Olivia, en sentant sa voix se briser.

Emil ouvre une à une les portes de l'armoire. Il jette un coup d'œil sous le lit double, puis fait de même dans la chambre d'Olivia, avant de faire rapidement le tour de la salle de bains.

« Imagine, si elle est sortie dans la neige hier soir, complètement torchée, murmure Olivia. Elle aurait pu mourir de froid...

– On ne va pas tout de suite imaginer le pire, rétorque Emil en secouant la tête. Retournons voir les autres. Peut-être qu'elle est rentrée entre-temps. »

« Vous l'avez trouvée ? fait la voix de Wille dès qu'Olivia et Emil pénètrent dans le vestibule.

– Non, malheureusement », répond Emil.

Ils entrent dans le séjour, et Pontus les dévisage d'un air vide depuis sa place en bout de table. Olivia pince les lèvres pour ne pas lui lancer une pique. Il ne leur est d'aucune aide et semble à peine ébranlé par la situation. Tout comme Amir, qui mâche mollement sa tartine de fromage.

« Vous pensez qu'on devrait appeler les parents de Fanny ? » demande Wille.

Olivia hésite. Ils dramatisent peut-être, elle ne voudrait pas alarmer inutilement Aron et Jenny, eux qui ont été si gentils avec elle. À la mort de sa mère, il y a presque trois ans, ils l'ont laissée dormir chez eux des semaines entières.

Les contacter, c'est aussi admettre pour de bon que la situation est en train de leur échapper.

« Fanny va bientôt réapparaître, j'en suis sûr », dit Amir.

Tartine à la main, il se lève et s'avance vers la fenêtre panoramique qui donne sur la vallée. Le brouillard semble en train de se dissiper, et le soleil s'est levé. Il fait bien meilleur qu'une heure plus tôt.

« Bon, qu'est-ce qu'on fait ? s'impatiente-t-il en montrant le panorama. On y va, on n'y va pas ? Les télésièges ont déjà ouvert. Si on ne se dépêche pas de sortir, on risque de perdre bêtement une journée de ski. »

À cette période de l'année, le domaine n'est ouvert que de neuf heures et demie à quinze heures. Par la fenêtre, on aperçoit les sièges du Sadelexpressen qui s'élèvent doucement le long de la pente.

Olivia n'arrive pas à croire qu'Amir parle le plus tranquillement du monde de sortir skier.

Il s'est passé quelque chose, elle le sent.

« Moi, je suggère qu'on y aille », dit Pontus.

Wille semble indécis – lui, au moins, a l'air inquiet. Il se lève de sa chaise et rejoint Amir pour jeter un coup d'œil au thermomètre extérieur, placé de l'autre côté de la fenêtre.

« Qu'est-ce que c'est que ça ? » s'écrie-t-il soudain en appuyant le front contre la vitre.

Ses yeux se sont arrêtés sur un point à l'extérieur, dans le jardin.

Le ton grave de sa voix fait aussitôt réagir Olivia.

« Quoi ? » dit-elle.

Wille est blême. Olivia se précipite vers lui, la bouche soudain sèche. En contrebas de la fenêtre, par terre, une masse tout en longueur semble presque se fondre dans la neige.

Sous le manteau immaculé, on voit dépasser un pied nu, aux orteils vernis de bleu.

De la gorge d'Olivia s'échappe un long hurlement.

20

Le coup de fil arrive à neuf heures quarante-deux.

Quand son téléphone retentit, Daniel est dans la cuisine, encore en pyjama. Il termine de débarrasser la table du petit déjeuner tandis qu'Alice, tout sourire, fait des allers-retours entre sa chambre et le salon, les bras chargés de jouets. Toutes les babioles que Daniel a soigneusement rangées la veille vont bientôt se trouver à nouveau éparpillées aux quatre coins de la pièce.

Il regarde distraitement l'écran et voit que c'est sa supérieure, la commissaire Birgitta Grip. D'instinct, tout son corps se tend : un appel de sa part un dimanche matin, alors qu'il n'est pas de garde, est rarement de bon augure.

« Bonjour, Birgitta. Il s'est passé quelque chose ?

– On nous a signalé un corps à Sadeln, répond Grip, qui s'embarrasse rarement de longues salutations. Une jeune femme d'une vingtaine d'années a été retrouvée dans la neige, dans le jardin de la résidence secondaire où elle logeait. Décédée, à en croire la personne qui a donné l'alerte. »

Daniel s'agrippe au plan de travail. Les affaires impliquant des victimes aussi jeunes sont toujours les plus dures à encaisser ; elles l'affectent physiquement, s'immiscent jusque sous sa peau.

Son regard glisse vers Alice.

Il ne se passe pas une seconde sans qu'il s'inquiète pour la sécurité de sa fille – une triste déformation professionnelle, d'avoir vu trop de crimes effroyables, trop de violence et de perversité. Il vit en permanence avec cette conscience aiguë que la vie peut basculer dans l'horreur à tout moment, sans préavis.

« On a affaire à un homicide ? s'enquiert-il du ton le plus neutre possible afin de ne pas laisser transparaître son émotion.

– C'est trop tôt pour le dire. Il pourrait aussi s'agir d'un accident. Tu penses pouvoir aller y jeter un œil ? »

Que va-t-il faire d'Alice ? Il ne va pas emmener une enfant de deux ans sur une scène de crime potentielle. Mais il ne peut pas non plus répondre à Grip qu'il n'a personne pour garder la petite. Avec la résidence alternée, son quotidien est déjà assez difficile à gérer ; il ne faudrait pas, en plus, que son statut de père solo le pénalise professionnellement ou change la perception que ses collègues ont de lui.

Daniel soupire. Il n'a pas le choix : il va devoir appeler sa belle-mère, voir si elle peut prendre Alice chez elle quelques heures. Si Ida vient à l'apprendre, il risque de perdre des points, mais il ne voit guère d'autre solution.

« Je pars tout de suite.

– Super. Vois si Hanna peut t'accompagner. »

S'il a bien compris, Hanna est en vadrouille et a aussi posé son lundi. Dans la voiture au retour d'Östersund, jeudi dernier, Daniel lui avait demandé si elle avait prévu quelque chose de beau pour son anniversaire. Il était à deux doigts de lui proposer de dîner avec lui au Broken, l'un de leurs restaurants préférés, si elle n'avait pas d'autre plan.

Hanna avait bredouillé qu'elle ne serait pas là du week-end, sans plus de précisions. C'est ce ton vague, surtout, qui l'avait interpellé – comme si elle hésitait à lui faire part de ses projets.

« Il me semble qu'elle est partie en week-end, dit Daniel. Elle fêtait ses trente-sept ans hier.

– Dans ce cas, tu peux demander à Anton s'il est disponible. »

Anton, qui officiait jusqu'alors comme policier de terrain à Åre, a été promu enquêteur à la section criminelle d'Östersund à l'automne dernier.

« Rappelle-moi dès que vous en aurez fini. »

La voix de Grip est pressante, et ça n'a rien d'étonnant : ces dernières années, la région a été le théâtre de plusieurs meurtres sanglants auxquels ils ont dû faire face avec des ressources plus que limitées. Les habitants comme les entreprises locales ont même commencé à se faire du souci pour la réputation d'Åre.

Chaque année, ce sont plusieurs centaines de milliers de visiteurs qui affluent dans la plus grande station de ski de Scandinavie ; il est vital pour son économie qu'elle conserve sa bonne renommée. La presse a déjà sorti plusieurs articles sur le manque chronique de moyens alloués à la police et sur la baisse alarmante des taux d'élucidation. En clair, on doute de sa capacité à assurer la sécurité des résidents.

La mairie s'est aussi mise à faire pression pour réclamer des changements notables.

Une jeune femme retrouvée morte dans la neige, c'est bien la dernière chose qu'il leur fallait.

Jusqu'ici, l'hiver avait été plutôt tranquille, et Daniel avait croisé les doigts pour qu'il le reste. Leur problème d'effectif n'est toujours pas réglé ; ils cherchent désormais à recruter du renfort, mais les enquêteurs prêts à travailler sur des crimes violents dans le Jämtland et le Härjedalen ne courent pas les rues.

Téléphone à l'oreille, il passe la porte de la chambre et commence à se changer avant de conclure : « Je te tiens au jus. »

21

Plusieurs voitures de police sont garées devant le 7, rue Nedre Svedjevägen, l'adresse à laquelle a été retrouvé le corps. Daniel reconnaît aussi la Toyota rouge d'Anton, stationnée un peu plus loin.

Le temps de joindre la mère d'Ida et de préparer Alice pour la déposer chez elle, il a perdu quasiment une heure ; c'est en retard et passablement stressé qu'il se précipite vers la luxueuse résidence.

Elle lui rappelle un peu le chalet de la sœur d'Hanna – elle s'y était installée à son arrivée à Åre, avant de trouver son chez-elle à Solbringen. La maison qui se dresse devant lui est presque aussi imposante, avec ses fenêtres surdimensionnées et sa vue royale. Elle est bien trois fois plus grande que la plupart des maisons suédoises, alors même qu'elle ne sert que de résidence secondaire.

En revanche, la couleur de la façade est étonnamment laide – un rose particulièrement criard, qui jure complètement avec le voisinage.

D'après Grip, le corps se trouverait à l'avant de la maison, tout au bout du jardin en forte pente. L'inclinaison et l'épaisseur de la neige – une couche de près d'un mètre – forcent Daniel à une succession de dérapages contrôlés, même si les empreintes laissées par ses collègues déjà passés par là l'aident quelque peu à progresser. Il frissonne en sentant la neige glacée s'infiltrer, malgré ses efforts, dans ses grosses chaussures.

À peine a-t-il contourné la maison qu'il aperçoit Anton. Le jeune enquêteur se tient au côté de quelques policiers en uniforme, en train de boucler la zone : le ruban bleu et blanc indique désormais qu'il pourrait s'agir d'une scène de crime, interdite d'accès au public.

« Ah, super, tu es là, dit Anton en le voyant arriver. Elle est là-bas. »

Le corps de la jeune femme gît à quelques mètres de là. À demi retournée, une joue contre le sol et le visage incliné vers la vallée.

Daniel s'arrête quelques secondes pour s'obliger à intégrer le macabre tableau : la peau nue où se sont formés des cristaux de givre, les membres raidis par le froid.

À ses pieds déchaussés, le vernis bleu vif des orteils forme un poignant contraste avec tout ce blanc.

« Et ses habits, où sont-ils ? fait-il avec un soupir abattu. Elle n'a même pas de chaussures. »

La femme ne porte qu'un débardeur sur ses sous-vêtements. La vision ravive aussitôt chez Daniel le souvenir désagréable de sa première affaire de meurtre, quelques années plus tôt. Le corps d'une jeune fille à moitié nue avait été retrouvé sur l'un des télésièges les plus fréquentés d'Åre, le VM6.

Une tragédie qui avait violemment ébranlé la communauté tout entière.

Daniel frissonne à l'idée de se retrouver devant un cas similaire.

« Aucune idée, répond Anton, désignant le jardin de la main. Je ne vois rien dans les parages. »

Daniel parcourt la parcelle des yeux. Elle est assez grande : le terrain à l'avant du bâtiment doit bien faire à lui seul quatre ou cinq cents mètres carrés. Devant une porte donnant sur le sous-sol en rez-de-jardin – où l'on devine un sauna – est installé un grand bain nordique en bois, recouvert d'une bâche en plastique vert. Une piste de ski passe juste en contrebas du terrain.

Trois skieurs chaudement emmitouflés, écharpe remontée jusqu'aux yeux pour protéger leur visage du froid, passent en glissant devant eux avant de disparaître en direction de la piste de l'Hermine, ignorant la tragédie qui se joue juste sous leur nez.

Comment expliquer que la jeune femme morte soit à peine vêtue, sans chaussures ?

« J'imagine difficilement qu'elle soit sortie d'elle-même, pieds nus, pour aller s'allonger dans le jardin et s'y endormir, fait remarquer Daniel.

– Le blizzard de cette nuit a déplacé beaucoup de neige, souligne Anton. Toutes les traces doivent être recouvertes à l'heure qu'il est.

– Mais si ses habits sont dans le coin, on devrait au moins en distinguer les contours. »

Daniel balaie une nouvelle fois du regard les alentours. Tout semble normal. Pas de monticules suspects qui pourraient évoquer des vêtements dissimulés sous la poudreuse. Pas non plus de creux suggérant des empreintes de pas – la neige a tout aplani.

Comme il tourne la tête, l'œil de Daniel s'arrête sur la maison voisine. Le temps d'une brève seconde, il lui semble entrevoir quelqu'un à la fenêtre, derrière un rideau – mais l'impression fugace s'en va comme elle est venue.

Daniel s'approche du corps à pas prudents en cherchant des yeux des indices pouvant suggérer la cause de la mort. Il en est bien conscient, la plus grande prudence est de mise. Carina Grankvist, de la police scientifique, est en route depuis Mattmar, où elle réside, et Daniel sait exactement ce qu'elle pense des policiers négligents qui se promènent avec leurs gros sabots sur les scènes de crime avant qu'elle et son équipe aient eu le temps de réaliser leurs relevés.

S'il s'agit bel et bien d'une scène de crime.

Daniel s'accroupit pour examiner la jeune femme de plus près : aucune trace de violence apparente. Rien qui puisse expliquer pourquoi elle gît sans vie dans un jardin, par un morne dimanche de janvier.

Elle ne présente aucune ecchymose sur le corps, aucune marque de strangulation, ni rien qui puisse suggérer qu'on l'ait empoignée par les bras ou le torse. Pas non plus de griffures.

« Tu en penses quoi ? demande-t-il à Anton. Ça pourrait être un accident ?

– Je ne vois aucune trace directe de coup, répond Anton, pensif. Mais ça me semble tout de même suspect. Qui sortirait dans cette tenue, au milieu de la nuit, par moins vingt-cinq degrés ? »

Les températures sont descendues à des niveaux records la nuit dernière, et il fait toujours un froid glacial à presque onze heures du matin. Daniel, qui s'est pourtant habillé aussi chaudement que possible, sent déjà ses pieds s'engourdir.

En toute logique, il paraît insensé que la jeune femme se soit volontairement laissée mourir de froid – mais rien ne semble suggérer le contraire.

À moins qu'elle n'ait été sous l'emprise d'une substance. Une forte alcoolisation ou certaines drogues peuvent faire faire les choses les plus irrationnelles.

« Qu'est-ce qu'on sait d'elle ?

– Elle s'appelle Fanny Smedsås. Dix-neuf ans, répond Anton. Elle est arrivée à Åre hier matin avec un groupe d'amis, tous étudiants à Uppsala. La maison appartient aux parents d'un des garçons ; ils avaient prévu d'y passer une semaine.

– Ils sont à l'intérieur ?

– Oui.

– Commençons par les interroger un par un, histoire de se faire une idée de ce qui a bien pu se passer. »

Daniel toise l'imposante maison en bois qui trône sur presque toute la largeur du terrain. Ses soubassements sont revêtus d'ardoise grise ; un balcon filant fait le tour du bâtiment.

Les baies vitrées renvoient la faible lumière hivernale. De là où il se trouve, impossible de distinguer ce qui se passe à l'intérieur, mais Daniel a l'impression de percevoir la douloureuse angoisse qui pèse sur les lieux.

La veille, une bande de six amis y ont posé leurs valises.

Et ce matin, ils ne sont plus que cinq.

22

Le soleil est aveuglant. Hanna ôte ses lunettes de ski pour essuyer ses yeux qui larmoient sous l'effet de la vitesse. Henry et elle viennent de s'arrêter sur une corniche baignée de lumière, après une descente exceptionnellement longue et physique – mais néanmoins délicieuse.

Comme la veille, l'hélico les a déposés sur un sommet donnant sur une pente à la neige encore vierge. Hier, c'était la cime du Bossosčohkka ; aujourd'hui, celle du Drakryggen – « le dos du dragon » –, à quelques encablures du Kebnekaise, le point culminant du pays.

Ils skient depuis déjà un long moment ; Hanna se réjouit de faire enfin une pause digne de ce nom pour profiter du déjeuner en plein air que leur guide est en train de faire apparaître comme par enchantement de son gros sac à dos.

« Quelle neige ! » s'émerveille Henry en se laissant tomber à ses côtés sur la peau de renne qui lui tient lieu de siège.

Hanna est une fois de plus impressionnée : la condition physique de son compagnon force l'admiration. Ils skient à un rythme soutenu et se sont à peine arrêtés pour souffler depuis qu'ils ont quitté l'hôtel. Difficile de croire qu'Henry approche de la soixantaine…

Il prend soin de lui, et son hygiène de vie est indubitablement meilleure que celle d'Hanna. Il veille à la qualité de son sommeil et à son alimentation, évite la viande rouge et les aliments industriels. Elle, de son côté, se contente bien souvent, comme la plupart des flics en service, d'un hot-dog ou d'un burger avalé à la va-vite sur le bord de la route.

« Oui, qu'est-ce que c'est beau ! » sourit-elle, embrassant du regard la vue époustouflante qui se déploie devant eux.

Ses yeux ne peuvent s'en rassasier : c'est un paysage proprement féerique, où l'humain n'est qu'un petit point dans l'immensité. Partout alentour, des formations neigeuses ondulent comme des vagues. À l'horizon se dessine la silhouette des montagnes norvégiennes, dernier rempart avant les eaux glaciales de l'Atlantique Nord.

Hanna connaît un peu les Alpes, pour y avoir passé plusieurs hivers. Mais ici, le spectacle qui s'offre à elle n'a rien de commun avec les paysages suisses ou autrichiens. Là-bas, ce sont des pics, des reliefs tranchants qui s'élancent vers le ciel en saillies abruptes. Ici, tout est… plus rond, plus doux et hospitalier. Tout en crêtes ventrues, les montagnes méritent bien leur surnom de « géantes endormies », couchées à perte de vue jusqu'à l'horizon. À l'exception des quelques nuages cotonneux qui se dessinent au loin, au creux des vallons, le ciel est parfaitement bleu.

Ils sont comme seuls au monde au milieu de ces imposants massifs. Même les troupeaux de rennes ne s'aventurent pas à cette altitude à la saison froide.

La Terre a beau être ronde, Hanna a l'impression que la planète entière, à leurs pieds, n'est qu'une étendue infinie de glace, de neige et de roches – qu'elle trône au sommet de l'univers.

« Le toit du monde ! lance Henry, comme s'il lisait dans ses pensées.

– C'est magique, vraiment. Merci de m'avoir amenée jusqu'ici. »

Henry s'appuie sur les coudes, le nez en l'air, et sourit. Il semble parfaitement détendu, presque béat. Hanna lui envie sa capacité à se perdre dans l'instant présent, à se concentrer sur ses sensations jusqu'à en oublier le reste.

Elle n'a pas cette chance : la question qu'Henry lui a posée hier soir continue de la poursuivre.

Veut-elle emménager avec lui ? C'est peut-être la dernière chose qu'elle s'attendait à entendre quand il a ouvert la bouche. Dans la stupeur du moment, elle a éludé le sujet par une plaisanterie. Et ne lui a toujours pas fourni de réponse digne de ce nom.

Elle n'a même pas encore parlé d'Henry à ses proches, et il voudrait déjà qu'ils s'installent ensemble... Pour sûr, ce serait une manière radicale d'officialiser leur couple. Mais où vivraient-ils ? À Stockholm, dans un appartement en centre-ville ? Ou dans le Jämtland, où elle a bossé dur pour se construire une nouvelle vie ?

C'est à Åre que sont tous ses repères désormais. Son travail, ses nouveaux amis. Son chat...

Et puis il y a Daniel.

Une fois de plus, elle sent poindre cet étrange sentiment de déloyauté à l'égard de son collègue, cette impression de le trahir en fréquentant Henry.

Hanna desserre encore un peu les fixations de ses chaussures de ski pour laisser circuler le sang dans ses orteils.

On bosse ensemble, ça s'arrête là, se répète-t-elle comme elle l'a déjà fait mille fois. Elle sait bien que son affection pour lui dépasse de loin la simple camaraderie, mais elle s'est toujours efforcée de cacher ses sentiments. Il n'a jamais pu se douter de quoi que ce soit – ça, elle en est sûre.

Lorsqu'il était en couple avec Ida, c'était d'ailleurs une question de principe : elle sait le mal de chien que ça fait d'être trompée.

Il y a quelques années, la découverte de la liaison que Christian, son ex, entretenait derrière son dos depuis des mois l'a frappée comme un coup de massue. Il lui a donné l'uppercut final en la quittant pour sa maîtresse, une certaine Valérie, le jour même où la police de Stockholm venait de la licencier...

Passé le choc, cet épisode lui a laissé un arrière-goût amer qui ne s'est toujours pas estompé, même des années plus tard. Depuis, l'idée de convoiter un homme en couple – et risquer de faire subir cette épreuve à une autre – lui est devenue impensable.

Bien plus tard, quand Daniel lui a appris qu'Ida était partie, elle n'a pas pu se résoudre à lui avouer ses sentiments, par peur d'être rejetée.

Et c'est à la même période qu'Henry a commencé à lui faire la cour. Elle a alors décidé d'arrêter pour de bon de poursuivre des chimères et de se mettre avec un homme qui s'intéressait réellement à elle.

Elle regarde Henry, assis les yeux fermés, le visage tendu vers le soleil. Lui qui s'est donné tant de mal pour ce cadeau d'anniversaire.

Ce n'est vraiment pas le moment de penser à Daniel.

Leur guide s'avance vers eux, deux grosses chopes à la main, remplies d'une boisson rouge et fumante.

« Tenez, dit-il en souriant. Une décoction d'airelles avec un soupçon de cannelle, pour vous réchauffer. Le repas sera bientôt prêt. »

À quelques mètres de là, un petit réchaud à alcool est posé dans la neige, où mijote un plat dégageant un alléchant fumet de viande de renne. Dans une autre casserole, on devine une purée de pommes de terre bien épaisse.

Hanna se rend soudain compte qu'elle meurt de faim. Elle se penche vers Henry et dépose un baiser sur sa joue.

« Dis, et si on lâchait tout pour s'installer ici ? »

Puis, par automatisme, elle plonge une main dans sa poche pour jeter un coup d'œil à son portable. Les lettres qui s'affichent à l'écran lui sautent au visage. Elle s'attendait à tout sauf à ça.

Suspicion d'homicide à Åre.

23

En pénétrant dans la villa, Daniel et Anton découvrent une spacieuse entrée au sol jonché d'après-skis. Quelques manteaux sont jetés en vrac sur une banquette en peau de mouton grise.

Les cinq jeunes sont regroupés dans l'immense salon, certains assis sur les canapés, d'autres à la table.

Daniel s'avance vers eux, immédiatement écœuré par l'odeur rance de bière et de vodka qui flotte dans la pièce. Le tapis est parsemé de morceaux de chips à moitié piétinés, la table basse est poisseuse, maculée d'auréoles. La soirée d'hier n'a pas dû être de tout repos.

Quand les gens ont un coup dans le nez, tout ou presque peut arriver – en plus de dix ans de service, Daniel a eu maintes occasions de le constater.

Le groupe d'étudiants se compose de quatre garçons et d'une fille, tous d'une vingtaine d'années. La jeune femme est recroquevillée sur l'un des deux canapés en velours, le visage plongé dans les mains, tandis qu'un grand brun semble tenter de la réconforter, un bras passé autour de ses épaules. Il a l'air à la fois choqué et désemparé, les yeux rivés sur les agents, toujours postés à l'extérieur.

Ces derniers doivent rester près du corps jusqu'à l'arrivée de la police scientifique. Daniel jette un regard à sa montre : Carina ne devrait plus tarder.

En face, sur l'autre canapé, se tient un blond un peu plus petit, scotché à son téléphone, comme sous hypnose. Les deux derniers membres du groupe sont installés à la grande table à manger et fixent les restes d'un petit déjeuner que personne n'a pris la peine de débarrasser. En plein milieu suinte un gros morceau de fromage à pâte dure, qui mériterait de retourner au réfrigérateur.

« Comme vous le savez, nous sommes policiers, annonce Daniel. De la brigade criminelle. »

Anton et lui prennent chacun une chaise en poursuivant les présentations de rigueur.

« Nous allons devoir prendre vos noms », les informe Daniel en sortant son carnet.

La jeune femme lève les yeux, le regard vide. Elle ouvre toutefois le bal : Olivia, dix-neuf ans, meilleure amie de Fanny, la victime. Celui qui la serre contre lui s'appelle Wille. C'est le fils des propriétaires. Il parle vite, avec nervosité, et bafouille des réponses confuses.

Les deux garçons assis à table se présentent comme étant Emil et Amir ; le blond sur le canapé se nomme Pontus.

La petite troupe s'est formée à l'université d'Uppsala, confirment-ils. Tous, à l'exception de Fanny, y sont inscrits en économie et gestion ; ils ont fait leur rentrée en première année en septembre et viennent d'entamer le second semestre.

« Nous allons devoir poser quelques questions à chacun d'entre vous sur les événements de cette nuit, explique Anton. Y a-t-il une pièce fermée où l'on puisse s'installer ? »

Wille, le jeune homme brun, désigne l'escalier du doigt et répond d'une voix étranglée : « On peut aller dans le bureau au sous-sol. Sinon, il y a plusieurs chambres en bas, et puis une salle de télé et un espace de détente à côté du sauna.

– Il y a aussi un chalet dans le jardin », complète le dénommé Emil en se levant de sa chaise.

Il fait quelques pas vers la fenêtre et indique une petite dépendance, à quelques mètres de la maison.

Ce garçon est particulièrement grand, remarque Daniel – à vue de nez, au moins un mètre quatre-vingt-quinze. Et large d'épaules. Sans doute assez fort pour transporter une jeune femme et l'abandonner dans la neige au beau milieu de la nuit…

« C'est là que dormait Fanny, avec Olivia », poursuit Emil.

Depuis sa place, cette dernière émet un gémissement à demi étouffé.

« Dans ce cas, nous irons y jeter un coup d'œil avant de partir, dit Daniel. Mais d'abord, nous aimerions vous parler.

– Je veux rentrer chez moi, laisse échapper Olivia dans un sanglot.

– Je comprends. Mais ce n'est pas possible dans l'immédiat, malheureusement.

– On est obligés de rester ici ?

– Oui, cela nous aiderait beaucoup que vous ne quittiez pas Åre, précise Anton. Au moins jusqu'à ce qu'on ait déterminé la cause du décès. Il se peut que nous devions procéder à d'autres entretiens. »

Daniel dévisage les jeunes gens. Si tous ont l'air choqués, ils dégagent aussi quelque chose de soigné : ils sont tirés à quatre épingles, bien élevés, et s'expriment avec une certaine aisance.

Se pourrait-il que ces étudiants si propres sur eux soient mouillés dans la mort de leur amie ?

24

Olivia est incapable de quitter le canapé où elle s'est à nouveau effondrée ; c'est à peine si elle parvient à lever les yeux. Comme si une entité avait pris possession de son corps pour la priver de toute forme de volonté.

Un quart d'heure s'est écoulé depuis le départ des deux policiers. Par la fenêtre, elle voit de nouvelles silhouettes encercler le corps de Fanny, étendu dans la neige. Il y a une civière à côté d'elle ; ils semblent sur le point de l'emmener.

Il y a moins d'un an, elles passaient le bac ensemble. Olivia se revoit avec Fanny dans le parc, lors du déjeuner au champagne qui célébrait leur entrée dans la vie adulte. Toute leur promo était là ; pour l'occasion, Fanny et elle s'étaient acheté deux robes identiques. Le soir venu, elles étaient sorties danser jusqu'au petit matin ; Olivia avait cassé le talon d'une de ses sandales neuves, si bien qu'elle avait dû terminer la soirée pieds nus…

Olivia voudrait hurler, supplier la police de ne pas emmener sa meilleure amie. Elle voudrait la garder auprès d'elle à jamais. Mais impossible de bouger ; elle reste figée contre le dossier du canapé, claquant des dents, frigorifiée. Elle ne trouve même pas la force de tirer à elle le plaid jeté sur l'accoudoir.

Fanny est morte. Elle ne reviendra plus jamais. Et dire qu'elles se sont quittées sur une dispute ! Olivia l'a lâchement abandonnée, hier soir, alors qu'elle était si vulnérable.

Si seulement elle avait su…

Olivia croise les bras sur sa poitrine et se balance lentement d'avant en arrière.

Puis elle voit Wille revenir de la cuisine avec un mug fumant qu'il lui tend avec précaution : « Tiens, je t'ai fait un thé. Ça t'aidera peut-être à te sentir mieux. »

Olivia ne voit pas bien comment une pauvre tasse d'Earl Grey pourrait changer quoi que ce soit à son état, mais elle n'a pas la force de protester. Elle prend l'infusion bien chaude, commence à la boire à petites gorgées. Wille y a ajouté une bonne dose de lait et de miel. Et en effet, à mesure que la chaleur du breuvage se répand dans son corps, ses frissons commencent à s'estomper.

Il est rare que Wille fasse preuve de ce genre d'attentions en public. À vrai dire, elle ne l'a vu montrer ce visage prévenant que deux ou trois fois, toujours en tête à tête – un jour qu'ils révisaient ensemble à la bibliothèque ou le temps d'une promenade dans le jardin botanique de l'université. Quand il est avec sa bande, son besoin de jouer au mâle alpha reprend le dessus : il faut qu'il fasse la loi, qu'il domine le groupe. Dévoiler son côté sensible pourrait être interprété comme un aveu de faiblesse, et ça, il serait incapable de l'assumer.

Elle lui adresse un petit sourire de gratitude et plonge les lèvres dans la tasse qu'elle serre d'une main tremblante.

Amir et Emil les ont rejoints sur les canapés.

« Alors, dit Amir, rompant le silence, ils vous voulaient quoi, les flics ? »

Olivia lève les yeux : « Comment ça ?

– Qu'est-ce qu'ils vous ont demandé ?

– De leur raconter comment s'est passée la soirée d'hier, ce qu'a fait Fanny…, répond-elle d'une voix hésitante. J'ai dit ce que je savais. »

Pourtant, elle s'est bien gardée d'entrer dans les détails. Elle n'a pas mentionné qu'elle s'était pris la tête avec son amie complètement ivre, qu'elle avait fini par perdre patience et l'avait laissée tomber. C'était trop dur de raconter tout ça à ce flic barbu. Elle ne voulait pas qu'il ait une mauvaise opinion d'elle – celle d'une fille capable de faire ce genre de crasse à sa meilleure copine.

Elle ne saurait expliquer pourquoi l'avis de cet homme lui importe ; ses émotions sont confuses, elles s'entrechoquent.

Olivia sent un sanglot monter au fond de sa gorge. Si seulement elle avait un peu plus insisté pour que Fanny vienne se coucher au chalet avec elle, ce cauchemar ne serait sans doute jamais arrivé...

Amir arrête son regard sur Emil : « Et toi, ils t'ont demandé quoi ?

– La même chose, en gros. Ce qu'on a fait hier soir, comment était l'ambiance... Et puis à quelle heure j'ai vu Fanny pour la dernière fois. »

Olivia en a la respiration coupée.

Pour la dernière fois.

Ça semble complètement irréel.

Par la fenêtre, elle voit que Fanny n'est plus sur le sol. Un grand sac en plastique noir est posé sur la civière que deux policiers se préparent à déplacer.

Ça y est, ils l'emmènent.

Une vague de vertige la saisit brusquement ; elle se sent vaciller. Elle doit se pencher en avant et serrer fort l'accoudoir du canapé pour lever le voile noir qui tombe sur ses yeux.

Amir fixe lui aussi les policiers qui s'affairent devant la maison.

« Dites, personne n'a raconté aux flics qu'on a tapé, hier soir ? » bredouille-t-il, un stress palpable dans la voix.

Olivia tressaille.

« Tu as filé de la coke à Fanny ?

– C'est pas comme si je l'avais forcée, se défend Amir, qui n'en mène pas large. Je lui en ai proposé, elle a dit oui. Après, c'est elle qui m'en a redemandé. Plusieurs fois, même. »

Voilà donc pourquoi Fanny s'était comportée de manière aussi erratique ; ça ne lui ressemblait pas du tout. Non seulement elle avait bu beaucoup plus que d'habitude, mais en plus, elle était défoncée.

Et tout ça à cause d'Amir.

« Attends, t'es sérieux, là ? »

Wille pose sa main sur la sienne, mais Olivia est incapable de retenir son indignation.

« Elle n'avait jamais touché à ça de sa vie, tu le savais ! Déjà qu'elle ne boit presque pas d'habitude. Comment tu as pu être aussi con ? »

Le regard d'Amir s'assombrit : il n'a pas l'air d'apprécier l'invective. Il ouvre la bouche pour contre-attaquer quand Wille le coupe : « On n'a pas besoin d'aller dire aux flics qu'on a pris de la coke, ça peut rester entre nous. »

Il se tourne vers Emil et Pontus : « On est tous d'accord ? »

Personne ne bronche. Wille semble interpréter ce silence comme un consentement général.

« J'ai balancé tout ce qui nous restait dans les chiottes », ajoute-t-il, comme si cela pouvait changer quoi que ce soit.

Olivia baisse les yeux, mâchoire serrée ; elle ne veut pas croiser le regard d'Amir.

« Et toi, Pontus, ils t'ont demandé quoi ? fait Wille comme pour abréger l'échange.

– Pareil que vous. Ce qui s'est passé pendant la soirée, quand j'ai vu Fanny pour la dernière fois… »

Quelque chose dans sa voix fait tiquer Olivia.

« Ce matin, tu as dit que tu t'étais endormi sur le canapé, articule-t-elle, et qu'il n'y avait plus personne quand tu t'es réveillé. Tu sais quelle heure il était ? »

Pontus cligne des yeux.

« Pas vraiment. Peut-être trois ou quatre heures du mat' ? Mais franchement, j'en sais rien. J'étais tellement dans le gaz. Je me rappelle juste que j'étais seul dans la pièce et qu'il n'y avait plus de feu dans la cheminée. J'ai supposé que vous étiez tous au lit, du coup je suis aussi descendu me pieuter.

– Donc Fanny n'était plus là ? insiste Olivia.

– Non. »

Elle essaie de réfléchir malgré la nappe de brouillard qui sature son esprit. Elle est elle-même retournée au chalet vers une heure du matin ; ça, elle s'en souvient bien. À ce moment-là, seul Emil était déjà couché.

« Alors, c'est qui, la dernière personne à avoir vu Fanny ? » demande-t-elle.

Pas de réponse.

« Wille ?

– Quand je suis parti, elle était toujours sur le canap' avec Amir. Et Pontus comatait déjà. »

C'est à n'y rien comprendre. Vers une heure, tout le monde, à l'exception d'Emil, était dans le salon. Olivia est partie la première, suivie de Wille. Et Amir affirme être lui aussi allé au lit – alors même que l'instant d'avant, il emballait encore fougueusement Fanny.

Il l'aurait alors laissée dans le salon, seule avec un Pontus léthargique.

Que s'est-il passé ensuite ? Comment Fanny a-t-elle pu finir dans la neige, à moitié nue, alors qu'elle n'avait que quelques mètres à faire pour regagner le chalet ?

Une nouvelle question frappe Olivia : où sont donc passés les autres vêtements de Fanny, qu'elle avait pourtant ôtés devant eux ? Et surtout, ses habits d'extérieur ? Lorsqu'ils ont retourné la maison ce matin, ils n'ont trouvé ni ses chaussures ni sa doudoune. En toute logique, elles n'auraient jamais dû quitter l'entrée.

Ça, Olivia n'a pas pensé à le dire à la police.

Elle dévisage les garçons.

« Quand je suis allée me coucher, Fanny était là, tout allait bien. Mais quand Pontus s'est réveillé, elle avait disparu. Il s'est forcément passé des trucs entre-temps ! J'ai besoin de savoir : vous vous êtes embrouillés avec elle après mon départ, ou quoi ? Amir, vous avez fait quoi, tous les deux ? »

Personne ne répond. Personne ne croise son regard.

« Pourquoi elle est sortie dans la neige sans ses vêtements ? s'emporte-t-elle. Répondez-moi, bordel ! Pourquoi elle aurait fait ça ? »

Olivia se souvient alors d'un autre détail. Lorsqu'elle est retournée à la villa depuis le chalet, tout à l'heure, il lui a suffi d'abaisser la poignée pour ouvrir la porte d'entrée. Elle n'était pas fermée à clé.

En d'autres termes, n'importe qui – un inconnu – aurait pu entrer à la faveur de la nuit.

Et s'attaquer à Fanny.

25

De retour au poste, Anton et Daniel filent droit vers la salle de réunion, dont l'équipement de visioconférence permet de joindre en un instant les collègues d'Östersund, d'Umeå ou d'autres localités rattachées à la région nord.

Aussitôt l'appel lancé, Grip répond. Elle apparaît sur le grand écran, installée derrière son bureau : « Alors, où en est-on ? » s'enquiert-elle sans s'embarrasser de politesses.

Daniel et Anton échangent un regard. Ils ont passé deux bonnes heures à interroger les occupants de la villa, un par un. Ils ont aussi jeté un coup d'œil au chalet, sans rien y découvrir de notable – si ce n'est des vêtements à la pelle et, dans la salle de bains, les banales traces de dentifrice et de produits de beauté que laisseraient deux jeunes filles.

« Difficile à dire, commence Daniel. On dirait que personne ne sait vraiment ce qui s'est passé la nuit dernière. »

Il résume à grands traits ce que les jeunes leur ont relaté lors des entretiens – des informations qu'il a pris soin de recouper avec Anton avant de quitter les lieux. Les deux enquêteurs se sont fait à peu de chose près le même tableau des événements de la nuit : la soirée a été plus qu'agitée, et aucun des membres de la petite bande n'était sobre lorsqu'ils sont finalement allés se coucher, après plusieurs heures de fête ponctuée de jeux à boire.

Tous ont affirmé que Fanny avait bu beaucoup plus qu'elle n'en avait l'habitude et qu'elle s'était montrée singulièrement extravertie – déchaînée, même, selon certains. L'un des garçons, Wille, a mentionné un début de dispute avec Olivia à ce sujet.

Alors qu'ils concluent leur exposé, la porte s'ouvre sur Carina Grankvist. Elle tombe à point nommé, se dit Daniel : son expertise technique sera cruciale pour déterminer si leur enquête s'engagera ou non sur la piste criminelle.

Carina attrape une chaise près de celle d'Anton et suspend sa veste au dossier en adressant une salutation à la cantonade, puis à son interlocutrice à l'écran.

« Bien, abrège Grip. Dis-nous tout, Carina. Selon tes observations, a-t-on affaire à un homicide ?

– Ce n'est pas si facile de trancher, malheureusement, commence celle-ci tout en dézippant d'une main le col de sa polaire. Le corps ne porte pas de signes évidents de violence ou d'autres sévices. Mais avec le blizzard de la nuit dernière et la couche de neige qui a tout recouvert, difficile de dire s'il y avait une autre personne dans le tableau. Relever des empreintes de chaussures ou de pieds, par exemple, est quasiment impossible. En supposant que la victime ait été encore vivante quand elle s'est retrouvée dehors, on ne peut pas savoir si elle est sortie au milieu de la nuit par ses propres moyens ou si quelqu'un l'a volontairement déposée à cet endroit. Toujours est-il que son corps était entièrement gelé quand on l'a découvert. »

Carina se débarrasse de sa longue écharpe en laine et la pose sur la chaise à côté d'elle avant de poursuivre.

« Je préfère attendre les conclusions de l'autopsie avant de me prononcer. Cela étant dit, il y a tout de même un détail qui me chiffonne, mais il faut le prendre pour ce qu'il est : rien de plus qu'une intuition. »

Daniel se redresse et tend l'oreille. Cette façon de s'exprimer est très inhabituelle dans la bouche de Carina, qui préfère toujours s'appuyer sur des éléments concrets et ne tire de conclusions qu'avec la plus grande prudence. Ce qui rend ce genre d'intervention d'autant plus intrigante.

« Nous sommes tout ouïe, l'encourage-t-il.

– Pour faire court : j'ai du mal à imaginer qu'elle se soit rendue d'elle-même à l'endroit où on l'a découverte. »

C'est bien la question qui taraude Daniel depuis son arrivée sur les lieux.

Il visualise mentalement la maison et son jardin : entre la porte d'entrée du rez-de-chaussée et l'emplacement du corps, il doit y avoir au moins une cinquantaine de pas – et presque autant jusqu'à la porte vitrée du sous-sol. À travers l'épaisse couche de neige, Daniel a lui-même mis plusieurs minutes pour parcourir cette distance. Assez de temps pour commencer à souffrir du froid et à se raviser, même avec une alcoolémie record.

« Si on avait trouvé des chaussures aux pieds de la victime, j'aurais à la rigueur pu envisager qu'elle soit sortie complètement ivre, poursuit Carina. Qu'elle ait fait un tour dans le jardin, qu'elle soit tombée et ait eu le malheur de s'endormir sur place...

– Mais même fin saoul, qui supporterait de sortir pieds nus par un froid pareil ? complète Anton.

– En toute logique, dès que la température extérieure lui serait montée au cerveau, elle aurait assez vite fait demi-tour pour se mettre au chaud », acquiesce Grip.

Depuis la kitchenette, on entend le vrombissement de la machine à café. Daniel aurait bien besoin d'en reprendre une tasse – l'intensité de la matinée l'a vidé de son énergie.

« Le retour des légistes devrait nous aider à y voir plus clair, résume Carina. Mais personnellement, la thèse d'une mort accidentelle me semble hautement improbable.

– En effet, opine Daniel. Leurs conclusions sur la cause du décès s'avéreront sans doute déterminantes.

– Il faudra demander un traitement prioritaire à l'unité médico-légale d'Umeå, note Grip. Faites-leur envoyer la dépouille dès ce soir.

– C'est déjà fait, confirme Carina. Le corps doit être en route à l'heure où je vous parle.

– Parfait. Et les parents ? poursuit Grip. Ont-ils été prévenus ?

– Fanny Smedsås habitait à Västerås, explique Anton. Je vais demander aux collègues de la région centre de les contacter.

– Bien. Ne tardez pas.

– Qu'est-ce qu'on fait de nos petits jeunes ? demande Daniel. Ils ont évoqué l'idée de rentrer chez eux dès cet après-midi, mais on leur a dit de patienter encore un peu. Personnellement, j'aimerais attendre les résultats de l'autopsie avant de les laisser filer. S'ils retournent tous à Uppsala, ça risque de compliquer sérieusement les choses. »

La police ne peut pas formellement les contraindre à rester, mais peut aisément contourner le problème en programmant dans les jours à venir des interrogatoires requérant leur présence. Il serait vain de leur part d'essayer de quitter la région : s'ils ne se présentent pas à la convocation, c'est une voiture de police qui se chargera d'aller les cueillir à leur domicile.

Daniel sait qu'ils vont très probablement devoir leur parler à nouveau. S'il s'avère que le décès n'est pas accidentel – ou que l'autopsie soulève le moindre doute –, cela changera complètement la donne : les premiers soupçons se porteront alors sur ceux qui ont vu Fanny vivante pour la dernière fois, à savoir ses cinq camarades.

Grip acquiesce, bouche fermée, et passe la main dans ses courts cheveux gris. Une ride d'inquiétude se creuse entre ses sourcils.

« S'ils filent, ça peut effectivement nous mettre des bâtons dans les roues, dit-elle. Je vais dans votre sens : on a de bonnes raisons de soupçonner qu'un tiers soit impliqué dans la mort de Fanny Smedsås. »

Elle s'adresse une nouvelle fois à la technicienne : « Carina, je fais confiance à ton instinct. Cette histoire est clairement louche. Je vais ordonner l'ouverture d'une enquête préliminaire pour homicide, volontaire ou involontaire, et pour non-assistance à personne en danger. Ça nous donnera accès à tous les outils de la procédure.

– On prépare une perquisition ? » demande Daniel.

Sa supérieure répond par un hochement de tête. Carina va avoir du pain sur la planche.

Anton se racle la gorge : « Ah si, autre détail important : un voisin est apparemment venu frapper à la porte dans la soirée pour se plaindre du bruit.

– Il y a aussi l'homme chargé du gardiennage de la maison, Staffan Berg, qui est passé à l'heure du dîner, ajoute Daniel. Il faudra les interroger tous les deux. »

Daniel se surprend à regretter qu'Hanna ne soit pas sur place. Elle a un vrai talent pour les interrogatoires et un don tout particulier pour parler aux jeunes.

Au même moment, il sent son portable vibrer au fond de sa poche. Un regard bref sur l'écran lui décroche un sourire.

Ça n'a pas loupé : c'est elle qui téléphone.

26

Hanna s'est isolée dans un coin du restaurant pour composer le numéro de Daniel. Ne voulant pas qu'Henry entende sa conversation, elle a inventé une excuse pour s'éclipser un moment. Lui, de son côté, en a profité pour faire une sieste dans la chambre.

Lorsqu'elle a suggéré, après le déjeuner, qu'ils écourtent leur sortie à skis pour rentrer à l'hôtel, Henry a fait grise mine. Il est près de quatorze heures ; de toute manière, le soleil sera couché dans trente minutes, se dit Hanna en guise d'excuse. Ils n'ont pas perdu leur journée – tout au plus une heure ou deux.

Il faut qu'elle comprenne ce qui se passe à Åre.

En entendant Daniel décrocher après deux sonneries, une vague de soulagement la traverse. Ainsi qu'une autre sensation, rassurante et familière, sur laquelle elle peine à mettre des mots.

« C'est moi, fait-elle. J'ai vu le message d'alerte sur un nouvel homicide à Åre. Il s'est passé quoi ?

– On n'est pas encore sûrs qu'il s'agisse bien d'un homicide », répond Daniel.

Il lui présente à grands traits les circonstances du drame : une jeune étudiante partie avec un groupe d'amis pour une semaine de ski retrouvée en sous-vêtements dans la neige le lendemain d'une soirée particulièrement arrosée.

« Aucune trace de violence extérieure sur le corps, précise-t-il en conclusion.

– On l'a juste retrouvée comme ça, morte au milieu du jardin ? s'exclame Hanna. Dans ce cas, je parierais bien sur un homicide, même sans blessure apparente.

– Tu sais, l'alcool peut faire faire des choses étranges, souligne-t-il.

– Au point de sortir pieds nus dans la neige par moins vingt degrés ?

– Carina a eu exactement la même réflexion », admet Daniel.

Ce n'est pas un accident, Hanna en est immédiatement certaine.

« Sait-on si elle a consommé des drogues ? demande-t-elle. Je pourrais à la rigueur m'imaginer ce genre de sortie si elle était sous ecstasy ou tout autre psychoactif qui brouille les sens.

– Aucun de ses amis n'a mentionné de drogues. Mais ils ont pu nous le cacher d'un commun accord. On verra ce qui ressort de l'autopsie. Grip a demandé à la faire passer en priorité. »

Hanna se renverse contre le dossier en cuir de sa chaise et étend les jambes, essayant de réfléchir. Un feu de cheminée crépite agréablement à quelques mètres d'elle ; de minuscules braises rougeoyantes jaillissent des bûches qui se consument lentement.

En toute logique, la température glaciale aurait dû rapidement dégriser la jeune fille, quel qu'ait été le nombre de verres qu'elle ait bus. Et elle aurait facilement pu retourner se mettre au chaud. Si Hanna comprend bien, elle n'a été découverte qu'à une trentaine de mètres de l'entrée, et plus près encore du chalet. Il devait aussi y avoir des portes au sous-sol, peut-être même un accès par le local à skis.

« Tu as vérifié les antécédents des amis en question ? dit-elle. L'un d'entre eux figure peut-être dans nos fichiers ? Pourrait-il y avoir un petit ami jaloux dans l'histoire ? »

Ses années au sein de l'unité des violences intrafamiliales de la police de Stockholm ont débarrassé Hanna de toutes ses illusions quant à la propension des hommes à brutaliser les femmes – et les jeunes de vingt ans ne font hélas pas exception.

« On a ouvert une enquête préliminaire pour homicide, explique Daniel. Cela dit, l'hypothèse d'un malheureux accident n'a pas été formellement écartée. »

Les yeux d'Hanna se tournent vers la fenêtre ; le soleil est sur le point de se coucher, transformant le ciel en une mosaïque aux tons roses et orangés. Vers l'ouest, les sommets norvégiens s'embrasent de couleurs chaudes.

C'est tout réfléchi.

« OK, je vous rejoins. »

Impossible de rester ici à se tourner les pouces alors que l'équipe fait face à un probable homicide. De toute manière, elle ne serait capable de penser à rien d'autre qu'à l'affaire.

« Attends, tu es en congé jusqu'à mardi, objecte Daniel. Tu n'as pas à écourter tes vacances pour ça !

– Ça ira, ne t'en fais pas. Je pourrai poser des jours de repos une autre fois. Ce ne sont pas les occasions qui manquent. »

Il y a un léger silence, comme si Daniel se demandait s'il devait insister, la persuader de rester.

« Où es-tu, d'ailleurs ? » finit-il par l'interroger.

Hanna est prise de court. Impossible de dévoiler à Daniel où elle se trouve : il comprendrait aussitôt qu'elle est avec un homme – et un homme qui a les moyens de s'offrir ce genre d'hôtel.

Un homme comme Henry Sylvester.

Daniel et lui se sont déjà rencontrés. C'était à Pâques, l'an dernier, dans le cadre de l'enquête sur l'assassinat sordide de l'hôtel Copperhill, dont la victime était une amie d'enfance d'Henry. Hanna y repense avec un frisson.

Dès le début, Daniel avait eu l'air de se méfier d'Henry, de le prendre en grippe, même. Hanna n'a jamais osé lui demander pourquoi – si c'était à cause de sa fortune indécente ou parce qu'il leur avait, d'entrée de jeu, caché certaines informations cruciales.

Elle redoute la réaction de Daniel s'il venait à apprendre pour Henry et elle. Il ne sauterait certainement pas de joie.

« Je te raconterai ça de visu, élude-t-elle. Écoute, je dois filer. Je t'appelle dès que je suis de retour. »

Henry va lui en vouloir à mort d'interrompre aussi brutalement un séjour qu'il a préparé avec tant de soin. Mais il n'y a rien à faire : dans ces circonstances, comment pourrait-elle rester à se prélasser dans cet hôtel de luxe avec son amant secret, entre dîners gastronomiques et escapades à skis ?

Son intuition lui dit une chose, et une seule : ce qui vient d'arriver est bel et bien un homicide. Et sa place est auprès de ses collègues.

27

Olivia est recroquevillée dans son lit, la couette rabattue sur la tête, comme dans un cocon. Elle vient d'avoir son père au téléphone, mais comme d'habitude, il lui a surtout répondu par monosyllabes, de toute évidence incapable de trouver les mots pour la réconforter.

Il est tellement perdu depuis le décès de sa femme, complètement désemparé… Olivia en vient presque à regretter de lui avoir passé un coup de fil, de tout lui avoir raconté. Elle ne veut pas l'inquiéter plus que nécessaire – et de toute manière, il ne peut pas faire grand-chose.

Comme trois ans plus tôt.

Sa mère ne lui a jamais autant manqué qu'aujourd'hui. Olivia fait tourner de la main droite le bracelet qu'elle porte toujours autour du poignet, dont les petites perles en plastique épellent les mots *Fuck cancer.*

Et puis elle pense à Jenny et à Aron, les parents de Fanny. Ils doivent être anéantis. Elle devrait les appeler, mais elle n'en trouve pas la force – comment accueillir leur douleur, alors qu'elle est elle-même dévastée par la tristesse ?

Olivia lève la tête : quelqu'un frappe doucement à la porte du chalet.

Elle se lève à contrecœur, la couette sur les épaules, et se glisse dans le couloir pour aller ouvrir. C'est Emil, transi de froid. Il est venu sans manteau, et les quelques mètres de marche depuis la maison ont suffi à le frigorifier.

« Je peux entrer ? »

Elle se sent tout à coup minuscule à côté de lui – il la dépasse d'une bonne tête.

« Bien sûr », répond-elle à mi-voix, l'invitant à s'installer dans le petit coin salon près de la fenêtre.

Toujours enveloppée dans sa couverture, elle s'affale à l'extrémité du canapé en cuir.

« Comment tu te sens ? » lui demande-t-il en se laissant tomber dans le fauteuil en face d'elle.

De trois ans son aîné, il est vite devenu l'un des meilleurs amis d'Olivia à Uppsala – il est aussi calme et réfléchi qu'elle est vive et spontanée. Et beaucoup plus à l'écoute que la plupart des garçons – elle s'en est souvent fait la remarque.

Alors qu'ils débarquaient en fac d'éco, à l'automne dernier, ils se sont retrouvés dans la même équipe que Pontus, Amir et Wille pour les activités de la semaine d'intégration. Ça les a rapprochés.

« Deux flics viennent de passer, explique Emil. Ils ont confirmé qu'on allait devoir rester ici encore quelques jours. On n'a pas le droit de rentrer chez nous avant les conclusions de l'examen médico-légal. »

Il est chamboulé, lui aussi. Il parle à toute vitesse, d'une voix qui se brise. Olivia lit dans ses yeux le reflet de sa propre détresse.

« Tu parles bien de l'autopsie ? » demande-t-elle, de peur d'avoir mal compris.

Savoir qu'on s'apprête à découper le corps de son amie met Olivia dans tous ses états. Hier encore, Fanny était dans la salle de bains à se coiffer, alerte et joyeuse. Bientôt, elle sera nue, écartelée sur une table en métal froid, pour être disséquée par des mains étrangères.

« Ils ont le droit de faire ça ? Nous forcer à rester ? »

Emil passe une main dans ses cheveux, ébouriffant quelques mèches rebelles.

« J'imagine que oui. »

Olivia n'en a aucune idée. Elle n'est pas juriste et ignore ce que la police a le droit ou non de leur imposer.

« J'ai juste envie de me casser d'ici », souffle-t-elle.

L'idée de devoir rester encore plusieurs nuits à Åre lui est insupportable.

« Moi aussi, dit Emil. Mais j'ai l'impression qu'on n'a pas trop le choix. »

Ses lèvres se contractent, comme s'il luttait lui aussi contre les larmes. Dehors, la nuit commence à tomber. Olivia voit que le télésiège Sadelexpressen vient de s'arrêter pour la journée. Une longue file d'attente s'est formée devant les perches du téléski de l'Hermine, qui ramène les derniers skieurs chez eux, sur les coteaux.

« À ton avis, il lui est arrivé quoi, à Fanny ? articule-t-elle timidement. Tu crois vraiment qu'elle était défoncée au point de sortir et d'aller s'allonger d'elle-même dans la neige ? »

Emil entrelace les doigts de ses deux mains longues et fines.

« Je ne sais pas ce qui a pu se passer, répond-il d'un air navré. Je dormais déjà depuis un moment. »

Il ne semble pas vouloir aborder le sujet, ni même y réfléchir – la réserve est peut-être sa façon de faire face à l'horreur qui vient de se produire. Pour elle, c'est tout le contraire : impossible de penser à autre chose ; elle retourne la question dans tous les sens, comme une croûte que l'on arrache dès qu'elle se reforme.

Olivia a l'impression qu'elle va devenir folle si elle ne peut pas parler, essayer de comprendre quand et pourquoi la vie de Fanny a basculé.

« Et si elle s'était embrouillée avec un des mecs, et que ça avait mal tourné ? »

Emil lui jette un regard interrogateur : « Tu penses à quelqu'un en particulier ? »

Olivia s'est fait des nœuds au cerveau tout l'après-midi. D'après les dires des garçons, Amir aurait été le dernier à voir Fanny vivante : elle serait restée sur le canapé alors que Pontus ronflait déjà à côté d'elle.

Mais il n'a pas été fichu d'expliquer pourquoi il l'a finalement laissée seule, alors même qu'ils avaient passé la soirée à se chauffer. L'un des deux aurait-il d'un coup perdu l'envie ?

En voyant son lit vide, au réveil, Olivia était persuadée que Fanny avait fini la soirée dans celui d'Amir. Et si, au contraire, il s'était passé quelque chose entre eux qu'il voulait lui cacher ? Une dispute ?

Ou quelque chose d'encore pire ?

Olivia ne fait pas confiance à Amir. C'est un type calculateur, qui n'hésite pas à se servir des autres pour arriver à ses fins. C'est bien pour ça qu'il traîne avec Wille et ses potes pleins aux as. Amir a une ambition de requin : il est obsédé par le réseautage, l'idée de percer dans le business – comme une revanche à prendre sur ses origines.

Si ce n'est pas lui qui a causé la mort de Fanny, qui d'autre, alors ? Wille n'avait pas de raison de s'intéresser à elle, et Emil était couché. Quant à Pontus, il était déjà dans un état second quand elle s'est éclipsée.

« Amir, je ne le trouve vraiment pas clair, dit-elle à mi-voix. Tu penses qu'il aurait pu faire quelque chose à Fanny ? »

28

Après avoir raccroché avec Hanna, Daniel retourne devant son ordinateur, une tasse de café bien chaud à la main. Ses yeux brûlent de fatigue – ou peut-être de peine, devant cette jeune vie prématurément fauchée. À ça, il ne s'habituera jamais, en dépit de toutes ses années dans la police.

Alice est chez sa mère aujourd'hui – c'est au tour d'Ida de la garder deux jours. Daniel n'est pas particulièrement pressé de regagner le silence de son appartement, qui lui semble toujours triste et vide quand les gazouillis de sa fille n'y résonnent pas. Autant en profiter pour avancer sur l'enquête et voir si les noms des cinq jeunes ne figurent pas dans leurs bases de données.

Les entretiens concordent pour leur fournir un déroulé assez cohérent des événements de la nuit passée. Fanny s'est retrouvée extrêmement ivre, à en perdre tout contrôle d'elle-même. Tous ont insisté sur la quantité d'alcool consommée ce soir-là. Même si personne ne l'a mentionné, ils pourraient aussi avoir pris certaines substances illicites – Daniel sait que les drogues circulent à tour de bras dans les milieux étudiants.

Mais aucun de ses amis n'a vu Fanny quitter la maison et sortir au milieu de la nuit. Personne n'est capable d'expliquer pourquoi elle a été retrouvée morte dans la neige le lendemain matin.

Comment diable a-t-elle atterri là ?

Daniel passe en revue les notes prises dans la matinée et commence par dresser la liste des membres du groupe, auxquels il ajoute le nom de Staffan Berg, l'homme qui fait office de gardien quand les propriétaires de la maison sont à Stockholm, et celui d'Åke Carlsson, le voisin passé tard dans la soirée du samedi.

Il faudra trouver les deux hommes dès que possible pour les interroger. Mais d'abord, Daniel veut se pencher un peu plus en détail sur les cinq jeunes.

Olivia est la première personne à qui il a parlé. L'entretien a eu lieu dans le chalet – Daniel en a profité pour jeter un coup d'œil à la chambre de Fanny. Bien que ravagée par les larmes, Olivia lui a fait bonne impression. Elle a l'air futée et s'est efforcée de lui répondre de façon claire et réfléchie. Selon elle, Fanny et elle étaient meilleures amies, ce que les garçons ont confirmé. Au premier abord, Daniel s'imagine difficilement qu'elle puisse être mouillée dans le drame : Olivia paraissait sincèrement bouleversée.

Il boit la dernière gorgée de son café en continuant à feuilleter ses notes.

Deuxième personne interrogée : William Löwengren, dit Wille. L'aîné d'une fratrie de trois garçons, il a grandi dans le très chic quartier d'Östermalm, à Stockholm, où il a fréquenté les meilleures écoles et est habitué à un niveau de vie plus qu'aisé. Outre cette opulente villa à Åre, la famille de Wille possède, selon ses dires, une autre résidence secondaire dans l'archipel de Stockholm et passe régulièrement ses vacances à l'étranger. Son père occupe un poste de direction dans l'une des principales banques d'affaires du pays, et sa mère travaille dans une grande société d'investissement.

Daniel mordille son crayon en cogitant sur le personnage. De son propre aveu, Wille Löwengren se voit comme le leader informel du groupe – un rôle qu'il a l'air d'apprécier et de préserver jalousement. Ce matin, c'est lui qui les a raccompagnés, Anton et lui, jusqu'à la porte d'entrée, en priant la police de les tenir informés de l'évolution de l'enquête. Comme s'il était le porte-parole naturel de ses amis.

Si quelqu'un d'autre venait à contester son autorité, comment réagirait-il ?

Et si cette personne se trouvait être une fille ?

Personne n'a décrit Fanny comme avide d'attention. Au contraire, Olivia la disait plutôt timide, voire carrément réservée. Hier soir a manifestement fait exception : avec l'excès d'alcool, Fanny est devenue méconnaissable.

Que faut-il en déduire ?

Son troisième entretien a eu lieu avec Amir Ghazemi, qui s'est lui-même dépeint comme le meilleur ami de Wille à Uppsala. Originaires d'Iran, les parents du garçon sont issus de la classe moyenne éduquée. Son père est dentiste, et sa mère, chargée des ressources humaines dans une grande chaîne de prêt-à-porter. Amir est l'aîné et a une sœur cadette.

Daniel déniche sans peine une photo d'Amir sur Instagram. Elle a été prise en plein air. Le jeune homme y apparaît alangui sur une pelouse, en plein soleil, et sourit à l'objectif. Il n'y a pas à dire, c'est un beau garçon, avec ses cheveux bruns, son sourire charmeur et ses grands yeux noisette tirant sur le vert.

Pas le genre de gars qui peine à séduire les filles.

Olivia lui avait fait comprendre qu'Amir et Fanny s'étaient physiquement rapprochés à la fin de la soirée, mais qu'elle ignorait comment l'affaire s'était terminée.

Daniel le note : c'est un sujet qu'il faudra creuser. Il entend encore les mots d'Hanna au sujet d'un petit ami jaloux.

Cela dit, ses échanges avec Amir ne lui ont pas laissé l'impression qu'il tenait particulièrement à Fanny. Alors que l'entretien était censé porter sur elle, Amir n'a cessé de ramener la conversation à son amitié avec Wille. Il s'est pâmé d'admiration devant son camarade, dont il a vanté le train de vie, entre résidences secondaires et voyages de luxe.

Daniel ferme la page Instagram où figure le cliché d'Amir et tape le nom de Pontus Englund dans la barre de recherche. Parmi les divers homonymes qui s'affichent, il reconnaît bientôt un visage. Même en photo, Pontus a l'air un peu perdu et mal dégrossi, comme si l'appareil avait su capter son manque d'estime de soi.

Des cinq garçons, c'est peut-être celui qui semble le moins à sa place dans la bande ; sa présence a quelque chose d'incongru. D'après leurs informations, Pontus vient d'un petit village de Scanie et a grandi dans la ferme de ses parents, agriculteurs depuis quatre générations.

D'après Anton, qui a mené l'entretien, Pontus a paru nerveux et a transpiré profusément au cours de l'échange. Mais cela pouvait aussi s'expliquer par une méchante gueule de bois ou par un stress bien compréhensible au regard de la situation.

Pontus, qui s'était enivré au point de s'endormir sur le canapé au milieu de ses camarades, s'est montré très embarrassé de l'admettre. Et il a été incapable d'estimer précisément l'heure à laquelle il avait vu Fanny pour la dernière fois.

Daniel passe au dernier nom de la liste : Emil Sandström. Fils d'enseignants, il est né et a grandi dans les environs d'Umeå avec ses deux petites sœurs. Un gars du Nord, descendu à Uppsala pour ses études. Daniel revoit devant lui ce grand blond de vingt-deux ans, qui l'a marqué par son ton posé, presque flegmatique. Daniel a souvent remarqué cet accent traînant en s'aventurant au nord de Sundsvall, où il a lui-même grandi. Emil est le plus âgé de la bande : il a travaillé trois ans avant de s'inscrire à l'université. Il s'est décrit comme un grand amateur de nature et d'activités de plein air, et a apparemment laissé à Anton, qui l'a interrogé, une impression tout à fait sympathique.

Les mains derrière la tête, Daniel se renverse en arrière dans son fauteuil et s'autorise quelques instants de réflexion.

Tous les éléments recueillis composent une image plutôt cohérente : celle d'une petite bande d'étudiants sans histoire, où certains liens d'amitié semblent solides, d'autres plus superficiels. Rien d'étonnant à ça. Après leurs partiels, ils ont profité de la semaine de congé de fin de semestre pour partir à la montagne, hébergés gratuitement dans la spacieuse maison de vacances des parents de l'un d'entre eux.

Ils ont pas mal picolé depuis leur arrivée à Åre, mais Daniel ne va pas leur jeter la pierre – qui n'a pas commis ce genre d'excès à leur âge ?

Rien de ce qu'il vient d'apprendre ne lui semble incohérent ou suspect.

Il reste toutefois un gros point noir dans l'affaire. Si l'intuition d'Hanna s'avère juste – ce qui, malheureusement, a bien souvent été le cas par le passé –, si la mort de Fanny n'est pas accidentelle, alors l'un des jeunes gens qu'il a rencontrés ce matin risque fort d'avoir été à l'origine de sa mort.

Mais lequel ?

29

En franchissant une nouvelle fois le seuil du commissariat, vers seize heures trente, Anton aperçoit de la lumière provenant du bureau de Daniel. Une fois rentré chez lui, à Duved, Anton s'est trouvé incapable de penser à autre chose qu'à cette mort suspecte, si bien qu'il s'est finalement décidé à retourner au poste : quitte à gamberger, autant se remettre sérieusement sur l'affaire en attendant le dîner.

Anton débarrasse ses chaussures de la neige qui les recouvre et se dirige vers le bureau de son collègue. Ce dernier est plongé dans ses notes, stylo à la main.

Daniel lève les yeux en l'entendant frapper quelques coups à sa porte.

« Tiens ! Toi non plus, tu n'as rien de mieux à faire un dimanche aprèm' ?

– Il semblerait que non », répond Anton en se calant dans l'un des fauteuils visiteurs.

Tous les bureaux du commissariat sont dotés du même équipement impersonnel : un bureau réglable en hauteur, une bibliothèque et deux fauteuils en tissu bleu placés autour d'une petite table. Fonctionnel, mais moyennement stimulant.

Le bureau de Daniel est décoré d'une photo encadrée d'Alice prise peu après sa naissance.

Le téléphone portable d'Anton retentit : une notification SMS. Jetant un coup d'œil à l'écran, il découvre un message de Carl, qu'il doit rejoindre chez lui ce soir – son ami l'a invité à dîner pour fêter leurs neuf mois ensemble.

« C'était quoi ? » fait Daniel.

Réprimant un sourire, Anton s'empresse de dissimuler l'affichage du téléphone pour ne pas avoir à expliquer qui est Carl.

« Rien d'important, élude-t-il, avant de pointer du doigt le carnet ouvert sous le nez de son collègue. Tu as trouvé quelque chose d'intéressant ? »

Daniel hausse les épaules.

« J'essaie de me faire une représentation un peu plus claire de ces jeunes, de leur dynamique de groupe. J'ai repris mes notes pour voir s'il y a des détails qui clochent, des trucs qui ne collent pas vraiment dans le tableau. »

Il tend les bras devant lui et tourne la tête à droite puis à gauche à s'en faire craquer le cou.

« Hanna m'a appelé, au fait. Je lui ai fait un topo. Pour elle, pas de doute : c'est un homicide. »

Du Hanna tout craché. Anton la connaît bien, désormais. Dans l'action comme dans la réflexion, leur collègue réagit toujours au quart de tour – les choses vont parfois même un peu trop vite avec elle. Mais Anton l'apprécie beaucoup. C'est d'ailleurs lui qui a suggéré qu'on ouvre un poste pour elle à son arrivée à Åre, il y a un peu plus de deux ans. Elle n'était pas très heureuse à l'époque, après l'épreuve qu'elle venait de traverser à Stockholm. Mais depuis, elle a repris du poil de la bête et s'est imposée comme l'un des piliers de l'équipe.

Et l'acuité de son instinct ne s'est jamais démentie.

« Tes recherches sur nos loustics ont donné quelque chose ? Pas de casiers, de gardes à vue ?

– Je suis en plein dedans, justement, explique Daniel en désignant son moniteur. Pour l'instant, rien à signaler concernant William, Olivia et Amir.

– Et Emil et Pontus ?

– J'allais y venir. Je regarde ça tout de suite. »

Daniel tape une série de chiffres puis garde les yeux rivés sur l'écran quelques secondes avant de répondre : « Rien sur Pontus Englund non plus. J'ai lancé une recherche multibase : le garçon semble blanc comme neige.

– Il ne reste plus qu'Emil, donc.

– Une petite minute... »

Anton se met un peu plus à l'aise dans son siège. Au bout d'un court instant, il voit l'expression de Daniel changer.

« T'as trouvé un truc ?

– Tiens, tiens... il n'est pas aussi angélique qu'il en a l'air, notre Emil ! »

Daniel fait pivoter l'écran pour qu'Anton puisse le voir.

« Condamné par le tribunal de première instance d'Umeå en 2018 pour coups et blessures. »

Anton laisse échapper un sifflement. Durant son entretien, Emil lui avait pourtant fait très bonne impression. Décidément, il faut se méfier de l'eau qui dort.

« Que s'est-il passé ? » lance-t-il en se penchant vers l'écran.

Daniel résume ce qu'il vient de lire : « Les faits se sont produits il y a quatre ans. Emil allait sur ses dix-neuf ans, il était encore au lycée. Une bagarre a éclaté dans un restaurant d'Umeå, et Emil a fini par assener un coup de tête à un autre client.

– Ah oui, ça n'est pas rien. De quoi a-t-il écopé ?

– Deux petites secondes, répond Daniel en parcourant l'écran des yeux. Voilà : il n'a eu que du sursis et une amende, du fait de son âge et de son absence d'antécédents judiciaires. Il était parfaitement intégré, ça a sans doute aussi contribué à alléger sa peine. »

Emil a eu de la chance, se dit Anton. Pour ce type de violences, la peine encourue peut aller jusqu'à deux ans d'emprisonnement. Un coup de tête ne constitue pas un délit mineur, mais dans ce cas précis, l'argument de l'âge a effectivement dû jouer. La législation suédoise est plutôt indulgente envers les jeunes délinquants – au grand dam d'une fraction bruyante de la population qui rêverait de les voir sévèrement sanctionnés.

« Ça, il s'est bien gardé de le mentionner quand je lui ai parlé ce matin.

– Il devait quand même se douter qu'on allait l'apprendre. Il n'est pas naïf à ce point. »

Anton n'en est pas si sûr : les gens peuvent souvent faire preuve d'un optimisme désarmant.

« Reste à savoir ce qu'on doit faire de ça, poursuit Daniel.

– Eh bien, on sait maintenant qu'Emil est enclin à la violence. Ou du moins, qu'il s'en est déjà montré capable. »

Il se reprend pour atténuer son propos, s'abstenant de tirer des conclusions hâtives : « Je ne l'accuse pas d'avoir tué Fanny, évidemment. Mais maintenant qu'on dispose de cette information, je dirais que la probabilité qu'il soit impliqué a considérablement augmenté. »

30

Olivia aurait préféré rester au lit jusqu'au soir pour pleurer en paix, mais une faim dévorante la pousse à sortir de sa tanière pour regagner la villa. Il faut vraiment qu'elle reprenne des forces.

En entrant dans le salon, elle trouve Amir et Pontus affalés sur les canapés tandis qu'Emil prépare le dîner dans la cuisine.

Olivia ne supporte plus de voir Amir. Elle ne croit pas un mot de ce qu'il raconte : il s'est passé quelque chose entre Fanny et lui hier soir, elle en est persuadée. Mais quoi ?

En en discutant avec elle tout à l'heure, Emil a suggéré une nouvelle théorie. Fanny a peut-être bien couché volontairement avec Amir, avant de tenter de rentrer seule au chalet. Mais sous l'effet des substances, elle se serait égarée dans le jardin et aurait fini par s'effondrer dans la neige.

C'est une hypothèse qui se tient – si ce n'est qu'Amir aurait alors passé sous silence tout un pan de la soirée.

Dans quel but ?

S'il est capable de mentir là-dessus, peut-être ment-il aussi sur d'autres points ?

Chaque question en appelle une nouvelle ; Olivia est incapable de stopper le flot de pensées qui sature son esprit. Si elle le pouvait, elle voudrait se faufiler jusque sur la mezzanine pour fouiller la chambre d'Amir, chercher des traces de Fanny ou de ses vêtements. Mais elle n'ose pas.

Du moins, pas tant qu'Amir sera là, sur le canapé.

Elle se débarrasse de ses après-skis et entre dans le salon en chaussettes. Elle porte un simple jogging et un sweat, et s'est attaché les cheveux en un chignon négligé – elle n'a pas eu la force de s'apprêter davantage.

Une autre idée, bien plus angoissante, est qu'Amir ait forcé la main à Fanny – qu'il l'ait violée – et qu'elle ait ensuite tenté de s'enfuir dans la neige, où elle a fini par s'écrouler.

Cette hypothèse, Olivia n'a pas osé l'énoncer à voix haute en discutant avec Emil tout à l'heure. Il l'aurait trouvée complètement parano.

Mais à voir Amir installé sur le canapé, en train de surfer tranquillement sur son smartphone, c'est à se demander de quoi il est capable. Il a l'air presque serein, comme si la mort de Fanny ne lui faisait ni chaud ni froid. Olivia, le nez gonflé et les yeux rougis, est épuisée d'avoir pleuré. Amir, lui, semble à peine ébranlé, égal à lui-même.

A-t-il au moins appelé ses parents pour les informer de la tragédie ?

Dans son état, Olivia a vraiment besoin de quelqu'un de bienveillant, d'un véritable ami. Elle rejoint Emil dans la cuisine. Il est en train d'assaisonner un potage : l'odeur réconfortante de légumes cuits et d'herbes aromatiques qui s'en échappe ravive son appétit. Olivia a un peu honte de penser à manger dans ces circonstances, comme si ce besoin élémentaire était une trahison vis-à-vis de son amie.

« C'est bientôt prêt, annonce Emil. J'ai fait une soupe aux lentilles et un pain aux graines de tournesol. »

Olivia l'entoure de ses bras en appuyant la tête contre son torse athlétique – elle n'arrive pas beaucoup plus haut.

« Tu es vraiment un chou, dit-elle. J'en reviens pas que tu réussisses à faire tout ça après ce qui s'est passé. »

Emil dépose un chaste baiser sur son front.

« Il faut bien qu'on mange. »

Il lui tend quelques tomates et une planche à découper.

« Tiens, tu peux faire une salade si tu veux. »

Olivia accepte la tâche de bonne grâce. S'occuper les mains lui fera le plus grand bien et l'aidera à chasser les pensées morbides qui la hantent.

Parfois, elle se demande si elle ne va pas vriller.

Si seulement elle n'était pas allée se coucher toute seule. Si seulement elle avait insisté pour que Fanny l'accompagne. Si seulement elle était restée avec elle dans le salon… Alors, qui sait, sa meilleure amie serait peut-être encore en vie.

Olivia déglutit et tente de se concentrer sur les tomates.

La porte de la suite parentale s'ouvre, et Wille apparaît.

« Je viens de parler à mon père, lance-t-il en s'approchant de l'îlot de cuisine. Mes parents sont à New York cette semaine, mais ils vont essayer d'avancer leur retour pour nous rejoindre ici. D'après lui, la police n'a absolument pas le droit de nous interdire de nous déplacer. »

Comme d'habitude, il a l'air sûr de son fait. Olivia aimerait tant avoir, elle aussi, ce genre de parents, capables d'assener des vérités aux autres avec un tel aplomb. Mais son père à elle est un simple technicien de maintenance ; jamais il ne lui viendrait à l'idée de dicter à la police comment faire son travail.

Wille passe un bras autour des épaules d'Olivia et l'attire contre lui. Du coin de l'œil, elle voit Emil tiquer, son regard s'assombrir.

« Ça va aller, dit Wille d'une voix douce. J'en suis sûr. »

Mais Olivia n'en croit pas un traître mot.

Rien ne sera plus jamais comme avant.

31

Alors que Karin, dans la cuisine, débarrasse les restes du ragoût de chevreuil aux pommes de terre qu'elle a cuisiné pour le dîner, Åke s'installe dans son fauteuil préféré pour regarder le journal télévisé du soir.

Il est seul dans le salon ; Peter est descendu coucher les garçons.

Ç'a été le branle-bas de combat toute la journée chez les voisins. Des voitures de police dans tous les coins. Plus tard, ils ont pu lire en ligne ce qui s'était passé : Åke a déniché tous les articles, toutes les spéculations qui, heure après heure, ont suivi la mort de cette jeune femme ; il n'en a pas manqué un mot.

Enfin, voilà les informations sur la chaîne locale, SVT Jämtland.

Il reconnaît aussitôt le paysage qui apparaît à l'écran : Sadeln, vu depuis l'Åresjön. Alors que la caméra glisse en panorama sur le quartier, l'ignoble villa des Löwengren ressort comme un furoncle.

Karin s'approche, un torchon à la main, et s'arrête derrière son fauteuil.

« Tu peux monter le son ? » demande-t-elle, les yeux rivés sur l'écran.

La journaliste raconte par le menu l'opération de police menée dans la matinée après la découverte du corps d'une jeune femme devant l'une des plus grandes maisons du quartier. Elle questionne ensuite une commissaire de police grisonnante, la soixantaine, qui se garde bien de s'avancer quant aux causes du décès.

« Estimez-vous que cette mort est accidentelle ou criminelle ? insiste la reporter. Quelles sont les premières conclusions de l'enquête ?

– Je ne peux malheureusement rien vous dire à ce stade. »

La journaliste n'en démord pas, mais la commissaire de police refuse de cracher le morceau.

« Quelle histoire ! » lâche Åke, une fois le reportage terminé.

Karin se laisse tomber sur le canapé sans un mot. Elle est pâle, les traits tirés, et semble franchement secouée par ce qui vient d'arriver à leurs voisins. Sa femme a bien plus de cœur que lui, Åke l'a toujours su. Surtout lorsqu'il est question d'enfants ou de jeunes gens.

« Mais honnêtement, ça ne m'étonne pas que ça se soit mal fini, poursuit-il. Tu aurais vu l'état dans lequel ils étaient.

– C'est vrai. Et l'alcool n'excuse pas tout, rétorque Karin. Ils ont été odieux avec toi, irrespectueux au possible. »

C'est peu dire. Åke a raconté à sa femme ce qui lui est arrivé lorsqu'il est allé frapper chez eux ; il tremble encore de fureur en repensant à l'indécence de leur attitude. La rage qu'il a ressentie, à peine maîtrisable, quand cette gamine à moitié nue a tenté de lui empoigner les parties.

Il fallait que quelqu'un mette le holà.

Cette petite allumeuse méritait une bonne leçon.

« Tôt ou tard, il allait arriver un accident, maugrée-t-il en tambourinant des doigts sur l'accoudoir. Quand on picole à ce point…

– Ils n'ont pas été bien malins, c'est vrai, souffle Karin à voix basse, l'air vaguement honteuse de dire du mal d'une morte. Personne n'est allé les forcer à boire autant.

– Parfaitement ! Ils ont choisi, comme des grands !

– C'est quand même triste que cette jeune fille soit morte. Ses pauvres parents… Quel enfer ça doit être pour eux ! »

Lorsque Åke tourne la tête vers son épouse, il voit des larmes briller au coin de ses yeux. Elle les essuie discrètement avec son torchon rayé.

« Oui, c'est affreux », acquiesce-t-il, avant tout pour apaiser le désarroi de sa femme.

Des pas résonnent dans l'escalier du sous-sol ; bientôt, Peter les rejoint et s'installe près de sa mère sur le canapé. Ses cheveux sont beaucoup trop longs dans la nuque, remarque Åke ; il serait temps que son fils aille faire un tour chez le coiffeur.

Åke soupire. Son aîné n'a pas la vie facile en ce moment. Tout s'est écroulé pour lui quand Anna, sa désormais ex-femme, l'a quitté il y a un an. Åke ne comprendra jamais comment elle a pu demander le divorce comme ça, sans crier gare – surtout avec deux enfants en bas âge.

Pour ne rien arranger, elle a eu le culot de faire des histoires concernant la garde. Elle a d'abord exigé la résidence exclusive des enfants sans droit d'hébergement chez leur père, puis a finalement accepté qu'il les accueille un week-end sur deux et une partie des vacances.

Mais Peter refuse d'aborder le sujet. Chaque fois qu'Åke ou que Karin ont tenté de le questionner sur la cause de cette séparation, il s'est refermé comme une huître.

« Ça y est, ils dorment ? » fait Karin en tapotant le bras de son fils.

Elle s'inquiète constamment pour lui. Maintenant qu'il est père célibataire, le fait qu'il vive à Göteborg et eux à Åre ne facilite pas les choses. Karin n'arrête pas de s'épancher sur sa situation compliquée et fait le voyage dès qu'elle peut pour lui donner un coup de main.

Peter ajuste ses lunettes aux verres maculés d'empreintes de doigts graisseuses.

« Ils étaient lessivés, tous les deux. J'avais à peine fini de lire l'histoire qu'ils roupillaient déjà. »

Peter a l'air fatigué, lui aussi, se dit Åke. Ce n'est pas évident de s'occuper seul de deux gamins de cet âge.

Anna devrait avoir honte de ce qu'elle lui a fait endurer.

Son ancienne belle-fille mériterait qu'on lui remonte les bretelles. Il aimerait parfois l'avoir devant lui, qu'il puisse lui dire ses quatre vérités.

À l'écran, le journal se termine. C'est au tour du présentateur météo d'annoncer les prévisions pour les trois prochains jours. Les températures ne devraient pas remonter.

« Ce qui s'est passé chez les voisins, je n'en reviens pas, dit Peter, les yeux rivés sur le poste. C'est effroyable. »

Il laisse échapper un bâillement, sans prendre la peine de se couvrir la bouche.

« Un accident est vite arrivé quand il fait si froid, soupire Åke. Ce sont des choses qui se produisent plus souvent qu'on l'imagine.

– Tu penses que c'était un accident, toi ? » réplique Karin, chagrinée.

Åke fait de son mieux pour répondre avec calme et conviction. Il sait à quel point sa femme peut être sensible : « Bien sûr que c'était un accident. Que veux-tu que ce soit d'autre ? »

32

À la table ronde de la cuisine, dans l'appartement de Carl, Anton finit de déguster le repas que son compagnon lui a préparé. Il sait que Carl en peaufinait le menu depuis des jours : toasts au caviar de Kalix en entrée, suivis d'un filet de bœuf aux champignons à la cuisson parfaite. Pour le dessert, deux panna cottas aux mûres arctiques attendent leur tour au réfrigérateur.

Carl s'est montré singulièrement silencieux depuis le début de la soirée. Anton redoute qu'il ait quelque chose sur le cœur – qu'il ait perçu sa gêne hier soir à la Boqueria, lorsqu'il a voulu lui tenir la main devant tout le monde.

« Qu'est-ce que tu dirais de monter jusqu'au Renne blanc samedi ? » lance-t-il dans une tentative pour mettre Carl de meilleure humeur.

D'habitude, Carl est toujours plus que partant pour une excursion au restaurant d'altitude de l'Edsåsdalen. L'endroit est inaccessible par la route et offre l'occasion d'une magnifique sortie à skis.

« Samedi, ça va être difficile : j'ai promis à mon frère de l'aider à déménager quelques trucs, dit Carl. Mais on n'a qu'à y aller dimanche. »

Anton se tortille sur son siège. Dimanche, c'est l'anniversaire de Karro, sa sœur ; elle a invité Anton et leurs parents à manger le gâteau chez elle. Il avait espéré pouvoir passer cet événement sous silence auprès de Carl.

« Mince. Là, c'est moi qui ne pourrai pas.
– Ah oui ? Pourquoi ? »

Carl lui lance un regard inquisiteur, comme s'il sentait que son compagnon lui cache quelque chose. Pour gagner du temps, Anton enfourne la dernière bouchée du plat et se met à la mâcher avec un soin méticuleux, dans l'espoir que Carl abandonne le sujet.

« Franchement, c'était délicieux, articule-t-il en avalant son morceau de viande. Tu es un vrai cordon-bleu. »

Carl le fixe d'un œil suspicieux.

« Qu'est-ce que tu as de si important à faire, dimanche ? »

Si Anton ne veut pas lui mentir, comment formuler les choses avec tact ? Il aimerait trouver les mots justes, qui ne risquent pas d'envenimer la situation, mais rien ne lui vient. La mâchoire crispée, il se décide finalement à lui dire la vérité : « C'est l'anniversaire de ma sœur. On va fêter ça chez elle, en famille. »

À peine le mot « famille » a-t-il passé ses lèvres qu'il le regrette amèrement. D'autant qu'il s'est bien gardé de mentionner qu'Hanna – dont Karro est une amie proche – sera également de la partie.

« Donc tu ne me comptes pas dans la famille, dit froidement Carl. À moins qu'il y ait autre chose ? Tu ne veux pas que je t'accompagne parce que je te fais honte ?
– Bien sûr que non ! proteste Anton. Pourquoi tu me ferais honte ? Ne dis pas de bêtises. Je suis fier d'être avec toi !
– Dans ce cas, je veux bien que tu m'expliques pourquoi tu ne m'as jamais parlé de cet *événement familial* auquel je ne suis pas invité.
– C'est juste un goûter, murmure Anton. Les enfants de Karro vont encore se gaver de sucreries et se mettre à courir dans tous les sens. Ça va être le bazar, on ne s'entendra plus. Et puis franchement, avec mes parents, c'est toujours assez déprimant.
– À un moment, il va peut-être falloir que je rencontre ta famille, non ? le tance Carl en croisant les bras. Ça fait quand même neuf mois qu'on est ensemble, ça n'est pas rien.

– Mais oui, bien sûr, j'ai prévu de te les présenter…

– Tu veux qu'on continue éternellement à faire semblant, c'est ça ? »

Carl n'est pas du genre sarcastique d'habitude, et Anton sursaute devant son ton acerbe. Il triture ses couverts, les aligne sur l'assiette en évitant son regard.

Cette question, il a tout fait pour l'éviter. Il n'a jamais osé lui avouer qu'à trente-quatre ans passés, il n'est toujours pas sorti du placard. Carl s'est évidemment demandé pourquoi il ne veut le voir qu'en tête à tête, jamais avec des amis ou des membres de sa famille. De honte, Anton a toujours fait son possible pour brouiller les pistes – jusqu'à lui laisser entendre que son entourage était au courant de son homosexualité. C'est désormais un peu tard pour faire machine arrière.

« Je pensais que ça ne t'intéresserait pas », balbutie-t-il, conscient de l'inanité de sa remarque.

Ses piètres excuses ne font qu'aggraver les choses.

« Tu pourrais aussi me laisser le choix au lieu de décider à ma place ? cingle Carl. Ou peut-être que tu ne me crois pas capable de faire bonne impression devant tes parents ? »

Il n'y a plus aucune chaleur dans sa voix. Les yeux de Carl lancent des éclairs. À son intonation, Anton sent combien il est triste, désabusé.

Des émotions bien plus difficiles à affronter que la simple colère.

« Combien de temps ça va durer, ces petits secrets autour de notre couple ? poursuit-il. Tu crois que je ne comprends pas à quoi tu joues ? »

Les mots amers de Carl le frappent comme un poignard en plein cœur. Il n'est pas seulement blessé et exaspéré : on dirait presque qu'il commence à douter de leur relation.

Ne fais pas ça ! voudrait lui crier Anton. *Tu es la personne qui compte le plus pour moi. Je t'aime…*

Évidemment qu'il souhaiterait présenter Carl à ses parents, ainsi qu'à Karro et ses deux adorables petites furies. Mais Anton s'imagine déjà le choc que cela ferait à sa mère

– elle qui rêve de le voir au bras d'une fille, d'avoir des petits-enfants avant qu'il ne soit trop tard. Et il ne préfère même pas penser à la réaction de son père. Le lieutenant-colonel à la retraite, qui se vante volontiers de ses exploits militaires et de l'ambiance viriliste de l'armée, supporterait-il de voir son fils unique avec un garçon ?

S'il débarquait chez Karro avec Carl, il s'imagine déjà la tension dans l'air, la gêne palpable – une catastrophe annoncée. À tous les coups, son père ne pourrait pas s'empêcher de sortir une horreur qui mènerait Carl à quitter la fête, ulcéré.

Sa mère fondrait en larmes, et Karro en voudrait à Anton d'avoir gâché son anniversaire.

« Mais non, ça n'est pas ça, tente-t-il de plaider.

– Alors c'est quoi ? J'aimerais vraiment comprendre. »

Carl se met à déchirer sa serviette en papier en minuscules lambeaux en attendant les explications d'Anton.

Carl, lui, est pleinement investi dans leur relation – de son côté, il a plusieurs fois proposé de présenter Anton à sa famille et à ses amis, d'officialiser leur couple pour de bon. Il a même évoqué l'idée d'emménager ensemble.

C'est Anton qui résiste, en lui opposant d'éternels prétextes.

Les beaux yeux de Carl sont humectés de larmes ; il affiche un air crispé, distant. Anton ne souhaite rien d'autre qu'effacer d'un coup d'éponge les quinze minutes qui viennent de s'écouler ; expliquer à Carl combien il tient à lui – et voir revenir sur son visage ce sourire amoureux qui le fait fondre.

Mais les mots ne sortent pas. Anton reste muet sur sa chaise.

D'un mouvement brusque, Carl jette vers son assiette les restes de serviette déchirés. Le geste mal dosé fait voler en tous sens les morceaux de papier, qui s'éparpillent sur la table et au sol comme de tristes confettis.

« J'en peux plus de ce sujet ! J'en peux plus de tes silences. »

D'un bond, il se lève de sa chaise et quitte la pièce.

Un gouffre insondable s'est ouvert entre eux. Anton a trop honte pour lever le regard.

« Je vais dormir. »

Bientôt, la porte de la chambre à coucher se referme sur la silhouette de Carl.

Anton se retrouve seul sur son siège, devant les restes pathétiques de ce qui aurait dû être un repas romantique en l'honneur de leur amour.

33

Alors que les lumières de la piste d'atterrissage, non loin de Järpen, se dessinent à travers le hublot, Hanna sent ses oreilles se boucher. Elle déglutit et bâille plusieurs fois pour équilibrer la pression et faire disparaître l'inconfort.

« On est presque arrivés », souffle-t-elle à Henry.

Il est assis face à elle, les yeux clos, dans un fauteuil en cuir crème. Il s'est montré inhabituellement peu loquace pendant le voyage du retour.

Hanna n'irait pas jusqu'à dire que l'atmosphère est tendue, mais elle se rend bien compte qu'il lui en veut un peu d'avoir laissé son travail prendre le pas sur ce week-end d'anniversaire qu'il lui avait concocté avec tant de soin.

Elle effleure du bout du doigt son nouveau bracelet – il ne faut surtout pas qu'elle oublie de l'enlever à l'aide du petit tournevis avant de retourner au poste demain. Elle ne va pas débarquer au boulot avec au poignet un bijou Cartier d'une valeur de plusieurs centaines de milliers de couronnes.

Henry s'étire et étouffe un bâillement.

« Je vais attraper un vol pour Stockholm dans la foulée, explique-t-il. Tant qu'à faire, autant retourner au travail dès demain. »

Ses mots prennent Hanna par surprise. Elle se sentirait presque rejetée, même si c'est bien elle qui a pris la décision d'abréger leur escapade. C'est tout à fait raisonnable de sa part, pourtant, de redescendre dans la capitale. Que ferait

Henry à Åre alors qu'elle s'apprête, de son côté, à se lancer à corps perdu dans une enquête criminelle ? Il ne va pas passer sa journée chez elle à l'attendre, avec Morris sur les genoux.

Pour le coup, elle n'a aucune légitimité à se sentir blessée.

« Écoute, commence-t-elle en lui prenant la main. J'ai passé un week-end merveilleux. Je ne sais pas comment te remercier pour ce cadeau que tu m'as fait. Mais je devais vraiment... »

Elle devait quoi, au juste ?

Pourquoi agit-elle ainsi ?

Personne ne l'a forcée à écourter ses vacances – Daniel lui a même explicitement demandé de ne pas changer ses plans. Mais elle s'est trouvée incapable de résister : il fallait qu'elle retourne au poste, qu'elle se plonge dans le dossier. Elle a aussitôt écumé Google, en quête de toutes les informations relatives à ce décès. Son esprit s'est mis à mouliner, à élaborer des hypothèses – et l'image de la jeune femme étendue dans la neige s'est déjà imprimée sur sa rétine, avant même qu'elle ne l'ait vue.

Henry lui serre la main en réponse, un sourire énigmatique aux lèvres.

« Tu n'as pas besoin de te justifier. Tu te dévoues corps et âme à ton travail, exactement comme moi. Je comprends parfaitement. » Son visage se rembrunit : « En revanche, ce serait bien qu'on parle un peu de l'avenir, de nous deux. La prochaine fois qu'on se verra, j'aimerais qu'on ait cette discussion, toi et moi. »

34

Olivia s'arrête dans le vestibule du chalet, incapable de déterminer si dormir seule ici, après ce qui est arrivé à Fanny, devrait la rassurer ou l'angoisser davantage. Mais elle n'en peut plus de l'atmosphère chargée de malaise qui règne dans la villa : rester auprès des garçons ne lui apporte guère de réconfort.

Elle jette un coup d'œil à la poignée et ferme consciencieusement le loquet.

Hier, elle n'avait pas pris la peine de verrouiller la porte : Fanny pouvait rentrer se coucher à tout moment. Mais ce soir, il lui semble soudain primordial de barricader l'accès – comme une question de vie ou de mort –, sans qu'elle puisse vraiment se l'expliquer.

Elle fait le tour des pièces de la maisonnette pour s'assurer que toutes les fenêtres sont bien fermées et verrouillées – on ne sait jamais. Puis elle se glisse dans son lit sans se brosser les dents. Elle rabat la couette sur sa tête et se tapit en chien de fusil.

Si seulement Fanny était encore auprès d'elle…

Il fait un noir d'encre dans la chambre quand Olivia ouvre les yeux. Combien de temps a-t-elle dormi ? Elle n'en a pas la moindre idée.

Elle tâtonne en direction de son portable pour regarder l'heure lorsqu'un son curieux la pétrifie. C'est sûrement ça qui l'a réveillée : une sorte de crissement ténu, qui n'a rien à faire ici.

Quelqu'un essaie de s'introduire dans le chalet.

Olivia se redresse dans son lit, tendant l'oreille dans la pénombre. Le bruit recommence ; il vient de la porte d'entrée, elle en est presque sûre : on dirait le lent couinement de la poignée que l'on abaisse.

Son cœur s'emballe dans sa poitrine, sa bouche s'empâte. Olivia est trop terrifiée pour allumer la lampe de chevet, mais parvient à se faufiler hors du lit et à rejoindre la fenêtre à pas feutrés.

Jetant un coup d'œil prudent à l'extérieur, elle ne voit d'abord rien ; il faut un certain temps à ses yeux pour s'accoutumer à l'obscurité. Puis elle aperçoit quelque chose : une ombre noire sur le palier. L'angle de vue depuis la fenêtre et la faible lumière de l'éclairage extérieur ne lui permettent de distinguer que de vagues contours, mais elle en est sûre désormais : il y a bien quelqu'un à la porte.

Impossible de détacher son regard de cette silhouette sinistre. Le temps passe à la fois trop vite et trop lentement.

La personne se retourne. Si ses traits sont indiscernables, Olivia a pourtant une sensation étrange – un fort sentiment de familiarité.

Puis l'ombre s'éloigne et disparaît dans la nuit.

LUNDI

35

Anton ouvre les yeux plus tôt qu'il ne l'aurait voulu. Il est resté éveillé un long moment dans le lit hier soir et n'a trouvé le sommeil que vers deux heures du matin. La nuit a été agitée, peuplée de rêves étranges, incohérents, sur la jeune femme retrouvée dans la neige.

De son côté du matelas, Carl dort encore, dos à lui ; il n'a pas bougé de toute la nuit.

C'est leur première grosse dispute – et la première fois qu'ils se couchent sans réconciliation.

Anton se redresse sur un coude pour mieux voir le visage de Carl dans la pénombre.

Dans son sommeil, il a l'air paisible, détendu. Sa peau est pâle, ses cils presque translucides. Ses boucles blondes dessinent une auréole sur l'oreiller. Sa bouche entrouverte, qui, la veille, accablait Anton de reproches, lui semble à nouveau si sensuelle. Oubliées, ses mains tremblantes de colère.

Il ne veut pas le perdre.

On dirait que Carl et lui ont passé leur vie à se croiser. Tous les deux ont grandi dans la même petite ville de Duved, à une dizaine de minutes d'Åre par la route. Ils ont fréquenté la même école primaire sans se connaître du fait de leurs quelques années d'écart.

Ils se sont rencontrés il y a deux ans lors d'un concert au Bygget. Anton ne se lasse pas de se rejouer cette soirée :

l'attirance a été instantanée, ça lui est tombé dessus comme un coup de massue.

Et puis, après quelques jours d'idylle, il a tout gâché. Par un malheureux hasard, Carl se trouvait être un témoin central dans une affaire de meurtre. Empêtré dans l'enquête, Anton n'avait pas osé lui montrer combien il tenait à lui – par conscience professionnelle, mais avant tout par lâcheté. Il avait tout fichu en l'air.

Contre toute attente, le destin lui avait donné une nouvelle chance un an plus tard. Carl ne l'avait pas oublié : Anton se sentait prêt à faire n'importe quoi pour le reconquérir.

Jusqu'à ce que la réalité le rattrape.

Est-il en train de saboter cette relation une seconde fois ?

Avant que Carl n'entre dans sa vie, Anton avait presque renoncé à l'idée de rencontrer quelqu'un. Il s'était plus ou moins résigné à vivre seul, réfugié derrière le cliché éculé de l'éternel célibataire. Il lui semblait plus facile de prétendre n'avoir « jamais trouvé chaussure à son pied » que d'admettre auprès de son entourage la réalité de son orientation sexuelle.

Mais ça, il n'a pas osé l'avouer à Carl, par crainte de passer pour un lâche qui a honte de ce qu'il est. Et maintenant, l'homme qu'il aime est en train de perdre patience face à sa peur panique d'assumer ouvertement leur relation.

Chaque fois que Carl a tenté de mettre cette question sur le tapis, Anton s'est défilé et a changé de sujet. Plus le temps passe, plus il le sent : Carl finira un jour par lui poser un ultimatum et le quitter pour de bon – voilà comment ça va se terminer.

Anton laisse échapper un gémissement étouffé.

Tout est sa faute, il ne peut s'en prendre qu'à lui-même.

Il enfouit la tête dans son oreiller et jure intérieurement. Il se déteste ; pourquoi est-il aussi lâche ? Il ne veut pas être cette personne qui se cache derrière des demi-vérités, des excuses bidon. Carl vaut bien mieux que ça : il mérite un partenaire honnête, qui soit fier de s'afficher à ses côtés en public.

Mais c'est trop dur.

Par l'interstice entre le store et le cadre de la fenêtre, on aperçoit les rues glacées de Duved dans la lueur blafarde des lampadaires. Un matin ordinaire, Anton se serait blotti contre Carl pour l'enlacer sous la couette ; il l'aurait peut-être réveillé d'un baiser en lui expliquant qu'il devait partir plus tôt que d'habitude à cause de la nouvelle affaire.

Mais ce matin, il ne sait même pas s'il doit oser le toucher.

Il a peur que Carl le repousse, peur de voir revenir l'air de dépit dans ses yeux quand la soirée d'hier ressurgira dans sa mémoire.

Peut-être même qu'il lui demandera de partir ?

Ou pire : il lui annoncera qu'il veut rompre. Anton se glisse prudemment hors du lit et rassemble ses vêtements de la veille. Il vaut sans doute mieux qu'il laisse Carl tranquille un moment, qu'il lui laisse un peu d'air.

Et puis, de toute façon, Carl n'a probablement aucune envie de le voir à son réveil.

Anton s'immobilise dans le couloir et a un moment d'hésitation. Il devrait peut-être au moins lui écrire un mot ? Il trouve un stylo et une feuille dans le salon et griffonne :

Pardonne-moi. Je t'aime.

Il s'arrête, s'apprêtant à poser le papier sur la table, mais finit par se dégonfler. D'une main, il le froisse et le fourre dans sa poche avant de quitter l'appartement sans un bruit.

36

Installée en robe de chambre dans sa cuisine, une tasse de café à la main, Hanna jette un coup d'œil par la fenêtre au thermomètre extérieur : moins dix-sept degrés. Elle ne doit pas traîner, il va bientôt être l'heure de partir au boulot. La maison semble vide sans Morris, qu'elle n'est pas encore allée récupérer ; il était un peu tard pour déranger les voisins à son retour hier soir. Et puis ils ont promis de s'occuper de lui jusqu'à mardi : il peut bien rester chez eux une journée de plus, même s'il tarde à Hanna de câliner sa grosse boule de poils.

Sept heures et quart. Il faut qu'elle s'active si elle veut arriver à l'heure à la réunion du matin. Alors qu'elle se lève pour débarrasser son petit déjeuner, son portable émet une courte vibration. Un SMS de Lydia, sa sœur aînée.

*Tu as vu l'article sur le site de l'*Expressen *?*

Hanna fronce les sourcils. L'*Expressen*, l'un des quotidiens suédois les plus lus, a déjà publié plusieurs articles sur les événements de Sadeln. Ça ne ressemble pas à Lydia, pourtant, de s'intéresser aux cancans de la presse à scandale – en avocate avisée, elle se méfie du goût prononcé de certains médias pour les enquêtes criminelles et n'y prête attention que lorsqu'il y est spécifiquement question d'un de ses clients.

Hanna n'a pas le temps de s'y attarder non plus. Elle compose une réponse rapide :

C'est urgent ?

Lydia réplique aussitôt :

Va voir, tu me diras.

Puis une nouvelle vibration se faire sentir, à peine quelques secondes plus tard :

Pourquoi tu ne m'en as pas parlé ?

Lydia est drôlement insistante. Elle doit faire référence à la mort de la jeune Fanny. Pour le moment, les médias n'ont pas été trop pressants – loin du harcèlement qu'ils ont subi l'an dernier, à Pâques, après le meurtre du Copperhill. Mais tant que le crime n'est pas avéré – tant qu'il peut encore s'agir d'un accident –, cette nouvelle affaire manque sans doute encore de croustillant à leurs yeux.

Sur le navigateur de son téléphone, Hanna ouvre le site du journal et passe en revue les titres à la une : un énième règlement de comptes entre gangs, un grave carambolage à Göteborg, puis une poignée de brèves, dont l'une porte sur la jeune femme décédée à Åre, mais c'est à peu près tout.

Où Lydia veut-elle en venir ?

Hanna continue à faire défiler les titres. Puis elle sursaute, comme foudroyée.

Bon sang, mais c'est pas vrai…

Le millionnaire a retrouvé l'amour !

Les grosses lettres noires lui sautent au visage. Sous le titre, une photo prise à Kiruna les montre, Henry et elle, en train de marcher vers l'hélicoptère qui les y attendait. Hanna semble ivre de joie et d'excitation, et l'on voit briller dans les yeux d'Henry, qui a passé un bras protecteur autour de ses épaules, une tendresse incontestable.

L'article décrit avec un luxe de détails l'escapade amoureuse exclusive qu'a organisée le célèbre homme d'affaires pour sa nouvelle conquête, sensiblement plus jeune que lui. Entre lui et Hanna, en poste à la police d'Åre, explique le journaliste, manifestement aussi inspiré que bien informé, c'est la rencontre de « deux univers que tout oppose ».

Hanna sent la sueur lui glacer la nuque. Ça y est, la Suède entière est au courant de sa relation avec Henry – et connaît désormais son identité.

Elle enfouit son visage dans ses mains et pousse un gémissement sonore.

Il ne manquait plus que ça.

37

La tête d'Olivia bourdonne lorsqu'elle se laisse tomber, hirsute et épuisée, à la grande table pour le petit déjeuner. Elle se sent comme une épave. Cette nuit, il lui a fallu plusieurs heures pour retrouver enfin le sommeil, tremblante au fond de son lit, assaillie de pensées atroces sur la mort de Fanny et sur cette silhouette terrifiante qui l'attendait derrière la porte.

Comme par un étrange accord tacite, tout le monde s'est levé un peu avant neuf heures pour se réunir dans la cuisine. Olivia s'est servi un bol de porridge et puise à grandes cuillerées dans le pot de confiture d'airelles. Wille vient s'asseoir à côté d'elle et pose une main sur sa cuisse, avec une légère pression. Le geste est probablement censé la réconforter, mais là, au réveil, il lui semble presque brutal.

« Ça va, tu as réussi à dormir ? » lui demande Emil.

Il s'est installé en face d'elle, apportant dans une assiette quelques tartines croustillantes couvertes d'œufs durs en tranches.

Olivia hésite – elle devrait peut-être lui parler de cet inconnu qui rôdait dehors et qui a tenté d'ouvrir sa porte pendant qu'elle dormait. Cette pensée l'obsède : qui a pu vouloir s'introduire dans le chalet au milieu de la nuit ? Et pourquoi ?

Était-ce Amir ? Wille ? Pontus ?

Elle les dévisage l'un après l'autre. Pontus se prépare une tartine de fromage et de concombre. À côté de lui, Wille finit d'engloutir un bol de yaourt aux fruits. Et Amir, pleinement concentré sur son porridge, la gratifie à peine d'un coup d'œil.

Était-ce lui, l'intrus de cette nuit ?

Sinon, qui d'autre ?

Si Emil était venu lui parler, il n'aurait sans doute pas hésité à appeler Olivia par son nom, pour ne pas l'effrayer. Même chose pour Wille, s'il lui était venu l'idée d'aller la rejoindre sous la couette.

Quant à Pontus, jamais il n'oserait même essayer de l'approcher.

« Bof, répond-elle. J'ai eu du mal à m'endormir, et j'ai fait des cauchemars vraiment flippants.

– Je pense que personne n'est très reposé, dit Emil, dont la voix suggère en effet un sommeil compliqué. On est tous sous le choc. Il nous faudra sans doute du temps pour nous remettre de ce qui s'est passé. »

Olivia avale une cuillerée de porridge. La saveur acidulée, réconfortante, de la confiture d'airelles la renvoie une décennie en arrière, lorsqu'elle partait en vacances à la montagne, à Sälen, avec ses parents. Tous les matins, avant de chausser les skis, sa mère préparait une grosse casserole de bouillie d'avoine, assez copieuse pour caler toute la famille jusqu'au déjeuner.

« Je me suis refait le scénario dans tous les sens, reprend Olivia, mais je n'arrive toujours pas à comprendre. »

Elle a répété ça mille fois déjà. Certes, elle radote, mais c'est plus fort qu'elle.

« Pourquoi Fanny serait sortie volontairement dans la neige, pieds nus et sans vêtements ? poursuit-elle en touillant nerveusement dans son bol jusqu'à obtenir un magma rose clair. Surtout par un froid pareil. »

Sa remarque est accueillie par un long silence. Personne n'ose la regarder dans les yeux.

Elle a presque l'impression d'avoir été inconvenante – comme si elle s'était fait prendre à bavarder pendant un cours ou avait laissé voir ses seins sans le vouloir dans une robe un peu trop transparente.

Mais il faut bien qu'ils puissent parler de Fanny et de ce qui s'est passé !

L'exaspération d'Amir est criante ; il jette à Olivia un regard acerbe. Cela fait un moment qu'elle le connaît, mais elle n'avait jamais fait attention à ses yeux qui s'étrécissent à la moindre contrariété, ni à l'expression glaciale qu'il peut afficher dès que s'efface son si charmant sourire.

À quoi pense-t-il, au fond ?

À croire que la mort de Fanny le laisse totalement indifférent.

Pourquoi ? Elle l'ignore, mais elle ressent soudain le besoin impérieux de le faire parler. Elle ne supporte plus de le voir assis là, muré dans le silence.

Peut-être arrivera-t-elle à lui arracher la vérité.

Olivia est de plus en plus convaincue qu'Amir se trouvait avec Fanny, la nuit où elle a perdu la vie, et qu'il leur ment à ce sujet.

Après tout, il pourrait tout aussi bien mentir sur ce qui lui est arrivé.

« T'en penses quoi, toi, Amir ? lance-t-elle, assez fort pour l'empêcher de se dérober à sa question. Il lui est arrivé quoi, à Fanny ?

– Comment tu veux que je le sache ?

– Tu n'as pas une théorie sur ce qui s'est passé pour qu'elle finisse dans la neige ? s'obstine Olivia. Tu as bien une idée, non ? »

Elle le provoque, elle le sait, mais elle ne compte pas le lâcher avant d'avoir sa réponse.

« À quoi tu joues ? » crache-t-il.

Son visage s'est assombri.

« Je crois que tu as très bien compris », persifle Olivia.

Le temps d'un instant, elle se dit qu'Amir ne va pas mordre à l'hameçon, qu'il va l'ignorer et retourner à son petit déjeuner. Elle le voit lutter pour maîtriser ses émotions ; ses lèvres se pincent et frémissent de colère.

« Tu insinues que quelqu'un l'aurait forcée à sortir dans le froid, c'est ça ? finit-il par assener. Délibérément ? Pour qu'elle meure ?

– J'en sais rien, moi ! Tu as une meilleure explication ? »

Olivia ne veut plus se retenir, elle n'est plus à ça près. Trop de questions demeurent sans réponse. Tout ce qu'elle veut, c'est comprendre ce qui est arrivé à Fanny.

Amir jette violemment sa cuillère, qui vient heurter l'assiette avec fracas.

« Excuse-moi, mais là, c'est franchement ultra-bizarre, ce que tu sous-entends. Tu te rends compte de ce que ça veut dire ?

– Explique-moi, je t'écoute, répond Olivia d'un ton qu'elle veut neutre.

– On dirait, dit Amir, d'une voix rauque et tendue, que tu accuses l'un de nous d'être responsable de la mort de Fanny. »

Wille pose une main sur l'épaule d'Olivia, qu'elle repousse d'un geste brusque.

« Et si c'était vrai ? » riposte-t-elle d'une voix devenue stridente.

Les autres doivent la prendre pour une hystérique, et alors ? La seule chose qui lui importe, c'est qu'Amir crache le morceau. Il est forcément impliqué d'une manière ou d'une autre.

« Et si quelqu'un ici, parmi nous, avait menti sur les dernières heures de Fanny ? » Elle se tourne vers Amir : « Et si toi, tu mentais ?

– Mais t'es complètement malade ! » explose-t-il en se levant si brusquement de sa chaise qu'elle bascule en arrière.

Olivia l'imite et lui lance un regard furibond.

« Ah oui, c'est moi qui suis malade ? Apparemment, c'est *toi*, la dernière personne à avoir vu Fanny vivante. Et t'es là, à faire comme si de rien n'était. »

Elle baisse d'abord les yeux puis dévisage chacun des garçons, avant de fixer à nouveau Amir.

« Quelqu'un ici doit savoir ce qui s'est passé, non ? *Toi*, tu dois bien le savoir ? »

38

À peine Hanna a-t-elle franchi le seuil du commissariat qu'elle aperçoit Anton et Daniel installés dans la grande salle de réunion. C'est là qu'ils se retrouvent toujours pour échanger avec leurs homologues d'Östersund.

Raffe Herrera – en poste au sein de la police judiciaire d'Åre, mais qu'ils sollicitent en renfort pour les grosses enquêtes criminelles – vient aussi d'arriver. Elle l'a aperçu au volant de sa voiture alors qu'elle arrivait à pied depuis Solbringen.

Hanna prie en silence pour que personne dans l'équipe n'ait vu passer l'article de l'*Expressen*. Si les retrouver le matin la met d'ordinaire de bonne humeur, aujourd'hui, elle l'appréhende, après avoir vu sa vie privée étalée sans vergogne dans la presse. Elle n'est absolument pas prête à parler de ses amours avec ses collègues, surtout dans un pareil contexte.

Et comment Daniel réagira-t-il en apprenant ce qui se trame entre Henry et elle ? Prendra-t-il pour lui le fait qu'elle ne lui en ait pas dit un mot ?

Elle peut difficilement lui dévoiler la raison de ce silence en près de neuf mois de relation : qu'elle s'efforçait, justement, de surmonter les sentiments envahissants qu'elle éprouvait pour lui.

Elle aurait mieux fait de rester au Niehku au lieu de s'empresser de rentrer. Ça lui aurait épargné l'embarras d'être sur place au moment de l'annonce.

Accroupi devant le réfrigérateur de la kitchenette, Raffe range le déjeuner qu'il s'est préparé.

« Dis donc, il y a de l'amour dans l'air ! sourit-il en se relevant. Tu as passé un week-end sympa, on dirait. »

Hanna ferme les yeux. Un mal de tête sourd commence à palpiter derrière ses tempes.

Les nouvelles sont donc allées très vite.

« Ah, ça..., bredouille-t-elle. Euh... c'est assez récent. »

Pour éviter d'avoir à s'étendre sur le sujet, elle se dirige vers la machine à café. Elle programme une tasse pour elle et une autre pour Raffe, sans même lui demander son avis – son collègue, en caféinomane assumé, ne se fait généralement pas prier.

Plantée devant l'appareil, qui moud les grains dans un vrombissement sonore, Hanna tâche de rassembler ses idées. Si Raffe est déjà au courant de cette histoire, ce n'est qu'une question de temps avant qu'elle n'arrive aux oreilles du monde entier.

Elle pense à sa mère : l'idée même qu'elle l'apprenne donne à Hanna un début de nausée.

Mais comment ce tabloïd a-t-il eu vent de sa relation avec Henry ? Quelqu'un l'aura-t-il reconnu à l'aéroport de Kiruna avant de prendre quelques clichés en cachette ?

Sérieusement, les gens sont épuisants ! Fréquenter une célébrité impliquerait donc de renoncer à tout droit à la vie privée ?

Elle aimerait bien savoir, aussi, comment ils ont pu mettre la main sur toutes ces informations la concernant. Hanna est une illustre inconnue, tout le contraire d'une personnalité médiatique ; elle n'est pas sur Instagram et n'a qu'un profil volontairement vague sur Facebook.

Une fois la réunion terminée, elle va devoir appeler Henry. Et répondre à Lydia.

Mais il faudrait surtout qu'elle prenne quelque chose pour son mal de crâne.

Le gargouillis de l'appareil signale que le café est prêt. Avec une tasse bien remplie dans chaque main, mais un gros nœud au creux de l'estomac, Hanna se dirige vers la salle de réunion.

« Salut, tout le monde ! lance-t-elle en posant sa tasse devant Raffe, d'un air faussement détaché.

– Mais Hanna, tu es là ? s'étonne Anton. Je croyais que tu avais posé ta journée. »

Lui non plus ne semble pas très en forme ; il a les traits tirés, les yeux profondément cernés. Anton qui est presque toujours plein d'entrain d'ordinaire – c'est peut-être la gravité du moment qui transparaît.

« Le devoir m'a appelée, répond-elle, laconique, en portant la tasse à ses lèvres.

– Alors, tu es partie où finalement ? demande Daniel, le nez sur l'écran où se prépare la réunion vidéo. Tu ne me l'as pas dit. »

Sa voix est exactement comme d'habitude. Ou peut-être feint-il simplement l'indifférence.

« Dans le Nord », répond-elle brièvement.

Raffe ouvre la bouche, comme s'il allait faire une nouvelle allusion aux amours de sa collègue, mais il semble se raviser devant son regard lourd de sens.

Hanna pousse un soupir de soulagement en voyant apparaître Grip à l'écran, entourée de deux collègues d'Östersund et de Carina Grankvist.

« Bonjour, tout le monde. Hanna, contente que tu sois de retour, fait Grip avec un sourire contenu. On peut commencer. »

Durant la première demi-heure de réunion, Anton et Daniel ont fait le point sur les interrogatoires menés auprès des amis de la victime et sur les recherches d'antécédents. L'un des garçons, Emil, a déjà été condamné pour coups et blessures. Anton va creuser le dossier auprès de l'unité qui a suivi l'affaire.

« Les légistes d'Umeå ont accédé à notre demande : ils nous passent en priorité, intervient Grip. Si tout va bien, l'autopsie doit être en cours. »

À ce stade, l'examen médico-légal sera déterminant. À moins qu'il ne conclue à une mort naturelle, il risque fort de faire passer l'enquête à la vitesse supérieure – à plus forte raison si l'autopsie exclut complètement la cause accidentelle et s'engage sur la piste criminelle. En attendant, Hanna ne compte pas se tourner les pouces : elle ne croit pas, pour sa part, à la thèse de l'accident – et, manifestement, sa supérieure non plus, puisqu'elle vient de faire ouvrir une enquête préliminaire.

« Et les vêtements de Fanny ? demande-t-elle. Toujours introuvables ?

– Oui, répond Carina. On a passé tout le jardin, et même le quartier entier au peigne fin : rien. Ses amis nous ont dit avoir eux-mêmes consacré un bon moment à les chercher dans la villa, mais ils n'ont retrouvé ni ses habits ni ses chaussures.

– Où en est le mandat de perquisition ? intervient Daniel.

– On l'attend d'un moment à l'autre. J'espère qu'on pourra fouiller la maison dans la matinée », répond Carina.

Le plus tôt sera le mieux, se dit Hanna. S'il n'y avait pas de crime derrière tout cela, pourquoi diable les vêtements et les chaussures de la jeune femme auraient-ils disparu ?

« Il faudra aussi parler aux voisins, suggère-t-elle. L'un d'eux a peut-être vu ou entendu quelque chose.

– Commençons par ça après la réunion, dit Daniel. J'en profiterais bien aussi pour interroger Emil sur sa condamnation, même si la perquisition est en cours. »

Il sourit à Hanna : « Ça te dit ? Toi qui es douée pour parler aux jeunes. »

Hanna lui rend son sourire, flattée du compliment.

Bon, Daniel n'a sans doute pas eu le temps de voir l'article – elle l'aurait remarqué. Et elle espère, en dépit du bon sens, qu'il n'en aura jamais connaissance.

39

À l'instant où il aperçoit, depuis son fauteuil, la Volvo bleu foncé qui s'arrête sous leur fenêtre, Åke se doute que la police est venue pour lui parler.

Il ne bouge pas, reprenant sa lecture du journal du matin sur sa tablette, jusqu'à ce qu'il entende des coups à la porte d'entrée. Malgré le temps maussade, Peter et les garçons sont sur les pistes. Il n'y a que Karin et lui à la maison.

Åke rajuste la ceinture de son pantalon avant de se lever. S'il ne regrette pas ce qui s'est passé hier soir avec les voisins, il aurait tout de même préféré ne pas perdre son sang-froid et prendre le temps de réfléchir d'abord aux conséquences.

Mais le comportement de cette fille était indécent. Tout bonnement inacceptable.

Karin ouvre la porte, et un homme et une femme, plutôt jeunes, pénètrent dans le salon en se présentant : Daniel Lindskog et Hanna Ahlander, enquêteurs auprès de la brigade criminelle d'Östersund.

« Je vous offre un café ? » leur propose aussitôt Karin, les laissant à peine terminer leur phrase.

Il faudrait qu'elle se calme un petit peu, se dit Åke. Elle tournoie autour des deux policiers comme une mouette affamée, agitée de grands mouvements nerveux et flous – comme si elle et lui avaient quelque chose à cacher.

Il s'agit de ne rien laisser paraître, de répondre aux questions des policiers comme n'importe quel voisin. Montrer un visage impassible.

Plus vite ils en auront fini, plus vite les flics les laisseront tranquilles.

« C'est gentil, mais ça ira pour moi, répond l'homme.

– Moi, je ne dis pas non, merci ! fait sa collègue. Avec un peu de lait, si ce n'est pas trop demander. »

Hanna et Daniel. Åke a toujours eu une bonne mémoire des noms. Des visages aussi, d'ailleurs. Les deux policiers, qui ont tous les deux la trentaine, se montrent plutôt complices, comme s'ils travaillaient ensemble depuis un moment.

Ils s'asseyent à la table à manger, disposée parallèlement à l'îlot de cuisine. Karin les rejoint avec le café, du même noir que le plan de travail en granit.

« Vous avez peut-être entendu ce qui s'est passé chez vos voisins, commence Daniel. Hier matin, une jeune femme, amie du fils de la famille, a été retrouvée sans vie dans le jardin de la villa.

– Oui, c'est affreux, dit Karin.

– Il est encore trop tôt pour savoir si ce décès est d'origine criminelle, poursuit Daniel. Mais nous voudrions savoir si, à tout hasard, vous aviez observé quoi que ce soit d'inhabituel dans les environs, au cours de la nuit de samedi à dimanche. »

Åke voit Karin jeter un coup d'œil dans sa direction. Elle a bien vu sa furie augmenter dès l'arrivée de ces jeunes. Et elle sait qu'il est allé frapper chez les Löwengren samedi soir. L'inquiétude dans son regard en dit long : cette visite tardive la préoccupe – tout comme ses conséquences.

Il ne servirait à rien de cacher cet épisode à la police : cela ne ferait qu'éveiller les soupçons.

« Ces jeunes ont mis un sacré bazar, avant-hier, explique-t-il d'un ton rude. La musique à fond pendant des heures, des cris, le tout fenêtres ouvertes... C'était insupportable. J'ai fini par aller les voir pour leur demander de se calmer. »

La policière, Hanna Ahlander, tourne la tête vers la fenêtre donnant sur la maison voisine, comme pour évaluer la distance qui les sépare de l'immonde bâtiment des Löwengren.

La façade est toujours aussi laide ; les grandes fenêtres reflètent un aplat gris sombre à la lumière du jour. À cette heure-ci, les vitres ne laissent rien distinguer, mais dès que les voisins allument les lumières, la vue devient imprenable sur tout ce qui se passe dans le grand salon.

« Le vis-à-vis est important, en effet, constate Hanna. Et les bâtiments sont très proches l'un de l'autre. Je comprends que vous ayez pu être gênés. »

Cette femme imagine sans doute que sa manifestation de sympathie le rendra loquace et coopératif. Mais il n'est pas né de la dernière pluie.

« À quelle heure êtes-vous allé là-bas ? » l'interroge le policier.

Åke sait exactement quelle heure il était, mais il prend volontairement un temps pour répondre. « Il devait être un peu avant minuit.

– Vous souvenez-vous qui était présent ? poursuit Daniel. Combien de jeunes y avait-il dans la pièce quand vous êtes entré ? »

Åke revoit clairement la scène : les verres et les bouteilles vides dispersés dans tous les coins, les vêtements en boule à même le sol, les regards avinés, vitreux.

Certains d'entre eux tenaient à peine debout.

« Ils étaient six, dit-il. Quatre garçons et deux filles, la vingtaine. Tous dans un état d'ivresse manifeste, clairement incapables du moindre discernement. On pouvait presque deviner que ça allait se finir en drame. »

Hanna note quelques mots et boit une gorgée du café que lui a servi Karin, avant de poursuivre : « Pouvez-vous me décrire ce qui s'est passé ? Combien de temps êtes-vous resté ? Que leur avez-vous dit ? Quel genre de réaction avez-vous obtenu ? »

Åke se souvient de la colère qui l'a envahi quand ces jeunes se sont moqués de lui, quand cette fille a essayé de le tripoter. Et cette enceinte qui crachait sa musique assourdissante…

Le sentiment d'être assailli de toutes parts… Il serre la mâchoire en y repensant. Cette nana à moitié nue l'a provoqué au-delà des limites de la décence. Elle était sérieusement dérangée, sans aucune inhibition – probablement ivre ou droguée, ce qui ne l'excuse en rien.

Et voilà, elle est morte maintenant.

Elle ne l'a sans doute pas volé.

« Est-ce qu'il s'est passé quelque chose de spécial quand vous étiez là ? insiste Hanna, comme si elle avait compris qu'Åke retenait volontairement sa parole. Une dispute, peut-être ? »

Åke entend dans sa voix une pointe de suspicion. Il faut qu'il s'explique, mais il hésite à entrer dans les détails. Tout ce qu'il dira à la police pourra être retenu contre lui.

« J'ai frappé à la porte et je leur ai dit de baisser la musique, c'est tout. Puis je suis rentré chez moi. »

Sa dernière phrase fait froncer les sourcils à Daniel.

« Nous avons interrogé des témoins qui affirment que vous avez eu une altercation avec l'une des jeunes femmes, celle qui est décédée », avance-t-il.

Åke lui lance un regard acéré.

« Qu'essayez-vous d'insinuer ?

– Je veux simplement comprendre l'interaction qui a eu lieu.

– Je n'ai rien fait de mal, dit Åke, peinant à retenir sa colère. En revanche, il est vrai que j'ai vu l'une des jeunes femmes perdre l'équilibre et tomber au sol devant moi. Elle était probablement trop ivre pour tenir debout. Mais je n'y étais pour rien, ils étaient tous complètement saouls là-dedans. Ça ne m'étonnerait pas non plus qu'ils aient pris de la drogue. »

Que d'insinuations et de pièges. Il aurait dû s'attendre à ce que les flics passent l'interroger et prendre un moment pour préparer ses réponses.

Il pousse sa chaise en arrière pour s'éloigner un peu de ce fouineur de flic. Les pieds grincent sur le parquet.

« Et après cela ? poursuit Daniel.

– J'en ai eu assez, alors je suis reparti.

– Et ensuite, que s'est-il passé ?

– Je suis allé au lit. »

Daniel se tourne vers Karin.

« C'est une pure question de routine, mais pouvez-vous confirmer que votre mari est bien rentré se coucher ?

– J'ai passé la nuit dans l'une des chambres d'amis, comme je le fais souvent », intervient Åke, avant que Karin n'ait le temps d'ouvrir la bouche.

Il perd patience, mais essaie de se contrôler. Qu'est-ce que ces flics ont à farfouiller ainsi dans leurs affaires privées ?

« Quand je me couche après Karin, on fait parfois chambre à part, précise-t-il. Je ne veux pas perturber son sommeil.

– Je comprends, poursuit Daniel. D'autres personnes peuvent-elles confirmer vos dires ? Votre fils, par exemple, puisque vous m'avez dit qu'il était venu vous voir. »

Ils veulent entraîner Peter là-dedans, maintenant ? Ça commence à bien faire.

Åke voit Karin lui jeter un nouveau regard inquiet : elle ne veut pas qu'il perde son sang-froid devant les policiers.

« Mon fils n'était pas réveillé à ce moment-là, dit-il avec fermeté.

– Peter et les garçons dorment dans les chambres du bas, explique Karin. Ils sont allés se coucher tôt samedi. Leur longue journée de voyage les avait épuisés. »

Elle se lève pour aller chercher la cafetière à la cuisine.

« Je vous ressers ? »

Åke remarque qu'il l'a rendue nerveuse – elle verse quelques gouttes de café à côté en remplissant sa tasse. Mais Karin a toujours été une épouse loyale.

« Vous avez vraiment une vue plongeante sur le terrain des voisins, reprend Hanna en regardant par la fenêtre. Leur maison est si proche qu'on pourrait presque la toucher. Aucun d'entre vous n'a donc rien vu d'inhabituel pendant la nuit ? Ni le matin, au réveil ? »

Åke secoue la tête. Karin se penche alors insensiblement en avant avec une inspiration, comme si elle allait parler, puis se ravise et baisse à nouveau le regard.

Son mouvement a été rapide, mais la policière a eu le temps de le saisir au vol.

« Karin, vous vouliez ajouter quelque chose ? » suggère-t-elle.

Karin tourne la cuillère dans son café.

« Je ne sais pas si ça a un rapport avec ces jeunes, commence-t-elle. Mais je me suis levée au milieu de la nuit pour prendre un verre d'eau à la cuisine… »

Elle se tait, pose le doigt sur le rebord de la tasse.

Åke voit les policiers la laisser venir à son rythme.

« Et puis j'ai eu l'impression… d'apercevoir quelqu'un dans le jardin des Löwengren. »

Åke a un sursaut, mais s'évertue à cacher sa surprise. Il pensait que Karin dormait à poings fermés – elle ne lui a pas dit qu'elle s'était levée en pleine nuit ni qu'elle avait vu quelqu'un chez les voisins.

Elle aurait dû lui confier ça plus tôt, qu'il puisse se préparer. Au stade où ils en sont, il ne peut plus lui demander de se taire – pas avec ces deux flics dans la pièce, qui prennent en note le moindre mot qu'ils prononcent.

« Vous êtes sûre de ça ? fait Hanna d'une voix fébrile. Quelle heure était-il environ ?

– Autour de deux heures, deux heures et demie, je pense.

– Sauriez-vous nous dire s'il s'agissait d'un homme ou d'une femme ? » poursuit Daniel.

Karin prend soudain un air déconfit, comme si elle se sentait coupable de son imprécision.

« Là, je ne suis plus très sûre de moi… Je suis vraiment désolée, bredouille-t-elle. Il faisait nuit noire et ça s'est passé vite, j'avais l'esprit un peu ailleurs. Mais je dirais quand même que ça ressemblait… à un homme. Un homme en veste sombre. »

Hanna adresse à Karin un sourire d'encouragement.

Åke aimerait dire à ces flics de foutre le camp de chez lui.

« Vous n'avez pas à vous excuser, reprend Hanna. Mais le moindre détail peut avoir son importance : n'hésitez pas à nous raconter tout ce dont vous vous souvenez.

– Je n'en mettrais pas ma main à couper mais… » Karin s'arrête, hésitante. « Il m'a semblé que cette personne portait quelque chose de massif et de lourd. Comme un très gros sac. »

40

Wille est assis à gauche d'Olivia sur le siège du Sadelexpressen, Pontus à sa droite. À côté de lui, Amir semble fixer l'horizon. Il a toujours l'air furieux ; il n'a pas dit un mot à Olivia depuis le petit déjeuner. Lorsqu'ils se sont alignés pour monter dans le télésiège, elle a tout fait pour ne pas se retrouver coincée avec lui.

Emil ne les a pas suivis sur les pistes, prétextant une douleur à l'estomac. Olivia aurait vraiment préféré qu'il soit là. Il a un effet apaisant sur le groupe : c'est lui qui a mis fin à la dispute de ce matin. Il a su arrêter Olivia alors qu'elle s'apprêtait à dire des choses qu'elle n'aurait jamais pu effacer.

Maintenant, Amir ne peut plus la pifer, elle en est convaincue. Plus qu'à tirer un trait sur leur amitié.

C'est Wille qui a suggéré qu'ils aillent skier – insisté, plus précisément –, expliquant qu'il fallait rester en mouvement. Ils étaient tous déjà tellement fébriles, à fleur de peau. S'ils passaient la journée entre quatre murs, ils finiraient forcément par se bouffer le nez. Olivia s'est laissé persuader, alors même qu'elle n'avait aucune envie de dévaler les pistes. Mais l'idée de rester enfermée à ruminer était encore moins séduisante.

Le télésiège s'élève lentement entre les hauts pylônes. Malgré la coque en plexiglas qui les protège du vent et son écharpe remontée sur la bouche et le nez, Olivia a le visage glacé.

Sur la piste en dessous d'eux, les skieurs sont rares. Les nappes de brouillard se déplacent à vitesse grand V, et l'Åreskutan est à peine visible, même si, d'après l'appli de la station, les remontées mécaniques au sommet sont ouvertes.

« Ça fait du bien de prendre l'air, non ? lance Wille en remontant son masque sur le front. Je t'avais dit que ça irait tout de suite mieux une fois dehors. »

Olivia répond par un marmonnement.

Il se penche vers elle, au point que leurs casques manquent de s'entrechoquer.

« Pourquoi tu t'es défoulée sur Amir comme ça au petit déj' ? lui glisse-t-il à voix basse. Tu ne penses pas sérieusement que c'est lui qui a causé l'accident de Fanny, quand même ? »

Le fait même que Wille parle d'*accident* met Olivia mal à l'aise. C'est un mot bien pratique pour garder l'esprit tranquille : personne n'a à soupçonner personne. Mais comment peuvent-ils tous adhérer à cette thèse sans même la questionner ?

Olivia est-elle la seule à ne pas croire aux mensonges d'Amir ?

Elle n'en peut plus ; elle a besoin de penser à autre chose, de se vider la tête, ne serait-ce que pour quelques heures.

« Tu veux vraiment parler de ça maintenant ? » ânonne-t-elle en s'affairant à ajuster la mentonnière de son casque de ski.

Wille reste silencieux un moment, puis se tourne vers les deux garçons.

« On monte à l'Åreskutan après, ça vous dit ? lance-t-il. On pourra terminer la descente par le ravin. »

Le ravin de l'ouest est une zone de hors-piste particulièrement exigeante. Olivia se demande si c'est bien malin, surtout si le brouillard refuse de se lever. Wille ne devrait pas avoir de mal à s'en tirer : c'est le meilleur skieur de la bande, et ses nombreux séjours dans les Alpes l'ont habitué à ce genre de descentes sauvages dans la poudreuse. Olivia a elle-même passé assez de vacances de sports d'hiver à Åre et à Sälen pour être plutôt à l'aise sur ce type de terrain ; en revanche, la vitesse n'est pas son fort, et elle se fait facilement doubler.

Amir, en revanche, n'est pas le plus habile techniquement, et Pontus skie nettement moins bien que le reste du groupe. Il est aussi le seul à ne pas posséder ses propres skis ; il a loué les siens en arrivant.

Alors qu'ils atteignent un versant exposé au vent, leur siège se met à tanguer sous l'effet d'une bourrasque.

« On n'a qu'à attendre d'être arrivés en haut pour se décider, en fonction de la visibilité ? » suggère Olivia.

Wille la gratifie d'un rictus.

Olivia croit comprendre pourquoi il a proposé de prendre le ravin, un parcours qui, même par grand beau temps, demande une bonne dose d'adresse. Ça lui permettra de montrer l'étendue de sa supériorité, l'aisance avec laquelle il devance le reste de la clique.

Comme si dominer était chez lui une seconde nature, qu'il fallait sans cesse qu'il brille plus que les autres.

Qu'il soit le meilleur dans tous les domaines.

41

En sortant de chez les Carlsson, Daniel est saisi par un froid glacial qui l'oblige, comme par réflexe, à remonter jusqu'au menton la fermeture de sa veste. Une épaisse purée de pois a envahi la vallée, tant et si bien que l'on distingue à peine la silhouette de l'Åreskutan.

« T'en penses quoi, de ce couple ? » demande-t-il à Hanna, aussitôt la porte refermée.

Ce qui l'a interpellé, c'est surtout la description particulièrement succincte qu'a faite Åke Carlsson de son passage chez les voisins. Lors de leurs interrogatoires, hier, plusieurs des étudiants ont pourtant mentionné son comportement particulièrement odieux ; selon Olivia, il aurait même bousculé Fanny, la faisant tomber au sol.

Un épisode qu'il a décidé de taire à la police.

« Il m'a fait l'effet d'un vieux con, si tu me passes l'expression. Un type méchamment aigri. Ça me fait de la peine pour sa femme. »

Hanna a un sourire, ne semblant aucunement regretter son choix de mots, avant de retrouver son sérieux : « En revanche, le témoignage de Karin Carlsson m'a l'air capital. Si ce qu'elle décrit est vrai, quelqu'un – peut-être bien le meurtrier de Fanny – aurait donc transporté son corps pour le déposer dans le jardin. »

Elle enfonce les mains dans ses poches avec un frisson.

« Qu'est-ce qu'on se les pèle aujourd'hui ! »

On entend au loin le lent vrombissement des chasse-neige remontant le Sadelvägen, la route principale qui serpente sur la colline. Les prévisions météo que Daniel a consultées tout à l'heure n'étaient pas bonnes : de violentes bourrasques sont annoncées sur l'ouest du Jämtland. Mais pour l'heure, le vent ne s'est pas encore levé pour dissiper la brume.

Il regarde sa montre : bientôt onze heures. La perquisition doit être lancée d'ici peu, mais toujours aucune voiture de police en vue. Tout a l'air calme dans la maison des Löwengren ; peut-être que les jeunes occupants dorment encore. Dans ce cas, le plus charitable serait peut-être d'aller les réveiller avant que leurs collègues ne débarquent pour tout mettre à sac et les traumatisent au saut du lit.

« Qu'est-ce que tu dirais de retourner discuter avec la petite bande ? dit-il. Et de creuser avec Emil cette histoire de condamnation, avant que Carina ne déboule avec son équipe.

– J'allais justement te le proposer. Puisqu'on est déjà sur place… »

Elle se dirige d'un pas assuré vers la grande villa rose, qui semble presque avoir été bâtie sur le garage des Carlsson.

« Le témoignage de Karin nous donne au moins une petite idée de la temporalité, fait remarquer Daniel alors qu'ils s'approchent du porche. Selon elle, il était environ deux heures, deux heures et demie quand elle s'est levée pour aller boire.

– Il faudra aussi questionner le fils, poursuit Hanna. Même si, d'après ses parents, il dormait comme un bébé, il a peut-être lui aussi vu des choses. »

Daniel a noté les coordonnées de Peter Carlsson, qui a eu le temps de filer sur les pistes juste avant leur arrivée.

« Je peux m'occuper de le contacter cet après-midi », dit-il.

Il s'apprête à frapper à la porte d'entrée des Löwengren quand Hanna lâche, tout de go : « Tu penses que le voisin pourrait être impliqué dans la mort de Fanny ? Åke Carlsson, j'entends. »

Daniel s'immobilise, une main en l'air. C'est typique d'Hanna, ça : réfléchir à voix haute et balancer des hypothèses sans aucune base concrète. C'est un point de méthode qui les distingue fondamentalement : circonspect par nature, lui préfère toujours s'appuyer sur la matérialité des faits plutôt que de se livrer à des spéculations.

« J'ai lu les transcriptions de vos interrogatoires d'hier, poursuit-elle. Le bonhomme a l'air d'avoir sacrément minimisé les faits. Il aurait pu revenir plus tard dans la soirée pour passer ses nerfs sur Fanny…

– Tu sais, j'éviterais de jouer aux devinettes à ce stade, rétorque Daniel. On ne sait même pas si un crime a été commis. »

Hanna lui lance un regard sceptique, comme si elle commençait à se lasser de sa prudence.

« Tous les éléments qu'on a semblent évoquer un homicide, tranche-t-elle. Même toi, tu dois pouvoir l'admettre. »

42

La visibilité sur les pistes est de moins en moins bonne, malgré un soleil presque au zénith. En tentant d'embrasser du regard la vallée depuis le sommet de l'Åreskutan, Olivia peine à distinguer les reliefs.

Il leur a fallu environ une heure, skis aux pieds, pour rejoindre depuis Sadeln le cœur de la station. Pour poursuivre jusqu'à l'Åreskutan, ils ont ensuite dû prendre le télésiège VM8 avant d'enchaîner sur Gondolen, la télécabine rouge vif qui monte au point culminant du domaine skiable.

Ils se sont arrêtés près du grand hangar encroûté de neige qui tient lieu de gare d'arrivée de la remontée. À leur droite, l'imposant câblage de la télécabine ; à leur gauche, la piste Svartbergsleden, qui mène à la colline de Hummeln.

C'est là qu'il faudra bifurquer s'ils veulent s'engager dans le ravin de l'ouest.

« Bon, lance Wille, tout le monde est là ? »

Pontus a l'air tendu. Olivia le voit jeter un regard presque nostalgique aux cabines qu'ils viennent de quitter, comme s'il souhaitait s'y réinstaller aussi sec pour faire demi-tour.

Elle aurait presque pitié de lui.

Malgré le mauvais temps, les descentes ont été royales aujourd'hui, avec une neige magnifique. Mais ils n'ont encore parcouru que des pistes soigneusement damées et balisées. Ce sera une autre histoire lorsqu'ils s'aventureront en hors-piste. Même pour les skieurs expérimentés, braver l'épais manteau de poudreuse demande un effort physique considérable – les muscles des cuisses sont mis à rude épreuve, à plus forte raison lorsqu'on n'a pas de skis adaptés à ce type de terrain, ce qui est leur cas.

Sans compter la visibilité réduite – on ne voit guère à plus d'un mètre. Le brouillard s'est épaissi sur les sommets ; si cela continue, la station va fermer les remontées mécaniques les plus hautes. Tout est plongé dans une brume dense et grisâtre.

Olivia observe Pontus. Ça risque d'être pénible pour lui, qui se retrouve systématiquement à la traîne. Chaque fois qu'ils se donnent rendez-vous au pied d'un télésiège, Wille arrive le premier, et Pontus, bon dernier – c'est lui qu'on attend en permanence.

Ce n'est pas très marrant d'être le moins bon skieur du groupe, Olivia le sait : outre le gros coup que ça met à l'estime de soi, ça ne laisse jamais vraiment le temps de reprendre son souffle ; les autres ont tendance à repartir aussitôt le retardataire arrivé.

À la longue, ça deviendrait presque une forme de bizutage.

Elle a tout à coup un flash-back malheureux du collège – de l'année de quatrième, quand elle avait rejoint une nouvelle classe en cours d'année. Le souvenir des filles populaires prenant un malin plaisir à l'ignorer est encore cuisant dans sa mémoire.

Elle tape le sol enneigé de ses skis, faisant voler la poudreuse autour des spatules. Pourquoi faut-il toujours qu'il y ait ces fichus rapports de hiérarchie ? Des dominants et des souffre-douleur.

Maintenant qu'elle y pense, c'est toujours Pontus qui se retrouve ciblé par les moqueries – ça semble si naturel qu'elle n'y avait guère prêté attention. Mais Wille aime avoir sa petite cour ; c'est sans doute pour cela qu'il accepte Pontus dans sa bande. Wille est le summum du cool en comparaison de ce gros balourd qui lui sert de faire-valoir.

D'autant que Pontus n'aura jamais l'audace de remettre en question l'autorité de son ami. Même chose pour Amir.

Ce dernier est à quelques mètres devant elle, en train de parler à Wille, qui ajuste ses fixations. Leur petit groupe est presque seul au sommet, où les skieurs commencent à se faire rares.

Assurément, Amir ne contredira pas non plus la suggestion de Wille de filer vers le ravin.

Olivia s'appuie sur ses bâtons et se penche vers Pontus.

« Comment tu le sens, tu veux continuer ? On peut aussi lâcher l'affaire. »

Il semble ne pas l'avoir entendue. Elle répète la question, un peu plus fort cette fois, et ajoute : « J'ai déjà les jambes en compote. Ce serait peut-être aussi bien de rentrer directement à la maison ? Se faire un feu et un chocolat chaud ?

– Ça va, je le sens bien, décline Pontus. Je gère. Mais tu peux rentrer de ton côté, si c'est trop de pression pour toi. »

Un grand classique : Olivia s'efforce d'être sympa avec Pontus, qui la remercie en la rembarrant aussitôt. Après tout, tant pis pour lui. S'il se retrouve dans la merde, il n'aura à s'en prendre qu'à lui-même. Au moins, elle ne pourra pas dire qu'elle n'a pas essayé.

Ce que les hommes peuvent lui taper sur le système avec leur virilité à la con !

Wille agite son bâton de ski.

« Allez, c'est parti ! » s'écrie-t-il, avant de dévaler la pente sans même s'assurer que les autres le suivent.

Olivia n'a pas le choix, elle doit lui emboîter le pas. Qu'il est pénible à toujours jouer au petit chef, sans jamais prendre en considération le reste du groupe !

Un putain d'égoïste, voilà ce qu'il est.

Amir et Pontus s'élancent à leur tour.

Wille glisse à toute vitesse sur la piste, godillant en virages serrés, et Olivia fait de son mieux pour suivre le rythme. D'habitude, elle n'a pas de mal à s'orienter à Åre, avec sa bonne expérience du domaine. Mais dans cette purée de pois, difficile de savoir où s'arrête le balisage et où commence le hors-piste.

Le brouillard déforme toutes les proportions, fait disparaître la perspective.

Olivia se surprend à regretter que la mode ne soit pas aux combinaisons fluo, comme dans les années quatre-vingt. Si seulement l'un des garçons portait un habit criard, elle aurait eu un point sur lequel se concentrer. Mais leurs silhouettes noires et grises se noient dans le brouillard.

Elle se rend soudain compte qu'elle a perdu tous ses repères.

Où est-elle ?

Il a suffi d'une seconde d'inattention. Avant qu'elle ait eu le temps de ralentir, elle est sortie de la piste. Le damage disparaît sous ses skis ; Olivia sent sa spatule droite lui échapper. Alors qu'elle va basculer, elle réussit au dernier moment à engager la carre gauche dans un virage, redressant le buste pour ne pas s'étaler de tout son long dans la poudreuse. Pendant d'interminables secondes, elle est comme suspendue en l'air. Elle parvient enfin à se stabiliser et à enchaîner quelques virages coupés qui la ramènent en terrain connu.

Elle était à deux doigts de se prendre une de ces gamelles…

Elle entend son cœur tambouriner jusque dans les tempes. Si elle était tombée, elle aurait dévalé la pente et aurait pu se blesser sérieusement. Est-ce qu'ils l'auraient retrouvée, en contrebas et à l'écart de la piste ?

Le monde est un film en noir et blanc. Une immensité de brume et de brouillard sature l'air.

Glissant lentement sur ses skis, Olivia écarquille les yeux sous son masque pour essayer de retrouver le reste de la bande. Elle sent monter un pic de stress : auraient-ils continué sans elle ?

Mais leurs silhouettes finissent par se dessiner, arrêtées un peu plus bas : ils l'attendent. Heureusement, ils ont l'air d'avoir compris qu'elle ne suivait pas.

Mais tout ça ne l'amuse plus du tout. Olivia n'a envie que d'une chose : rentrer à la maison.

43

Après deux coups à la porte des Löwengren, un grand gaillard aux boucles blondes apparaît dans l'entrebâillement. Hanna reconnaît Emil ; elle a soigneusement examiné les photos d'identité et les dossiers des cinq étudiants avant de quitter le commissariat.

Elle explique qu'ils ont des questions complémentaires à leur poser et demande à entrer.

« Je suis tout seul, s'excuse Emil. Les autres sont partis skier. »

La maison est donc presque vide : tant mieux, cela simplifiera la perquisition ; Carina sera ravie de l'apprendre. Ces procédures sont toujours plus compliquées quand il y a du monde sur place.

Ils entrent et s'asseyent à la table à manger, où traînent encore quelques tasses à café sales, reliques du petit déjeuner. Deux plafonniers en métal noir baignent la grande pièce d'une lumière chaude.

« Puisque vous êtes là, autant aller droit au but, dit Daniel. Nous avons appris que vous aviez été condamné par le tribunal d'Umeå pour coups et blessures. Pouvez-vous nous raconter ce qui s'est passé ? »

Emil rougit. Hanna ne saurait dire si c'est de honte ou de colère, mais elle voit les poings du garçon se serrer.

« C'était il y a longtemps.

– Il y a quatre ans, précise Daniel.

– J'étais encore au lycée, dit Emil à voix basse, visiblement embarrassé.

– Pourriez-vous nous décrire les événements avec vos propres mots ? suggère Hanna d'un ton avenant pour inciter Emil à se détendre.

– C'est une histoire vraiment bête, répond-il au bout de quelques longues secondes. À l'époque, j'avais un petit boulot comme cuistot dans un restaurant. Ce soir-là, un des clients n'arrêtait pas d'emmerder le barman, un pote à moi. Quand le resto a fermé, ils sont sortis s'expliquer dans la rue. J'ai tenté de m'interposer, mais j'ai fini par m'énerver moi aussi. Et puis ça a dégénéré.

– Vous lui avez mis un coup de tête, précise Daniel. Une violence qui a été jugée disproportionnée par rapport à la situation.

– Oui. Je... »

Hanna et Daniel attendent la suite. Emil se passe plusieurs fois les doigts dans les cheveux. Par la fenêtre, on aperçoit à peine la maison voisine tant la brume est dense.

« En vrai, je n'ai que de vagues réminiscences de ce qui est arrivé, dit Emil d'un ton penaud. J'avoue que j'avais un peu bu. Je ne sais pas, j'ai réagi instinctivement. Dans mon souvenir, le type a essayé de me sauter dessus, et puis... »

Il ouvre les mains dans un geste de résignation.

« J'ai fait... ce que j'ai fait. »

Emil a l'air sincère. Il semble accablé par les remords. Pour autant, il n'est pas nécessairement aussi innocent qu'il veut le faire croire.

Faut-il considérer l'événement comme un fait isolé ? Ou, au contraire, comme un premier passage à l'acte, symptôme d'une tendance de fond à recourir à la violence dans les situations explosives ?

C'est peut-être une coïncidence malheureuse qu'Emil ait fait une bêtise à l'adolescence et se retrouve impliqué quelques années plus tard dans une nouvelle enquête criminelle.

Ou peut-être pas.

« Je n'ai jamais été du genre bagarreur, déclare-t-il. Et après cette histoire, j'ai commencé à faire beaucoup plus attention avec l'alcool.

– Mais vous avez continué à travailler dans la restauration ? fait Daniel.

– Un temps, oui. Ça n'enchantait pas mes parents, et je me sentais de moins en moins à ma place. Je n'avais pas vraiment l'impression que c'était un métier d'avenir. J'ai eu un poste à plein temps dès que j'ai fini le lycée, et j'ai assez vite réalisé que je n'avais pas envie de passer le reste de ma vie enfermé dans une cuisine. Alors j'ai tenté l'examen d'entrée à l'université, et mes notes m'ont permis d'accéder à la fac d'éco à Uppsala. Sur liste complémentaire, ajoute-t-il avec un sourire amer.

– Pourquoi n'avez-vous pas mentionné votre condamnation hier, quand mon collègue vous a interrogé ? » demande Daniel.

Emil pèse lourdement sur le dossier de sa chaise et la balance si loin en arrière qu'Hanna craint de la voir basculer.

« Parce que j'avais honte. »

Puis il se penche à nouveau vers l'avant, reposant les pieds de la chaise sur le sol avec un petit soupir.

« Et parce que je ne voulais pas que les autres le découvrent. Je n'ai parlé de ce procès à aucun des amis que je me suis faits à Uppsala. J'espérais prendre un vrai nouveau départ, à un endroit où personne n'aurait de préjugés sur moi.

– C'était la seule raison ? demande Hanna.

– Eh bien… quand Fanny a été retrouvée hier, ça m'a paru complètement dingue, irréel. »

Emil cherche ses mots, bafouille.

« Qu'elle soit morte, mais aussi, surtout, qu'elle soit morte de froid, dehors, dans la neige. Comme ça, d'un coup. Une minute, elle était là, sur le canapé, en train de s'amuser avec nous, et la minute d'après, elle n'était… plus en vie. »

Il s'affaisse un peu plus sur son siège.

« Quand vous avez frappé à la porte pour nous interroger, j'ai flippé. Je me suis dit que vous alliez peut-être me soupçonner d'être mêlé à sa mort si vous découvriez que j'avais déjà été condamné pour des violences. Je vois bien que ça fait mauvais genre. Tous les autres sont irréprochables, il n'y a que moi qui ai fait cette grosse connerie. Je n'ai même pas encore raconté à mes parents ce qui est arrivé à Fanny ; ça leur aurait fait trop peur. Ça a déjà été assez dur pour eux de devoir supporter le verdict ; ils étaient mortifiés vis-à-vis des voisins. Je ne voudrais pas les inquiéter une nouvelle fois.

– Vous ne pensez donc pas qu'il s'agisse d'un accident ? dit Daniel.

– Je n'ai aucun moyen de répondre à cette question, lance Emil, soudain sur la défensive. C'est moi qui me suis couché le premier. Je ne sais pas ce qui s'est passé ensuite. »

Il est décidément aussi vague que ses camarades.

Pour des témoins présents sous le même toit que la victime quelques instants avant sa mort, les déclarations de ces jeunes manquent singulièrement de détails. Tous sans exception ont affirmé être allés se coucher sans rien remarquer de particulier.

Et le lendemain matin, le corps gelé de leur amie gisait devant la maison.

Hanna refuse de croire qu'il ne soit rien advenu d'inhabituel dans les heures précédant le décès de Fanny. L'un d'entre eux, au moins, aurait dû noter quelque chose.

Il y en a au moins un qui ment, elle en est convaincue.

« Vous vous êtes forcément posé la question, non ? insiste-t-elle d'une voix mordante. Quelque chose me dit que vous avez votre petite idée. »

La mâchoire d'Emil se contracte. Puis, sans crier gare, il se lève.

« Il faut que je vous montre un truc. »

Il se dirige vers l'escalier ; ils le suivent jusqu'au sous-sol. Emil pénètre dans l'une des chambres à coucher où trône un grand lit double, défait. La pièce est en désordre, note Hanna, avec des vêtements éparpillés dans tous les sens et une valise béante sur le sol. Un ordinateur portable est posé, ouvert, sur l'un des oreillers.

« C'est votre chambre ? demande Daniel.

– Non, répond Emil. C'est celle de Pontus. »

44

« T'étais où ? » s'exclame Wille.

Olivia a enfin rattrapé la bande, qu'elle rejoint en patinant sur la neige aussi vite qu'elle le peut. En l'apercevant, Pontus lui adresse un sourire supérieur, comme s'il était ravi, pour une fois, de ne pas être la lanterne rouge du groupe.

C'est donc comme ça qu'il la remercie pour sa prévenance de tout à l'heure ? C'était la dernière fois qu'elle essayait d'être sympa avec ce type – il y a des limites à la muflerie.

« Je me suis perdue dans le brouillard et j'ai fait une sortie de piste, avoue-t-elle. C'était ultra-abrupt, j'ai failli me ramasser et dévaler la pente. »

La brume est si compacte qu'elle distingue à peine leurs visages – ou ce qu'elle en devine sous le casque noir et le masque de ski aux verres opaques qu'ils portent tous les trois.

« Tu ne t'es pas fait mal ? » demande Wille.

C'est le seul qui semble se soucier de son état. Amir ne lève même pas les yeux à son arrivée, et Pontus se contente de bâiller.

« Non, ça a été. J'ai réussi à garder l'équilibre, je ne suis pas tombée », balbutie-t-elle.

Olivia est encore haletante. Elle n'arrive pas à croire qu'elle ait pu sortir de la piste qu'elle a déjà dévalée tant de fois. Plantant ses bâtons au sol, elle inspire profondément pour reprendre enfin son souffle.

La sensation de la neige qui cède sous ses skis, d'une perte de contrôle totale, lui reste péniblement en tête. Ses mains tremblent dans ses gants.

« Ce n'est pas le bon jour pour avoir un accident, l'avertit Wille. Avec ce temps, les secouristes ne te retrouveraient jamais. »

Sympa de la rassurer !

Ils ont descendu une grosse moitié du Tusenmetersbacken – « la descente de mille mètres » –, une piste rouge bien raide qui débouche sur la colline de Hummeln.

Le ravin de l'ouest se trouve un peu plus bas sur leur gauche. Il s'agit d'une gorge encaissée, hérissée d'arbres, au terrain particulièrement traître, parsemé de rochers déchiquetés dissimulés sous une fine couche de poudreuse ; au centre coule le Susabäcken, un torrent dont on ne sait jamais s'il est entièrement gelé.

Le ravin donne directement sur la station de départ du télésiège Fjällgårdsexpressen.

Malgré le brouillard, Olivia constate que la neige semble intacte en direction du ravin : personne n'y a manifestement skié depuis ce matin – sans doute parce qu'il faut être complètement inconscient pour s'y aventurer avec une météo pareille. Un moment d'absence, et on peut se blesser sérieusement.

« C'est peut-être trop dur pour une meuf ? lâche brusquement Amir. Olivia, t'as l'air de galérer alors qu'on n'est pas encore sortis des pistes. Tu devrais peut-être rentrer te reposer plutôt, histoire de ne pas nous ralentir ? »

Il ne lui a pas décroché un seul mot – et ne l'a même pas regardée – depuis leur prise de bec au petit déjeuner, mais maintenant, il s'en donne à cœur joie. Quel enfoiré !

Bien que Pontus garde le silence, Olivia a l'impression que cette attaque gratuite venue d'Amir ne le dérange pas : il a peut-être mal pris qu'elle lui propose de rebrousser chemin, tout à l'heure.

Olivia se tourne vers Wille, espérant un soutien moral, mais il a le nez sur son portable – sans doute à lire un SMS de son père, qui le bombarde de messages depuis la veille. Wille ne semble pas avoir perçu la tension dans l'air – à moins qu'il fasse semblant, pour ne pas avoir à prendre le parti d'Olivia. Après la dispute de ce matin, il estime peut-être qu'elle est assez grande pour se défendre.

En temps normal, cela ne lui poserait pas de problème : elle est tout à fait capable de remettre Amir et Pontus à leur place. Mais aujourd'hui, ça lui paraît plus délicat. Le temps est trop mauvais, et elle n'a aucune envie de se retrouver seule sur les pistes. Il faut qu'ils restent ensemble.

Si seulement elle pouvait déjà être au chaud à la maison – avec Emil qui, lui, ne s'amuserait pas à l'humilier pour se faire mousser devant Wille. Mais elle refuse de céder : elle ne veut pas faire ce plaisir à Amir alors qu'elle skie au moins aussi bien que lui – sans doute mieux, même. Elle aimerait pouvoir lui rabattre le caquet. Ce petit con ne gagnera pas, cette fois. Tant pis s'il faut mettre la prudence de côté.

« Ça va le faire, lâche-t-elle d'un ton aussi nonchalant que possible. Allez, c'est reparti ! »

Avant même que Wille n'ait eu le temps d'ouvrir la bouche, elle prend l'initiative : « On coupe bien par le ravin, pas vrai ? »

45

Entré dans la chambre de Pontus à la suite d'Emil, Daniel se tient debout, adossé à l'armoire. Hanna s'arrête au pied du lit et jette un regard interrogateur au garçon, qui indique alors l'ordinateur portable, un Mac argenté, posé sur les draps en désordre. L'écran est noir, mais on distingue par transparence la pomme du logo Apple.

« Les autres venaient tout juste de partir skier quand je suis entré dans la chambre de Pontus pour emprunter un chargeur, dit-il. Lui et moi, on a le même ordinateur. Je ne retrouvais plus mon câble, je me suis dit que je pouvais utiliser le sien. »

Il semble mal à l'aise, comme s'il ne savait plus trop comment poursuivre.

« Quand je suis entré, l'écran était allumé. Il ne s'était pas encore mis en veille. Et j'ai aperçu sans le vouloir la fenêtre du navigateur. »

Emil se tait. Le rouge lui est monté aux joues.

« Et donc, qu'est-ce que vous y avez vu ? » le relance Hanna, en s'installant sur un siège à barreaux garni de cuir, placé dans un coin de la pièce.

Derrière elle, une large fenêtre donne sur la vallée plongée dans l'ombre. Il ne reste que quelques heures avant le coucher du soleil.

« Euh… »

Emil hésite, détourne le visage.

« Pontus avait fait des recherches sur des sujets… assez flippants.

– Quel genre de sujets ?

– Il avait tapé “hypothermie + cause de mort”, poursuit-il à voix basse, en mimant des guillemets avec les doigts. L’hypothermie, vous devez savoir ce que c’est, j’imagine ? »

Daniel sourit intérieurement de la naïveté de la remarque. La police de la région ne connaît que trop bien ce phénomène – il y a deux ans, Hanna et lui ont sauvé de justesse une jeune femme abandonnée en pleine nuit dans la forêt, au plus fort de l’hiver, et que le froid était à deux doigts d’emporter.

Dans le cas de Fanny, il y a des chances pour que l’hypothermie ait en effet provoqué le décès. Mais la question principale est surtout de savoir *pourquoi* la jeune femme est morte de froid dans ce jardin – qu’elle s’y soit retrouvée volontairement ou non.

« À quoi avez-vous pensé en découvrant ces recherches ? fait Daniel.

– J’ai trouvé ça assez glauque. Vu ce qui est arrivé à Fanny.

– Et qu’avez-vous fait ensuite ? » demande Hanna.

Emil tire nerveusement sur la manche de son sweat à capuche au logo d’une célèbre marque de sport. D’un gris délavé et recouvert de bouloches, le vêtement semble avoir été bien porté.

« Est-ce que Pontus va savoir que je vous ai raconté ça ? demande-t-il d’une voix tendue.

– Non, on ne va pas se précipiter pour le lui dire, ne vous en faites pas, répond Daniel. Continuez, on vous écoute. »

Emil s’assied sur le lit, au bord du matelas.

« Eh bien, reprend-il, j’ai trouvé ça bizarre, alors je suis allé voir l’historique de recherche. Et là, j’ai découvert des trucs carrément angoissants.

– Pouvez-vous nous donner des exemples ? » s’enquiert Hanna.

Emil fait un geste vers l’écran.

« Je ne connais pas son mot de passe, sinon je pourrais vous montrer. Mais ce que j'ai vu, c'était vraiment pas normal. Il avait cherché des mots comme "meurtre", "assassinat", "homicide involontaire"... Il a consulté une page qui indiquait le temps qu'il faut pour mourir de froid selon la température. Mais le pire, c'est qu'il avait... »

Emil s'interrompt à nouveau, comme assailli par les remords à l'idée de trahir son camarade – comme s'il se demandait jusqu'où il pouvait s'autoriser à aller.

« Qu'avait-il fait d'autre ? » répète Daniel.

C'est à son tour d'insister. De toute manière, il sollicitera une expertise de l'ordinateur de Pontus, c'est décidé.

« Le pire, c'est qu'il s'est aussi renseigné sur les peines encourues, les circonstances atténuantes pour les jeunes, ce genre de trucs.

– Qu'est-ce que vous avez pensé à ce moment-là ? poursuit Hanna.

– Qu'on aurait presque dit qu'il était impliqué dans la mort de Fanny, reconnaît Emil. Comme si Pontus paniquait et cherchait comment se sortir de là. »

46

En redescendant depuis Sadeln, Daniel s'engage sur le parking du restaurant Efes, qui occupe le même bâtiment que le supermarché ICA, de l'autre côté de la route E14. C'est là qu'Hanna et lui ont donné rendez-vous à Staffan Berg à l'heure du déjeuner : c'est la meilleure idée qu'ils aient trouvée pour s'octroyer un repas digne de ce nom.

La perquisition de la maison a commencé alors qu'ils étaient encore sur les lieux. Dès lors, ils n'avaient plus rien à faire sur place – si ce n'est gêner Carina et ses collègues dans leur travail. Ils ont bien pris soin, cependant, de l'aiguiller vers la chambre de Pontus, dont le matériel informatique devra être passé au crible. Le garçon semble décidément avoir bien des choses à cacher…

Munis chacun d'un plateau, Hanna et Daniel traversent la salle meublée de bois sombre, aux murs garnis d'ardoises, pour s'attabler sous la véranda qui surplombe le lac.

Par la fenêtre, Daniel distingue trois motoneiges qui filent vers l'est sur la glace. Malgré la distance, il voit bien à quel point leurs passagers sont emmitouflés, vêtus de volumineuses combinaisons, écharpes remontées sur le visage. Avec le froid qu'il fait, encore amplifié par la vitesse, ils doivent être frigorifiés. Les arbres à l'extérieur du bâtiment ploient sous d'épaisses couches de givre ; le froid a dessiné de fines étoiles de glace sur les fenêtres.

Le soleil ne va pas tarder à disparaître à l'horizon.

Daniel a à peine avalé sa première bouchée qu'un homme d'âge mûr s'approche de leur table. Il porte un pantalon de travail et un bonnet en laine enfoncé sur le front. Son visage semble tanné par les éléments : on voit qu'il passe le plus clair de son temps au grand air.

Daniel se lève pour lui serrer la main.

« Bonjour. Vous êtes Staffan Berg ? »

L'homme hoche la tête.

« Merci d'avoir pris la peine de venir jusqu'ici, fait Daniel en désignant la place en face de lui. Installez-vous. »

Staffan Berg tire la chaise et la retourne pour s'asseoir à califourchon, le ventre appuyé au dossier. Puis il regarde Hanna en plissant les yeux : « C'est pas vous qui étiez dans le journal, ce matin ? »

Avant que Daniel n'ait le temps de le relancer, Staffan poursuit : « Je suppose que vous enquêtez sur l'affaire du 7, rue Nedre Svedjevägen. Quel drame, ce qui est arrivé à cette jeune fille ! »

Il baisse la voix, comme s'il voulait éviter que l'on surprenne la conversation.

« Savez-vous comment ça s'est passé, de quoi elle est morte ?

– Nous ne pouvons pas faire de commentaires à ce sujet », lâche Hanna.

Elle pose ses couverts sur l'assiette avec une telle force qu'un peu de sauce tomate éclabousse la table.

« Vous vous occupez entre autres de la résidence de la famille Löwengren, fait Daniel pour réorienter la discussion. C'est bien ça ?

– C'est ça, sourit Berg. On peut dire que je suis l'homme à tout faire. Je suis chargé de la logistique au quotidien : déblayer la neige, réparer les fuites, remplir le frigo et ouvrir les volets en prévision de l'arrivée des familles…

– Vous avez pas mal de boulot, donc ?

– À cette période de l'année, je n'arrête pas. C'est beaucoup plus calme l'été, en revanche.

– Je vois. »

Daniel décide d'aller droit au but : « On nous a informés que vous étiez passé à la villa, samedi.

– Oui, en effet.

– Pourriez-vous nous en dire un peu plus sur votre visite ? Quand vous avez rencontré les jeunes occupants de la maison, quelle impression vous ont-ils laissée ? »

Staffan Berg hausse les épaules, paumes vers le ciel.

« Je ne sais pas trop quoi dire. »

Son regard semble glisser vers les canapés gris de l'espace salon, à l'une des extrémités de la pièce. La table basse est surmontée de deux lutins en tissu qui n'ont pas été rangés depuis Noël. Un jeune homme en tenue et chaussures de ski est enfoncé dans le fauteuil, une tasse de café à la main.

« Tout avait l'air de bien se passer, répond-il finalement. Ils étaient en train de dîner quand je suis arrivé. La table était mise, et ça sentait très bon dans la cuisine.

– Comment était l'atmosphère ?

– De ce que j'ai vu, tout le monde semblait plutôt détendu, de bonne humeur. Pour moi, ils passaient une bonne soirée. »

Il enlève son bonnet, qu'il fourre dans sa poche, tandis que son visage devient grave.

« J'ai été très choqué d'apprendre qu'une fille de ce groupe était morte pendant la nuit. C'est vraiment terrible, quelqu'un d'aussi jeune qui perd la vie.

– Vous n'avez rien ressenti de pesant dans l'air ? insiste Daniel. Quelque chose qui ne vous semblait pas à sa place ?

– Non, pas du tout. Ils étaient tous très souriants, avenants. »

En changeant de position sur sa chaise, Staffan Berg impulse un léger balancement.

« Ce qui est bien possible, c'est que la soirée ait été très arrosée. Il y avait plusieurs bouteilles de vin ouvertes sur la table, et j'ai vu sur le comptoir de la cuisine un pack de bières inentamé et quelques bouteilles d'alcool fort. »

Il a un sourire en coin, comme s'il parlait d'expérience. D'après leurs renseignements, Berg est père de deux grands ados, un garçon et une fille.

« À cet âge, ils aiment faire la fête, ajoute-t-il. Je ne vous apprends rien. Tous les soirs de janvier, les rues d'Åre sont remplies d'étudiants éméchés. »

Daniel voit tout à fait de quoi il parle. La dernière quinzaine du mois a même été rebaptisée « les semaines étudiantes ». Après Noël, les prix baissent, les pistes se vident d'un coup, et on trouve facilement à se loger pour pas grand-chose. Peu de temps après, c'est au tour des jeunes Norvégiens de débarquer en horde pour fêter l'obtention prochaine de leur diplôme. C'est devenu une tradition.

Hanna a les yeux rivés sur son assiette ; elle a à peine dit un mot à Staffan Berg depuis qu'il est arrivé. Daniel cherche à attirer son attention, sans succès.

« Combien de temps êtes-vous resté sur place ? embraie-t-il.

– Oh, pas longtemps, quelques minutes. Dix, tout au plus. Comme j'étais déjà dans le secteur, j'en ai profité pour passer une tête. Monsieur Löwengren, le père de Wille, m'avait demandé d'y faire un saut une fois que les jeunes seraient installés. »

Le père de Wille... À ce qu'on lui a rapporté, il aurait appelé Grip depuis New York pour lui faire part, en des termes assez peu mesurés, de sa consternation face au traitement de l'affaire par la police. En particulier la demande faite aux jeunes de demeurer encore quelques jours à Åre pour les besoins de l'enquête.

Daniel aura au moins échappé à cette conversation. Parler à des parents sous le choc exige toujours un gros surplus d'énergie : il laisse volontiers à d'autres le soin d'empiéter sur leur temps d'enquête pour tenter d'apaiser le père de ce jeune homme, qui semble, en tout état de cause, être déjà convaincu de l'incompétence de la police. En ce moment, il a des tâches autrement prioritaires à traiter.

Berg jette un coup d'œil à sa montre.

« Je crains de devoir filer, s'excuse-t-il. J'ai un paquet de propriétés à gérer en ce moment, et j'ai rendez-vous dans cinq minutes avec un plombier à qui je dois ouvrir une maison à Björnhyllan.

– Une dernière question, dit Daniel. Puisque vous vous occupez de la résidence des Löwengren, vous devez en avoir les clés ? »

Staffan Berg s'est levé et remet la chaise à sa place. Ses mouvements sont souples, presque comme ceux d'un chat.

« La porte a une serrure à code, mais la réponse est oui, j'ai aussi une clé. Je dois pouvoir entrer à tout moment, même s'il n'y a personne. »

47

Après quelques minutes à skier dans l'épaisse poudreuse, Olivia commence rapidement à regretter sa décision. Quelle idiote d'avoir mis les garçons au défi de passer par le ravin ! Si elle avait su tenir sa langue, elle pourrait être en train de rentrer tranquillement à la villa à l'heure qu'il est.

Au lieu de ça, elle file droit sur la pente qui mène à la périlleuse faille.

Elle sent ses quadriceps se tendre douloureusement tandis qu'elle se force à enchaîner les godilles, chacune plus difficile à négocier que la précédente, dans la lourde couche de neige. Ses jambes commencent à se raidir sous l'effort répété, sa nuque est trempée de sueur.

Olivia le sait, dans la poudreuse, il ne faut pas traîner. Si l'on prend son temps, il devient impossible de tourner ; on finit par rester coincé dans un virage et s'enfoncer dans la neige. Mais sur une pente aussi raide, la vitesse lui fait peur.

Elle n'ose pas s'élancer à toute allure sur ce manteau neigeux qui lui semble prêt à céder sous ses skis d'un instant à l'autre et garde les mains crispées sur les bâtons, le cœur battant à tout rompre. Si elle tombe, elle risque gros : elle pourrait se casser quelque chose – et comment s'en sortirait-elle, dans ce cas ?

Wille l'a bien dit : les secouristes auraient toutes les peines du monde à la retrouver.

Une nouvelle pensée, plus terrifiante encore, lui est soudain venue : pourvu qu'ils ne déclenchent pas une avalanche… Si un bloc de neige se détache au-dessus d'eux, ils sont perdus : impossible de sortir à temps de ce défilé sans être enseveli. Une fois lancées, les avalanches peuvent atteindre des vitesses vertigineuses – plus de cent kilomètres à l'heure sur un terrain aussi pentu que celui-ci.

Et aucun d'entre eux n'a emporté de kit de sécurité ou d'émetteur radio.

Olivia s'efforce de suivre à la trace Wille, qui slalome à quelques mètres devant elle, mais la distance qui les sépare ne cesse de grandir alors même qu'elle se sent aller bien au-delà de ses capacités.

Si je tombe, je vais mourir.

Cette pensée est comme sortie de nulle part.

Mais Olivia refuse de laisser la panique l'emporter ; elle serre les dents en faisant tout pour prendre de la vitesse – ne surtout pas perdre Wille de vue.

À le regarder, on le croirait sur un parcours de santé. Il évolue avec aisance et souplesse, en s'offrant même le luxe d'une certaine élégance, alors qu'Olivia vit cette descente comme une lutte de tous les instants.

Sa seule consolation est qu'Amir et Pontus sont encore loin derrière. Elle leur souhaite de bien morfler et de faire le double d'efforts pour arriver en bas.

C'est tout ce qu'ils méritent, ces enfoirés.

Le brouillard qui tourbillonne autour d'eux étouffe tous les bruits : le monde entier lui paraît une masse blanche dont tous les contours se troublent.

Sans Wille devant elle, elle se serait perdue dans cette purée de pois. Elle aurait voulu lui crier de s'arrêter, de prendre un temps de repos ou, mieux, de regagner les pistes balisées tant qu'il était encore temps. Mais elle sait qu'il est trop tard désormais : ils sont déjà trop engagés ; il faudrait remonter la pente dans la poudreuse pour retourner en lieu sûr.

Il n'y a plus qu'une seule issue : affronter les roches à pic du ravin de l'ouest.

Ils n'ont plus le choix s'ils veulent rentrer chez eux.

48

Un nouveau point avec les collègues d'Östersund est prévu à quatorze heures : Hanna n'a qu'une petite demi-heure pour rassembler ses esprits avant de retrouver la salle de réunion.

Lorsque Staffan Berg, à peine attablé, a lancé de but en blanc qu'il l'avait vue dans le journal, elle s'est littéralement décomposée. Elle n'a pas réussi à décrocher un traître mot, et Daniel a dû gérer seul l'entretien pendant qu'elle restait plantée là comme une potiche.

Après coup, elle a prétendu avoir été prise de violentes crampes abdominales, comme elle en a parfois pendant ses règles. Elle a ensuite passé tout le chemin du retour assise, les yeux fermés, sur le siège passager, en priant pour que Daniel n'ait pas gardé en tête le commentaire de Berg. Au moins, il ne lui a posé aucune question à ce sujet – puis un coup de fil a occupé la majeure partie du trajet.

Elle vient de prendre place à son bureau lorsque son portable retentit. Le numéro ne lui dit rien : peut-être un proche de l'un des étudiants ? Si Emil n'a apparemment pas parlé du drame à sa famille, le père de Wille s'est déjà manifesté auprès de Grip sous la forme d'un appel téléphonique outré. Ça ne la surprendrait pas qu'un autre parent les contacte – ceux de Pontus, peut-être, ou le père d'Olivia.

« Hanna Ahlander, j'écoute. »

Elle active le haut-parleur pour se libérer les mains, en se préparant à une autre éventualité, probablement la plus difficile : qu'il s'agisse d'un membre de la famille de Fanny. Car comment répondre à un chagrin aussi insondable, qu'aucun mot de réconfort ne peut apaiser ?

« Bonjour, Hanna », répond une femme.

L'inconnue semble avoir un sourire dans la voix – comme si elle était enchantée qu'Hanna ait décroché.

De toute évidence, ça ne doit pas être une parente de la malheureuse Fanny.

« Vous avez quelques minutes ?

– De quoi s'agit-il ? » fait Hanna en allumant son ordinateur.

Elle entre son mot de passe pour ouvrir sa session.

« Je me présente, je suis Victoria, rédactrice chez *Veckans Viktigaste*. Vous devez connaître notre hebdomadaire, j'imagine ? C'est l'un des plus lus du pays.

– Pardon ?

– Nous serions ravis d'en savoir un peu plus sur votre histoire d'amour avec Henry Sylvester. »

Il faut une seconde à Hanna pour comprendre qu'elle a une journaliste people au bout du fil ; tout ça n'a aucun rapport avec leur enquête. Elle coupe à la hâte le haut-parleur et presse le portable contre son oreille pour que personne n'entende.

« Pourriez-vous nous raconter votre rencontre ? poursuit la journaliste avec enthousiasme. Je dois dire que vous formez un couple improbable – la policière et l'homme d'affaires, ça a un petit côté conte de fées, si vous voyez ce que je veux dire. Cendrillon et son prince charmant ! »

Elle rit, comme si elle imaginait déjà ces mots s'afficher en titraille.

« Quand vous êtes tombée sous son charme, saviez-vous à quel point il était convoité, d'ailleurs ? Vous avez attrapé un gros poisson, il est richissime. »

Face à la curiosité éhontée de cette femme, Hanna sent la panique monter, comme si elle se tenait nue devant une foule habillée qui la dévisageait avec concupiscence. Ses paumes deviennent moites, la sueur perle sur sa lèvre supérieure. Elle a du mal à respirer.

« Ce serait formidable d'en apprendre un peu plus sur votre escapade romantique de ce week-end à Riksgränsen », exhorte la voix à son oreille.

Hanna tente désespérément de ne pas céder à l'affolement : elle se force à prendre plusieurs longues inspirations, agrippée au bord de la table. Les yeux fermés, elle serre le bois à s'en faire mal aux doigts.

« Il paraîtrait que l'hôtel a accepté d'ouvrir exceptionnellement pour vous accueillir tous les deux. Est-ce que vous confirmez ? »

Comment cette femme sait-elle tout cela ? Et d'ailleurs, comment a-t-elle obtenu son numéro de portable ?

Hanna tourne la tête vers la porte pour s'assurer qu'elle est bien fermée ; aucun de ses collègues ne peut remarquer ce qui se passe.

« Je suis désolée, finit-elle par lâcher, le souffle court. Je dois y aller. »

Les mots sortent difficilement. Tout ce qu'elle veut, c'est se débarrasser de cette inquisitrice. Il n'est pas question qu'elle aille discuter d'Henry avec une journaliste people, encore moins qu'elle réponde à une interview.

Jamais de la vie. Au contraire, elle aimerait se cacher sous une grosse couverture pour ne plus réapparaître.

« Si ça ne vous arrange pas, je peux vous rappeler à un autre moment, si vous préférez ? C'est vous qui me dites. »

Hanna voudrait lui hurler qu'aucun moment ne risque de l'arranger et d'oublier son numéro, mais l'angoisse est telle qu'elle peut à peine parler.

« Au revoir », parvient-elle à articuler avant de raccrocher.

Elle est au bord des larmes quand elle repose son téléphone.

Ça ne peut pas continuer ainsi. Il faut que ça s'arrête.

49

Wille freine dans un élégant dérapage ; il a enfin décidé de s'arrêter pour attendre le reste de la bande. Olivia l'aperçoit tout juste dans le brouillard, enfoncé jusqu'aux genoux dans la neige, et le rejoint.

La peur lui enserre la poitrine. Elle peine encore à comprendre comment elle a pu rester sur ses jambes. Son col s'est rempli de flocons, et la neige glacée coule jusque dans son dos.

Ça y est, elle en a plus que ras le bol du ski ; elle ne veut plus jamais en entendre parler.

« Eh ben, ça décoiffe ! » s'écrie Wille.

Il semble imperturbable et ne laisse pas transparaître la moindre once de fatigue. Olivia voit bien à quel point il savoure sa supériorité : aucune neige ne lui résiste, et il en est parfaitement conscient.

Avant, c'était justement ça qui l'attirait chez Wille, sa confiance en lui. Or, là, elle voudrait plutôt le gifler, faire disparaître pour de bon son sourire condescendant.

Mais elle ne peut pas se permettre de se le mettre à dos, lui aussi. Amir et Pontus, c'est déjà amplement suffisant.

Elle est exténuée, ses muscles lui brûlent. Et ses quelques heures de sommeil agitées de rêves angoissés n'arrangent rien.

Qu'est-ce qui lui a pris d'insister pour emprunter ce chemin ? Elle est vraiment trop conne !

« Tu en as bavé ? fait Wille, d'une voix plus prévenante. Tu m'as l'air crevée. T'es sûre que ça va aller, dans le ravin ? »

Il ne va pas s'y mettre, lui aussi…

Olivia hoche la tête. Wille n'est pas vraiment le genre de mec à vous tenir la main dans les moments difficiles ; et s'il s'est entiché d'elle, c'est surtout pour sa force de caractère et son bagout.

Il faut qu'elle prenne sur elle : le plus dur reste à faire.

Deux silhouettes sombres apparaissent dans la brume laiteuse. D'abord Amir, puis Pontus, qui s'arrête à quelques mètres d'eux, haletant, les épaules et le dos recouverts de neige. De toute évidence, il vient de faire une grosse chute – voire plusieurs.

En le voyant retirer un gant pour défaire la jugulaire de son casque, Olivia pousse un soupir de soulagement : si Pontus a besoin d'une pause, ça lui laisse un répit supplémentaire. Après ces longues minutes d'effort, elle a les jambes en bouillie ; les crampes menacent, et tout le haut de son corps est trempé de sueur et de neige.

Amir n'a pas l'air très frais non plus, les joues en feu, le souffle court. Lorsqu'il tourne le regard vers l'aval, Olivia lit aussitôt l'appréhension dans ses yeux : il semble aussi inquiet qu'elle de ce qui les attend.

Le ravin de l'enfer.

50

En franchissant le seuil de la salle de réunion, Daniel prie pour que les légistes d'Umeå aient enfin du nouveau : tant qu'ils ignorent comment Fanny est morte, ils sont condamnés à faire du surplace.

Daniel s'installe devant son carnet de notes et une tasse de café préparée par habitude, sans qu'il en ait particulièrement envie – il en a déjà bu beaucoup trop depuis ce matin.

Carina vient de l'informer par SMS qu'elle n'aura pas le temps de rejoindre la réunion, la perquisition de la maison n'étant pas tout à fait terminée. Elle a aussi précisé que malgré leurs recherches, les vêtements et chaussures que portait Fanny restaient introuvables.

La porte s'ouvre sur la silhouette d'Hanna, qui entre dans la pièce, livide, le regard noir, la mâchoire serrée. À vrai dire, elle n'a pas tellement l'air de souffrir de crampes – elle semble plutôt furieuse.

Hanna paraissait pourtant sur le point de se remettre, tout à l'heure. Mais là, on dirait qu'elle est à deux doigts d'éclater.

« Tout va bien, Hanna ? »

Elle balaie sa question d'un mouvement de la main : « Oui, oui, ne t'en fais pas. »

Tout dans sa gestuelle signale qu'elle ne veut pas être interrogée. Mais à l'évidence, quelque chose ne tourne pas rond.

Avant que Daniel n'ait le temps de dire quoi que ce soit de plus, Anton et Raffe les rejoignent.

Daniel commence par résumer à grands traits leurs entrevues de la matinée. Le témoignage de la voisine, Karin Carlsson, et les troublantes révélations que leur a faites Emil sur l'historique de recherche de Pontus lui attirent les haussements de sourcils intrigués de ses collègues.

Il revient ensuite sur leur entretien avec Staffan Berg : l'homme connaît le code de la porte d'entrée et a donc accès à la villa. Il faudra peut-être vérifier où il se trouvait dans la nuit de samedi à dimanche.

« Tiens, puisque tu parlais des Carlsson, dit Raffe. J'ai lancé une petite recherche à leur sujet. »

On devine au ton de sa voix qu'il a dégoté quelque chose d'intéressant ; Daniel distingue une lueur de satisfaction dans les yeux bruns de son collègue, toujours partant pour aller creuser dans les archives.

« Le fils des propriétaires, Peter Carlsson, a récemment fait l'objet d'une plainte pour agression sexuelle.

– Ah oui ? Dis-nous tout », l'exhorte Daniel.

Le néon du plafond se met à clignoter. Cela fait plusieurs semaines qu'il fait des siennes ; il faudrait qu'un électricien vienne jeter un coup d'œil à tout ça.

« L'affaire date d'il y a un peu plus d'un an, explique Raffe. Ça s'est passé un soir, dans un bar de Göteborg, où vit Peter Carlsson. Il était très alcoolisé et est allé emmerder un groupe de jeunes femmes assises à une table voisine. La fille qui a porté plainte a décrit des attouchements insistants sur les cuisses et les seins. Carlsson l'aurait aussi suivie jusqu'aux toilettes pour essayer de l'embrasser de force. Elle a fini par appeler les flics.

– Il a été condamné ? » questionne Anton.

Raffe secoue la tête.

« C'était parole contre parole, donc ça n'a pas été plus loin. La plainte a été classée sans suite.

– Une plainte pour agression sexuelle classée ? Tiens donc, pourquoi ça ne me surprend pas ? maugrée Hanna dans sa barbe.

– Il l'a payé de son mariage, en revanche, fait remarquer Raffe. Sa femme a demandé le divorce dès qu'elle l'a appris.

– On ne va pas lui jeter la pierre ! » lâche Hanna.

Daniel échange un regard avec Raffe. Leur collègue a vraiment l'air d'une humeur massacrante.

« Bon boulot, fait-il à Raffe. Tu essaieras de caler un entretien avec Peter Carlsson ? Ça vaudrait le coup de l'interroger en personne. »

Anton a établi entre-temps la connexion avec Östersund. À l'écran, Grip, l'air grave, écoute en silence la fin de la conversation.

« Vous avez eu des nouvelles d'Umeå ? demande Daniel à sa supérieure. Nos légistes ont pu procéder à l'autopsie ?

– Oui et non. »

La réponse de Grip ne lui ressemble pas. La cheffe de la brigade criminelle n'est pas connue pour affectionner les ambiguïtés, bien au contraire.

Grip a soixante-quatre ans, elle est proche de la retraite. À ses débuts dans la police, les femmes aux postes de direction étaient rares, et Daniel ne se fait pas d'illusions sur ce qu'il lui a fallu de poigne pour s'imposer au sein d'un corps aussi conservateur. Son côté direct, sans fioritures, a forcément joué en sa faveur.

Devant la remarque de Grip, Daniel voit Hanna sortir brusquement de sa léthargie, comme si elle s'était débarrassée d'un coup du poids qu'elle avait jusqu'ici sur les épaules. Hanna est certes la plus impulsive de l'équipe, mais quand le travail est en jeu, elle fait preuve d'une capacité d'attention hors norme. Un pouvoir de concentration éclair, comme un bouton qu'elle peut activer à volonté. Dévouée à cent pour cent à son enquête, elle ne se laisse plus distraire par rien d'autre.

« Qu'est-ce que vous voulez dire par là ? rebondit-elle, l'œil rivé au visage de la commissaire.

– Je viens d'avoir Ylva au téléphone. Elle était au volant, on n'a pas vraiment eu le temps de s'étendre. »

Daniel connaît assez bien Ylva Labba pour l'avoir déjà côtoyée lors de plusieurs enquêtes. C'est une excellente légiste. D'origine samie, elle a grandi dans la région de Kiruna.

« Ylva a entamé l'autopsie ce matin, poursuit Grip. Mais elle a dû s'interrompre en cours de route à cause d'un souci perso : son fils était malade, l'école du gamin a appelé pour lui demander de venir le chercher. »

Daniel ne savait même pas qu'Ylva avait un fils. C'est un classique du métier : il a beau être en contact quasi quotidien avec des confrères des quatre coins du pays, leurs échanges ne concernent rien d'autre que le travail, sans jamais déborder sur le terrain personnel. La seule collègue qui l'ait entendu s'épancher sur sa vie privée, c'est Hanna, au cours de leurs covoiturages réguliers pour se rendre à Östersund. Et même là, cela a été long à venir : il lui a fallu un bon moment avant de s'ouvrir à elle. Hanna avait pourtant rapidement pris les devants en lui racontant comment son ex l'avait larguée comme un goujat, la forçant à rompre avec sa vie d'avant à Stockholm.

La passe difficile qu'il traversait lui-même depuis un moment, les tensions apparues entre Ida et lui bien avant leur séparation effective ont été plus difficiles à confier. Était-ce par loyauté envers Ida ou par honte de ses propres failles ? Daniel ne saurait le dire.

Raconter ensuite qu'il voit régulièrement une psy, qui l'a amené à se confronter à son enfance douloureusement marquée par un père absent, a été plus dur encore. Il a dû attendre Pâques de l'année dernière pour enfin déballer tout ça à Hanna. Et il sait que ça l'a blessée de ne pas avoir été mise dans la confidence, qu'il ait gardé le silence aussi longtemps alors qu'il la considère désormais comme une amie.

La voix rauque de Grip sort Daniel de ses réflexions.

« Toujours est-il qu'Ylva m'a promis de terminer l'autopsie demain, dit-elle. Espérons qu'elle ne sera pas encore de garde d'enfant et pourra retourner au labo…

– Labba au labo ! » tente Raffe en souriant.

Grip reste de marbre ; si le sens de l'humour avait été un prérequis pour le poste, elle n'aurait jamais progressé d'un iota dans la hiérarchie.

« Donc, pour résumer, on ne connaît toujours pas la cause de la mort, constate Anton.

– Malheureusement, non », répond Grip.

Hanna pousse un lourd soupir, qui reflète tout à fait le ressenti de Daniel.

« Mais Ylva avait tout de même eu le temps de faire une observation qui nous intéresse au plus haut point », ajoute Grip.

Hanna tressaille en l'entendant.

« D'après ses dires, il semblerait que la jeune femme ait eu des relations sexuelles avant de mourir. »

Grip s'arrête un instant.

« Ylva a relevé des signes d'une pénétration vaginale qui aurait eu lieu peu de temps avant la découverte du corps, dimanche matin.

– Elle a été violée ? intervient Anton.

– D'après Ylva, c'est encore trop tôt pour le dire.

– Mais ça change tout ! » s'exclame Hanna.

En effet, les implications de cette nouvelle sont de taille : aucun des membres de la bande n'a dit un mot sur d'éventuels rapports intimes avec Fanny, le soir de sa mort. Aurait-elle terminé dans le lit d'Amir, qu'elle a, selon Olivia, passé la soirée à embrasser ?

En d'autres termes, il se pourrait bien que le jeune homme – ou l'un de ses camarades – leur ait menti à ce sujet. Et peut-être aussi, qui sait, au sujet de la mort de Fanny…

51

Wille est le premier à s'élancer en direction du ravin et semble de lui-même ralentir la cadence. Olivia le marque à la culotte pour minimiser le risque de perdre sa trace ou, pire encore, de foncer tout droit dans une falaise ou au fond d'une crevasse.

Ils ont mis plus longtemps que prévu à arriver jusqu'ici, et la mélasse qui les entoure s'assombrit à chaque instant. Olivia peine à s'ajuster au rythme de Wille, qui, comme d'habitude, descend beaucoup plus vite qu'elle. Elle cherche désespérément du regard son camarade, qui n'est plus qu'une ombre noire en contrebas. Puis il disparaît dans la brume.

Bientôt, elle a même perdu de vue les empreintes laissées par ses skis, qu'elle s'échinait pourtant à suivre.

Olivia écarquille les yeux, qui commencent à larmoyer. Malgré son masque optimisé pour la vision dans le brouillard, rien n'y fait : elle n'y voit plus qu'à quelques mètres. D'autant que les verres teintés tendent à aplanir le terrain, rendant encore plus difficile la perception des reliefs.

La vérité, c'est qu'elle avance quasiment à l'aveuglette, en pliant au maximum les genoux pour répondre au mieux aux brusques changements de niveau de la couche neigeuse.

À force de garder les yeux rivés au sol devant elle, elle ne se rend compte que trop tard qu'elle est passée beaucoup trop près d'un bouleau, dont les branches basses s'étendent vers elle.

La gifle qu'elle prend en plein visage est brutale ; d'instinct, elle parvient à s'écarter à temps pour frôler l'arbre sans entrer en collision avec le tronc. Il s'en est fallu d'un cheveu.

Olivia sent le goût du sang au coin de la bouche et serre les lèvres. Sa peau lui brûle.

C'est sa faute : c'est elle qui a proposé de descendre par le ravin. Il est trop tard pour le regretter. Mais la vérité, c'est qu'elle n'a jamais eu aussi peur.

Elle n'en peut plus. Elle s'arrête, plante fermement ses bâtons dans le sol. Il faut qu'elle trouve un moyen de s'orienter, maîtriser un tant soit peu la situation.

Appuyée sur ses bâtons, elle respire lourdement, le nez dans son écharpe devenue moite et glacée.

La pente qu'ils viennent de dévaler n'est plus visible, dissimulée derrière une épaisse barrière de brume blanche.

Quelle distance peut-il encore y avoir jusqu'au Fjällgårdsexpressen, le télésiège sur lequel débouche le défilé ? Huit cents mètres, neuf cents peut-être ? Pour l'avoir déjà emprunté, elle estime qu'ils ont parcouru un peu plus de la moitié du ravin.

Ce n'est plus très loin, elle va bien finir par y arriver.

Olivia s'efforce de réfléchir posément. Devrait-elle porter ses skis à l'épaule pour terminer le chemin à pied ? Non : la neige est si profonde qu'elle finirait probablement par s'y enfoncer et rester bloquée dans ses encombrantes chaussures.

Son masque s'est à nouveau embué ; elle y voit encore moins.

Ressaisis-toi, murmure-t-elle pour elle-même. *Tu peux le faire.*

Continuer à attendre n'est pas une option. Il fera bientôt nuit noire, et là, ça risque de devenir vraiment dangereux. Mais comment s'y prendre, entre les crevasses et les rochers qui la guettent, tapis sous la neige ? Si elle rentre dans une pierre ou coince un de ses skis dans une congère, elle risque de se casser une jambe et de se trouver incapable de poursuivre.

À moins que quelqu'un ne lui vienne en aide.

Mais à ce stade, elle n'est même pas sûre que Pontus ou Amir le feraient. Quant à Wille, il l'a complètement semée : il est probablement déjà arrivé au télésiège, sans se soucier d'avoir laissé ses camarades en galère.

Quel connard !

Bouillonnante de colère, elle glisse le long de la pente sur une dizaine de mètres. En ôtant son masque pour y voir plus clair, elle croit reconnaître l'endroit : c'est le point où le ravin en rejoint un autre, au fond duquel coule le torrent Susabäcken.

La surface au fond du défilé a beau sembler lisse, sans arbres ni buissons, Olivia sait bien combien ce beau manteau blanc peut être traître. Le cours d'eau, qui devrait pourtant avoir gelé depuis belle lurette, continue parfois de ruisseler sous une couche de neige l'isolant des températures négatives. Si celle-ci est trop fragile, on peut passer à travers.

Olivia a entendu parler de plusieurs accidents de ce genre, où les skieurs avaient mal évalué la puissance du torrent. C'est un moyen assez sûr de se casser à la fois les jambes et les skis.

Plutôt que de suivre la ravine, il sera plus sûr d'opter pour l'un des versants. Mais lequel ?

Passent-ils à gauche ou à droite d'habitude ? L'épuisement du corps met son cerveau comme en veille ; elle se sent sur le point de céder à la panique : impossible de se souvenir, alors même qu'elle a déjà emprunté ce hors-piste plusieurs fois.

Un bruissement sourd attire alors son attention. Une silhouette floue – Olivia croit reconnaître Amir – file une dizaine de mètres plus bas pour disparaître vers la droite.

Doit-elle lui emboîter le pas ou patienter encore un peu ? Pontus ne devrait pas tarder à apparaître ; il est plus lent. Il serait peut-être plus prudent de terminer la descente avec lui ?

Il y aurait probablement plus de chances pour qu'il s'arrête si elle venait à tomber et pour qu'il appelle à l'aide.

Olivia serre les poignées de ses bâtons de toutes ses forces en attendant Pontus. Pourvu qu'il ne soit pas déjà passé, lui aussi, sans qu'elle s'en soit aperçue. Alors elle serait la dernière…

Elle se retrouverait toute seule, dans la nuit qui enveloppera bientôt la montagne.

52

De longues minutes passent dans le brouillard sans que Pontus réapparaisse. Tout à l'heure, Olivia était trempée de sueur par l'effort ; depuis qu'elle s'est arrêtée pour souffler, son sous-pull humide, qui s'est dangereusement refroidi, lui colle au dos, à lui faire claquer des dents.

Et la température va encore descendre. Quand ils sont partis ce matin, le thermomètre affichait moins dix-sept degrés, mais cela a encore baissé. L'air glacial lui pique les narines à chaque inspiration, et il s'est formé sur la neige cette croûte rigide signalant qu'un froid redoutable est à prévoir.

Où Pontus a-t-il bien pu aller ? A-t-il vraiment filé sous son nez sans qu'elle s'en aperçoive ?

Autour d'elle, tout est blanc, figé par le gel ; elle ne discerne pas le moindre mouvement dans cet environnement glacé et sans vie.

Les montagnes se dressent, menaçantes, au-dessus de sa tête. Les arbres paraissent étirer leurs longues branches vers elle. Le silence et l'immobilité sont inhabituels, presque inquiétants.

Il faut qu'elle fiche le camp d'ici.

Olivia redresse la tête. Elle ne peut plus continuer à attendre. Bientôt, il fera nuit, les remontées mécaniques vont fermer, et elle n'aura plus le temps de rentrer par le Fjällgårdsexpressen.

Si tant est qu'elle parvienne à le rejoindre.

Les doigts raides, elle empoigne ses bâtons. Elle décide de s'engager sur le mince chemin qui file sur le versant de droite, comme Amir. Elle sait au moins qu'il y est passé avant elle.

S'il a pu le faire, elle devrait y arriver à son tour. Elle skie bien mieux que cet imbécile.

Lentement, mètre après mètre, elle progresse avec vigilance le long de la falaise noire. La visibilité est si mauvaise désormais que les traces d'Amir ne se distinguent même plus.

Le chemin est relativement plat au début, permettant à Olivia de glisser doucement, à son rythme. Mais la pente se raidit d'un coup, la surprenant sans qu'elle ait le temps de réagir. Impossible d'esquisser des virages ou de placer ses skis en biais pour freiner : le passage est devenu trop étroit.

Paniquée, Olivia tente de ralentir en enfonçant ses bâtons dans la neige et en résistant de toutes ses forces. Mais tout va trop vite. Elle pousse un gémissement en sentant l'un des bâtons lui échapper des mains ; elle n'a rien pu faire pour le retenir.

Elle prend de plus en plus de vitesse, elle ne contrôle plus rien.

Puis brusquement, tout s'arrête : Olivia dérape et vient planter ses deux skis dans une grosse congère. Elle perd l'équilibre et tombe à plat ventre dans la neige.

Une douleur aiguë monte de son genou gauche et lui traverse le corps comme une flèche.

La voilà au sol, affalée sur le côté – sans savoir comment se relever.

53

La visioconférence avec Östersund vient de se terminer. Raffe a dû filer, laissant Hanna, Daniel et Anton assis dans la salle de réunion.

Hanna gribouille dans son carnet en réfléchissant aux nouvelles informations transmises par Ylva.

Fanny a eu un rapport sexuel la nuit précédant sa mort : était-il désiré ou subi ?

Ylva n'a pas pu isoler d'éléments qui fassent pencher la balance, mais cela n'a rien d'étonnant : il est fréquent que ce genre d'agression ne laisse aucune trace visible. Une femme violée réagit rarement comme dans les films, avec des cris, des coups et des morsures. Au contraire, la réponse la plus fréquente est tout simplement la sidération : sous l'effet du choc, la victime se retrouve dans un état d'apathie, comme paralysée, et reste immobile jusqu'à ce que les sévices prennent fin. Si l'agresseur use de menaces ou de contrainte psychologique, mais non de violences physiques, aucune blessure ne sera observable.

Hanna en a elle-même fait la douloureuse expérience. Elle porte toujours en elle l'angoisse de n'avoir pas su se débattre face à son agresseur. Par ailleurs, la jeune Fanny était dans un état d'ivresse avancé ce soir-là, comme l'ont attesté tous les témoins. Elle était peut-être à peine consciente de ce qui lui arrivait et n'était certainement pas en mesure de se défendre.

« Il se pourrait donc bien qu'un des jeunes ait menti sur ce qu'il a fait samedi », conclut Anton.

Il se laisse tomber au fond de son siège et joint les mains derrière la nuque.

« Faut-il en déduire que cette même personne est aussi impliquée dans la mort de Fanny ? Que ce n'était pas un accident ?

– Ça ne semble pas déraisonnable de le supposer, en tout cas, répond Daniel. Souvenez-vous de ce que Karin Carlsson a dit avoir aperçu depuis la fenêtre de sa cuisine : une silhouette d'homme qui rôdait en pleine nuit dans le jardin voisin.

– Et si c'était son fils qu'elle avait vu ? lance Hanna. Peter Carlsson, notre sympathique tripoteur ? »

Elle a lancé cette hypothèse à la volée, sans avoir réellement eu le temps d'assimiler les informations de Raffe – le seul à avoir eu le rapport de police entre les mains.

Assis devant elle, Daniel joue machinalement avec un élastique vert, qu'il propulse d'un coup en direction de la poubelle. Il jette à Hanna un regard sceptique : « Karin n'aurait pas reconnu son propre fils ? Et si elle avait eu un doute, tu crois vraiment qu'elle nous aurait raconté ça ? »

Hanna sourit devant cette configuration des plus familières : elle est impulsive ; Daniel est réfléchi. Mais c'est une complémentarité qui se montre souvent assez fructueuse dans ce genre de séances de brainstorming.

« Je propose qu'on mette de côté Peter Carlsson pour le moment et qu'on en revienne à nos petits jeunes », reprend Daniel.

Il se lève, saisit un feutre et inscrit successivement les quatre noms au tableau blanc :

Emil
Pontus
Wille
Amir

« Sur ces quatre garçons, lequel – ou lesquels – a eu un rapport sexuel avec Fanny ? »

Il observe la liste quelques secondes, puis note un « V » majuscule après le nom d'Emil.

V comme *violences*. Peut-être aussi V comme *viol* ?

Hanna a du mal à croire le sympathique blond capable d'une agression pareille – mais rien n'est encore à exclure.

Pontus, de son côté, aurait fait des recherches hautement suspectes sur Google : des mots comme *meurtre*, *homicide involontaire*, *remise de peine*…

L'aurait-il fait s'il n'était pas impliqué d'une manière ou d'une autre dans cette affaire ? Et s'il ne craignait pas d'être démasqué ?

« Si Ylva arrive à prélever des traces de sperme, il suffira de procéder à des tests ADN pour identifier le garçon, affirme Anton.

– Ylva n'a pas eu l'air de dire qu'il y aurait du sperme à analyser, objecte Hanna. L'intéressé a pu utiliser un préservatif.

– Et quand bien même on en aurait, on mettrait des mois à obtenir les résultats », ajoute Daniel dans un soupir.

En effet, les délais d'attente auprès du Centre national de médecine légale sont un problème récurrent, maintes fois signalé. Cela fait des années que ça dure, à l'exaspération croissante de l'ensemble des forces de police.

« Il faudra passer tout ça en revue avec Ylva, dit Hanna. Et maintenant, qu'est-ce qu'on fait ?

– Je propose qu'on discute une nouvelle fois avec tous les membres de la petite bande, dit Daniel. Il faut leur rentrer un peu plus dans le lard, étant donné ce qu'on vient d'apprendre. »

C'est probablement la meilleure chose à faire. Les cuisiner un peu.

« J'aimerais bien voir Olivia en tête à tête, dit Hanna. Je suis sûre qu'elle a encore des choses intéressantes à dire sur les garçons et sur Fanny. »

Hanna a lu la transcription du premier entretien avec Olivia, qui lui a semblé très léger. Il faut dire que la jeune fille était en état de choc : on venait tout juste de retrouver le cadavre de sa meilleure amie dans la neige.

Presque deux jours après les faits, gageons qu'Olivia aura recouvré ses esprits.

En outre, personne ne l'a spécifiquement questionnée sur les relations qu'entretenait Fanny avec les garçons de la bande – précisément le sujet qui l'intéresse.

Et que penser du rôle d'Olivia dans tout ça ? Pourrait-elle être impliquée dans la mort de son amie ? On pourrait imaginer que Fanny l'ait rendue jalouse – en couchant avec Wille, par exemple. Une bisbille pour une histoire de mec n'est pas à exclure – c'est un classique à cet âge.

Hanna jette un coup d'œil à l'horloge : bientôt quinze heures. En janvier, c'est l'horaire de fermeture des remontées mécaniques ; les jeunes doivent être sur le chemin du retour.

Ça la démange vraiment de discuter avec Olivia.

« On file les retrouver là-bas ? suggère-t-elle.

– On pourrait aussi les faire venir au poste, réplique Anton. Ça aura peut-être plus d'impact ? D'abord une perquisition, ensuite un interrogatoire en bonne et due forme. Ce petit coup de pression supplémentaire pourrait les pousser à cracher le morceau. »

C'est vrai : s'ils envoient une patrouille les alpaguer, la chose deviendra tout de suite plus formelle.

Mais cette stratégie représente une potentielle prise de risque : si les cinq amis resserrent les rangs, il pourrait être plus difficile encore de leur tirer les vers du nez. Sans compter la possibilité non négligeable qu'ils exigent d'être assistés par un avocat ; cela retardera d'autant les nouvelles auditions. Les défenseurs disponibles au débotté à Åre se comptent sur les doigts d'une main.

« Tu en dis quoi, Daniel ? On les retrouve là-bas ou on les fait venir ? »

Assis sur sa chaise, le genou agité d'un mouvement répétitif, il prend un air songeur.

« C'est sûr qu'il sera plus facile de les prendre séparément si on mène les interrogatoires au poste, où on a tout ce qu'il faut, commence-t-il par faire remarquer. Mais je me pose quand même la question : plutôt que de les brusquer, est-ce qu'on ne gagnerait pas à leur parler dans un cadre familier ? Tout bien réfléchi, je pense qu'il faut miser sur ce rapport de confiance, les amener à s'ouvrir et à oser dire la vérité.

– Je te suis complètement, abonde Hanna. Mieux vaut les interroger sur place. »

Parfois, elle sait exactement pourquoi elle aime tant travailler avec Daniel : pour sa capacité à peser le pour et le contre, à voir les deux côtés de la médaille sans se laisser aveugler par des enjeux de prestige ou d'ego.

« Très bien, dit-elle en commençant à rassembler ses affaires. Daniel, je t'accompagne à Sadeln ? »

54

Sous les yeux éreintés d'Olivia, la structure métallique du télésiège Fjällgårdsexpressen émerge enfin du brouillard, comme une délivrance.

Quand les parois de la gorge finissent par déboucher sur l'extérieur, la laissant s'échapper par un étroit passage, elle s'effondre presque de soulagement. Elle s'en est sortie – même si son genou la lance terriblement et qu'elle a perdu un de ses bâtons. Sans trop savoir comment, elle est parvenue à s'extirper de la congère avant de parcourir à grand-peine la dernière centaine de mètres de ce circuit infernal.

Un sentiment de triomphe emplit sa poitrine. Mais elle a tellement froid qu'elle ne sent plus ses extrémités. Ses doigts sont raides, ses orteils, comme des glaçons, et elle a de la neige jusque dans les sous-vêtements.

Mais elle a réussi à franchir le ravin à force de volonté. Les mecs n'ont qu'à aller se faire foutre.

À bout de forces, elle plisse les yeux vers le télésiège, dont la zone d'embarquement est presque vide. Il n'y a jamais de file d'attente à cette heure-ci ; la plupart des skieurs sont déjà rentrés chez eux.

Les garçons seraient-ils repartis sans elle ?

Glissant tout droit vers la remontée, elle finit par distinguer dans l'ombre la veste noire de Wille, posté dans la zone d'attente, et le rejoint en quelques coups de spatules. Amir est avachi sur ses bâtons à côté de lui.

« Ah, enfin ! » s'exclame-t-il en l'apercevant.

Il a l'air complètement vidé. En revanche, Olivia ne voit Pontus nulle part. Au moins, elle n'est pas la dernière, ça la réconforte un peu.

« Tu étais passée où ? » demande Wille.

Il n'a pas remarqué, manifestement, qu'elle a perdu un de ses bâtons. Olivia n'a pas la force de s'étendre en explications ; elle marmonne simplement qu'elle a fait une chute, qu'il lui a fallu du temps pour les rattraper.

Après quelques minutes, ils repèrent une silhouette fourbue qui s'avance péniblement vers eux : c'est Pontus qui se traîne dans la pénombre.

« Grouille ! s'égosille Wille. Le télésiège va fermer ! Si on ne monte pas tout de suite, on va devoir rentrer à pied. »

Il se retourne et patine quelques mètres jusqu'à la zone d'embarquement. Olivia glisse dans les traces de son camarade et passe devant l'agent d'exploitation, qui grelotte à côté de sa cahute.

Elle se laisse mollement tomber dans le siège, ajuste sa position pour pouvoir abaisser le garde-corps puis s'affale contre l'accoudoir. L'épuisement lui arrache un long frisson. Alors que la nacelle se soulève lentement, survolant le torrent gelé, elle ferme les yeux pour tenter de mettre ce calvaire derrière elle.

Wille et Amir seraient-ils partis à sa recherche si elle n'était pas sortie du ravin ?

Ça, elle ne le saura jamais.

Et elle n'est pas certaine de vouloir connaître la réponse.

55

Anton s'est installé à son bureau du commissariat, où sont empilés des dossiers bien classés. Il aime avoir de l'ordre autour de lui – c'est l'un de ses rares points communs avec son père, avec qui il s'entend si mal par ailleurs.

Des éclats de rire étouffés lui parviennent depuis la kitchenette, où quelques collègues ont pris une pause café.

Anton serait bien retourné à Sadeln interroger les jeunes, mais il n'a presque pas eu voix au chapitre : Hanna s'est quasiment imposée pour accompagner Daniel. Trois enquêteurs, c'est un de trop ; et il est indéniable que sa collègue est celle qui sait le mieux y faire avec les gens de cet âge. Les cours de psychologie qu'elle a suivis à l'université lui ont donné une excellente maîtrise des techniques d'interrogatoire ; l'an dernier, elle s'est même improvisée négociatrice lors d'une prise d'otages particulièrement tendue.

Mais il s'agit là de la première grosse enquête à laquelle participe Anton depuis qu'il a officiellement intégré la brigade criminelle. Il tapote machinalement l'une des piles de papier du bout des doigts. Il sait qu'il aura l'occasion de faire ses preuves, il faut simplement laisser le temps au temps.

Mais il n'est pas toujours facile de s'en accommoder.

De nouveaux rires résonnent au bout du couloir. Qu'y a-t-il de si drôle ? Anton n'est pas vraiment d'humeur joviale ; ce qui s'est passé avec Carl occupe encore ses pensées. Doit-il l'appeler, essayer de lui reparler d'hier soir ?

Au fond de lui, il espère toujours que son ami le recontactera de lui-même, ne serait-ce que par un petit SMS.

Portable à la main, Anton ouvre son répertoire. Carl est tout en haut de sa liste de favoris ; il serait si simple de lui téléphoner…

Soudain, l'écran est barré par la notification d'un appel entrant.

Papa

Anton sent son estomac se nouer.

Son père ne l'appelle jamais pour faire causette ou pour prendre de ses nouvelles, et encore moins pendant ses heures de bureau. Il y a forcément un problème.

Qu'est-ce qu'il peut bien lui vouloir aujourd'hui ?

Anton hésite à ignorer l'appel et à le laisser échouer sur sa boîte vocale, mais finit tout de même par répondre au bout de la troisième sonnerie.

« Allô ?

– Bonjour, Anton, c'est ton père. »

Sa voix est aussi bourrue que d'habitude. Et son niveau sonore toujours aussi élevé.

Son père a pris sa retraite il y a plusieurs années déjà, mais l'ancien lieutenant-colonel semble toujours s'imaginer que chaque conversation doit se faire d'une voix de caserne – comme s'il devait s'adresser à une centaine de jeunes recrues au lieu d'avoir simplement son fils au bout du fil.

Il n'est probablement même pas conscient d'aboyer ainsi sur son entourage.

Pour épargner ses tympans, Anton pose son portable sur le bureau et baisse le volume du haut-parleur au minimum.

La porte de la pièce est fermée ; aucun risque que les vociférations de son père viennent déranger ses collègues.

« J'avais cru comprendre, répond Anton d'un ton neutre.

– Je t'appelle concernant l'anniversaire de Karro, dimanche. Ça commence à quinze heures zéro zéro. »

Ça aussi, c'est typique du paternel : donner l'heure avec une précision militaire un peu ridicule.

« Oui, je sais à quel moment on est attendus. »

Anton doit faire un effort pour ne pas laisser transparaître son irritation.

Physiquement, son père et lui se ressemblent beaucoup. Anton a hérité de ses traits, de sa carrure trapue et de son teint clair. Mais en matière de caractère, c'est le jour et la nuit.

Il n'a jamais supporté ses manières rudes, presque brutales. Lui-même est bien plus prudent, réfléchi. Son père part toujours du principe qu'il est le centre de l'univers, tandis qu'Anton ressent rarement le besoin de dominer les autres.

Que son fils soit un grand mélomane et se soit mis à jouer du saxo dans un groupe de jazz, loin de faire la fierté du vieux militaire, n'a été au fil des ans qu'une source de conflits. Le bonhomme a la musique en horreur et préfère passer son temps libre à la chasse et à la pêche.

Anton ne compte plus le nombre de fois où sa mère a dû servir de médiatrice entre eux deux.

Son père se racle la gorge.

« L'anniversaire de Karro est une affaire strictement familiale, dois-je te le rappeler ? Tu sais qu'il y aura les enfants. »

Évidemment que son neveu et sa nièce seront là pour l'anniversaire de leur mère. Anton ne comprend pas où il veut en venir.

« Comment ça ?

– Je voulais juste dire qu'il vaut mieux qu'on reste en famille, répète son père. C'est tout. »

Il y a un silence tendu. Anton sent les mots lui manquer.

« Au revoir », tranche son père avant de raccrocher, interrompant brusquement la conversation.

C'était quoi, ça ?

Anton n'a pas encore osé présenter Carl à sa famille, mais ils sortent régulièrement ensemble, tous les deux. Doit-il en déduire que leur histoire est arrivée aux oreilles de son paternel ?

Le centre-ville d'Åre est petit, sans parler de Duved : c'est pour ainsi dire un village. On a évidemment dû les apercevoir, et ça n'a pas loupé, les ragots sont allés bon train.

Est-ce que son père a voulu lui faire maladroitement comprendre qu'il est au courant de sa relation, tout en le dissuadant de l'officialiser ? Que l'homme qu'il aime ne sera pas le bienvenu chez eux ?

Et ce, avant même qu'Anton ait trouvé le courage d'évoquer le sujet. La colère, la frustration, le désespoir, mille sentiments contraires jaillissent soudain en flot. Avec un cri à moitié étouffé, Anton abat brutalement une paume sur le bureau.

Une douleur sourde monte de sa main – infiniment moins forte, pourtant, que la pensée que son père refuse d'accepter qui il est.

56

Le soleil vient tout juste de disparaître à l'horizon quand Hanna frappe à la porte d'entrée massive de la villa des Löwengren. En dehors du halo de lumière blanche projeté par l'éclairage de la façade, il fait presque noir : Daniel, posté quelques pas derrière elle, se fond dans le décor avec sa grosse veste bleu marine.

Cette fois encore, c'est Emil qui leur ouvre. En reconnaissant les policiers à qui il a eu affaire dans la matinée, son visage se métamorphose : ses yeux se teintent d'une vigilance angoissée, sa mâchoire se crispe. Comme à leur première entrevue, le jeune homme serre les poings et les plonge aussitôt au fond de ses poches.

Emil redoute-t-il qu'ils apprennent à Pontus qu'il est la cause de la saisie de son ordinateur ? Qu'ils dévoilent à tout le groupe la teneur de son casier judiciaire ?

Et s'il s'agissait encore d'autre chose ? Peut-être est-ce Emil qui a couché avec Fanny, sans oser l'admettre à cause de ce que cela impliquerait.

« Nous devons nous entretenir une nouvelle fois avec vos amis, explique Daniel.

– Ils viennent de rentrer des pistes, répond le jeune homme. Ils n'ont pas vraiment apprécié que vous ayez profité de leur absence pour perquisitionner la maison, sans même les prévenir. »

Hanna ne prend pas la peine de commenter. Leur contrariété est bien compréhensible, mais la police ne fait que son travail.

« Savez-vous où est Olivia ? J'aurais besoin de lui dire deux mots en privé. »

Ils ont décidé de commencer par un tête-à-tête entre Hanna et la jeune fille, pendant que Daniel interrogerait Pontus.

« Vous devriez la trouver dans le chalet, l'informe Emil avec un geste en direction de la dépendance. Elle est allée s'y réfugier dès son retour. »

Hanna se tourne vers Daniel : « Je vais lui parler directement là-bas. On se retrouve tout à l'heure à la villa. »

Une fois à l'entrée du chalet, Hanna toque et attend quelques instants ; personne ne vient lui ouvrir. Elle abaisse doucement la poignée : la porte n'est pas verrouillée. Elle se glisse avec précaution dans le petit vestibule et appelle à mi-voix : « Olivia ? Vous êtes là ? »

Depuis ce qu'elle présume être la salle de bains s'échappe le bruit d'une douche coulant copieusement. Sur le sol de l'entrée, des vêtements de ski détrempés – une veste blanche et un pantalon assorti – ont été jetés pêle-mêle.

Hanna appelle à nouveau le nom d'Olivia, un peu plus fort cette fois ; l'eau se coupe.

La porte s'entrebâille. Une jeune fille mince apparaît sur le seuil, enveloppée d'un peignoir blanc. Son visage est encadré par des mèches mouillées d'un noir de jais ; ses yeux sont ronds, méfiants.

Hanna se hâte de se présenter pour ne pas l'inquiéter davantage : « Je m'appelle Hanna, je suis de la police d'Åre. J'aurais besoin de vous poser quelques questions supplémentaires sur la mort de Fanny, si vous êtes d'accord ? »

Olivia la regarde d'un œil fixe, puis s'exclame : « C'est Amir ? »

57

Le meilleur endroit pour parler sans être gêné est le bureau au sous-sol.

Daniel descend l'escalier avec Pontus pour commencer l'interrogatoire. Le garçon se laisse tomber dans le fauteuil situé sous l'unique fenêtre, en hauteur, dont la vitre est entièrement bouchée par la neige. Il n'a pas encore eu le temps de se changer après son retour des pistes et porte toujours ses sous-vêtements thermiques avec d'épaisses chaussettes en laine.

« Quand allez-vous me rendre mon ordinateur ? s'exclame-t-il. Vous n'aviez pas le droit de me le prendre comme ça !

– Nous verrons cela plus tard, élude Daniel en s'installant derrière le bureau au design épuré. Mais sachez qu'au contraire, nous avons tout à fait le droit : les données de votre ordinateur pourraient nous être utiles dans le cadre de l'enquête. Dois-je vous rappeler que votre amie a été retrouvée morte dans le jardin de cette maison, hier matin ? »

Pontus lui jette un regard renfrogné.

« C'est assez téméraire de sortir sur les pistes un jour comme celui-ci, fait Daniel avec un signe de tête en direction de la fenêtre. On peut à peine distinguer le bout de ses skis.

– C'est Wille qui voulait absolument y aller, bredouille Pontus. Et puis Olivia a insisté pour qu'on prenne un passage super chaud : le ravin de l'ouest, un truc comme ça. »

Daniel ne peut cacher sa surprise : « Vous avec coupé par le ravin de l'ouest ? Avec ce temps, c'est totalement inconscient !

– C'est Olivia, elle est tarée d'avoir proposé ça, crache Pontus. Si on s'était blessés, ça aurait été cent pour cent sa faute. Je ne comprends pas ce qu'elle a dans la tête, sérieux. »

Daniel se retient de lui demander pourquoi il n'a pas protesté, tout en notant le mépris qui transpire dans sa voix.

Le groupe est donc loin d'être aussi soudé qu'il paraissait l'être dimanche – ce qui n'est pas forcément un inconvénient, au contraire. Diviser pour mieux régner : voilà une tactique éprouvée.

« J'ai quelques questions concernant Fanny, commence-t-il. Vous avez déclaré dimanche que vous vous étiez endormi sur le canapé alors que Fanny était encore dans le salon. Et qu'à votre réveil, elle n'était plus là. »

Il fait une pause délibérée.

« Vous confirmez toujours ? »

À peine a-t-il prononcé le nom de Fanny que Pontus s'est figé.

Exactement comme l'a fait Emil.

Tous deux cachent quelque chose, Daniel en est convaincu.

« Oui, je confirme.

– Où étiez-vous assis quand vous vous êtes endormi ?

– Je vous l'ai dit : sur le canapé.

– Ce que j'aimerais savoir, c'est à quelle place vous étiez exactement. Il y a deux canapés : sur lequel étiez-vous ?

– Eh bien… », commence Pontus en fermant les yeux, comme s'il essayait de convoquer ses souvenirs.

Ou peut-être a-t-il juste besoin de souffler un peu.

« J'étais sur le canapé du bout. Celui qui tourne le dos à la montagne, à l'Åreskutan. J'étais assis dans l'angle.

– Et où était Fanny quand vous vous êtes endormi ?

– En face de moi, je crois.

– Et quand vous vous êtes réveillé, elle n'était pas là ?

– C'est ça.

– Qu'est-ce que vous vous êtes dit à cet instant ? »

Daniel se penche au-dessus du bureau, où est posé un pot à crayons en cuir noir d'où dépassent quelques stylos, ainsi qu'un élégant coupe-papier en bois de renne.

« Rien, répond Pontus. Enfin… je pensais qu'elle était allée se coucher comme tous les autres, puisqu'il n'y avait plus personne. »

Pontus remplit tout le fauteuil. Il n'est pas particulièrement grand, mais de près, Daniel se rend mieux compte à quel point il est robuste.

Costaud.

Il n'aurait guère de mal à transporter un corps comme celui de Fanny. La jeune fille ne devait pas peser plus de soixante kilos. Si Daniel se souvient bien, elle était de taille moyenne, autour d'un mètre soixante-cinq.

Pontus doit faire dix bons centimètres de plus qu'elle.

« Quand avez-vous vu Fanny vivante pour la dernière fois ? reprend Daniel.

– Avant de m'endormir.

– Et quelle heure était-il ?

– Autour de deux heures, peut-être… Je ne me souviens pas précisément, j'avais beaucoup bu. »

À son ton morose, il semble clair que Pontus n'a pas envie d'en parler. Daniel fait mine de ne pas s'en apercevoir.

« Et qui d'autre y avait-il dans la pièce, dans votre souvenir ? »

Pontus inspire par le nez.

« Olivia était déjà retournée au chalet. Emil était parti se coucher, et il me semble que Wille aussi. Mais Amir était toujours là. Fanny et lui étaient en train de se rouler des pelles sur le canapé ; ça faisait un bon moment qu'ils étaient collés l'un à l'autre. Après ça, je ne me souviens de rien d'autre. À part que le salon était vide au moment où je me suis réveillé.

– Et c'est la dernière fois que vous avez vu Fanny ? répète Daniel.

– Oui. »

Pontus se penche en avant et remonte ses chaussettes sur les chevilles, l'une après l'autre, avec un soin méticuleux.

Daniel n'est pas tout à fait prêt à lâcher sa question.

« Vous en êtes absolument certain ?

– Mais oui, je vous jure. »

Pontus s'est mis à transpirer – de discrètes gouttes commencent à perler sur son front, à la racine des cheveux.

Daniel décide d'aller droit au but : inutile d'édulcorer ce que l'autopsie vient de leur apprendre.

Mieux vaut faire l'inverse.

« Avez-vous couché avec Fanny samedi soir ? demande-t-il.

– Quoi ?

– Avez-vous eu un rapport sexuel avec elle avant sa mort ?

– Non, pas du tout ! Pourquoi j'aurais fait ça ? »

Daniel ignore la question.

« Est-ce vous qui avez placé son corps dans la neige, là où on l'a découvert ?

– Non ! »

Le mot est sorti dans un cri. Quelques nouvelles gouttes de sueur se forment et roulent sur sa joue. Cette fois, il les essuie du revers de la main.

« Et pourtant, les termes que vous avez recherchés sur Google ne vous donnent pas vraiment l'air d'un innocent, poursuit Daniel. Des mots comme *meurtre*, *assassinat*, *homicide involontaire*... Moi, voyez-vous, ça m'interroge : je me demande s'il n'y aurait pas un crime derrière la mort de Fanny – un crime dans lequel vous seriez impliqué. »

Avant que Pontus ne puisse répliquer, il enchaîne : « S'il est vrai que vous n'avez absolument rien à cacher, je veux bien que vous m'expliquiez pourquoi vous avez fait ces recherches. »

Pontus peine à fixer son regard, comme s'il cherchait une échappatoire, une explication rationnelle qui mette fin à son calvaire.

« Qu'est-ce que vous me répondez ? insiste Daniel.

– Je n'ai rien fait de mal.

– Pourquoi avoir tapé ce genre de mots-clés si vous n'avez rien à voir avec la mort de votre amie ? »

Pontus s'affaisse sur sa chaise.

« Je ne sais pas, j'ai paniqué, gémit-il d'une voix éraillée. Mais ce n'est pas moi ! Je n'ai pas tué Fanny. »

58

Hanna s'est installée avec Olivia dans le coin salon du chalet. La jeune fille a gardé son peignoir. En ramenant ses jambes sous elle, elle esquisse une grimace de douleur.

« Vous vous êtes blessée ?

– Je me suis tordu le genou en tombant à skis, en sortant du ravin de l'ouest.

– Quoi ? s'exclame Hanna. Vous êtes passés par le ravin ? Par ce temps ?

– C'était complètement idiot, reconnaît Olivia. On n'aurait jamais dû prendre par là. En plus, c'est moi qui les ai encouragés. Enfin, au départ, c'était l'idée de Wille, mais ça m'a énervée que ce soit toujours lui qui décide de tout, alors... »

Elle s'interrompt sans prendre la peine de terminer sa phrase.

Hanna a la nette impression qu'une lutte de pouvoir a commencé à diviser le groupe. Olivia n'a pas l'air d'être le genre de fille à plier facilement, mais maintenant que son amie n'est plus là, l'équilibre a dû se trouver rompu. Il lui faut tenir tête, seule, aux quatre garçons.

« Je peux jeter un coup d'œil à votre genou si vous voulez. »

Olivia tend la jambe. D'une main, Hanna fait doucement le tour de la rotule pour palper l'articulation. Le genou n'est pas particulièrement enflé : Olivia a simplement dû faire une mauvaise chute.

« Ça n'a pas l'air méchant, la rassure Hanna. Vous pouvez appliquer de la glace pendant un quart d'heure, ça devrait vous soulager. Si vous avez encore mal demain, faites un saut au centre médical pour qu'on vous examine.

– Merci. »

Olivia ajuste sa position sur le canapé puis se saisit d'un coussin qu'elle presse contre son ventre.

« Ça voulait dire quoi, ce que vous m'avez demandé à mon arrivée ? dit Hanna. "C'est Amir ?" »

Olivia prend une profonde inspiration.

« Je suis désolée, c'est sorti tout seul. »

Il y a dans son excuse un accent de rage. Hanna veut en savoir plus : les mots d'Olivia n'ont rien d'anodin.

« Mais vous aviez bien une raison de dire ça ? »

Olivia baisse les yeux sur le coussin, qu'elle s'est mise à malaxer des deux mains.

« Vous pouvez tout me confier, assure Hanna. Amir n'en saura rien, ne vous en faites pas.

– Je... Je crois qu'Amir a fait quelque chose à Fanny, samedi. Sa mort dans la neige, ça ne peut pas être un accident. Elle n'a pas pu sortir comme ça sans ses vêtements, ça n'a aucun sens. »

Hanna dévisage la jeune femme. Elle a l'air sûre d'elle – mais ce qu'elle avance contredit les déclarations précédentes d'Amir, selon lesquelles il est allé se coucher en laissant Fanny sur le canapé.

Autant lui parler des observations d'Ylva pour voir comment Olivia réagit : « Nous avons appris sur Fanny des éléments qui changent un peu la donne. Il semble qu'elle ait eu des relations sexuelles dans les heures qui ont précédé sa mort. Nous essayons de savoir avec qui. »

Olivia ouvre de grands yeux.

« C'est Amir, c'est sûr. Fanny et lui ont passé une bonne partie de la soirée sur le canapé à se rouler des patins. Même quand on faisait des jeux.

– Et pourtant, Amir a assuré être allé se coucher seul, alors que Fanny était encore dans le salon, rétorque Hanna.

– Alors il ment. »

Un pli déterminé se dessine autour de la bouche d'Olivia.

« Ça ne peut être que lui.

– Et les autres garçons ? Aucun d'entre eux n'aurait pu intéresser Fanny ?

– Elle n'aurait jamais approché Pontus. Elle ne l'aimait pas.

– William, peut-être ? »

Olivia secoue la tête.

« Ça ne peut pas être lui non plus. Wille et moi, on sortait à moitié ensemble à un moment. Et Fanny n'est absolument pas son genre. D'ailleurs, ils ne s'entendaient pas très bien, tous les deux. Je pense qu'il la trouvait un peu coincée.

– Et Emil ? »

Pour la première fois, Olivia ébauche un faible sourire.

« Lui, les filles, ce n'est pas vraiment son truc. Je pensais que ça sautait aux yeux. »

Hanna se sent piquée au vif – il se trouve que non, ça ne lui avait pas sauté aux yeux. Mais cette information a de quoi lui faciliter la tâche, en supposant qu'Olivia dise vrai.

L'expression de la jeune femme se durcit soudain ; son regard devient noir.

« C'est la faute d'Amir. S'il n'était pas venu ici avec nous, Fanny ne serait pas morte. Je suis sûre que c'est lui qui l'a tuée. »

Olivia paraît sûre de ce qu'elle avance. Son antipathie pour Amir ne fait aucun doute ; mais ce n'est pas rien d'accuser un camarade d'homicide.

Qu'Amir ait eu une relation sexuelle avec Fanny n'implique pas nécessairement qu'il soit mouillé dans sa mort. En revanche, il pourrait bien avoir été la dernière personne à l'avoir vue vivante.

À moins qu'Olivia ait raison et qu'Amir leur ait menti sur toute la ligne…

Quelque chose a pu mal tourner entre Fanny et lui, samedi soir. Peut-être a-t-elle refusé de coucher avec lui, mais qu'il l'y a contrainte. De peur d'être dénoncé, il aura ensuite tout fait pour dissimuler son crime.

Olivia paraît soudain à bout de forces. Elle enfouit son visage dans ses mains.

« Je n'en peux plus d'être ici, murmure-t-elle entre ses doigts dans un souffle saccadé. Quand est-ce qu'on aura le droit de rentrer chez nous ? »

Hanna aimerait avoir une réponse à lui donner. Au mieux, l'autopsie sera pratiquée sur Fanny demain et devrait révéler la cause du décès. D'ici là, les jeunes ne doivent pas quitter les lieux, même si, elle le concède volontiers, rester dans cette maison où leur amie est morte doit être particulièrement éprouvant.

Cela étant, ils ne pourront pas les garder à Åre indéfiniment. Le père de Wille les mitraille de coups de fil, et les autres parents ne vont sans doute pas tarder à lui emboîter le pas.

Gérer les angoisses de papa-maman en colère, c'est bien la dernière chose dont ils ont besoin.

« Bientôt, dit Hanna, faute de mieux. Vous pourrez rentrer bientôt. »

59

Resté seul dans le bureau après son entretien avec Pontus, Daniel entend craquer les marches de l'escalier, signalant l'arrivée de Wille.

Le jeune homme referme la porte derrière lui et se laisse choir dans le fauteuil cognac qu'occupait tout à l'heure son camarade. Wille a eu le temps de se doucher et de revêtir un jean et un tee-shirt. Ses cheveux noirs, coiffés en arrière, sont encore humides. Il se penche vers Daniel en serrant la mâchoire.

« Mon père m'a dit que vous n'aviez pas le droit de perquisitionner la maison comme ça, sans prévenir, glisse-t-il entre ses dents.

– Je vous assure que dans les circonstances présentes, nous en avons tout à fait le droit, au contraire.

– On n'était même pas sur place quand vous êtes venus ! »

Techniquement, si : il y avait Emil – et heureusement, d'ailleurs. Autrement, ils auraient été contraints d'enfoncer la porte. Mais ça, Daniel ne prend pas la peine de le préciser.

« J'ai quelques questions complémentaires à vous poser concernant la nuit de samedi à dimanche, enchaîne-t-il. Pourriez-vous m'indiquer lesquels de vos camardes étaient encore dans le salon quand vous êtes allé vous coucher ? »

À voir ses lèvres pincées, c'est à se demander si Wille ne va pas refuser net de coopérer. Mais le garçon rouvre finalement la bouche après un silence : « Il restait Pontus, Fanny et Amir. Les autres étaient déjà retournés dans leurs chambres.

– Vous avez donc décidé de suivre leur exemple. Qu'avez-vous fait à ce moment-là ?

– Bah, rien de spécial. Je suis allé me coucher, quoi.

– J'aimerais que vous me décriviez précisément vos faits et gestes. Étape par étape, si vous le pouvez. »

Cela laisse Wille perplexe ; il s'interroge sur l'utilité de ces détails. Il n'a vraisemblablement pas compris que Daniel cherchait à débusquer les éventuelles incohérences entre les témoignages des garçons – ces fissures presque imperceptibles dans lesquelles les enquêteurs ont appris à s'engouffrer.

Wille répond pourtant sans rechigner à la demande de Daniel : « D'abord, je suis allé dans la salle de bains. Je me suis brossé les dents. Ensuite, je me suis déshabillé, je me suis allongé sous la couette et je me suis endormi.

– Ça vous a pris longtemps ?

– Peut-être cinq, dix minutes ? »

Daniel s'efforce de visualiser la disposition de la maison. La chambre dite parentale qu'occupe Wille est mitoyenne au salon et dispose d'une salle de bains attenante.

La maison a beau être solidement bâtie, Daniel sait d'expérience que l'isolation phonique n'est pas la plus grande qualité de ce genre de constructions en bois. Les murs laissent passer beaucoup plus de sons qu'on ne l'imagine.

Si une altercation avait éclaté entre Fanny et l'un des garçons, cela n'aurait probablement pas échappé à Wille depuis sa chambre – à moins qu'il ait été ivre au point de s'endormir comme une masse.

« Est-ce qu'à tout hasard vous auriez entendu du bruit, quelque chose d'inhabituel, en provenance du salon après en être parti ?

– Qu'est-ce que vous entendez par *inhabituel* ? » demande Wille après une pause un rien trop longue.

Daniel peine à croire que le garçon n'ait pas compris le sens de sa question, mais clarifie par acquit de conscience :

« Eh bien, par exemple, des éclats de voix, des cris. Le bruit de personnes qui se disputent ou de meubles renversés. En bref, je me demande s'il n'y aurait pas eu un accrochage entre vos amis après votre départ.

– Je n'ai rien entendu de ce genre, non.

– Vous en êtes sûr ?

– Absolument. »

Wille fronce les sourcils, comme s'il ne s'attendait pas à ce qu'on remette en question sa parole.

Ça se voit, ce type a l'habitude d'être entouré de béni-oui-oui qui ne font que le conforter dans ses dires, sans qu'il soit jamais critiqué ou mis sous pression.

Daniel le note intérieurement.

« Cela dit, reprend Wille, je dors toujours assez profondément. Alors je ne peux pas vous assurer qu'il ne se soit rien passé, mais je n'ai vraiment rien entendu de tout ce que vous avez dit. Pas de cris, de disputes ou d'autres trucs du genre.

– Comment était l'ambiance quand vous avez quitté vos amis ?

– Bonne.

– Et vous n'avez rien remarqué d'autre qui sorte de l'ordinaire ?

– Non. »

Il faut vraiment lui tirer les vers du nez, à ce gamin, se dit Daniel. Cette attitude commence à lui courir – est-ce si difficile de se montrer un tant soit peu coopératif ?

« Pourriez-vous me donner un peu plus de détails ? l'exhorte-t-il. Décrivez-moi, de votre point de vue, comment s'est passée cette soirée.

– C'était une soirée sympa. Emil avait préparé un super dîner, il cuisine très bien. Et puis on a fait un Action ou vérité, et là, tout le monde s'est pas mal bourré la gueule. Surtout Fanny.

– Et quand vous avez quitté le groupe, tout allait bien ?

– Oui. L'ambiance était juste un peu molle parce qu'on commençait tous à piquer du nez. Il était déjà tard – autour de deux heures du matin. Et comme on devait aller skier le lendemain… »

Daniel sait déjà tout ça. Il décide de changer de voie : « Nous avons appris que Fanny avait eu un rapport avec un homme – un rapport sexuel, j'entends –, peu de temps avant sa mort. Nous devons savoir de qui il s'agissait.

– C'est vrai ? »

Il obtient enfin une réaction de Wille, qui lève la tête et se cramponne à l'accoudoir.

« C'était vous ? lâche Daniel, sur un ton délibérément brusque.

– Quoi ?

– Avez-vous couché avec Fanny ?

– Mais bien sûr que non ! répond Wille du tac au tac.

– Et pourquoi pas ?

– Parce que je… »

Wille s'interrompt un instant.

« Parce qu'il y a un truc entre Olivia et moi… »

Étonnamment, il se met à rougir. Daniel attend de voir s'il va poursuivre. Pour faire parler quelqu'un, il est parfois plus efficace de garder le silence que de l'abreuver de questions.

Mais le garçon reste muet.

« Dans ce cas, qui cela aurait-il pu être ? » demande Daniel.

Wille change de position dans le fauteuil, le regard étrangement fuyant.

« Aucune idée, mais ce n'était pas moi. »

60

Il est dix-sept heures passées quand Hanna traverse à nouveau le jardin pour rejoindre Daniel dans le bâtiment principal. Le vent s'est levé, chassant le brouillard, et une bourrasque glaciale lui fouette les joues lorsqu'elle frappe à la porte d'entrée.

Elle retrouve Daniel dans le bureau, au rez-de-jardin. Il est installé à une table de travail en bois sombre, au design contemporain et luxueux.

« Comment ça s'est passé ? le questionne-t-elle en s'enfonçant dans le fauteuil en cuir.

– Couci-couça. »

Daniel étire les deux bras devant lui et fait craquer son cou.

« J'ai parlé à Pontus et à Wille. Tous les deux nient avoir couché avec Fanny cette nuit-là. »

Il poursuit en résumant dans les grandes lignes le contenu de leurs échanges. Rien de révolutionnaire.

« Ça m'étonnerait fort que ce soit Emil, en tout cas, dit Hanna. D'après Olivia, il préfère les garçons. »

À son regard, elle constate que l'information avait aussi échappé à Daniel.

« Il faudra lui demander de confirmer », dit-il.

Il semble peu probable qu'il soit toujours dans le placard : Olivia en avait parlé comme d'une évidence. Ses camarades ne devaient-ils pas aussi être au courant de son orientation ?

À moins qu'il ne s'agisse d'une information inventée par Olivia pour protéger son ami…

Ou se protéger elle-même ?

Hanna n'ose rien exclure à ce stade, bien que la jeune fille lui ait paru tout à fait sincère.

« En tout cas, Olivia est convaincue que c'est Amir qui a couché avec Fanny. Elle le croit même impliqué dans sa mort. »

Hanna résume rapidement les informations tirées de son échange avec Olivia – la puissante antipathie de la jeune fille à l'égard d'Amir, le climat de tension qui semble régner au sein du groupe, le comportement odieux dont les garçons ont fait preuve envers leur camarade sur les pistes.

« Dans ces circonstances, il n'est pas étonnant de voir apparaître des dissensions, rétorque Daniel. Je propose qu'on interroge Amir ensemble. On verra bien ce qu'il aura à dire… »

… *pour sa défense,* songe Hanna sans prononcer les mots.

61

Lorsqu'il entre dans le bureau quelques minutes plus tard, Amir jette à Hanna un regard acerbe, puis s'arrête devant la grande bibliothèque sur mesure. Hanna lui fait signe de s'asseoir dans le fauteuil, toujours placé sous la fenêtre.

Elle a apporté une chaise supplémentaire, qu'elle a disposée à côté de celle de Daniel avant de s'y installer, bloc-notes sur les genoux et stylo à la main.

« Bonjour, Amir, commence Daniel. Nous aurions encore quelques questions à vous poser concernant vos activités de samedi dernier, si vous êtes d'accord. »

Amir acquiesce d'un signe de tête, bien qu'il sache aussi bien que ses interlocuteurs qu'il n'a guère le choix.

« Qu'est-ce que vous voulez savoir ? » demande-t-il d'une voix enrouée.

Est-il en train de s'enrhumer, ou la tension est-elle venue se nicher jusque dans ses cordes vocales ?

« Nous avons appris que Fanny et vous étiez parmi les dernières personnes à rester dans le salon, samedi soir, dit Hanna.

– Il y avait Pontus aussi ! » répond-il comme par réflexe.

Amir essaierait-il de se cacher derrière son camarade ? Aurait-il besoin d'un alibi pour prouver son innocence ?

« En effet, répond Hanna. Mais d'après ce qu'on a compris, Pontus s'était endormi : on ne peut pas vraiment le compter.

– Il était là, en tout cas, insiste Amir d'un ton bourru.
– Ce que nous voulons surtout savoir, dit Daniel, c'est ce qui s'est passé entre Fanny et vous, ce soir-là.
– Comment ça ?
– Nous avons reçu des informations concordantes selon lesquelles vous aviez passé la soirée à vous embrasser, tous les deux, explique Hanna. Est-ce qu'elle vous a suivi dans votre chambre à la fin de la soirée ?
– Non. Je suis allé me coucher seul. »
Hanna pousse un soupir discret. Il ne va pas s'y mettre, lui aussi. Tous les garçons vont donc nier avoir eu des relations intimes avec Fanny ? Ça risque de poser un problème.
« Nous savons que Fanny a eu un rapport sexuel avec un homme dans les heures qui ont précédé sa mort, dit-elle. On présume que c'était vous, puisque plusieurs témoins affirment vous avoir vu l'embrasser longuement sur le canapé. »
Amir secoue la tête avec véhémence.
« Non, c'est faux. Enfin, on s'est embrassés à un moment, ça oui. Mais je n'ai pas couché avec elle ! »
Hanna voit que Daniel commence lui aussi à perdre patience. Il tambourine des doigts sur le bureau et jette un regard froid à Amir.
« Dans ce cas, vous feriez bien de nous expliquer pourquoi nous devrions vous croire, soupire-t-il. Vu ce que vos camarades nous ont dit...
– Fanny était beaucoup trop saoule. Elle commençait à devenir pénible. »
Amir passe une main nerveuse dans ses cheveux mi-longs.
« Je sais que Fanny m'aimait bien et qu'elle avait envie de moi. Mais en réalité, elle ne me plaisait pas vraiment ; c'est pas du tout mon genre de fille. Et puis elle s'est complètement ridiculisée devant ce vieux voisin, en enlevant le haut pour lui montrer ses seins. »
Il se penche en avant, comme pour chercher l'assentiment des deux policiers.
« Qui se comporte comme ça, franchement ? »

La manière qu'il a de parler de Fanny, sur ce ton suffisant, dérange Hanna au plus haut point. Pour qui se prend-il à juger ainsi sa pauvre camarade ?

Elle se retient presque de le secouer : *Vous entendez un peu ce que vous dites ? La jeune fille dont on parle était venue ici pour s'amuser, exactement comme vous. Et maintenant, son corps est à la morgue… Un peu de respect !*

Mais Hanna sent bien que faire la leçon à Amir serait peine perdue. Elle commence à comprendre, en revanche, d'où vient l'antipathie d'Olivia à son égard.

« Donc si je résume, Fanny n'est pas montée dans votre chambre, grince-t-elle. Et vous n'avez pas couché ensemble.

– Je vous dis que non ! Je suis allé dormir. Tout seul. »

Amir lui lance un regard de défi. L'antipathie semble réciproque.

« Et qu'a fait Fanny, à ce moment-là ? poursuit Daniel.

– Elle est restée sur le canapé, avec Pontus.

– Qui n'a rien pu voir, puisqu'il était endormi, corrige Hanna.

– Peut-être, oui.

– Peut-être ? » répète Daniel.

Amir soupire :

« C'est vrai, il dormait.

– Il n'est donc pas en mesure de confirmer vos dires, reprend Hanna. Que vous êtes retourné dans votre chambre seul et que Fanny est restée dans le salon ?

– Non, probablement pas. »

Il y a un silence. Clairement, ils n'avancent pas. Hanna cherche une nouvelle question à poser, un moyen de pousser Amir à se dédire.

Mais avant d'avoir pu rouvrir la bouche, elle entend la voix du jeune homme, chargée de défiance : « Si vous ne me croyez pas, c'est votre problème, non ? »

62

En s'engageant sur l'E14 blanche de neige, Daniel ralentit d'instinct : les quatre-vingts kilomètres-heure autorisés ne sont pas bien raisonnables sur une chaussée glissante. Il doit déposer Hanna à Solbringen puis aller chercher Alice chez Ida, pour se rattraper d'avoir chamboulé le planning du week-end. Comment concilier ses obligations parentales avec l'enquête ? C'est une question qu'il se posera plus tard.

Hanna n'est pas satisfaite des interrogatoires, ça se voit : ses petites rides pincées aux commissures ne trompent pas.

Et ça ne manque pas : « L'un des garçons nous ment forcément, maugrée-t-elle. Et si on en croit Olivia, il s'agirait d'Amir. »

Elle s'interrompt le temps d'ajuster sa ceinture de sécurité, vrillée sur sa poitrine.

« Tous les indices dont on dispose suggèrent que c'est lui qui a couché avec Fanny. Si on arrive à le faire avouer, on pourra peut-être répondre à la question centrale : pourquoi et comment elle est morte quelques heures plus tard.

– Il n'a pas été très coopératif, je te l'accorde », concède Daniel.

Il y avait chez ce type une défiance claire. Amir est resté sur ses gardes pendant tout l'entretien. Pour autant, Daniel n'est pas encore prêt à en faire le suspect numéro un.

« À supposer qu'Emil soit effectivement gay, dit-il, je ne sortirais toujours pas Wille et Pontus de l'équation. J'ai de gros doutes sur leur sincérité.

– Peut-être qu'ils sont tous mouillés et qu'ils essaient de se couvrir mutuellement ? hasarde Hanna. Mais, dans tous les cas, je commencerais par mettre la pression sur Amir. C'est sur lui qu'on a le plus d'éléments. »

Les arbres le long de la route ploient déjà sous l'effet du vent. Si ces rafales grossissent encore d'ici la nuit, il faut s'attendre à une vraie tempête.

« Réfléchissons-y d'ici demain, insiste-t-il. Nous ne pouvons pas nous fier uniquement au jugement d'Olivia. En attendant, il faudra faire le tour des maisons du quartier, histoire de voir si d'autres riverains étaient debout cette nuit-là. Ils auront peut-être vu quelque chose, comme Karin Carlsson.

– On n'a qu'à demander à une patrouille de le faire ce soir. Si tous nos effectifs ne sont pas encore mobilisés pour ramasser des étudiants ivres morts. »

Daniel a un sourire narquois. Hier, l'une des maisons autour de la place d'Åre, où logent souvent des groupes d'étudiants, a été le théâtre d'une beuverie sans nom. Les voisins ont appelé en masse pour se plaindre du vacarme, et plusieurs jeunes ont dû finir la nuit en cellule de dégrisement.

L'embranchement vers Solbringen apparaît sur leur droite. Daniel s'y engage et gravit doucement la colline.

« Merci de m'avoir ramenée, sourit Hanna lorsqu'il s'arrête devant sa petite maison. Moi, il est temps que j'aille récupérer Morris chez les voisins.

– Tu lui feras une gratouille de ma part ! Allez, à demain ! » dit Daniel en la saluant de la main avant qu'elle ne claque la portière.

Depuis qu'Hanna a recueilli l'an dernier ce gros chat à l'épaisse fourrure, Daniel n'a pas pu mettre un pied dans sa maison sans en ressortir les vêtements couverts de poils gris. Morris est un matou très sociable, qui ne laisse jamais repartir un visiteur sans être venu lui ronronner sur les genoux. Il semble d'ailleurs convaincu que c'est Hanna qui vit chez lui, et non l'inverse.

Daniel suit sa collègue des yeux ; elle s'éloigne vers le pas de sa porte puis disparaît. Il aurait bien aimé l'accompagner, entrer avec elle… Après cette journée, il n'aurait pas été contre se poser avec Hanna autour d'une petite bière pour débriefer les interrogatoires du jour. Prendre un peu de recul.

Et peut-être laisser Morris se blottir contre lui.

Mais non, il doit filer chez son ex, qui sera à coup sûr d'une humeur de chien. Daniel avait promis de venir chercher Alice il y a une heure déjà ; il sait exactement ce qu'Ida va lui dire dès qu'il montrera le bout de son nez.

Sa capacité à s'enferrer dans ses enquêtes, à laisser le boulot prendre le pas sur tout le reste, a toujours été une grosse pomme de discorde entre eux. Ida s'en plaignait sans arrêt du temps où ils étaient ensemble. Chaque fois, il promettait de s'amender, sans jamais parvenir à tenir parole.

Avec un dernier regard vers la fenêtre de la cuisine, où vient de s'allumer une lumière chaude, il passe la première et démarre.

63

Jetant un coup d'œil dans le spacieux salon depuis le vestibule, Olivia aperçoit Pontus assis sur le canapé. Devant lui, sur la table basse, un grand verre rempli de glaçons et d'un liquide translucide. Elle comprend à ses yeux voilés qu'il est déjà saoul. Il n'est même pas encore dix-neuf heures.

Mais c'est vrai que la journée a été plus qu'éprouvante. Quand elle a appris que la police était venue retourner la maison en leur absence, ça lui a mis un sacré coup. Des inconnus qui se permettent de farfouiller dans ses vêtements sans lui demander son avis…

Ça lui paraît irrespectueux. Insultant, même. Comme une violation de son intimité.

Brusquement, la porte s'ouvre derrière elle. Un inconnu se tient sur le seuil. Olivia sursaute en poussant un cri de frayeur.

Puis elle le reconnaît : c'est Staffan, le gardien, qui est passé l'autre soir alors qu'ils venaient d'arriver.

« Désolé, je ne voulais pas vous faire peur. »

L'homme a un bonnet enfoncé sur le front et une grande pelle à la main.

« J'aurais dû frapper, poursuit-il. J'ai tellement l'habitude d'entrer et de sortir des maisons que j'en oublie parfois qu'il y a des gens à l'intérieur. »

Olivia force un sourire, soudain mal à l'aise à l'idée qu'il puisse ainsi s'introduire n'importe où si ça lui chante.

Et si c'était lui, l'inconnu qui rôdait devant sa porte la nuit dernière ?

La pensée s'est imposée d'elle-même.

Elle le toise discrètement pour comparer sa stature à l'ombre aperçue dans l'obscurité. Oui, il a la même carrure. Ou se fait-elle seulement des idées ?

Elle s'aperçoit que son silence commence à devenir gênant.

« Il n'y a pas de mal, souffle-t-elle. On est tous secoués.

– Je comprends. »

Staffan appuie sa pelle contre le mur.

« Je suis désolé pour ce qui est arrivé à votre amie. Je n'en reviens pas, c'est vraiment affreux...

– Mmm... »

Olivia n'a pas le courage de parler de ça – surtout avec ce type. Un inconnu, qui a peut-être tenté de se glisser dans sa maisonnette pendant qu'elle dormait.

« La police vous a donné des nouvelles ? demande Staffan, avec dans les yeux une lueur de curiosité malsaine. Ils savent ce qui est arrivé à votre amie ?

– Je n'en ai aucune idée. »

Olivia voudrait simplement qu'il s'en aille. Elle jette un coup d'œil à Pontus, en espérant presque qu'il vienne se joindre à la conversation pour qu'elle n'ait pas à rester seule avec le gardien, mais son camarade n'a même pas l'air d'avoir remarqué sa présence.

« Est-ce qu'ils pensent que le décès est d'origine criminelle ? » poursuit Staffan.

Il jette à Olivia un regard scrutateur, comme s'il se demandait ce qu'elle sait réellement.

« Il faut que je... », bredouille-t-elle avec un geste en direction de la cuisine, espérant qu'il comprendra l'allusion et cessera de bavasser.

Le stratagème semble fonctionner : Staffan tape des pieds sur le paillasson pour ôter la neige de ses bottes, puis se déchausse.

« Je suis juste venu déneiger le balcon, explique-t-il en montrant la pelle. Ce ne sera pas long. »

Ses bottes à la main, il traverse le salon et ouvre l'une des portes-fenêtres donnant sur le balcon.

Olivia reste plantée dans le vestibule, à fixer la poignée noire de la porte d'entrée.

À quoi bon s'enfermer à double tour si n'importe quel inconnu muni d'un code peut entrer ?

64

Le portable d'Hanna sonne alors qu'elle accroche sa doudoune dans l'entrée.

Elle répond en regardant à peine l'affichage, mais comprend bientôt son erreur quand la voix d'Ulla, sa mère, résonne au bout du fil.

Leurs échanges sont de plus en plus espacés, et ça ne doit rien au hasard : quasi systématiquement, ces conversations laissent à Hanna la sensation d'être la ratée de la famille, une indésirable. Des sentiments que sa mère a toujours su susciter en elle, d'aussi loin qu'elle s'en souvienne.

« Bonsoir, Hanna ! » s'exclame Ulla avec un enthousiasme inhabituel.

Hanna devient aussitôt méfiante. Qu'est-ce qu'elle lui veut ?

« Pourquoi ne nous as-tu pas parlé de ton nouveau jules, à ton père et à moi ? Je veux tout savoir sur lui ! Tu es vraiment montée dans son jet privé ? »

Pitié, pas elle aussi…

Hanna s'est à peine remise du choc que lui a causé le coup de fil de cette journaliste, tout à l'heure. Ça fait moins de vingt-quatre heures que l'article est sorti, et le monde entier semble d'un coup se passionner pour son histoire avec Henry.

Y compris ses parents, qui sont partis s'installer sur la Costa del Sol il y a plusieurs années, et qui passent désormais le plus clair de leur temps à organiser d'interminables déjeuners avec des compatriotes expatriés pour dénigrer le climat de la Suède et son système fiscal en buvant du rosé.

« C'est tout nouveau, marmonne Hanna. Je n'ai pas trop eu le temps. »

Elle se déchausse sans se baisser et va s'asseoir à la table de la cuisine en se demandant comment couper court au mieux à cette conversation.

Discuter d'Henry avec sa mère est la dernière chose dont elle ait envie.

« Quand pourrons-nous le rencontrer ? Vous n'auriez qu'à prendre ce jet privé pour descendre nous faire une petite visite ! »

La voix de sa mère pétille d'euphorie. Hanna ne devrait pas s'en étonner : nul n'est aussi obsédé qu'elle par l'idée de réseauter avec les bonnes personnes – et le *name-dropping* est l'un de ses plus grands talents. Cela fait des années qu'elle se plaint du choix d'Hanna d'entrer dans la police – à la différence de Lydia, son avocate de sœur, dont la brillante carrière l'a amenée à devenir associée dans l'un des cabinets les plus en vue et à épouser un homme tout aussi accompli qu'elle, occupant un poste prestigieux dans une société de capital-risque.

Ulla n'a jamais approuvé les choix de vie de sa cadette. Et quand Christian est parti, elle a eu le culot de prendre son parti à lui : elle a même continué à les fréquenter, lui et Valérie, sa nouvelle compagne. Celle-là même avec qui il trompait déjà Hanna avant de la larguer, comme le dernier des mufles.

Malgré cela, sa mère ne manque jamais une occasion de rappeler à Hanna qu'il est grand temps qu'elle se recase – car elle approche dangereusement de la quarantaine et, horreur des horreurs, de la ménopause.

Alors qu'elle vient seulement de fêter ses trente-sept ans.

Ces piques constantes sur le compte à rebours de la maternité la frappent toujours au cœur. Un comble de la part d'une mère qui n'a jamais été là pour Hanna : elle qui n'était qu'un « accident », une enfant ni prévue ni désirée. Ulla ne lui a apporté aucun soutien pendant les pires coups durs, à commencer par le viol dont Hanna a été victime à Barcelone.

Elle se souvient encore de ce moment où elle a appelé sa mère, assise au bord du lit, tremblante, pour lui confier ce qu'elle venait de subir. Ces grosses mains qui parcouraient son corps, le poids de cet homme, le gérant du bar, qui s'était imposé à elle.

Elle ne s'est jamais sentie aussi seule qu'à ce moment-là, quand elle a compris que ses parents ne viendraient pas l'aider. C'est Lydia qui a pris l'initiative de monter dans un avion pour ramener Hanna à la maison ; c'est Lydia qui l'a tenue dans ses bras les nuits où elle était réveillée par de terribles cauchemars. C'est Lydia encore qui a trouvé un psy pour l'accompagner et qui lui a promis que tout finirait par s'arranger, même si ça prendrait du temps.

Sa mère, quant à elle, avait honte et refusait de parler de la chose. Y penser, même, était trop embarrassant, trop stressant pour elle.

Mais aujourd'hui, évidemment, Ulla est aux anges. Un célèbre businessman qui fait son entrée dans la famille : voilà qui lui permettra de prendre du galon au sein de son cercle social.

Hanna baisse le regard sur la table, regrettant l'absence de Morris. La douceur de son petit museau contre sa joue lui ferait tant de bien.

« Tu as enfin repris ta vie en main, gazouille sa mère dans le haut-parleur. C'est incroyable que tu aies réussi à ferrer Henry Sylvester ! Ce type pourrait avoir n'importe quelle femme, et il jette son dévolu sur toi ! Tu te rends compte de la chance que tu as ? »

Ça ne devrait pas lui faire mal, et pourtant… Sa mère qui s'étonne ouvertement qu'Hanna, le canard boiteux de la famille, puisse sembler séduisante aux yeux d'un homme comme Henry.

N'est-ce pas en somme ce qu'avait dit cette journaliste people ? Qu'ils formaient *un couple improbable*, elle et lui.

Est-elle vraiment insignifiante au point que le monde entier s'en étonne ?

« Je dois y aller, maugrée Hanna. On en reparlera une autre fois. »

Avant que sa mère ne puisse dire un mot de plus, elle raccroche.

Hanna déglutit plusieurs fois pour chasser la boule qu'elle a dans la gorge. Pourquoi tout cela l'affecte-t-il autant ? Elle a déjà pleuré bien trop de fois pour ce genre de petites phrases assassines lâchées par sa mère au fil des ans.

Son estime d'elle-même n'a pas à être tributaire de l'amour maternel. Hanna est une adulte, elle devrait se faire une raison : sa mère ne la traitera jamais comme elle traite Lydia, l'éternelle favorite.

Ulla ne s'en rend probablement même pas compte. Elle n'est tout simplement pas capable d'aimer l'enfant qu'elle n'a jamais voulu avoir.

C'est comme ça.

Mais la boule dans son gosier refuse de disparaître.

65

Olivia traverse le salon pour rejoindre Emil, qui prépare le dîner dans la cuisine. Lorsqu'elle passe devant Pontus, avachi sur le canapé, celui-ci lui jette un regard amer, mais ne dit mot. Le verre posé devant lui est presque vide, et une odeur de gin flotte dans l'air.

Ni Amir ni Wille ne sont dans les parages. Ouf… Après cette journée, Olivia aime autant se passer de leur compagnie.

« Qu'est-ce que tu nous mitonnes ce soir, déjà ? demande-t-elle à Emil.

– Filet de porc et pommes de terre rôties, avec une petite sauce au vin rouge, fait-il avec un geste en direction du four. Je crois que ça va bientôt être cuit. »

Emil ouvre la porte du four pour piquer la viande, et un parfum de romarin monte jusqu'aux narines d'Olivia. Ça a l'air vraiment bon. Et elle a très faim, mine de rien.

La présence apaisante d'Emil est un vrai soulagement. Sans lui, elle ne supporterait pas de rester ici, quoi qu'exige la police.

Emil est gentil, lui. Pas comme ces autres abrutis.

« Je ne sais pas comment tu trouves encore la force de préparer à manger. J'en serais bien incapable. »

Emil attrape un torchon pour s'essuyer les mains.

« Je crois que ça m'aide, au contraire. Cuisiner, pour moi, ça a toujours été thérapeutique. Tu veux un verre de vin, au fait ? »

Du vin – est-ce vraiment une bonne idée ?

Olivia jette un coup d'œil à Pontus : toujours en train de se saouler, ça commence à devenir lourd. Elle ferait peut-être mieux de rester sobre ce soir. On ne sait jamais.

Elle ne pourrait pas vraiment expliquer pourquoi, mais ça lui semble plus prudent.

Le pire est déjà arrivé, pourtant. Fanny est morte.

Sans attendre sa réponse, Emil a ouvert une bouteille de rouge dont il a rempli deux verres. Il en tend un à Olivia, qui finit par céder à la tentation. Elle boit une première gorgée, sent son corps se détendre, en avale une deuxième.

Elle a passé une journée infernale. Et puis ces flics ont débarqué avec leurs questions. Elle a retourné dans tous les sens cette information selon laquelle Fanny aurait couché avec l'un des gars juste avant sa mort.

Il ne peut s'agir que d'Amir. Surtout si Fanny était à la fois saoule et défoncée.

« Tu as aussi parlé aux flics tout à l'heure ? demande-t-elle à Emil. Qu'est-ce qu'ils t'ont posé comme questions ? »

Emil lui tourne le dos pour ouvrir un tiroir dont il sort de grands couverts en bois.

« Je ne sais pas trop, fait-il par-dessus son épaule. À peu près les mêmes qu'hier, en gros. Ils voulaient savoir quelle était l'ambiance samedi soir et si Fanny s'était pris la tête avec l'un d'entre nous, s'il y avait eu une dispute dans le groupe.

– Et tu as répondu quoi ?

– J'ai dit tout ce que je savais : que je me suis pieuté le premier et qu'il ne s'est rien passé tant que j'étais encore debout. »

Olivia se rapproche un peu plus d'Emil, qui a sorti une salade iceberg et s'est mis à la couper en lamelles.

« Tu as entendu que les flics avaient la preuve que Fanny avait couché avec quelqu'un dans la nuit ? lui glisse-t-elle à l'oreille. Ils pensent que ça pourrait avoir un lien avec sa mort. »

Elle jette un coup d'œil discret vers le salon pour s'assurer que Pontus ne l'écoute pas.

« C'est forcément Amir, non ? Je le disais depuis le début, mais personne ne me croyait. »

Emil pose son couteau, l'air préoccupé.

« Ça ne m'étonnerait pas qu'Amir et Fanny aient fini au lit ensemble. Mais... tu crois vraiment qu'il pourrait être impliqué dans sa mort ? Ce serait hyper grave. »

Olivia repense à sa terreur de cet après-midi, quand la nuit s'est mise à tomber et qu'elle s'est retrouvée toute seule dans le ravin, sans savoir si elle serait capable d'en sortir.

Amir s'était montré profondément méprisant, indifférent à son sort. Elle aurait sans doute pu mourir de froid sans qu'il lève le petit doigt.

Cela dit, les autres n'ont pas été plus attentionnés. Wille lui-même n'a jamais pris la peine de l'aider, ni même de l'attendre. Elle est sûre, en revanche, qu'il aurait donné l'alerte si elle n'était pas réapparue. Pontus aussi – du moins, c'est ce qu'elle veut croire.

Mais Amir est le plus égocentrique de tous. Il lui semble d'une froideur abjecte.

Il ne pense qu'à sauver sa peau.

66

À presque dix-huit heures trente, Daniel se gare devant l'immeuble où Ida a emménagé après leur séparation – à Kläppen, un petit hameau situé entre Åre et Tegefjäll.

Il gravit quatre à quatre les marches qui montent vers l'appartement au deuxième étage, en se préparant mentalement à affronter le mécontentement de son ex-femme.

Mais lorsqu'il sonne à la porte, c'est Gustav qui se tient dans l'embrasure. Ses longs cheveux lâchés retombent en boucles dorées sur ses épaules. Comme d'habitude, il a l'air scandaleusement en forme, bronzé et musclé, comme tout droit sorti d'une affiche publicitaire pour les bienfaits de la montagne.

« Salut, salut ! »

Gustav lui adresse un large sourire, que Daniel peine à lui rendre. Si ce mec imagine qu'ils pourraient devenir les meilleurs amis du monde, il se fourre le doigt dans l'œil. Daniel sait que sa réaction est puérile et pas très glorieuse, mais c'est plus fort que lui.

« Je viens chercher Alice, fait-il d'un ton lapidaire.

– Entre, dit Gustav. Ida est en train de la faire manger. »

Daniel esquisse quelques pas dans le hall. Le sol est jonché d'un amas de chaussures et d'après-skis – ce qui n'aurait jamais été le cas du temps où Ida et lui vivaient ensemble. Il prenait toujours quelques minutes pour ranger le soir, avant d'aller se coucher.

Il ôte ses chaussures et se dirige vers la cuisine pour y découvrir Alice installée dans sa chaise haute face à sa mère. Là aussi, le désordre règne – l'évier est plein de vaisselle, et le plan de travail, encombré de verres sales.

Sous le nez d'Alice se trouve une assiette où l'on distingue des restes épars de cabillaud et de purée de pommes de terre. Une bonne partie du repas s'est répandue sur la table ou est tombée sur le carrelage.

« Papa ! piaille-t-elle en apercevant Daniel. Regade, ze manze toute seule, comme une gande !

– Bonjour, mon poussin ! s'exclame Daniel, posant un baiser sur le front de sa fille avant de se tourner vers Ida. Vraiment désolé du retard, c'était sport au boulot aujourd'hui. Je suis venu dès que j'ai pu. »

Ida est en jean et en polo, ses longs cheveux rassemblés comme toujours dans une épaisse tresse brune qui lui retombe sur l'épaule.

« T'en fais pas, va ! répond-elle en secouant la tête. Je comprends, j'ai vu sur Internet l'histoire de l'étudiante retrouvée morte à Sadeln. C'est sur cette affaire que vous bossez ? »

Daniel n'est pas certain d'avoir bien intégré la situation : contre toute attente, Ida n'a pas du tout l'air contrariée, mais plutôt bienveillante. Pourtant, quand il est question de boulot, elle n'est jamais aussi indulgente, d'habitude ; elle doit manifestement être de très bonne humeur.

Daniel sent son pouls se calmer ; c'est une excellente surprise de pouvoir échapper aux chamailleries auxquelles il s'était préparé.

« Alice a bientôt fini, dit Ida. Encore deux petites cuillerées ! Comme il commençait à se faire tard, je me suis dit qu'il valait mieux qu'elle dîne ici, pour éviter qu'elle se mette à pleurnicher. Tu sais comment elle est quand elle a faim. »

Daniel adresse à Ida un sourire reconnaissant : « Merci, c'est gentil. »

Dans les moments comme celui-ci, leur coparentalité fonctionne à merveille. C'est le principal, se dit-il : qu'Alice ne se retrouve pas à pâtir de leurs désaccords.

Il n'a peut-être pas réussi à être un bon compagnon pour Ida, mais il est prêt à faire tous les efforts possibles pour être un bon père. Et ça, ça demande une relation apaisée avec son ex.

« Je serai plus ponctuel à l'avenir, assure-t-il, en espérant pouvoir tenir sa promesse.

– Mmm… »

Ida n'a pas l'air de croire à ses bonnes résolutions, mais ne fait aucun commentaire. Tandis qu'Alice avale sa dernière bouchée, sa mère essuie son visage barbouillé de purée.

« Allez, hop ! dit Daniel en soulevant sa fille de sa chaise haute. On va rentrer chez papa. »

Ida les accompagne jusque dans l'entrée, pendant que Daniel aide Alice à enfiler sa combinaison fourrée et ses petits après-skis.

Elle lui tend les moufles et le bonnet roses d'Alice pour qu'il ne les oublie pas, ainsi qu'un sac contenant ses peluches – Rénou, en particulier, sans lequel elle ne pourrait pas s'endormir le soir.

« Au fait, j'ai appris pour Hanna, lâche Ida alors que Daniel termine d'habiller la petite. C'est dingue !

– Qu'est-ce que tu veux dire ? »

Ida le dévisage d'un air curieux.

« Tu n'as pas vu passer ça sur Internet ? Ça a fuité partout. Hanna est devenue une petite célébrité ! »

Daniel n'a toujours aucune idée de ce que raconte Ida, mais sent d'instinct son estomac se nouer. Staffan Berg avait bien mentionné quelque chose, lui aussi, au sujet d'une photo d'Hanna dans le journal.

Il avait prévu de lui poser la question après leur échange avec le gardien, mais en la voyant prise de douleurs, ça lui était sorti de l'esprit.

« Je n'en reviens pas qu'elle se soit mise avec ce type richissime, poursuit Ida. Mais toi, tu devais déjà être au courant, non ? »

67

Si le repas est aussi réussi qu'Olivia l'imaginait, la conversation à table est des plus laborieuses. Personne n'est particulièrement bavard ; chacun semble perdu dans ses pensées.

Emil et Olivia ont eu beau tenter de réchauffer un peu l'atmosphère en allumant quelques bougies, leurs camarades restent mutiques, le nez dans leur assiette.

Olivia avale une gorgée de vin rouge avant de planter sa fourchette dans une pomme de terre. Elle en est à son deuxième verre, il faut peut-être qu'elle y aille mollo sur l'alcool – elle n'ira pas mieux en se saoulant, au contraire. Elle a déjà pris un cachet pour apaiser sa douleur lancinante au genou et le mal de crâne qui l'a assaillie juste après sa discussion avec cette policière, Hanna.

À côté d'elle, Emil s'empare du plat de service, où il a soigneusement disposé le filet de porc, et le tend à Pontus, assis face à lui.

« Tiens, ressers-toi si tu veux. »

Pontus est celui qui a le plus picolé – sans surprise. Ses mouvements sont maladroits, ses yeux vitreux. Si cet état n'a rien d'inhabituel le concernant, Olivia croit y lire quelque chose d'autre, ce soir.

De la colère. De la rancœur.

De la haine ?

Olivia ne comprend pas précisément ce qui se trame, mais elle voit Pontus gratifier Emil d'un regard furieux lorsqu'il lui tend le plat.

Qu'est-ce que ça veut dire ? Pourquoi Pontus est-il à ce point en rogne ? Se serait-il passé quelque chose dans l'après-midi ? Une dispute entre les garçons dont elle n'a pas eu vent ?

« N'hésite pas, il reste encore plein de viande », l'exhorte Emil avec un sourire amical.

Il ne semble pas avoir remarqué la rage sourde qui monte chez son camarade et ses yeux qui s'assombrissent.

« Tu te prends pour qui, sérieux ? » lâche soudain Pontus en abattant son poing sur la table, juste sous le nez d'Emil.

Ce dernier sursaute et manque de faire tomber le plat ; les tranches de porc glissent dans le jus, dont quelques gouttes viennent parsemer le chemin de table.

« Qu'est-ce qui t'arrive ? » s'écrie Olivia.

Pontus ne lui prête pas attention.

« C'est toi qui m'as balancé aux flics ? »

Il fixe Emil d'un regard noir. Sa façon de prononcer les mots donne à Olivia la chair de poule : ce n'était pas une question, on aurait plutôt dit une menace.

« Qu'est-ce que tu veux dire ? » se défend Emil.

Il a l'air secoué, au point qu'Olivia ne reconnaît plus sa voix : elle est plus fluette que d'habitude – une voix de fausset.

« Ils ont embarqué mon Mac. C'est toi qui es allé farfouiller dedans, hein ? Les flics connaissaient mon historique, ils ont cité des mots que j'ai tapés sur Google. »

Un silence interloqué s'installe dans la pièce. Olivia reste interdite : Pontus aurait-il fait des recherches incriminantes en ligne ? Et pourquoi Emil a-t-il fouiné dans son ordinateur ?

« Ils m'accusent d'être impliqué dans la mort de Fanny ! » s'écrie Pontus.

Il se penche vers Emil par-dessus la table. Olivia n'avait jamais réalisé combien ses mains étaient grandes et charnues :

elles sont massives, avec des doigts épais parcourus de veines saillantes.

« Tu es le seul à ne pas être allé skier aujourd'hui, poursuit Pontus. C'est forcément toi. »

Sa voix est plus menaçante que jamais.

« Tu es allé dans ma chambre, sur mon ordinateur ? Qu'est-ce que tu as dit sur moi aux flics ? »

Tous les regards se tournent vers Emil, dont les joues commencent à s'empourprer.

« Réponds-moi, bordel ! explose Pontus. Tu veux me faire coffrer pour le meurtre de Fanny ? »

Emil reste assis, paralysé ; pas un son ne sort de sa bouche.

Puis tout se passe en un éclair : Pontus se rue sur lui, saisit des deux mains le col de sa chemise. Avant qu'Emil n'ait le temps de réagir, il lui enserre le cou, comme pour lui arracher une réponse par la force.

Dans le tumulte, Pontus heurte du coude l'assiette d'Emil, qui vient s'abattre sur le parquet, faisant voler en tous sens des morceaux de viande et de céramique.

« Tu leur as dit quoi ? » vocifère-t-il, cramoisi, écumant de rage, en crachant ses postillons au visage d'Emil.

Olivia entend soudain sa propre voix s'élever au milieu du vacarme : « Arrête ! »

Pontus ne l'écoute pas ; il continue à serrer le cou d'Emil de ses doigts furieux. Emil a beau faire une tête de plus que lui, il ne parvient pas à se dégager de l'étau.

D'autant que Pontus le surpasse en force, qu'il est hors de lui et fortement imbibé.

« Mais arrête, t'es malade ! hurle de nouveau Olivia. Tu vois bien qu'il étouffe ! »

Pourquoi personne ne se lève pour intervenir ?

Devant l'inaction de ses camarades, Olivia se met à tirer sur les vêtements de Pontus pour le forcer à lâcher prise. Il ne la remarque même pas.

« Aidez-le, merde ! »

Enfin, Wille réagit : il se lève d'un bond, fait le tour de la table et secoue violemment Pontus par les épaules. Mais celui-ci refuse de lâcher Emil – bien au contraire, il ne fait que resserrer son emprise autour de son cou. Comme enfermé dans sa bulle de fureur aveugle.

« Espèce de sale pédale ! »

Emil peine à respirer. Son visage est devenu violet, et des sifflements étouffés s'échappent de sa gorge.

Ses ongles griffent en vain les mains de Pontus, fermement crispées autour de son cou.

Bientôt, il sera trop tard.

« Arrête, arrête ! s'égosille Olivia.

– Mais Pontus, putain ! hurle Wille. Lâche-le ! T'es en train de le tuer. »

Enfin, Amir se réveille.

Unissant ses forces à celles de Wille, il parvient à tirer Pontus en arrière, libérant Emil de son emprise. Ce dernier glisse de sa chaise pour s'écrouler au sol dans une terrible quinte de toux, les mains à la gorge, où les doigts de Pontus ont laissé des marques rouge vif.

À chaque inspiration, un bruit effrayant s'échappe de sa trachée.

Olivia s'agenouille à ses côtés pour lui venir en aide, mais Emil se contente de secouer la tête en haletant. Du coin de l'œil, elle voit que Wille a traîné Pontus jusqu'au canapé, où Amir et lui le maintiennent fermement.

« On ne te lâchera pas tant que tu ne te seras pas calmé, martèle Wille. Tu m'as bien compris ? »

Pontus se débat quelques secondes avant de se laisser faire, puis s'effondre dans le sofa comme une poupée de chiffon. Emil continue à cracher ses poumons, mais son visage semble avoir retrouvé des couleurs plus rassurantes. Olivia l'aide à remonter sur sa chaise et lui sert en hâte un verre d'eau.

« Emil, ça va aller ? C'est pas possible, il est complètement malade ! »

Le choc la fait trembler de la tête aux pieds. Elle ose à peine regarder dans la direction de Pontus, de peur qu'il ne pète encore un plomb et revienne s'attaquer à Emil.

Ça y est : tout autour d'eux est en train de s'écrouler.

68

Une fois Alice couchée et endormie, Daniel s'installe dans le salon avec sa tablette. Il faut qu'il tire au clair ce qu'Ida vient de lui apprendre : qu'Hanna aurait un nouveau compagnon.

Les mots de son ex l'ont atteint comme une gifle. Il a dû fournir un effort surhumain pour se donner l'air insouciant, faire comme s'il était déjà au courant.

Pourquoi Hanna lui a-t-elle caché ça ? Il pensait qu'ils pouvaient tout se dire, elle et lui.

Il croyait aussi avoir largement le temps de mettre au clair ses sentiments pour elle. Il voulait d'abord installer une routine avec Alice et Ida, se faire à sa nouvelle vie de père célibataire. L'année écoulée n'a pas été simple, mais a été riche en grands chambardements.

Et le temps a filé à toute allure.

Dix mois déjà se sont écoulés depuis qu'il a compris que les sentiments qu'il éprouvait pour Hanna allaient bien au-delà de ce qui sied pour une simple collègue. Il s'est rendu à l'évidence l'année passée, au moment du dénouement de l'enquête autour du meurtre brutal de l'hôtel Copperhill. Là, il a réellement craint pour la vie d'Hanna et s'est trouvé happé par la peur panique de ne plus jamais la revoir.

Et voilà qu'il a laissé passer sa chance. Mais quel imbécile !

Il est soudain frappé par une évidence : c'est avec cet homme, bien sûr, qu'elle a fêté son anniversaire le week-end dernier. « *Ce type richissime* », comme l'appelle Ida. Voilà pourquoi Hanna s'est montrée aussi évasive quand il l'a questionnée sur sa destination.

Comment a-t-il pu être aussi aveugle ?

Daniel ouvre la page d'accueil du principal tabloïd et commence à faire défiler les titres du jour. Il ne tarde pas à s'arrêter sur une photo prise sur le tarmac d'un aéroport : on y voit Hanna, tout sourire, au bras d'un homme. Son visage lui dit quelque chose...

Ce n'est qu'en voyant le titre de l'article qu'il réalise de qui il s'agit : Henry Sylvester.

Daniel s'affaisse contre le dossier de son fauteuil.

Ce Sylvester, il le connaît : il s'est retrouvé impliqué dans l'enquête sur l'homicide du Copperhill. C'est à ce moment-là qu'Hanna a fait sa connaissance. Et puis, sans que Daniel en sache rien, leur relation est manifestement passée à la vitesse supérieure.

Dès son premier interrogatoire, Daniel a trouvé ce type antipathique. Il est à la tête d'une fortune obscène, qui n'a d'égale que son arrogance. Entendu comme témoin, il avait par ailleurs commencé par dissimuler à la police certaines informations essentielles, sans jamais s'excuser par la suite d'avoir entravé la bonne marche des investigations.

Comment Hanna a-t-elle pu tomber sous le charme de cette espèce de snob ?

La réponse pourrait bien se trouver un peu plus bas dans l'article : il décrit par le menu le voyage du couple à Riksgränsen, en Laponie, dans un hôtel de charme qui a rouvert exceptionnellement ses portes pour accueillir Sylvester et sa nouvelle moitié.

Franchement, qui saurait résister à des attentions pareilles ?

Pourtant, Hanna n'est pas ce genre de femme, essaie de se convaincre Daniel. Elle n'a aucun attachement aux biens matériels, au statut social. Elle a beau avoir grandi dans une banlieue huppée de Stockholm, tout ça l'a toujours laissée indifférente.

L'élite financière et son étalage de fric ne la fascinent en rien – il connaît assez bien Hanna pour le savoir de source sûre.

Et pourtant, elle s'est entichée de ce magnat des affaires. C'est à n'y rien comprendre.

Il fixe la photo d'Hanna et de son compagnon. Tous deux marchent vers un hélicoptère qui les attend ; Sylvester a passé son bras autour des épaules d'Hanna dans un geste intime et assuré.

Elle a l'air éprise. Aux anges.

L'air commence à lui manquer. Bien sûr qu'Hanna a choisi un homme comme Sylvester : qui cracherait sur l'occasion ? À côté, Daniel est un débutant, il ne fait absolument pas le poids.

Il ferme la page et tape dans la barre de recherche les noms d'Hanna et de Sylvester. Il s'avère, en effet, que presque tous les journaux people en parlent : le Web regorge d'articles sur le nouveau couple. Il a vraiment dû être plongé dans l'enquête jusqu'au cou pour être passé à côté de cette information.

Et puis c'en est trop. Daniel jette sa tablette sur le canapé avec une telle force qu'elle rebondit sur l'assise avant d'être arrêtée dans sa course par l'accoudoir. Heureusement. Il était à deux doigts d'en fissurer l'écran.

Daniel reste assis quelques minutes à fixer le mur, les yeux dans le vague. Puis il se rend dans la cuisine et ouvre le placard où il range ses quelques bouteilles d'alcool. Peu importe qu'on soit en pleine semaine – il se verse un grand verre de bourbon et en avale la moitié d'un trait.

Il ne peut s'empêcher d'imaginer Hanna avec Henry Sylvester. Tous deux enlacés, s'embrassant avec fougue…

Daniel vide son verre de whisky, gardant dans la bouche un arrière-goût amer qui n'a rien à voir avec l'alcool. Il reconnaît tout à fait ce sentiment qui pointe le bout de son vilain nez : la jalousie.

Une jalousie profonde, féroce.

Même si rien ne l'y autorise, c'est plus fort que lui.

69

Olivia regarde ses mains. Impossible de les empêcher de trembler. Elle n'a pas bougé de la table à manger avec Emil, qui commence doucement à retrouver ses esprits : son souffle reste un peu rauque, mais il respire beaucoup mieux. La peau de son cou est barrée de marques de strangulation rouge vif.

« Il faut qu'on appelle la police », halète Olivia.

Emil secoue la tête. Il est blanc comme un linge.

« Non, ne t'en fais pas, ça ira. »

Olivia tourne la tête vers Wille et Amir, qui entourent toujours Pontus, prostré sur le canapé, le visage dans les mains. Vu comme ça, il n'a plus l'air particulièrement effrayant. Tout à l'heure, pourtant, il lui a fait la peur de sa vie.

« Il a essayé de t'étrangler ! insiste-t-elle à voix basse.

– Il était bourré. Il n'était pas vraiment lui-même… »

Emil n'a pas l'air de réaliser la gravité de la situation, ni à quel point la scène était terrifiante : Pontus, les mains serrées autour de sa gorge, sans personne qui ait le cran d'intervenir. Olivia a réellement cru qu'Emil allait rendre l'âme sous ses yeux.

Comme Fanny. Un mort de plus.

Olivia a des sueurs froides. La panique palpite encore au fond de son sein. C'en est trop, elle craque : « Emil, il faut appeler la police, plaide-t-elle, se retenant de crier. C'est hyper grave, ce qui s'est passé ! »

Emil se redresse sur sa chaise au prix d'un effort considérable.

« Non. Je n'ai pas envie de le dénoncer. »

Olivia aimerait être dans la tête d'Emil pour comprendre son raisonnement, qui lui paraît insensé. Il y a un instant, Pontus était sur lui, en train de l'étrangler, et maintenant il est prêt à tout lui pardonner.

« Mais pourquoi ? s'impatiente-t-elle.

– C'était un accident. Pontus n'aurait jamais fait ça s'il avait été sobre. »

Cette dernière phrase ne la rassure en rien. Depuis qu'ils ont quitté Uppsala, Pontus a justement passé son temps à se saouler. Et s'il continue à boire de plus belle, qu'est-ce qui leur dit qu'il ne recommencera pas ?

Tant qu'il sera dans les parages, sont-ils vraiment en sécurité ?

Ce qui effraie le plus Olivia, c'est la vitesse à laquelle Pontus s'est métamorphosé, et qu'il se soit montré capable d'une telle rage. Comme s'il y avait, derrière ce camarade qu'on pensait inoffensif, un fou furieux – comme si Pontus venait pour la première fois de montrer son vrai visage.

Sur le canapé, Wille et Amir l'encadrent comme deux matons.

Et Olivia qui était persuadée de la culpabilité d'Amir – que c'était lui qui avait couché avec Fanny et causé sa mort. Se serait-elle fourvoyée ? Serait-ce en réalité Pontus, le coupable ?

Et si samedi soir, quand il s'est retrouvé seul avec Fanny dans le salon, il s'était mis à vriller, exactement comme tout à l'heure ? S'il a pu s'en prendre à Emil, il a très bien pu faire de même avec elle.

« Et cette histoire d'ordinateur…, glisse-t-elle à Emil. Qu'est-ce qu'il voulait dire par là ? Tu es vraiment allé ouvrir sa session ? »

Emil laisse échapper un lourd soupir : « Il se trouve que je suis tombé sur son historique de recherche alors que vous veniez de sortir skier. Il a googlé des trucs vraiment chelous, qui paraissaient liés à la mort de Fanny. *Homicide involontaire, meurtre*... et puis les peines encourues... Ça m'a fait flipper.

– C'est pas vrai ! Et tu l'as raconté à la police ? »

Un léger rougissement colore les joues d'Emil.

« Oui, je leur en ai parlé.

– Alors pourquoi ne l'ont-ils pas arrêté ? Pourquoi est-il toujours dans la maison ?

– Je n'en sais rien. C'est peut-être le signe qu'il n'a rien fait, finalement. Ou alors ils n'ont pas assez de preuves. »

Les mots d'Emil ne font que la stresser davantage.

« Tu ne vois pas à quel point c'est malsain ? gémit-elle. Fanny est morte, et Pontus t'a agressé. On doit contacter les flics et leur raconter ce qui vient de se passer. »

Emil secoue la tête.

« Non, c'est une affaire entre lui et moi. Je ne peux pas lui faire ça, c'est notre pote. »

Olivia grimace en l'entendant. Fanny aussi était leur pote, voudrait-elle rappeler à Emil. Mais elle, il n'y a plus rien à faire pour prendre sa défense.

« Je t'en supplie, Emil ! tente-t-elle une dernière fois.

– Olivia, s'il te plaît..., souffle-t-il. Je n'en peux vraiment plus. »

Elle se rend soudain compte à quel point Emil est pâle et fatigué. Son visage a presque la couleur de la cire, les traces qui maculent son cou sont effrayantes.

Demain, il aura des bleus terribles.

Il faut qu'il aille au lit, qu'il se repose. Mais pour lui comme pour elle, dormir après tout cela risque d'être compliqué.

Faute de mieux, elle s'accroupit et commence à ramasser prudemment l'assiette cassée, puis va chercher une pelle et une balayette pour rassembler les derniers morceaux et jeter le tout à la poubelle.

Un marmonnement monte depuis le canapé – Wille et Amir discutent à voix basse par-dessus la tête de Pontus. Il est avachi, les yeux fermés, comme s'il était endormi. Ou, du moins, complément éteint.

Wille rejoint Emil et Olivia à la table à manger. Il s'installe sur la chaise à côté d'Emil et lui pose une main sur l'épaule.

« Ça va, toi ? »

Emil lui adresse un sourire vacillant.

« Tout ça, c'était... vraiment choquant. »

Wille est clairement ébranlé, lui aussi. Il a l'air étrangement atone, vidé de son énergie habituelle. Ses cheveux sont ébouriffés, sa tenue encore débraillée à cause de sa lutte avec Pontus.

« Bon, on dirait qu'il s'est endormi, fait-il en dévisageant son ami. Le connaissant, il y a des chances pour qu'il ne se souvienne plus de rien demain matin. Il est complètement dans le coaltar.

– Je pense qu'il faut qu'on appelle la police, répète Olivia, dans l'espoir que Wille la soutienne. Si on n'avait pas été là pour arrêter Pontus, Emil pourrait être mort à l'heure qu'il est ! »

Wille semble gêné par son insistance. Il jette un coup d'œil à Emil, qui répond d'un geste évasif de la main : « Je ne le dénoncerai pas, je te l'ai déjà dit. Il faut que tu lâches l'affaire, Olivia.

– Pontus a pété les plombs, renchérit Wille. Il avait beaucoup trop bu. Cette journée, c'était une cata du début à la fin : d'abord, la galère à skis dans le ravin, puis la perquisition de la maison, les interrogatoires... Ça nous a tous un peu détraqués. »

C'est la première fois que Wille admet que prendre le ravin de l'ouest était une erreur ; c'est réconfortant de l'entendre de sa bouche. Olivia aurait seulement préféré qu'il le lui dise sur le moment – qu'il reconnaisse l'effort démesuré qu'elle avait dû fournir.

Il cherche son regard, comme s'il voulait s'excuser. Puis il lui prend la main et la serre dans la sienne.

Reconnaissante, Olivia lui laisse sa main, sentant la chaleur de ses doigts contre sa peau.

« Mais c'était quoi, cette embrouille avec l'ordinateur de Pontus ? »

Emil répète l'explication qu'il a fournie à Olivia. En comprenant comment tout cela s'imbrique, Wille semble affligé.

« Mon intention n'était pas de le balancer aux flics, dit Emil. Mais ça concernait Fanny. J'ai eu peur sur le moment, je me suis dit qu'il fallait que je leur parle de ce que j'avais vu.

– Tu as eu raison, assure Olivia. J'aurais fait pareil. »

Emil se remet à tousser.

« Mais je ne vais pas en rajouter une couche en portant plainte contre lui. Ça pourrait foutre son avenir en l'air. S'il a un casier judiciaire, ça va le suivre toute sa vie. »

Il y a un silence. Olivia ne sait pas quels arguments opposer à ceux d'Emil. Sur ce point, il n'a pas tort, bien sûr. Mais tout de même.

« Wille, tu crois que Pontus s'en est aussi pris à Fanny ?

– Je ne sais pas. Mais pourquoi aurait-il fait ces recherches s'il était innocent ? Ça ne me dit rien de bon. »

Il commence à débarrasser les assiettes pour les emporter dans la cuisine. Restée à table, Olivia jette un coup d'œil à Amir, toujours à surveiller Pontus.

Toute la journée, Amir s'est conduit de manière odieuse à son égard. À cause, pensait-elle, de son implication dans la mort de Fanny. Mais peut-être réagissait-il simplement aux accusations qu'elle lui avait lancées au petit déjeuner ? Peut-être s'est-il senti injustement visé ? Ce qui expliquerait sa rage.

Olivia a assuré à la police qu'Amir était le seul susceptible de s'en être pris à Fanny.

Et si elle s'était trompée ?

70

Hanna est déjà au lit, Morris confortablement installé sur sa poitrine, quand Henry l'appelle sur son portable.

Elle a récupéré le matou chez les voisins, puis s'est fait deux tartines avant de filer se coucher. Elle pensait plutôt téléphoner à Henry demain : après cette journée intense, elle n'a tout simplement pas l'énergie nécessaire pour affronter ces histoires. Et elle ne s'est pas tout à fait remise de sa conversation avec cette journaliste.

Au fil de la soirée, les textos ont afflué de toutes parts – de vieux copains perdus de vue comme de médias de tous bords – pour la questionner sur sa relation avec Henry. Et puis il y a aussi Karro, la sœur d'Anton, sa première vraie amie à Åre, qui lui a envoyé un long message ponctué de petits cœurs et d'émojis joyeux.

Comme si la Suède entière s'était connectée en même temps pour découvrir la nouvelle histoire d'amour d'Hanna. Et voilà que tout le monde veut en savoir le plus possible. Elle a déjà refusé les appels d'au moins une demi-douzaine de numéros inconnus, qu'elle soupçonne fort d'être ceux de journalistes indiscrets.

« Bonsoir, mon cœur », fait Henry dès qu'elle décroche.

Comme d'habitude, son timbre grave et chaleureux la réconforte aussitôt. Henry a une autorité naturelle qui suscite chez Hanna un agréable sentiment de sécurité. Mais ce soir, il a la voix fatiguée. Peut-être est-il toujours au bureau.

Elle sait qu'aussitôt revenu à Stockholm, il redevient un bourreau de travail.

Ou peut-être qu'il accuse le coup, lui aussi. Tous ces articles n'ont pas dû l'enchanter.

« J'imagine que tu as lu ce qui a fuité dans la presse ? dit-il, penaud.

– Y a-t-il une seule personne qui ne l'ait pas lu ? répond Hanna. Je me fais harceler par des hordes de journalistes qui tentent de me soutirer des commentaires exclusifs. »

Henry pousse un soupir navré.

« Je suis vraiment désolé que tu aies à subir cela, Hanna. Je n'ai jamais eu l'intention de te mettre dans cette situation.

– J'imagine bien. »

Il y a une petite pause. Hanna frôle de sa joue la douce fourrure de Morris et reçoit en retour un nuage de poils de chat.

« Tu n'es pas le dernier des anonymes, dit-elle. Ça n'est pas étonnant que la presse s'intéresse à ta vie amoureuse.

– J'aurais vraiment aimé t'épargner ça.

– Ce n'est pas ta faute. »

Hanna se demande, au fond, si elle essaie de le rassurer lui ou de se rassurer elle-même.

« Évidemment que les gens se demandent comment tu as pu t'enticher d'une femme comme moi. Le sujet est croustillant. »

Elle regrette ses mots à peine sont-ils sortis de sa bouche. Pourquoi se déprécier sans cesse ? Sa mère ne le fait-elle pas déjà suffisamment ?

« Tu veux dire comment j'ai eu la chance de rencontrer une femme aussi formidable que toi ? reformule-t-il. Je me pose la question aussi. Tous les jours. »

Hanna ne peut s'empêcher de sourire : Henry a toujours su la faire se sentir belle, attirante, désirable.

Et aujourd'hui, elle en a plus que jamais besoin.

« J'allais te proposer de te mettre en contact avec mon équipe média, poursuit-il, retrouvant son sérieux. Mes collaborateurs pourront t'aider à gérer la situation si tu trouves que ça devient pesant. Le plus simple, en soi, étant de ne pas s'exprimer du tout.

– Ne t'en fais pas pour moi, je crois que je sais me débrouiller. »

Sa dernière phrase a sonné un peu plus sèchement qu'elle ne l'aurait voulu, mais avec la frustration accumulée au cours de la journée, c'est plus fort qu'elle. L'appel de sa mère est sans doute ce qui lui a donné le coup de grâce.

« Hanna, tu sais bien que je ne suis pas en train de te dicter ta conduite, soupire Henry. Tout ce que je voulais te dire, c'est que je suis là si tu as besoin de moi. Et que j'ai des collaborateurs dont le métier est justement de traiter avec les médias. Ils peuvent te préserver. *Nous* préserver. »

Hanna devine dans sa voix une tristesse teintée de résignation ; elle sent la mauvaise conscience la tarauder. Passer ses nerfs sur lui n'est pas très charitable : ce n'est pas la faute d'Henry si la presse a décidé de s'acharner sur elle.

« Tu veux que je monte passer quelques jours à Åre avec toi ? propose-t-il. Tu peux aussi venir à Stockholm, si tu préfères. Ou alors on se fait carrément un week-end à l'étranger, ça pourrait te faire du bien de quitter un peu la Suède, éviter la pression ? À Londres, par exemple, ou à Palma ? Je peux envoyer un avion te chercher à Järpen. »

Hanna ouvre la bouche sans savoir quoi lui répondre. La proposition est hautement alléchante, mais elle ne sait pas sur quel pied danser dans l'affaire Fanny. Il est plus que probable qu'il y ait un crime derrière tout ça, et les investigations exigeront alors son attention pleine et entière dans les jours à venir.

Elle aimerait pouvoir se perdre dans le boulot, ne pas avoir à penser à sa vie privée. Se concentrer sur ce qu'elle fait le mieux : les enquêtes policières.

Pour le moment, elle n'est pas sûre d'avoir beaucoup d'énergie à consacrer à Henry et à ses attentions un peu trop appuyées. Et puis elle veut rester avec Morris. Rien à faire : sa grosse boule de poils lui a terriblement manqué pendant leur séjour en Laponie. Sans compter qu'être vue avec Henry l'expose à une nouvelle salve de photos et d'articles. Si on a pu les mitrailler en cachette à l'aéroport de Kiruna, ça risque fort de se reproduire à Åre.

« Mieux vaut peut-être faire profil bas un moment, tempère-t-elle. Attendre que ça se tasse.

– C'est toi qui vois. »

La déception transpire dans la voix d'Henry. Et elle se sent toujours coupable d'avoir mis fin au séjour qu'il lui avait si soigneusement préparé.

« Mais sache que tu me manques beaucoup, ajoute-t-il.

– Toi aussi, tu me manques. »

Elle a beau être sincère, sa décision de ne pas voir Henry ce week-end lui procure tout de même un certain soulagement.

Elle a besoin d'une pause – des tabloïds autant que de lui. Et de son inquiétude en pensant à la réaction qu'aura Daniel en découvrant sa relation.

71

Unissant leurs forces, Wille et Amir sont parvenus à traîner Pontus jusqu'au bas de l'escalier et à le mettre au lit. Pendant ce temps, Olivia s'est astreinte à ranger et à nettoyer les restes du dîner. Elle est tellement exténuée qu'en disposant la dernière assiette dans le lave-vaisselle, elle vacille et doit s'agripper au plan de travail pour garder l'équilibre.

Il n'est que vingt et une heures trente, mais elle aimerait aller se coucher sans demander son reste. Elle ne s'est jamais sentie aussi à bout. Aussi désespérée.

Le temps que Wille remonte du sous-sol, Emil est allé s'allonger sur le canapé sous un gros plaid. Pas d'Amir en vue.

Wille rejoint Olivia dans la cuisine, s'adossant au plan de travail.

« Pontus est complètement HS, explique-t-il. Je crois qu'il ne se réveillera pas avant demain matin. Il risque d'être dans un sale état et de s'en vouloir à mort – si tant est qu'il se souvienne de ce qu'il a fait. »

Mais Olivia, elle, ne risque pas d'oublier. Cette impuissance qu'elle a ressentie en essayant en vain d'arracher Emil des griffes de Pontus…

« C'est pas un mec violent, normalement, soutient Wille. Je ne l'avais jamais vu se battre. Tout ce qui s'est passé les jours derniers, ça a dû lui faire péter un câble. »

Il saisit un citron posé dans la coupe de fruits, l'étudie quelques secondes, puis le remet à sa place.

« Que les flics viennent arrêter Pontus pour agression, ça ne nous avancerait pas à grand-chose. Pas après tout ce qui s'est passé.

– C'est pire qu'une simple agression : Emil aurait pu y passer si vous n'étiez pas intervenus. Ça ne t'a pas traversé l'esprit ? »

Si Wille essaie de minimiser la gravité de ce qu'a fait Pontus et qu'Emil, par mauvaise conscience, semble prêt à lui pardonner, Olivia, elle, en est encore loin. Mais elle n'a plus la force de poursuivre cette discussion : il est trop tard, elle est trop épuisée. Elle sort une pastille de la boîte rangée sous l'évier et met en route le lave-vaisselle.

Lorsqu'elle se retourne, Wille est tout près d'elle. La saisissant doucement par l'épaule, il la serre contre lui.

« Olivia, murmure-t-il, je voulais te dire que je suis désolé pour aujourd'hui. Pour ce qui s'est passé sur les pistes. Je n'aurais pas dû te laisser en plan comme ça. Pardon. »

Voilà donc au moins une chose sur laquelle ils sont d'accord.

« Alors pourquoi tu l'as fait ? questionne-t-elle, la tête contre sa poitrine. Pourquoi ne m'as-tu pas attendue ? »

Wille s'écarte un peu pour la regarder en face.

« Ça m'a agacé que tu veuilles... prendre le contrôle. Je me suis dit que quitte à vouloir tout décider, tu pouvais bien te débrouiller toute seule. »

Il pose un baiser sur son front.

« C'était stupide. Excuse-moi. »

Il l'embrasse une nouvelle fois. Wille sent bon – elle a toujours aimé son odeur.

« Il faut qu'on reste soudés, toi et moi. On dirait que tout le monde est en train de devenir fou autour de nous », soupire-t-il.

Il lui frôle tendrement l'oreille du bout du nez, et l'espace d'un instant, tout lui semble presque redevenu comme avant.

« Encore une fois, je suis désolé, répète-t-il. Je le pense sincèrement. »

Comme il serait doux de pouvoir se fondre dans les bras de Wille, s'y cacher, s'oublier. Mais une résistance demeure : où était-il quand elle avait vraiment besoin de lui ? Pense-t-il que tout sera oublié, simplement parce qu'il lui susurre des mots doux ?

Qu'il l'ait peu ou prou abandonnée dans le ravin lui laisse encore une sensation cuisante dans la poitrine. La peur ne l'a toujours pas quittée – ni la colère.

Et pourquoi a-t-il aussitôt trouvé tant d'excuses à Pontus ? Ça aussi, elle a du mal à le digérer.

Même si Wille se repent sincèrement, il lui faudra se donner plus de mal que ça pour regagner sa confiance. Les jours passés ont été abominables, sans une once de soutien de sa part. Il n'a pris sa défense ni quand Amir l'a traitée comme une moins-que-rien, ni quand ils se sont engagés dans le ravin.

S'il a été capable de se comporter comme un salaud, qu'est-ce qui l'empêcherait de recommencer ?

« Je crois que je vais aller me coucher, soupire Olivia.

– Tu ne préférerais pas passer la nuit ici ? »

Wille tente de la retenir, lui caresse doucement les cheveux, mais Olivia se défait de son étreinte ; elle ne peut se débarrasser de l'idée qu'il y a quelque chose d'autre derrière tout ça.

Que Wille a des intentions cachées.

72

Ce soir, même la musique, qui procure d'ordinaire à Anton tant de réconfort, ne suffit pas à lui remettre du baume au cœur. Assis dans le salon, son saxophone soprano au bord des lèvres, il ne parvient pas à s'abandonner à la mélodie comme il sait pourtant si bien le faire d'habitude.

Obnubilé par l'image de Carl, il enchaîne les fausses notes. Il a essayé de l'appeler plusieurs fois au cours de la soirée, mais il est systématiquement tombé sur la boîte vocale.

Il peut difficilement lui en vouloir s'il est encore blessé.

Anton finit par abandonner et range l'instrument. L'agitation nerveuse qui le secoue l'empêche de trouver le repos : il faut qu'il sorte.

Quittant l'appartement, il se met à marcher sans but. Il fait moins vingt et un degrés, avec un vent à décorner les bœufs ; entre deux bourrasques, son souffle monte en volutes blanches dans le soir glacial.

Sans qu'Anton l'ait vraiment décidé, ses pas le portent en direction de la maison de ses parents. Après un petit quart d'heure de marche, il se retrouve devant le pavillon où il a grandi. Les fenêtres du rez-de-chaussée sont éclairées : ses parents sont sans doute dans le salon en train de regarder le journal télévisé ; c'est ce qu'ils font toujours à cette heure-ci.

Une immense lassitude s'empare de lui.

Pourquoi faut-il que tout soit si compliqué ?

Il a passé une bonne partie de l'après-midi à spéculer sur l'étrange coup de fil de son père – ses insinuations bizarres, ses sous-entendus sur qui était ou non le bienvenu à l'anniversaire de Karro.

Tout cela l'épuise.

Anton gravit les quelques marches menant au porche et ouvre sans frapper la porte d'entrée. Elle n'est pas verrouillée : ses parents ne la ferment que la nuit.

« Il y a quelqu'un ? entend-il appeler Susanne, sa mère, depuis le salon.

– C'est moi », réplique Anton.

Il ôte ses chaussures et sa veste et les rejoint. Son père est assis dans son fauteuil préféré, sa mère dans un coin du canapé d'angle, une tasse de camomille à la main – à cette heure-ci, le thé noir l'empêche de dormir.

« Anton ! s'écrie-t-elle avec étonnement. Quelle surprise ! Je te prépare une boisson chaude ? »

Elle s'apprête à se lever quand il l'arrête d'une main : « Il faut que je vous parle. »

Son père a un œil sur le téléviseur, l'autre sur Anton.

« Tu veux bien attendre un peu ? fait-il. Le journal finit dans un quart d'heure. »

Anton se mord l'intérieur de la joue. Il s'agit de sa vie à lui, il ne veut plus attendre : il ne l'a que trop fait.

« Non, désolé, assène-t-il en se postant devant le téléviseur, ne laissant d'autre choix à ses parents que de lui accorder leur attention.

– Qu'est-ce que tu fabriques ? Je ne vois plus l'écran. »

Son paternel est clairement agacé, mais ça lui est égal : Anton l'est tout autant. Plus encore, ce qui l'anime est une colère saine, juste, une exaspération qu'il a parfaitement le droit de ressentir. Elle lui donne le courage d'exprimer ce qui aurait dû sortir depuis longtemps.

Sa mère lui jette un regard angoissé, comme si elle comprenait qu'il allait y avoir de l'orage – qu'Anton s'apprêtait à affronter son père et que ça ne manquerait pas, une fois de plus, de finir en pugilat.

Mais cette fois, Anton ne compte pas s'écraser, comme il l'a fait trop souvent.

« Tu veux bien éteindre ? lance-t-il à sa mère, assise le plus près de la télécommande.

– Mais à quoi tu joues ? répète son père. Tu ne peux pas simplement débarquer chez nous sans prévenir – et tu n'as pas à décider si on regarde la télé ou non.

– Maman, cingle Anton. Éteins. »

Le regard de Susanne oscille entre son fils et son mari, puis elle attrape la télécommande. L'écran devient noir.

« Mats, dit-elle, on dirait qu'Anton a quelque chose d'important à nous dire. Je pense qu'on peut l'écouter. Tant pis pour le journal. »

Anton prend une grande inspiration.

Il se tient debout, les mains derrière le dos, comme lorsqu'il est en service et doit faire montre d'autorité. Porter son uniforme n'aurait pas été de refus : il lui confère toujours un surplus d'assurance.

« Ton coup de fil de tout à l'heure, lance-t-il à son père. C'était quoi, le message, exactement ?

– Tu as appelé Anton aujourd'hui ? s'étonne sa mère en ouvrant grand les yeux. Tu ne me l'avais pas dit.

– Tu m'as spécifié que l'anniversaire de Karro était réservé à la famille proche, poursuit Anton. Pourquoi était-ce si important de le souligner ? »

Son père a au moins la décence d'avoir l'air embarrassé, comme s'il venait d'être surpris la main dans le sac.

« On ne peut pas non plus être quinze », bredouille-t-il, d'une voix qui tranche radicalement avec son autorité habituelle.

La mère d'Anton commence à s'inquiéter : si elle ne semble pas avoir saisi le sujet exact de la conversation, elle n'a aucun mal à percevoir la tension qui monte entre son fils et son mari.

« Tu sais ce que je pense ? ose Anton. Je pense que ce qui t'embête, ce n'est pas combien on sera, mais *qui* sera là. Tu ne veux pas que je vienne avec la personne que j'aime.

– Anton, tu as une amoureuse que tu veux nous présenter ? »

La joie sans artifice qui transpire dans la voix de sa mère lui brise le cœur. Le poids écrasant de ses attentes...

Pendant des années, elle n'a cessé de le tanner sur sa vie sentimentale : il fallait qu'il se trouve une petite amie. Si seulement il faisait un peu plus d'efforts, il finirait bien par trouver *la bonne*, qui l'attendait forcément quelque part.

Elle ne veut que son bonheur, au fond. Mais ce bonheur, elle ne l'envisage qu'à sa manière à elle : qu'il épouse une fille bien, fonde une famille et lui donne de beaux petits-enfants.

Son père reste silencieux, mais Anton voit bien qu'il est en train de perdre son calme. D'ailleurs, lui aussi fait tous les efforts du monde pour se retenir de hausser la voix.

« Fais bien attention, mon garçon. Tu veux vraiment parler de ça devant ta mère ? »

Anton ne veut que ça, à l'heure qu'il est.

« Bien sûr qu'elle peut t'accompagner, annonce sa mère. Elle est la bienvenue, évidemment ! Il ne manquerait plus que ça. Comment s'appelle-t-elle ? »

Anton aimerait pouvoir expédier ce sujet sans lui faire mal, mais il ne voit pas trente-six solutions. Il lui doit la vérité et se doit d'être honnête envers lui-même.

« *Il* s'appelle Carl, dit-il en ménageant une petite pause entre chaque mot. On s'aime, et ça fait neuf mois qu'on est ensemble. »

La mère d'Anton écarquille les yeux, une main plaquée sur la bouche. On dirait qu'elle vient d'être foudroyée sur place.

« Si Carl n'est pas le bienvenu dans la famille, ce n'est sans doute pas la peine qu'on continue à se voir, vous et moi. »

Son père se lève pour lui faire face de toute sa hauteur. Ils font exactement la même taille – seules les années les séparent. Et leur vision du monde. Est-il seulement en mesure de comprendre que son fils est différent, qu'il ne pourra jamais répondre à leurs attentes ?

« Comment oses-tu venir ici et faire de la peine à ta mère ? éructe-t-il, le visage raidi. Tu vas tout de suite lui présenter tes excuses. »

Son père se permet de mettre ça sur son dos à elle, alors que c'est lui, l'homophobe de la famille.

« Tu n'as donc aucune honte ? » ajoute son paternel d'une voix martiale, comme si Anton n'était qu'un simple troufion venu au rapport.

Sa remarque fait céder chez Anton la digue qui le retenait d'exploser.

« Je me demande bien qui n'a aucune honte ! s'égosille-t-il en retour. Moi, je suis né comme ça. Mais vous m'avez forcé à nier qui je suis vraiment, aux yeux des autres et à mes propres yeux.

– Alors ça, c'est vraiment la meilleure ! Maintenant, c'est notre faute si tu n'es pas normal ! On a tout fait pour te protéger, et c'est comme ça que tu nous remercies ?

– Mats, je t'en prie, interfère sa mère en se levant à son tour. Ne dis pas des choses comme ça. »

Mais son mari ne se laisse pas interrompre.

« Pourquoi tu t'obstines à ne jamais rien faire comme tout le monde ? martèle-t-il. Tu comptes vraiment foutre ta vie en l'air pour cette lubie contre nature ? À ton avis, qu'est-ce que tes supérieurs vont penser de ça ? Et tes collègues ? Tu seras la risée de la brigade si jamais ça s'apprend !

– Au moins, ce sera ma décision, pas la tienne. »

Anton enfonce les poings dans ses poches, s'efforçant de rester maître de lui. Un peu plus, et il risquerait d'en venir aux mains.

Sans le vouloir, son père a mis des mots sur ses propres peurs – toutes ces choses qui l'ont lui-même dissuadé, pendant ces longues années, de sortir du placard, de parler de son orientation à sa famille et à ses collègues. Sa mère est au bord des larmes.

« Arrêtez, par pitié, supplie-t-elle en se tordant les mains. Je ne supporte pas de vous voir comme ça… »

Son père ne cède pas d'un pouce. Il y a dans son regard quelque chose qui ressemble à du dégoût.

Anton en a le souffle coupé. Quel imbécile il fait d'avoir cru pouvoir les raisonner. Que ses parents réagiraient de manière compréhensive, aimante, quand il finirait par leur annoncer sa vérité.

Son père ne comprendra jamais – parce qu'il en est incapable.

Et parce qu'il ne le veut pas.

« Toi et moi, c'est terminé, tranche Anton. Nous n'avons plus rien à nous dire. »

Il sort dans le hall, attrape sa veste et disparaît, sans que ses parents prononcent un seul mot pour l'arrêter.

73

Olivia s'accroupit près d'Emil, étendu de tout son long sur le canapé. Ne sachant s'il est endormi, elle lui pose une main bienveillante sur l'épaule.

Emil ouvre les yeux ; il semble si confus qu'elle se demande d'abord s'il la reconnaît. Puis son regard s'éclaire.

« Salut, murmure-t-il. On dirait que je me suis assoupi.

– Comment tu te sens ? » demande Olivia à voix basse.

Ils sont pourtant seuls dans le salon. Amir est monté dans sa chambre, et Wille est en train de se brosser les dents dans la salle de bains ; on l'entend distinctement à travers le mur.

Elle se demande un instant s'il lui en veut d'avoir refusé de passer la nuit avec lui, mais décide qu'elle n'a pas le courage d'y penser. Elle en a eu assez pour aujourd'hui.

« Mieux, répond Emil. Mais je suis vraiment à plat. »

Les mots sortent avec peine, rauques. Il est encore terriblement pâle, et bien qu'il prétende le contraire, il n'a absolument pas l'air d'aller bien.

« Tu ne devrais pas descendre te mettre au lit, plutôt ? suggère Olivia.

– Si, probablement. »

Emil ferme à nouveau les yeux, sans le moindre mouvement pour se lever.

« Je vais me coucher, moi, l'avise-t-elle. On se voit demain. »

Puis elle hésite. Ce qu'a fait Pontus continue de la travailler. Et s'il se réveillait pendant la nuit, aussi furieux que tout à l'heure, et qu'il sautait une nouvelle fois à la gorge d'un Emil endormi et sans défense ?

Le pire pourrait arriver.

Emil est peut-être prêt à minimiser ce qu'a fait Pontus, mais pas elle. Si Olivia avait eu son mot à dire, ils auraient appelé la police et porté plainte contre lui.

Pontus devrait être au poste à l'heure qu'il est.

« Tu ne veux pas venir avec moi dans le chalet ? propose-t-elle. Tu pourrais dormir dans l'autre chambre. »

La chambre de Fanny, pense-t-elle, prise d'une vague de tristesse à deux doigts de la submerger.

Emil hoche doucement la tête.

« Ça ne t'embêterait pas ?

– Au contraire, ça me ferait du bien d'avoir de la compagnie », dit-elle.

Elle réalise en prononçant ces mots à quel point c'est vrai. Elle non plus n'a pas envie de rester seule après cette horrible journée : elle a autant à gagner qu'Emil à ce qu'ils restent ensemble.

Alors qu'ils se chaussent dans l'entrée, Wille sort de la salle de bains, brosse à dents à la main.

« Tu vas où ? demande-t-il à Emil.

– Il va dormir dans le chalet, cette nuit », tranche Olivia.

Wille devra se contenter de ça ; elle ne compte pas s'étendre en explications. Mais elle voit bien à sa mine que cette décision le pique au vif. Et en passant la porte avec Emil à sa suite, elle sent le regard contrarié de Wille lui brûler la nuque.

Il n'a pas l'habitude qu'on lui résiste.

MARDI

74

Il est presque deux heures du matin quand Daniel est tiré du sommeil par les pleurs d'Alice.

Ça n'a rien d'inhabituel qu'elle se réveille la nuit ; ça lui arrive depuis qu'elle est toute petite. En revanche, Daniel regrette aussitôt les derniers verres de whisky qu'il s'est servis avant d'aller au lit. En règle générale, il évite de boire quand Alice est chez lui. Là, il peine à distinguer s'il a déjà la gueule de bois ou si l'ivresse ne s'est pas encore tout à fait dissipée.

Le corps lourd, amorphe, il se traîne jusqu'à la chambre d'enfant pour sortir la petite de son lit. Il a honte. Plus jamais il ne refera cette erreur.

Daniel se rend dans la cuisine réchauffer un biberon pour Alice, qui sanglote contre sa poitrine. Il fixe d'un regard atone le compte à rebours du micro-ondes puis, quand la sonnerie retentit, présente à sa fille sa pitance. Alice tend ses petits bras vers le biberon comme un noyé vers une bouée de sauvetage.

Daniel la porte jusque dans sa chambre et la dépose près de lui, dans le grand lit double qu'il a gardé après le départ d'Ida. C'était le plus pratique, même s'il se trouve envahi par le souvenir de l'échec de sa relation chaque fois qu'il va se coucher sur ce qui était, à l'époque, « son » côté du matelas.

Tandis qu'Alice boit goulûment, yeux fermés, Daniel écoute le petit bruit régulier de la bouteille qui se vide peu à peu en respirant le parfum de sa peau chaude.

Elle est tout pour lui. Daniel doit néanmoins reconnaître qu'en ce moment, la vie lui apparaît souvent morne, pauvre, sans joie. Son quotidien lui pèse depuis que la séparation a été actée, au point qu'il se demande parfois s'il digérera un jour la manière dont les choses se sont terminées entre Ida et lui.

Cela fait maintenant plus d'un an qu'il a entamé une thérapie avec cette psychologue basée à Järpen, qui l'a aidé à surmonter son chaos émotionnel, hérité de vieilles blessures d'enfance. Il était déterminé à rompre avec les schémas du passé, à ne pas répéter les mêmes erreurs. Mais malgré ce travail sur lui-même, il n'a pas su garder Ida.

Quant à Hanna, elle fréquente un millionnaire, avec lequel il serait incapable de rivaliser.

Il ne peut pas la blâmer pour ça, bien entendu : c'est lui qui a laissé le temps filer dans l'indécision la plus totale. Dans sa naïveté, il imaginait qu'Hanna resterait là, à l'attendre, pendant qu'il démêlerait les nœuds de sa propre vie privée.

Maintenant, c'est trop tard.

Daniel se tourne sur le dos et fixe le plafond.

D'une manière ou d'une autre, il doit parvenir à bosser avec Hanna sans dévoiler ce qu'il ressent vraiment. Se comporter comme un simple collègue et dissimuler au mieux ses plus vives aspirations.

C'est lui, et lui seul, qui s'est mis dans ce pétrin.

75

Olivia se tourne et se retourne dans son lit tant elle a chaud.

Dans son cauchemar, la pièce est remplie de fumée. Ça lui pique le nez, elle peine à respirer. Elle sait qu'il lui faut quitter la maison au plus vite, mais impossible de bouger : ses bras sont comme paralysés, ses jambes ne répondent plus.

Le poids de la couette l'immobilise contre le matelas, et des visages aux contours effrayants flottent en tous sens sur sa rétine.

Olivia voit Fanny, le corps gelé, figé dans la neige. Les grands yeux suppliants de son amie la transpercent, lui demandant pourquoi il a fallu qu'elle trouve la mort en cette nuit de janvier.

Pourquoi personne n'est venu à son secours.

Aide-moi, murmure Fanny avant de s'éteindre.

L'instant d'après, c'est Wille qui se penche sur Olivia. *Tu aurais dû faire ce que je t'ai demandé et venir dormir dans ma chambre*, lui souffle-t-il à l'oreille. *Tu vas regretter d'avoir choisi Emil plutôt que moi.*

Elle distingue le visage dédaigneux d'Amir, debout près du lit. Il ricane. *Tu ne sauras jamais ce qui s'est vraiment passé*, dit son regard glacial. *Tu es trop bête pour comprendre.*

Olivia transpire, elle pleure. *Allez-vous-en*, aimerait-elle hurler, sans parvenir à émettre le moindre son.

Les visages s'estompent à mesure que les flammes grandissent autour d'Olivia, venant lécher le pied de son lit. Les rideaux de la fenêtre s'embrasent.

C'est alors que le visage forcené de Pontus lui apparaît.

Olivia le voit se jeter sur Emil, sans qu'elle puisse l'en empêcher. D'énormes langues de feu viennent enserrer le cou d'Emil ; son visage s'embrase, et une odeur de chair brûlée envahit la pièce.

Elle a l'impression que Pontus s'apprête à l'étrangler, elle aussi.

Sa gorge est comprimée, elle peine à respirer. L'air chaud dessèche la peau de ses lèvres, qui se craquelle et se fend.

Le feu est de plus en plus proche, la chaleur devient insupportable. Olivia se sent étouffer, ses oreilles se mettent à siffler.

Elle sait qu'elle est en plein rêve, mais ne parvient pas à y mettre fin.

Et puis elle ouvre les yeux.

Est-elle vraiment réveillée ? Son cauchemar est-il terminé ?

Tout est flou, presque immatériel, dans cette obscurité dense et épaisse. Soudain, Olivia s'aperçoit que son nez lui pique ; l'odeur de brûlé est bien réelle. Une sonnerie stridente s'élève depuis l'entrée, et des craquements inquiétants se font entendre dans le petit salon, juste à côté.

En allumant sa lampe de chevet, Olivia se rend compte que la chambre entière est remplie de fumée. Des traînées gris-blanc planent au-dessus de sa tête ; elle distingue à peine le plafond.

L'alarme incendie lui hurle dans les tympans.

Il faut qu'elle se sorte d'ici. Ou elle périra, elle aussi.

76

Dans la panique, Olivia se jette hors du lit et court jusqu'à la chambre d'Emil. Il dort profondément, malgré les hurlements de l'alarme incendie ; elle doit le secouer de toutes ses forces pour le sortir de sa torpeur.

La fumée lui brûle les yeux.

« Réveille-toi ! s'égosille-t-elle. Il y a le feu ! »

Emil la fixe d'un air hébété, puis, pris d'une quinte de toux, réalise la gravité de la situation.

« Qu'est-ce qui se passe ?

– J'en sais rien. Mais il faut qu'on sorte de là. Tout de suite ! »

Par la large fenêtre du salon, elle aperçoit, au-dehors, les flammes qui lèchent l'un des coins du bâtiment. C'est alors qu'elle se souvient que la maison est entièrement en bois.

Le feu peut se propager en un clin d'œil. Une seconde de trop et ils seront perdus…

Vite, vite, vite ! hurle la voix dans sa tête.

« Il y a un extincteur ? » crie Emil.

Olivia n'en a aucune idée. Elle n'a pas eu le temps d'y réfléchir. Si oui, où pourrait-il être rangé ?

Dans un geste désespéré, elle ouvre grand l'armoire de l'entrée et cherche quelque chose, n'importe quoi qui pourrait éteindre l'incendie.

Là !

Tout au fond est posé un petit extincteur rouge vif.

« Je l'ai ! »

Elle soulève la lourde bombonne, enfonce ses pieds dans ses après-skis et se précipite dehors, dans le froid.

Au loin, un hurlement de sirènes qui se rapprochent. Un voisin a dû appeler les pompiers.

Les secours sont en route. Seront-ils là à temps ?

Les flammes sont colossales, terrifiantes. Tout se teinte de reflets orangés et violacés. Tout s'embrase.

Dans un nuage de poudre mousseuse, Olivia asperge de toutes ses forces les braises dévorantes.

Puis elle vacille et manque presque de lâcher l'extincteur quand une nouvelle pensée la frappe : cet incendie n'a pas pu se déclencher tout seul.

Quelqu'un a forcément dû l'allumer. Quelqu'un a voulu qu'Emil et elle meurent à leur tour.

77

Réveillée en sursaut par la sonnerie de son portable, Hanna est tellement groggy qu'elle doit forcer ses yeux à s'ouvrir pour chercher à tâtons le téléphone sur la table de nuit. Elle a l'impression de n'avoir dormi que quinze minutes – pourtant, il est presque quatre heures du matin.

Le nom de Daniel sur l'écran la sort de sa torpeur.

« Qu'est-ce qui s'est passé ? » marmonne-t-elle dans l'appareil d'une voix à demi étouffée.

Il n'appellerait jamais à cette heure-ci s'il n'y avait pas quelque chose de grave.

« Il y a un gros incendie à Sadeln. Au 7, rue Nedre Svedjevägen.

– Tu es sérieux ? »

Hanna déglutit. Impossible qu'il s'agisse d'une coïncidence.

« On vient tout juste de nous donner l'alerte, poursuit Daniel. Les pompiers devraient déjà être sur place, et une patrouille est en route.

– Il y a des blessés ?

– On n'a pas d'informations là-dessus. »

Hanna retient son souffle. Pourvu que ce drame n'ait pas fait de nouvelles victimes…

Il y a un silence au bout du fil, comme si Daniel hésitait à poursuivre.

« Tu penses pouvoir y aller de ton côté ? finit-il par lâcher. Je suis seul avec Alice. »

Hanna écarte de son visage une mèche rebelle. Elle comprend bien le sentiment d'impuissance que doit éprouver Daniel, combien ça doit lui coûter de devoir se reposer sur elle.

« Aucun souci, ne t'inquiète pas ! Je m'en occupe. »

Portable toujours collé à l'oreille, elle attrape son jean et son pull de la veille, jetés au pied du lit.

« Tu penses qu'Anton pourrait m'accompagner à ta place ?

– Je lui téléphone pour voir s'il peut te rejoindre là-bas », répond Daniel.

Il y a une nouvelle pause, un peu gênée ; Hanna l'entend respirer dans le combiné.

« Appelle-moi quand tu auras fini, quelle que soit l'heure », conclut-il.

Hanna est déjà presque habillée. Enfilant sa doudoune d'un seul geste, elle saute dans ses chaussures et se précipite vers la porte d'entrée.

À peine a-t-elle posé le pied dehors qu'une bourrasque la pousse violemment. Le vent siffle autour de sa maison, les jeunes bouleaux ploient vers le sol. Avec cette tempête, le risque est d'autant plus grand de voir l'incendie se propager et devenir incontrôlable.

Hanna court jusqu'à sa voiture et fonce en direction de Sadeln, priant pour que les pompiers aient pu intervenir à temps : d'autres maisons pourraient être en grand danger – et surtout, d'autres vies.

78

Les langues de feu qui s'élèvent depuis le bâtiment voisin jettent une lueur fantomatique dans la cuisine d'Åke Carlsson.

Debout à la fenêtre, il observe les pompiers s'acharnant contre les flammes, lances à incendie brandies. Il y a de grandes gerbes d'eau, des silhouettes courent en tous sens ; des cris épars résonnent dans l'obscurité. Impossible de distinguer les mots, mais l'affolement général ne trompe pas.

Quel soulagement que le vent ne souffle pas en direction de leur terrain ! se dit Åke. Avec d'aussi fortes rafales, leur maison aurait elle aussi pu être dévorée par les flammes.

Pour l'instant, pas de risque. L'incendie est trop loin pour se propager jusque chez eux, d'autant que la dépendance en feu est bien plus proche du terrain de l'autre voisin.

En revanche, Åke ne verrait aucun inconvénient à ce que les étincelles pleuvent sur l'horrible bâtiment principal des Löwengren – avec un peu de chance, il n'aura plus jamais à porter son regard sur cette excroissance, qui disparaîtra pour de bon de la surface de la Terre.

« Qu'est-ce que tu regardes ? »

La voix somnolente de Karin coupe court à ses considérations. Tout droit sortie de sa chambre, elle le rejoint en nouant la ceinture de son peignoir et découvre alors la scène qui se joue sous leurs fenêtres.

« Oh, mon Dieu, il y a le feu chez les Löwengren ! »

Bouche bée, elle contemple, comme hypnotisée, le brasier furieux qui projette des ombres grotesques sur la neige.

« Mais qu'est-ce qui s'est passé ?

– Je ne sais pas, répond Åke. C'est les sirènes qui m'ont réveillé. Je me suis levé pour voir. C'était le branle-bas de combat dehors. »

Karin n'a pas besoin de savoir qu'en réalité, il était déjà debout.

Elle s'approche de la fenêtre et regarde le chalet de jardin assiégé par les flammes, autour duquel les secours s'activent pour maîtriser l'incendie.

« Et si ça se propage ? murmure-t-elle, le visage blafard, les yeux écarquillés par l'angoisse. Le feu pourrait venir jusque chez nous ! Heureusement que Peter et les enfants viennent de partir…

– Tu n'as pas à t'inquiéter, la rassure Åke. Il n'y a pas de danger, le vent souffle dans l'autre sens. »

Il passe un bras autour des épaules de son épouse et la serre contre lui.

« Ce sera bientôt fini, ne t'en fais pas. »

Karin fixe toujours le brasier, comme si elle doutait de la réalité de la scène.

« Doux Jésus, c'est en train de tout détruire ! »

Dans la fournaise, de hautes langues de feu lèchent les murs de la petite maison. Le ciel enfumé, illuminé par le brasier et le halo des gyrophares, prend une angoissante teinte bleu violacé. Le rugissement des flammes et les cris déchirent le calme de la nuit.

« Pourvu qu'il n'y ait eu personne à l'intérieur, souffle Karin dans un frisson. Un mort de plus, ce serait une catastrophe. »

79

Les secours sont encore à pied d'œuvre quand Hanna s'engouffre dans la rue Nedre Svedjevägen. Un camion de pompiers est garé devant la villa, et de longs tuyaux ondulent comme des serpents le long du terrain en pente.

En sortant de la voiture, elle constate que la situation est moins dramatique qu'elle ne le redoutait : le bâtiment principal semble intact ; l'incendie est circonscrit au chalet de jardin.

Coupant à travers la lourde couche de neige, elle se fraye un chemin jusqu'aux pompiers, auxquels elle tend sa carte de police – avant tout par habitude, puisqu'elle connaît déjà une bonne partie d'entre eux.

« Comment ça se présente ? » lance-t-elle au chef de brigade, prénommé Micke.

Il lève son gant de protection en guise de salut.

« On a assez vite réussi à maîtriser l'incendie, explique-t-il. Mes hommes sont en train de noyer les dernières braises. »

D'une main, il désigne la maisonnette noire de suie et de fumée. La partie inférieure des murs en bois est calcinée, l'une des fenêtres s'est fissurée sous l'effet de la chaleur. Le froid extérieur est si intense que l'eau aspergée sur les cloisons encore intactes s'est changée en glace.

L'air ambiant est lourd de fumée.

« Un peu plus, et on n'aurait pas pu sauver le bâtiment, souligne Micke. Et avec ce vent, ça aurait pu très mal tourner

– si le feu avait eu le temps de se propager, j'entends. Les maisons sont construites à touche-touche dans ce quartier, et toutes en bois sec. Vous imaginez les dégâts ? »

Hanna n'a aucun mal à se les figurer – l'idée même lui arrache un frisson.

« Il y avait quelqu'un à l'intérieur quand l'incendie s'est déclaré ? demande-t-elle en trépignant sur place pour réchauffer ses orteils, gelés malgré ses grosses chaussettes en laine.

– Une jeune fille et un jeune homme, qui dormaient là. Heureusement, la petite s'est réveillée au bon moment. Elle a fait preuve de beaucoup de sang-froid : elle a tiré son ami du lit et a dégoté un extincteur. Son intervention nous a permis de gagner de précieuses minutes. »

Il ne peut s'agir que d'Olivia, se dit Hanna, impressionnée par son courage. Tout le monde n'est pas capable de garder la tête froide dans une telle situation : se réveiller en sursaut dans une maison en feu aurait de quoi paralyser les plus téméraires.

Sans compter qu'Olivia est encore sous le choc de la perte de sa meilleure amie.

« Vraiment, on a eu du pot, répète Micke. À quelques dizaines de minutes près, ou sans l'intervention de la gamine, le feu aurait gagné la grande maison. Et là... »

Une rafale passe en mugissant. Les arbres se plient contre la pente, des flocons montent du sol enneigé dans un tourbillon. Hanna détourne instinctivement le visage pour éviter la griffe glacée du vent.

En effet, ils n'étaient qu'à une étincelle du désastre.

« Personne n'a été blessé ? demande-t-elle.

– Rien de grave, à mon avis. Les deux jeunes s'en sont tirés à temps. On les a mis en sécurité dans la maison principale. »

Il désigne le bâtiment dans son dos, dont toutes les fenêtres sont éclairées. C'est d'ailleurs le cas de la plupart des villas du voisinage – avec l'agitation, tous les habitants du quartier doivent être debout.

Se réveiller pour découvrir la maison de son voisin en feu : quelle vision d'horreur !

« Un ambulancier est en train de les examiner, au cas où ils auraient inhalé de la fumée.

– Si ce n'est que ça, ils ont eu une chance folle.

– En effet. On a évité un drame. »

Hanna se dirige vers le chalet. Les braises sont éteintes, mais les dégâts sont bien visibles ; elle sent la chaleur qui en émane encore. Ses poumons lui piquent à chaque inspiration.

Il est cinq heures du matin. L'incendie a dû se déclarer il y a une heure environ.

À y regarder de plus près, c'est surtout la façade qui semble endommagée. Selon toute vraisemblance, le feu a dû prendre à l'extérieur, et non résulter d'une bougie renversée sur une table ou de toute autre négligence de cet ordre.

Qu'a-t-il bien pu se passer ?

« Vous avez une idée de l'origine de l'incendie ? »

Micke affiche un air soucieux : « Il est encore un peu tôt pour se prononcer avec certitude, mais sachant qu'on n'a identifié aucune cause évidente et vu la rapidité avec laquelle le feu a pris...

– Ça pourrait être un incendie volontaire ?

– Beaucoup d'éléments semblent l'indiquer. »

Un homme coiffé d'un gros bonnet sombre s'avance depuis la rue, interrompant leur conversation. Hanna le reconnaît : c'est Staffan Berg, le gardien que Daniel et elle ont interrogé au restaurant.

Il a boutonné sa veste de travers, comme s'il s'était habillé à la hâte.

« Qu'est-ce qui s'est passé ? s'écrie-t-il dès qu'il aperçoit Hanna et le chef de brigade. Il y a des blessés ? »

Hanna secoue la tête.

« Ils sont sortis à temps, le rassure Micke.

– Dieu merci », soupire Staffan Berg.

L'air hébété, il fixe le chalet à moitié calciné, d'où s'élève encore une copieuse fumée grise montant lentement vers le ciel bouché.

La neige alentour est noire, tachée de suie.

« Quelle calamité... », soupire-t-il.

Hanna jette un nouveau coup d'œil à sa montre : comment Berg est-il arrivé aussi vite sur les lieux ? L'alerte vient à peine de leur être donnée !

« Comment avez-vous su pour l'incendie ? » fait-elle d'un ton méfiant.

Staffan Berg semble déconcerté par la question, avant de lui montrer l'écran de son portable.

« J'ai une application qui m'envoie un message d'alerte au moindre souci. Ça m'a réveillé, je suis venu aussitôt.

– Je vois », opine Hanna.

Elle s'écarte d'un pas du bâtiment fumant, puis étudie attentivement l'homme qui lui fait face : il a l'air honnête – et d'ailleurs, quel intérêt aurait-il à mentir sur ce point ?

Mais c'est tout de même suspect que ce type soit toujours dans les parages dès qu'il se passe quelque chose.

Qu'il ait cette application qui lui permet de tout contrôler.

Et qu'il ait accès à tout.

80

Au moment même où Anton gare sa Toyota dans la rue Nedre Svedjevägen, il voit arriver Hanna au bas du terrain, foulant la neige d'un pas décidé. Le gros des équipes de secours semble s'être posté dans le jardin, derrière la maison.

Il n'a réussi à dormir que quelques heures ; la montée d'adrénaline après l'épisode désastreux chez ses parents, combinée au manque de sommeil, le fait trembler sur ses jambes.

Le chagrin et la déception continuent de le marteler sans répit ; il a le souffle court. Mais il n'y a plus de place pour tout ça désormais : ses soucis personnels, il doit les mettre en sourdine pour le moment. Prouver qu'il mérite parfaitement son nouveau poste, qu'il est un atout pour l'unité, apte à remplacer Daniel au pied levé.

Il rejoint Hanna devant la porte d'entrée, dans le halo jaunâtre éclairant la façade.

« Contente que tu aies pu venir aussi vite, lance-t-elle. Je viens de parler au chef de brigade. »

Elle lui récapitule en quelques mots la situation : comment Olivia et Emil se sont échappés sains et saufs du chalet en flammes ; les suspicions de départ de feu intentionnel ; le passage éclair de Staffan Berg, qui leur a posé des questions sur l'incendie avant de repartir.

« On devrait peut-être s'intéresser un peu plus à lui, non ? » suggère Anton.

La présence de ce type ne lui dit rien qui vaille.

Hanna tire sur son bonnet pour se couvrir les oreilles. Son souffle s'échappe en panaches de fumée blanche tandis qu'elle réfléchit.

« Tout à fait d'accord avec toi. Ce Berg, on le croise un peu trop souvent... »

L'un des pompiers passe à grands pas devant eux, traînant un long tuyau dans son sillage.

« Donc, selon le chef de brigade, on aurait potentiellement affaire à un incendie criminel ? reprend Anton. En un mot, une possible tentative d'assassinat. »

D'abord, la jeune femme retrouvée morte il y a deux jours, et puis ça ! Alors même que les résultats complets de l'autopsie ne sont toujours pas arrivés.

Dans l'esprit d'Anton, tous les voyants passent au rouge.

« Oui, ça ne sent vraiment pas bon, fait Hanna, traçant du pied des cercles dans la neige. Mais j'aimerais comprendre à quoi on a affaire au juste ; avoir une vision d'ensemble, un motif ! On aurait peut-être pu empêcher ce drame...

– À moins d'avoir une boule de cristal, on aurait difficilement pu prédire que la maison allait prendre feu », objecte Anton.

Hanna secoue la tête.

« Je sais bien, mais je déteste cette sensation d'avoir loupé quelque chose, de n'avoir aucun contrôle sur la situation. Imagine si quelqu'un d'autre était mort parce qu'on avait mal fait notre boulot ? »

Elle saisit la poignée de la porte d'entrée : « Bon, on va en parler aux jeunes, histoire de voir ce qu'ils ont à raconter sur les événements de la nuit ?

– Tu penses que l'un d'eux a déclenché l'incendie ? »

Une expression peinée se dessine sur la bouche d'Hanna.

« J'ai l'impression qu'ils sont tous plus ou moins suspects. »

Sans oublier Staffan Berg, se dit Anton.

81

En entrant dans le salon, Hanna découvre Emil et Olivia pelotonnés l'un contre l'autre sur l'un des canapés. De loin, elle voit la jeune femme trembler de tous ses membres malgré l'épais plaid dont elle s'est enveloppée. Son visage est livide, presque transparent.

Le chef de brigade avait loué son intervention pleine de sang-froid ; elle semble désormais terrassée par le choc.

Wille et Amir, en tee-shirt et jogging, sont assis en face, sur l'autre sofa. Les traits tirés, les yeux vides, ils semblent presque aussi sonnés par les événements de la nuit que leurs camarades.

Un ambulancier, à genoux, finit de ranger son matériel. En apercevant les deux policiers, il se lève pour les prendre à part.

« Comment vont-ils ? l'interroge Hanna à voix basse.

– Rien de trop préoccupant, répond l'ambulancier. Ils ont respiré un peu de fumée, mais il n'y a pas d'intoxication : on ne va pas les envoyer à l'hôpital d'Östersund pour ça. En revanche, ils sont en état de choc ; ça se comprend. »

Il esquisse un geste discret en direction d'Emil : « Par ailleurs, il semblerait que le jeune homme se soit battu avec un de ses camarades dans la soirée. Il est bien amoché, mais n'a pas été très bavard. Vous devriez sans doute suivre ça d'un peu plus près. »

Hanna le remercie pour l'information avant de rejoindre, avec Anton, le groupe de jeunes. Emil et Olivia sont encore en pyjama – dans l'urgence, ils n'ont évidemment pas eu le temps de s'habiller.

En s'approchant d'Emil, Hanna distingue de larges marques rouges sur son cou, qui commencent à virer au bleu. Des traces de strangulation, à n'en pas douter : elle en a déjà vu plus d'une fois, du temps où elle travaillait à l'unité contre les violences intrafamiliales à Stockholm. Presque systématiquement, les victimes étaient des femmes, agressées par leur mari ou leur petit ami.

Mais les hommes s'en prennent aussi à d'autres hommes.

L'ambulancier n'a pas menti : Emil est bien amoché.

« Je sais que vous devez être vidés, tous les deux, dit-elle à Olivia et à Emil. Mais accepteriez-vous de nous parler quelques minutes ? »

Olivia hoche la tête sans un mot.

« D'accord, lâche Emil d'une voix rauque.

– Qu'est-il arrivé à votre cou ? demande Anton. On ne vous a pas loupé !

– C'est pas grand-chose, balaie Emil.

– Qui vous a fait ça ? »

Alors qu'Emil hésite à répondre, Olivia prend la parole : « C'est Pontus. Il s'est jeté sur lui, hier soir. Il a commencé par le frapper, puis il a essayé de l'étrangler. C'était horrible ! Il était fou furieux, tout ça parce que Emil vous a avertis au sujet de son historique de recherche. »

Ça inquiétait Emil, se souvient Hanna. Mais jamais elle n'aurait pu imaginer que Pontus en viendrait à l'agresser pour ça.

Emil ne dit toujours pas un mot, mais l'emportement d'Olivia semble faire réagir Wille. Le garçon ouvre la bouche, comme s'il allait ajouter quelque chose, avant de se raviser et de se rasseoir au fond du canapé.

Il reste silencieux, posant sur Olivia un regard résigné.

Emil semble tout aussi mal à l'aise. Il change de position sur le canapé, remonte le plaid à carreaux sur ses épaules.

Hanna le dévisage avec attention.

« Vous confirmez ? demande-t-elle. Pontus vous a agressé physiquement ? »

Après quelques secondes, Emil finit par répondre par l'affirmative d'un geste de la tête.

« Est-ce qu'il vous a étranglé ? poursuit Hanna.

– Mais oui, sous nos yeux ! la coupe Olivia. Si Wille et Amir n'étaient pas intervenus, il aurait pu le tuer ! »

Sa voix se brise ; elle essuie ses larmes d'une main rageuse avant de reprendre, les yeux rougis : « Et puis le chalet s'est mis à brûler pendant qu'on dormait. Ce feu n'a pas pu se déclencher tout seul : c'est évident que c'est Pontus qui l'a allumé. Qui d'autre ça aurait pu être ? »

Voilà une accusation sérieuse que vient de lancer Olivia. Mais qui, vu les circonstances, n'a pas l'air dépourvue de fondement.

Les yeux d'Hanna se posent à nouveau sur les marques autour du cou d'Emil.

« Vous savez où est Pontus ? » demande-t-elle, laissant errer son regard sur les jeunes, rompus de fatigue.

Ils se regardent les uns les autres, muets, comme si chacun attendait qu'un de ses camarades réponde à la question.

« Aucune idée, admet Olivia.

– Il doit dormir », dit Wille.

Hanna en doute : qui aurait un sommeil assez profond pour ne pas réagir à l'alarme incendie, à la sirène des pompiers et aux manœuvres en cours depuis une bonne heure pour éteindre le feu ?

Tout Sadeln doit être réveillé à l'heure qu'il est.

« Hier soir, il était tellement bourré qu'Amir et moi, on a dû l'aider à se mettre au lit, explique Wille. Il ne pouvait même plus marcher tout seul. »

Il se tourne vers son voisin : « Hein, Amir ? Dis-leur, toi aussi ! »

Amir commence à somnoler. Il ne réagit pas à la question de Wille, qui doit lui décocher un coup de coude pour le sortir de sa torpeur.

« Hier soir, Pontus était complètement déchiré, non ? répète Wille. Toi et moi, on a dû le traîner jusqu'à sa chambre.

– Oui, oui, il était dans un sale état, bredouille Amir, la tête lourde.

– Et néanmoins assez alerte pour s'en prendre physiquement à l'un d'entre vous », observe Anton.

Wille fronce les sourcils.

« Loin de moi l'intention de défendre ce qu'a fait Pontus, se défausse-t-il. Mais vu ce qu'il avait bu, je me demande s'il s'est vraiment rendu compte de ce qu'il faisait. »

Il lance à Emil un regard navré.

« Et il l'a regretté aussitôt. Il s'est mis à pleurer et s'est confondu en excuses pendant qu'on l'aidait à descendre l'escalier. »

Comme si cela pouvait atténuer la gravité des faits. Hanna sent son pouls s'accélérer. Cette affaire va de mal en pis : une mort suspecte, un probable incendie criminel et des faits de strangulation par-dessus le marché – tout cela en l'espace de deux jours.

« Ce qu'il vous a fait, ça s'appelle des violences aggravées, dit Anton à Emil. Pourquoi essayez-vous de protéger votre camarade ? Il aurait pu vous tuer ! »

Un silence embarrassé s'installe.

« Vous auriez vraiment dû nous contacter hier soir quand c'est arrivé », martèle Hanna pour souligner la gravité de la situation.

Anton se dirige vers l'escalier menant au sous-sol.

« Il est temps de sortir Pontus des bras de Morphée, lance-t-il par-dessus son épaule. On va devoir l'emmener au poste. »

82

En voyant Anton remonter les dernières marches de l'escalier, Hanna comprend aussitôt que quelque chose ne tourne pas rond. Gagnant l'entrée, il lui fait signe de le rejoindre pour rester hors de portée de voix du groupe de jeunes.

Anton se place si près du mur qu'il disparaît derrière les épaisses vestes de ski accrochées au portemanteau.

« Il n'y a personne en bas, l'informe-t-il à voix basse.

– Pontus a disparu ?

– On dirait bien, murmure-t-il plus doucement encore. J'ai visité toutes les pièces, aucune trace du gamin. Il n'est pas dans la maison.

– Ses camarades ne l'ont pas vu depuis qu'ils l'ont mis au lit hier soir. Il a dû filer pendant qu'ils dormaient.

– Ou il a emprunté l'entrée du local à skis quand les autres étaient à l'étage, dit Anton. »

C'est juste : la maison dispose d'un accès séparé au rez-de-jardin, pour éviter aux skieurs d'encombrer de matériel l'entrée principale.

« Il y a aussi la porte-fenêtre qui donne sur l'espace de détente, ajoute Anton. Pontus a aussi bien pu sortir par là. »

Il croise les bras sur sa poitrine : « Ça ne me plaît pas du tout. »

Hanna préfère se garder de tirer des conclusions hâtives : Pontus n'est pas nécessairement l'incendiaire. Pour autant, quand on n'a rien à cacher, on ne disparaît pas ainsi au milieu de la nuit. À plus forte raison quand la tempête fait rage dehors.

« Envoyons tout de suite une patrouille, dit-elle. Et on lance un avis de recherche. »

Anton semble avoir autre chose à dire.

« À quoi tu penses ? demande Hanna.

– J'essaie de me mettre à la place de Pontus. Vu la gravité de son agression envers Emil, il sait qu'il risque d'avoir de gros ennuis. Si, en plus de ça, il a mis le feu au chalet, c'est sans doute qu'il s'imagine ne plus rien avoir à perdre. »

Hanna sent ce qu'Anton s'apprête à dire. L'idée lui a aussi traversé l'esprit.

« Tu crois qu'il pourrait être suicidaire ?

– On ne peut pas l'exclure.

– Dans ce cas, chaque minute compte. »

83

Si le café pouvait se prendre par intraveineuse, Hanna payerait cher pour tenter l'expérience. C'est le corps consumé de fatigue qu'elle retourne au poste de police sur le coup de sept heures et demie du matin. Cela fait un peu plus de trois heures qu'elle a été réveillée en sursaut par l'appel de Daniel. Un avis de recherche a été lancé pour Pontus Englund ; son signalement a été transmis à toutes les compagnies de taxi locales. Les trains du jour en partance d'Åre vont être passés au crible, de même que les bus pour l'aéroport de Frösön.

Leur visioconférence avec Östersund ne va pas tarder à commencer. Hanna a déjà échangé brièvement avec Grip depuis la voiture pour l'informer des suites de l'incendie.

Quand elle débarque avec Anton dans la salle de réunion, Daniel et Raffe semblent comprendre au premier coup d'œil son état d'épuisement. Anton a lui aussi l'air complètement à plat d'être sur le pont depuis le petit matin.

Raffe est le seul qui paraisse bien reposé. Sa queue-de-cheval noire est impeccablement lustrée ; il a l'œil vif et alerte.

Hanna aimerait pouvoir lui piquer un peu de son énergie.

« J'ai cru comprendre que le début de journée a été rude, dit Daniel, la voix pétrie de culpabilité. Je suis vraiment désolé de ne pas avoir pu être sur place dès qu'on a reçu l'alerte.

– Ne t'en fais pas, le rassure Hanna, s'efforçant de dissimuler son éreintement. Ça a été avec Alice ? »

Devant cette question, Daniel affiche un air encore plus coupable.

« Oui, très bien. Je viens de la déposer à la crèche, elle est entre de bonnes mains. »

Comme pour changer de sujet, il s'empare du clavier pour lancer la réunion avec les collègues d'Östersund.

« Servez-vous », dit Raffe en lui présentant une assiette de biscuits au chocolat – sans aucun doute confectionnés par Nilla, sa compagne. Une reine des fourneaux, qui approvisionne régulièrement le commissariat en pâtisseries de toutes sortes.

Hanna en prend deux d'un coup. Peut-être que le sucre lui donnera un petit coup de fouet.

« Au fait, j'ai vérifié l'info concernant l'homosexualité d'Emil Sandström, dit Raffe tandis qu'Hanna engloutit un biscuit. J'ai parlé à sa mère, qui était d'après lui au courant : elle me l'a confirmé. Il y a aussi un ex-petit ami qu'on peut contacter si besoin.

– A-t-elle dit autre chose ? demande Hanna, la bouche pleine.

– Elle s'est montrée très inquiète, sans surprise. Apparemment, Emil ne lui avait pas parlé de la mort de Fanny ; ses parents ignoraient tout des événements de ces derniers jours. Je leur ai dit qu'Emil allait bientôt pouvoir rentrer chez lui.

– Bonjour, fait la voix de Grip, qui vient d'apparaître à l'écran. Il semble que notre affaire se complique de jour en jour. »

Ça, on peut le dire, pense Hanna en croquant dans un troisième biscuit.

Grip porte son uniforme de police, ce qui indique le plus souvent qu'elle doit tenir une conférence de presse dans la journée. À l'exception de ce genre d'occasions, elle préfère toujours venir travailler en civil – en jean et en pull ou, à la rigueur, en veste noire.

« Hanna, tu veux bien commencer par faire un point sur la situation ? lui enjoint-elle. J'ai cru comprendre que la nuit avait été mouvementée. »

Hanna avale une gorgée de café pour faire descendre les dernières miettes de biscuit avant d'exposer les faits : l'incendie, vraisemblablement criminel, l'agression dont Pontus s'est rendu coupable la veille au soir, la disparition inquiétante de ce dernier et le passage sur les lieux de l'omniprésent Staffan Berg.

« Cet incendie pourrait donc être une tentative d'homicide… A-t-on des hypothèses concernant son déclenchement ?

– Pas encore, répond Hanna. Carina doit retourner sur place dans la matinée pour s'occuper des relevés. »

La pauvre a à peine eu le temps de rédiger son rapport sur la perquisition de la veille qu'elle est déjà dépêchée sur une nouvelle scène de crime.

Qu'est-ce que c'est que cette histoire ?

« Si le feu est d'origine criminelle, le pyromane a probablement utilisé un carburant, comme du liquide allume-feu, souligne Daniel. Ça se détecte facilement. »

Et ça se trouve dans n'importe quelle station-service, songe Hanna – ça ne les renseignera pas sur l'identité du coupable. Mais ce serait un bon début.

Si l'incendie volontaire est avéré, c'est un autre crime qui s'ajoutera à l'enquête. Il faudra envoyer des patrouilles à Sadeln pour frapper aux portes des voisins et interroger d'éventuels témoins oculaires.

Mais pour Hanna, il ne peut en aucun cas s'agir d'un accident. Cette série d'événements n'a rien de la malheureuse coïncidence. Il se passe quelque chose de malsain dans la rue Nedre Svedjevägen. Quelque chose de sinistre, qui la met de plus en plus mal à l'aise.

« Quelle est la probabilité que Pontus Englund soit bien notre incendiaire ? » demande Grip.

Hanna ferme les yeux, interrogeant son intuition. Avant qu'elle ne puisse ouvrir la bouche à nouveau, Anton prend la parole : « D'après des témoignages concordants, il aurait violemment agressé Emil Sandström hier soir. Les marques de strangulation nous ont sauté aux yeux, ça n'était pas joli à voir.

– J'ai demandé à Emil de passer au centre médical dans la journée, pour que nous puissions documenter ses blessures, ajoute Hanna.

– Il y a des témoins de l'agression, donc ? » demande Raffe.

Il est le seul de l'équipe à ne pas avoir encore rencontré les jeunes.

« Oui, quatre, répond Anton. Toute la bande était attablée pour dîner quand Pontus a attaqué Emil. »

Et pourtant, ce dernier a fait tout son possible pour minimiser l'incident, se dit Hanna – tout comme les deux autres garçons. Ça n'est peut-être pas si étonnant : Emil connaît les conséquences intimes d'une condamnation en justice pour coups et blessures, et ne les souhaite aucunement à un de ses amis.

« Les garçons ont insisté sur l'état d'ivresse avancée de Pontus ce soir-là, explique Hanna. D'après eux, l'agression n'était pas préméditée. En attaquant Emil, il était à peine conscient de ce qu'il faisait. »

Que Wille ait continué à défendre Pontus laisse Hanna perplexe. S'il s'agit de loyauté, elle est particulièrement mal placée.

« Quoi qu'il en soit, Pontus était suffisamment sobre pour sortir de son lit et filer discrètement après son agression, note Raffe avec un brin de scepticisme dans la voix. Et peut-être même aussi pour faire partir un incendie.

– Exactement, acquiesce Hanna. Ça suggère qu'il était à peu près alerte.

– Avons-nous d'autres suspects ? demande Grip.

– Staffan Berg, le gardien, on en pense quoi ? » lance Anton.

Hanna a passé un certain temps à ruminer sur sa possible implication. Elle intervient pour résumer la conversation qu'elle a eue avec lui tout à l'heure, devant le chalet fumant.

« Il avait une explication tout à fait légitime à sa présence, conclut-elle. Mais il faut dire que ce type est sur place dès qu'il se passe quelque chose.

– Si on le considère comme suspect, quel aurait été son mobile pour s'en prendre à Fanny ? » demande Daniel.

C'est bien là la question, songe Hanna.

« A priori, ils ne se connaissaient pas avant l'arrivée du groupe à Åre, souligne-t-elle. Mais ça ne le disculpe pas pour autant. »

Depuis le début de la réunion, Raffe triture un morceau de ficelle ; lorsqu'il le repose sur la table, ses extrémités se recroquevillent comme un petit ver de terre.

« Je voudrais évoquer un signalement qu'on a reçu par téléphone, intervient-il. Un voisin a vu un homme s'arrêter devant la porte du chalet, tard dans la nuit de dimanche à lundi. Sa description correspond à celle de Staffan Berg. »

Berg n'a rien mentionné de tel quand ils l'ont croisé ce matin, se dit Hanna, essayant de se remémorer leur conversation. Aurait-il quelque chose à se reprocher ?

« Je vous propose de concentrer le gros de vos efforts sur Pontus, dit Grip en se grattant la nuque. Il faut le retrouver. Hanna, tu peux te charger de contacter ses proches ?

– Je m'en occupe.

– On ne laisse pas tomber la piste Staffan Berg pour autant, complète leur supérieure. Raffe, je te laisse te repencher sur son cas.

– Ça marche, acquiesce-t-il en griffonnant une note dans son carnet.

– Au fait, qu'est-ce qu'on a sur Peter Carlsson, le fils d'Åke ? lui demande Hanna. Tu as eu le temps de lui parler ?

– Oui, acquiesce Raffe. J'ai pu le voir brièvement hier après-midi, avant qu'il ne reparte pour Göteborg. Il m'a dit n'avoir rien remarqué d'anormal dans la nuit de samedi à dimanche – et pour cause, il dormait. Il s'est seulement réveillé vers deux heures du matin, quand le plus jeune de ses deux garçons est venu se glisser dans son lit, mais il s'est rendormi presque aussitôt après.

– Qu'a-t-il dit au sujet des accusations portées contre lui dans le rapport de police ? » demande Daniel.

Sur l'agression sexuelle, aimerait préciser Hanna. Appelons un chat un chat : il a peloté une femme sans son consentement.

Raffe passe ses notes en revue et s'arrête sur une page gondolée par des taches de café.

« Il a assuré qu'il s'agissait d'un fait isolé, qu'à cette époque, il traversait une passe difficile dans son couple. Ce soir-là, Peter Carlsson était sorti, je cite, pour "noyer ses soucis dans l'alcool". Il m'a juré que c'est un acte dont il a profondément honte, et qu'il n'a jamais cessé de regretter depuis.

– Très bien, fait Grip. Mettons ce Carlsson de côté pour l'instant. On a d'autres suspects à considérer en priorité. »

Daniel l'interpelle d'un geste de la main.

« Comment cet incendie s'imbrique-t-il dans notre enquête initiale ? interroge-t-il. À supposer que Pontus soit le pyromane, faut-il aussi présumer qu'il est mouillé dans la mort de Fanny ? »

Hanna a un petit frisson – ça fait beaucoup pour un seul homme. Anton, d'ordinaire peu prompt aux jugements hâtifs, pousse un soupir réprobateur.

« Quelle est la probabilité pour qu'on ait affaire à deux auteurs différents ? demande-t-il. Doit-on vraiment envisager cette hypothèse ?

– N'excluons aucune piste pour le moment, répond Grip. Attendons de savoir ce qu'Ylva aura à nous dire. »

Hanna avait presque oublié que l'autopsie de Fanny devait reprendre dans la journée. Le contrecoup des dernières heures commence à se faire méchamment sentir ; elle peine à se concentrer. Elle donnerait tout pour pouvoir s'allonger dans la salle de repos et fermer les yeux, ne serait-ce qu'une demi-heure.

« Pour l'instant, notre priorité absolue est de retrouver Pontus Englund, déclare Grip. Avant qu'il n'ait le temps de faire plus de dégâts. »

84

Après quelques heures de sommeil, Olivia se réveille, fourbue et désorientée, dans la chambre d'Emil, encore endormi à l'autre bout du grand lit. Il n'est pas loin de onze heures du matin.

Il lui suffit d'une seconde pour que les événements de la nuit lui reviennent brutalement à l'esprit : une odeur de fumée plane encore dans la chambre. En entrebâillant le store de la fenêtre, au-dessus du lit, elle aperçoit la façade noire de suie du chalet.

Un homme et une femme marchent de long en large dans la neige, se penchent vers des restes calcinés pour les examiner.

La poitrine d'Olivia se serre.

Quelle peur elle a eue en se réveillant en sursaut dans la maisonnette en feu ! Cette sensation ne risque pas de la lâcher de sitôt. Ils ont bien failli brûler vifs, Emil et elle – il s'en est fallu de peu.

Comment peut-on mettre le feu à un bâtiment dans lequel des gens dorment ? Quelle quantité de haine faut-il nourrir à leur égard ?

Pontus est un fou criminel – elle doit se rendre à l'évidence, aussi terrifiant que cela puisse paraître. Et le corollaire la fait frémir d'épouvante : s'il a été capable d'un acte aussi froidement diabolique, ça ne peut être que lui qui a causé la mort de Fanny.

C'est pour ça, bien sûr, qu'il a complètement perdu la tête en apprenant qu'Emil lui avait mis les flics aux fesses : il a compris qu'il était sur le point d'être démasqué. Et quand les garçons l'ont empêché d'étrangler Emil, il est revenu en pleine nuit pour finir de se venger.

Qu'une personne puisse être aussi maléfique, aussi sadique, elle n'aurait jamais pu l'imaginer.

Et voilà que Pontus a disparu pour ne pas avoir à assumer ses actes. En plus d'être un meurtrier, un pyromane, ce type est un méprisable lâche.

Olivia se roule en boule sous la couette en serrant l'oreiller contre elle. Dès qu'elle ferme les yeux, elle revoit les flammes, elle croit sentir la chaleur terrifiante de la fournaise qui menaçait de les engloutir, Emil et elle.

Si seulement elle pouvait rentrer chez elle, bien en sécurité à Västerås. Soudain, elle se languit terriblement de son père, de leur maison mitoyenne, de sa chambre d'adolescente.

La police va devoir les laisser quitter Åre, maintenant que le coupable est tout désigné.

Olivia aimerait tant sentir les bras de sa mère autour d'elle, entendre sa voix rassurante lui murmurer que tout ira bien.

Mais ce n'est qu'une chimère, se dit-elle en laissant échapper un gémissement. Rien ne pourra plus jamais s'arranger : sa mère n'est plus là, Fanny a été tuée, et elle-même a failli perdre la vie.

Repenser à tout le temps qu'elle a passé avec Pontus lui inspire un immense dégoût – envers lui autant qu'envers elle-même. Les soirées sur le campus, les virées au bar après les partiels, les dîners entre potes... Pendant tout ce temps, comment a-t-elle pu s'aveugler à ce point, sans entrevoir un seul instant qui il était vraiment ?

Olivia ne sait plus comment elle pourrait encore accorder sa confiance à quiconque après ce que Pontus a fait. Comme s'il avait réduit en miettes son insouciance, son optimisme.

Elle passe la langue sur ses lèvres fendillées et se prend à regretter de s'être emportée contre Amir au petit déjeuner, hier matin : elle n'aurait jamais dû l'accuser sans preuve devant tout le monde.

Sur le moment, elle était sincèrement convaincue qu'il avait couché avec Fanny, qu'il l'avait tuée. Impossible d'imaginer quelqu'un d'autre.

Mais elle avait tout faux : elle l'a incriminé à tort, au nez et à la barbe du vrai coupable.

Pontus lui paraissait inoffensif, insoupçonnable. Sa duplicité incite Olivia à tout remettre en question, y compris sa propre capacité à déchiffrer les autres. Comment oserait-elle se fier à son intuition, à présent ?

On ne peut être sûr de rien.

Elle jette un plaid sur ses épaules et sort de la chambre, laissant Emil endormi derrière elle. Elle a soif et un creux dans l'estomac. Une tartine et une tasse de thé l'aideront peut-être à dissiper ses idées noires ?

Alors qu'elle gravit l'escalier, elle perçoit deux voix assourdies venant du salon. Wille et Amir ? Ils semblent être en pleine conversation. Ils chuchotent, mais depuis la dernière volée de marches, elle parvient à capter des bribes de phrases.

On dirait que l'un des deux essaie de persuader l'autre. Elle entend l'insistance dans l'une des voix, sans savoir à qui elle appartient.

« Il faut que tu le racontes à la police. »

Ces mots figent Olivia sur place. La main sur la rampe, elle n'ose plus faire un geste. Mais si elle reste plantée dans l'escalier, elle craint d'être repérée.

Qui doit parler à la police ?

« Ils ne comprendront pas, fait l'autre voix.

– Il vaut mieux que cela vienne de toi que de quelqu'un d'autre.

– Mais je vais me foutre dans la merde ! »

Est-ce Wille ou Amir qui vient de prononcer cette phrase ? Olivia tend l'oreille pour mieux discerner les timbres, mais c'est à peine si les mots lui parviennent, tant ils sont étouffés.

Les voix se fondent dans un murmure, impossible à discerner.

Avec d'infimes précautions, elle gravit encore quelques marches, aussi haut qu'elle l'ose.

« S'ils chopent Pontus et qu'il te balance, tu vas avoir de gros ennuis, insiste l'un d'eux.

– Pontus ne dira rien. »

Celui qui vient de parler semble sûr de lui. Et agacé.

Mais qui est qui ?

La phrase qui suit frappe Olivia d'un tel vertige qu'elle se trouve contrainte de s'asseoir. Le choc la paralyse. Bien que murmurée, la menace est à peine voilée.

« Pas un mot aux flics sur Fanny et moi. »

85

La matinée a été grignotée par mille tâches différentes, toutes liées à l'incendie de Sadeln. Quand Daniel lève pour la première fois les yeux sur l'horloge, il est déjà midi passé. Pas étonnant que son estomac commence à gronder.

Il se dirige vers le bureau d'Hanna, duquel s'échappent des bribes de sa voix. Elle doit être au téléphone. Par la porte entrebâillée, il la voit articuler un « bientôt fini », le portable toujours vissé à l'oreille.

« C'était le père de Pontus, explique-t-elle après avoir raccroché. J'essayais de joindre ses parents depuis ce matin.

– Elle n'a pas dû être simple, cette conversation. »

Hanna secoue la tête, écartant quelques mèches de cheveux qui lui sont tombées devant les yeux.

« D'abord, il a accusé le coup, puis il a insisté pour venir ici avec sa femme, pour nous aider dans les recherches. Mais il ne semblait pas du tout au courant des événements de ces derniers jours. Pontus ne les avait même pas prévenus de la mort de Fanny.

– Lui non plus ? s'étonne Daniel en fronçant les sourcils. C'est quand même fou : appeler sa mère ou son père, c'est la première chose qu'on fait, normalement, après une tragédie pareille !

– À moins d'y être impliqué d'une manière ou d'une autre, rétorque Hanna avec une mimique lourde de sens. Dans ce cas, on garde probablement l'affaire pour soi. »

Voilà qui vient encore nourrir le faisceau d'indices en faveur de la culpabilité de Pontus. « S'ils s'immiscent dans l'enquête, ça ne va pas nous faciliter le travail, déplore Daniel. Ce sera juste une charge en plus pour nous. Et on ne sait même pas si Pontus est toujours à Åre. »

Il a déjà vécu ça plus d'une fois – des parents qui clament que leur enfant est innocent des infractions dont on l'accuse, qui jurent leurs grands dieux que ce ne peut être qu'un malentendu pour ensuite s'effondrer lorsqu'il devient clair qu'ils s'étaient fourvoyés : les pauvres n'avaient aucune idée de ce dont était réellement capable leur chère progéniture, dont ils se croyaient pourtant si proches.

Sans vouloir être cynique, ce scénario ne lui est que trop familier.

« Et si c'était Alice ? objecte Hanna. Tu ne réagirais pas exactement comme eux, en partant toi-même à sa recherche ? »

Elle a raison, bien sûr. Si sa fille se trouvait un jour incriminée, il remuerait ciel et terre pour la défendre.

Être policier est une chose : c'en est une autre, tout à fait différente, d'être parent.

« Si, probablement. »

Les lèvres d'Hanna se crispent ; Daniel devine le bâillement qu'elle tente de réprimer.

« Qu'est-ce que tu dirais de manger un morceau ? suggère-t-il. J'ai l'impression que tu as besoin de recharger les batteries. On n'a qu'à déjeuner au rez-de-chaussée, tiens ! »

Un nouveau restaurant à l'ambiance de cafétéria, l'Årelagat, vient tout juste d'ouvrir dans le même bâtiment que le poste de police – on ne peut plus pratique.

« Ça me semble une excellente idée. »

Hanna saisit son portefeuille, s'autorisant à bâiller sans retenue.

« Regarde ! lance-t-elle en tendant la main droite. Je suis toute tremblante. Il faut que j'avale quelque chose ou je vais m'effondrer. »

Tandis qu'elle passe aux toilettes, Daniel fait le tour des bureaux pour inviter leurs collègues à se joindre à eux. Celui d'Anton est vide, et Raffe n'est pas non plus dans les parages : ils n'ont pas l'air de les avoir attendus pour sortir déjeuner.

Un instant plus tard, Daniel et Hanna poussent la porte du restaurant, où règne un agréable brouhaha. Après avoir garni leur plateau et payé, ils se dirigent, comme par un accord tacite, vers un coin tranquille au fond de la salle.

Daniel observe discrètement Hanna, absorbée par le contenu de son assiette, une galette végétarienne accompagnée de légumes qu'elle dévore goulûment. La matinée a été si intense qu'il n'a guère eu le temps d'y penser, mais voilà que les articles de la veille lui reviennent en mémoire. Et cette photo d'Hanna souriant amoureusement à Henry Sylvester sur le tarmac…

Son nouveau mec, le millionnaire.

Devrait-il aborder le sujet ? Désamorcer la gêne par un commentaire nonchalant, pour signaler à Hanna qu'il est au courant, mais que ça ne le touche en rien ?

Ils sont simplement collègues, après tout.

Daniel coupe sa pomme de terre tout en cogitant. Tout bien réfléchi, peut-être vaut-il mieux faire comme si de rien n'était ; c'est la vie privée d'Hanna : ses amours, au fond, ne le regardent aucunement.

S'il mentionne la presse, il pourrait donner l'impression d'être allé fourrer son nez dans ses affaires.

Daniel déguste un morceau de poulet, délicatement relevé de thym et de citron.

Hanna a forcément lu les journaux, elle aussi ; elle ne peut pas ignorer l'intérêt que lui portent soudain les médias. C'est sans doute pour cela qu'elle avait l'air aussi secouée, hier. La connaissant, ce déferlement de ragots sur sa personne a dû la mettre dans tous ses états.

Mais pourquoi n'a-t-elle jamais évoqué avec lui sa relation avec Sylvester ? Hanna aurait eu mille occasions de le faire, vu le temps qu'ils passent ensemble. Lui, de son côté, lui avait détaillé par le menu ce qu'il traversait au moment de la séparation d'avec Ida : en parler avec Hanna l'a largement aidé à surmonter le choc de la rupture.

En aurait-il trop fait, au contraire ? Peut-être Hanna était-elle réticente à s'épancher sur sa nouvelle idylle alors que lui se noyait dans le flot de ses problèmes personnels.

Il n'est pas doué pour décoder les femmes : ça, Ida le lui a bien fait sentir avant de le quitter.

Malgré tout, depuis le temps, Daniel ose croire qu'Hanna lui témoigne une absolue confiance – et qu'ils sont tout de même un peu plus que de banals collègues.

Mais il peut se tromper.

« Ohé ! s'exclame Hanna. Tu as perdu ta langue ? Quelque chose ne va pas ? »

Daniel tressaille. Impossible de mettre les pieds dans le plat en évoquant Henry Sylvester : ça le trahirait aussitôt. Elle comprendrait immédiatement combien il lui est pénible de la savoir avec un autre homme.

Ce serait trop humiliant.

« Pardon, bredouille-t-il, cherchant à toute vitesse un prétexte à lui fournir. C'est... c'est toujours l'enquête qui m'obsède : il y a trop de fils à tirer dans tous les sens. Rien ne tient vraiment debout.

– Oui, ça me fait pareil. »

Hanna décapsule sa canette de Coca-Cola et en vide la moitié dans son verre.

« C'est extrêmement frustrant. »

Daniel s'efforce de se recentrer sur l'affaire. Il ne peut qu'acquiescer : les pistes restent terriblement ténues. Et si leurs collègues ont commencé à frapper chez les voisins, aucun d'entre eux ne leur a encore signalé quoi que ce soit de notable.

« Sans compter qu'on ne connaît toujours pas la cause du décès de Fanny ! soupire Hanna, son verre à la main.

– Croisons les doigts pour qu'on ait le fin mot de l'histoire cet après-midi.

– C'est hier que j'aurais voulu l'avoir ! » s'écrie-t-elle, abattant sa paume sur la table.

Daniel sourit. C'est typique d'Hanna d'exprimer ainsi son impatience : à chaque enquête, elle déplore la lenteur des analyses techniques.

Dans le rai de lumière qui tombe sur elle depuis la fenêtre, Hanna est belle – même sans maquillage, coiffée à la va-vite et les traits tirés d'être à pied d'œuvre depuis quatre heures du matin.

Il aimerait tendre la main pour caresser sa joue ; laisser ses doigts s'attarder sur la douceur de sa peau…

Une voix l'apostrophe, lui faisant lâcher sa collègue du regard. C'est Raffe, qui se dirige vers eux à grands pas. Hanna pose ses couverts, comme si elle pressentait que ce bref moment de répit touchait déjà à sa fin.

« Ah, je me disais bien que je vous trouverais là ! lance Raffe. On est attendus en salle de réunion. Ça y est, Ylva a bouclé l'autopsie. Grip veut immédiatement faire un point en visio avec elle. »

Daniel se dépêche d'engloutir la dernière bouchée de son plat.

« Il y a un autre truc, poursuit Raffe. Je viens de parler à Staffan Berg au sujet de dimanche soir. Vous savez, rapport à ce voisin qui a vu un homme devant le chalet, vers minuit. Berg a confirmé que c'était bien lui. »

Daniel s'empare de son portable laissé sur la table et le fourre dans sa poche.

« Ah oui ? Il a justifié ça comment ?

– Il affirme avoir reçu une notification signalant que l'alarme anti-intrusion du chalet s'était déclenchée. Il s'est rendu sur place, mais en arrivant, tout avait l'air en ordre. Berg a dit qu'il était à deux doigts d'ouvrir la porte de la dépendance, mais comme tout était calme à l'intérieur, il n'est pas entré, de peur de réveiller quelqu'un. Il est alors retourné chez lui.

– Staffan Berg se pointe donc une nouvelle fois en pleine nuit, vingt-quatre heures après la mort de Fanny. C'était un pur hasard, tu penses ? » questionne Hanna.

Elle apporte son plateau-repas jusqu'au chariot de service, tandis que Raffe, qui la suit, s'appuie contre le mur pour réfléchir.

« Berg pourrait tout à fait dire vrai. Il nous a déjà parlé de cette application de surveillance des maisons dont il s'occupe.

– C'est fou tout de même, marmonne Hanna. Le paquet de fois qu'on a affaire à lui. »

En sortant du restaurant, Daniel lui tient la porte sans qu'elle paraisse le remarquer.

« Bon, lance-t-il à Raffe. Vois si tu peux encore trouver quelques infos sur Berg. Et demande-lui une capture d'écran de son téléphone : j'aimerais avoir la preuve qu'une alarme s'est bel et bien déclenchée dimanche soir. »

86

Anton a pris le volant pour retourner à Sadeln. La disparition de Pontus l'obsède depuis le matin : que le garçon ait pu filer comme ça, en catimini, à la faveur de la nuit, lui laisse une profonde impression d'échec. Et d'urgence. Il n'a pas réfléchi longtemps avant de se décider à faire une croix sur sa pause déjeuner pour se lancer dans une tournée de reconnaissance dans le quartier.

Ç'aurait de la gueule s'il arrivait à mettre la main sur le fugitif ! De quoi asseoir pour de bon sa légitimité dans l'équipe.

Bien que les voitures soient rares à cette heure-ci sur l'E14, Anton se retient de rouler trop vite. Alors qu'il descend vers le lac, son portable se met à sonner.

Maman

À vrai dire, il n'a aucune envie de lui parler. Mais il ne peut se résoudre à refuser l'appel.

« Quoi ? » lâche-t-il froidement.

Le ton est brusque. Tant pis, plutôt ça que de laisser paraître l'abîme de tristesse qui l'habite. Il n'a pas l'intention de s'effondrer à nouveau devant elle, la soirée d'hier a bien suffi.

« Anton… », gémit la voix maternelle.

Elle se brise aussitôt dans un sanglot.

Ah non, ce n'est pas à lui de gérer les émotions de sa mère. Il n'en a pas la force : les siennes prennent déjà trop de place. Il a encore tenté d'appeler Carl dans la matinée, pour tomber directement, et pour la énième fois, sur sa messagerie.

C'est par amour pour lui qu'Anton vient de se brouiller avec ses parents, et Carl ne le laisse même pas lui apprendre la nouvelle.

Il est rejeté de toutes parts.

« Anton », répète sa mère en reniflant.

Ce n'est pas contre elle qu'il est en colère – elle n'y peut rien, après tout, si son mari est un vieux con.

« Qu'est-ce que tu cherches à me dire, maman ? » demande-t-il d'un ton plus doux.

On dirait qu'elle s'efforce de se ressaisir ; il l'entend prendre de grandes inspirations entrecoupées de sanglots.

« Anton, mon chéri, je n'avais aucune idée de ce que tu traversais. Pourquoi tu ne nous as jamais parlé de ton… orientation ? »

Le sous-texte accusateur met aussitôt Anton sur la défensive.

Qu'est-ce qu'elle imagine ? Évidemment qu'il aurait voulu faire son coming-out il y a belle lurette ! Mais la scène d'hier soir n'a fait que confirmer ce qu'il craignait depuis toujours : que l'annonce ne suscite que déception et incompréhension.

Son père est coincé dans son archaïsme pathétique de vieux militaire, persuadé de toujours tout savoir mieux que les autres. Il n'est pas près de réviser son point de vue, pas même s'agissant de son propre fils. À croire qu'il a grandi au XIXe siècle.

Anton peine à saisir, en revanche, comment sa mère a pu s'aveugler à ce point. Comment a-t-elle pu *ne pas* voir ce qu'il vivait, qui il était vraiment ? Comme si, elle aussi, l'avait renié.

Une mère n'est-elle pas censée connaître son enfant par cœur ?

« Anton ? bredouille-t-elle, inspirant par saccades. Tu es là ? »

La route vers Sadeln se dessine sur sa gauche. Anton actionne son clignotant et s'immobilise sur sa file en attendant une ouverture entre les véhicules venant d'en face.

« Tu me demandes sérieusement pourquoi je n'en ai jamais parlé ? Ça ne te paraît pas évident, vu la réaction qu'a eue papa ?

– Tu sais comment est ton père... Il a surréagi. Il ne peut pas s'en empêcher. »

Tout au long de son enfance, Anton a souvent vu son père « surréagir », en effet. Et sa mère faire de son mieux pour apaiser les tensions en trouvant au bonhomme toutes les excuses imaginables.

Elle a toujours assumé un rôle de médiatrice dans cette famille, s'efforçant en permanence de calmer le jeu. Elle plaisantait parfois en se comparant à la Suisse : un petit pays neutre coincé entre deux superpuissances en conflit.

Sauf qu'Anton ne veut plus se prêter à ce jeu toxique.

On ne choisit pas sa famille, mais on peut choisir, en revanche, de l'exclure de sa vie.

« Tu dois laisser à ton père le temps de digérer tout ça. Tu ne veux pas essayer de lui parler ? »

Anton s'agrippe rageusement au volant. Il inspire profondément, puis crache ce qu'il a sur le cœur, sans enrober les mots : « Écoute, maman, je l'ai déjà dit : je ne veux plus jamais le voir. C'est terminé. Et si tu décides de prendre son parti, je ne veux plus te voir non plus. »

Un hoquet s'entend au bout du fil.

« Tu ne peux pas exiger ça de moi. De choisir entre mon fils et mon mari. »

Elle est dévastée – Anton le comprend, mais que faire : la balle n'est plus dans son camp, désormais.

« Je n'exige rien. »

Il rétrograde pour entamer l'ascension de la pente raide qui mène à Sadeln.

« Ou plutôt, si : j'exige que vous m'acceptiez comme je suis. C'est à prendre ou à laisser. »

87

Hanna gravit au pas de course les deux volées de marches menant au poste de police. Ylva a beau avoir achevé l'autopsie dans des délais serrés, l'attente des résultats a semblé interminable. Et l'intuition d'Hanna est plus forte que jamais : la légiste va leur confirmer l'homicide, c'est sûr.

Avant de s'installer en salle de réunion, elle fait un crochet par son bureau pour y attraper un stylo et son fidèle bloc-notes.

« Enfin le moment de vérité ! s'exclame Raffe en franchissant le seuil à sa suite.

– Tu sais où est Anton, au fait ? le questionne-t-elle.

– Aucune idée. J'ai essayé de l'appeler, mais ça sonnait occupé. Je l'ai prévenu par SMS. »

Daniel lance la visioconférence ; Grip apparaît bientôt dans une fenêtre, Ylva dans une autre.

Carina Grankvist ne les a pas rejoints : elle doit toujours être à Sadeln, en train de finir d'examiner le chalet incendié. La procédure est stricte : les services de secours doivent impérativement donner leur feu vert avant que la police scientifique puisse commencer son travail.

Là aussi, Hanna n'a qu'une hâte : connaître au plus tôt les conclusions de son expertise.

« Merci à tous de vous être rendus disponibles aussi rapidement, dit Grip. Et ravie que tu aies déjà pu terminer l'autopsie, Ylva. Je te laisse la parole. »

L'image de la légiste remplit l'écran, veste blanche sur un polo sombre, queue-de-cheval serrée accentuant ses pommettes saillantes.

« J'en sors tout juste, commence-t-elle. Le rapport d'autopsie est encore en préparation. Mais comme je connais l'urgence du dossier, je vais vous présenter mes conclusions à l'oral. »

Hanna écoute, tendue, pendant qu'Ylva introduit son exposé par les précisions préliminaires d'usage. Puis elle entre dans les détails : « Fanny Smedsås avait une alcoolémie très élevée au moment du décès, précise-t-elle. Plus de deux grammes par litre de sang – deux grammes trente-cinq, pour être exacte. Ce taux ne représente pas un risque mortel, mais il est suffisant pour avoir significativement altéré ses capacités cognitives. Par ailleurs, les analyses toxicologiques ont aussi détecté des traces de cocaïne. »

Hanna prend rapidement en note les observations d'Ylva ; elles corroborent les informations fournies par les amis de Fanny – à l'exception de la cocaïne. Mais il n'y a rien d'étonnant à ce qu'ils aient préféré passer cette information sous silence.

« Je n'ai remarqué aucun signe évident de violences physiques ni d'autres blessures susceptibles d'expliquer le décès », continue Ylva.

Ça, ils l'ont déjà observé eux-mêmes. *Viens-en au fait !* aimerait la presser Hanna. Mais mieux vaut prendre son mal en patience : connaissant la légiste, elle risquerait de se sentir heurtée.

« Comme je vous l'avais dit, il y a eu pénétration vaginale dans les heures précédant la mort de la victime, poursuit Ylva. Là encore, je n'ai relevé aucune trace de violence, de contrainte physique, ni d'autre signe clairement évocateur d'une agression sexuelle. Je n'ai pas non plus trouvé de traces de sperme ni d'aucun autre fluide, ce qui suggère l'usage d'un préservatif. Ces éléments nous orientent vers la probabilité d'un rapport consenti. »

Hanna continue de griffonner dans son carnet : rien qui permette d'identifier le mystérieux partenaire de Fanny, donc. Mais alors, quelle hypothèse privilégier ?

Elle s'efforce de se concentrer sur l'écran pour ne pas manquer la suite de l'exposé.

« À l'examen, tout semble suggérer que la victime soit morte d'hypothermie, relève Ylva. Qu'elle se soit endormie dans la neige sans avoir eu conscience du danger. Vu le niveau d'intoxication de la jeune femme, il est fort possible que son discernement ait été aboli. Elle était peut-être à peine consciente de la température extérieure. En termes profanes, elle serait donc morte de froid sous l'effet de l'alcool et des stupéfiants. »

Hanna le sent aussitôt : il y a un *mais* dans la présentation d'Ylva. Et ça ne manque pas : « Cependant, poursuit la légiste, deux détails me chiffonnent. J'ai constaté des éraflures presque microscopiques sur les joues de la victime ainsi que des pétéchies, discrètes, mais bien présentes, à l'intérieur de ses paupières. »

Hanna tressaille. Elle sait exactement ce que cela signifie : ces petites hémorragies sous-cutanées, à cet endroit, sont symptomatiques, entre autres, d'une mort par asphyxie.

Elle en est sûre : Fanny a été assassinée.

« Je tiens tout de même à souligner que cette observation n'est pas sans ambiguïté », précise Ylva, comme si elle se refusait à toute interprétation catégorique.

Ou est-ce simplement l'une de ces précautions oratoires que prennent toujours les médecins légistes ? Incapable de se retenir, Hanna va droit au but : « Tu sembles suggérer que Fanny a pu mourir par étouffement… On aurait donc bien affaire à un homicide ?

– Les cas d'étouffement représentent un défi diagnostique bien particulier pour les légistes, rétorque Ylva. Chez une victime qui n'a pas résisté, il est presque impossible d'établir avec certitude la cause du décès. On retrouve parfois des marques de griffures si l'agresseur a couvert la bouche de sa victime, ou des fibres sur la gencive si l'étouffement a été commis avec un bâillon – un oreiller, par exemple. Mais dans le cas d'une personne inconsciente ou fortement intoxiquée, comme ça a l'air d'être le cas ici, il est difficile de conclure formellement à un homicide. »

Encore une réponse mi-figue, mi-raisin. Hanna sent son impatience grandir.

« J'ai quand même nettement l'impression que tu penches vers l'hypothèse d'une mort d'origine criminelle, intervient Daniel. Si je comprends bien ton analyse. »

Ylva paraît indécise ; elle fait cliqueter son stylo à bille, comme si elle hésitait entre son instinct et la rigueur factuelle des données médico-légales.

« Allons, Ylva, l'exhorte Grip. Je sais que tu as ton avis sur la question. »

Un certain agacement semble aussi poindre chez leur supérieure.

« Nos échanges sont informels, ça ne sortira pas d'ici, ajoute-t-elle. C'est promis. Nous nous fions à ton expérience. Partage simplement ton ressenti, et nous ne t'embêterons plus. »

Après quelques secondes de réflexion, Ylva finit par céder : « D'habitude, je m'en tiens aux résultats de l'examen et me risque rarement à des spéculations, alors prenez avec des pincettes ce que je vais vous dire. Voilà : les micro-égratignures me donnent l'impression que quelque chose a été pressé contre le visage de Fanny. Les traces sont infimes, mais associées aux pétéchies, ça m'interroge… »

Hanna observe le panneau de liège où sont punaisées des photos du corps de la jeune femme : allongé sur le côté, le visage à moitié enfoui dans la neige.

Une pensée s'impose. Elle ne peut s'empêcher de l'exprimer à haute voix : « Serait-il possible que Fanny ait été étouffée avec de la neige ? »

En s'entendant poser la question, l'hypothèse lui paraît presque absurde.

« De la neige ? répète Grip. Qu'est-ce que tu veux dire par là ? »

Hanna n'y a pas encore réfléchi. Elle essaie de préciser sa pensée en cours de route.

« Eh bien… Imaginons que le tueur ait enfoncé le visage de Fanny dans la neige, l'empêchant ainsi de respirer. Est-ce que ça ne pourrait pas constituer la cause du décès ? Si elle était allongée au sol, ivre au point d'être incapable de se défendre, il n'y aurait pas de traces de doigts, de griffures ou de fibres. Et les cristaux de neige contre sa peau expliqueraient les micro-éraflures. »

Personne ne pipe mot. Hanna se tasse dans son siège : sa théorie est sans doute complètement à côté de la plaque. Elle aurait encore dû s'abstenir – il faudrait qu'elle cesse de balancer des hypothèses comme ça, sans réfléchir.

Mais Ylva, au contraire, semble acquiescer.

« C'est en effet un scénario qui m'a traversé l'esprit. En tout cas, il apporterait une explication tout à fait plausible à mes observations. »

Hanna est soulagée d'entendre la légiste aller dans son sens. Quant à Daniel, il a l'air impressionné, à en croire le regard flatteur qu'il lui adresse.

« Homicide, donc, conclut Grip. Nous voilà enfin fixés sur ce point. »

88

Anton déboule dans la rue Nedre Svedjevägen à une telle vitesse qu'il manque de perdre le contrôle de sa voiture et de finir dans le fossé. En marmonnant un juron, il ajuste son virage en décélérant pour se replacer sur le bon côté de la route.

Il rumine encore l'appel de sa mère, qui l'a laissé profondément ébranlé. Il en a plus qu'assez d'être celui qui doit toujours s'expliquer, toujours demander pardon.

Dans la foulée, il vient d'envoyer un énième message à Carl pour lui demander, le supplier presque, d'accepter de le voir dans la soirée.

Mais il faut penser à l'enquête maintenant, et rien qu'à l'enquête. Bientôt, il arrivera à la hauteur de la maison des Löwengren. Mais ce n'est pas là qu'il se rend cette fois-ci – Anton a une autre idée.

Ils n'ont aucune nouvelle de Pontus, malgré la transmission de son signalement à toutes les compagnies de taxis et de bus de la région. Il y a peu de chances qu'il ait pu monter en douce à bord d'un train, la gare étant placée sous haute surveillance. Il n'a pas de voiture, aucun autre moyen de transport que ses skis, qui n'ont pas quitté le placard du sous-sol.

Si l'intuition d'Anton est la bonne, Pontus aurait agi dans la panique : rien de ce dont il est accusé ne semble avoir été prémédité. Les événements de ces derniers jours ne sont pas le résultat d'un plan soigneusement échafaudé, mais d'une inexorable fuite en avant.

Si le jeune homme a filé seul au milieu de la nuit, en pleine tempête, il n'a sans doute pas pu aller bien loin. Il y aurait donc fort à parier qu'il se cache simplement quelque part dans le quartier, hagard et désespéré, sans nulle part où se réfugier de peur d'être découvert.

Anton aimerait bien, justement, être celui qui le trouvera.

Il gare sa Toyota sur le bas-côté et sort dans la neige. Si le vent s'est considérablement calmé ces dernières heures, il n'est pas à l'abri d'une bourrasque, et le froid est toujours redoutable – à vue de nez, moins quinze, moins seize degrés. Difficile d'imaginer Pontus s'aventurant dans la nature par des températures aussi glaciales... à moins qu'il ait décidé d'attenter à sa propre vie.

Anton scrute les environs : une bonne partie des allées carrossables sont désertes, menant à des maisons aux fenêtres noires ou aux volets fermés. En janvier, à la basse saison, la plupart des vacanciers sont des étudiants, qui préfèrent louer un logement dans le centre-ville d'Åre, où tous les bars et restaurants sont accessibles à pied.

Une patrouille a été envoyée dans la matinée pour frapper aux portes des voisins, mais qu'en est-il des maisons clairement inhabitées ? Ça ne peut pas faire de mal d'aller y jeter un coup d'œil.

Anton balaie la zone du regard. Les terrains sont plutôt vastes – un peu plus de mille mètres carrés par propriété. Si la chaussée est déjà marquée par les traces de plusieurs véhicules, la déneigeuse n'est manifestement pas encore passée.

C'est précisément ce qu'il espérait : en d'autres termes, la neige tapissant les allées qui mènent aux habitations vides est encore vierge. De quoi repérer les empreintes de pas d'éventuels intrus.

Comme celles de Pontus, s'il s'est avisé de se réfugier dans le quartier.

89

Une fois la visioconférence terminée, Daniel reste un moment avec Hanna et Raffe dans la salle de réunion : il a besoin de débriefer tout cela entre collègues, de savoir comment exploiter au mieux les observations d'Ylva et l'hypothèse avancée du tac au tac par Hanna.

Si elle a vu juste, elle vient à nouveau de prouver la remarquable finesse de son instinct.

Le portable de Daniel se met à sonner : c'est Carina Grankvist.

« Je te mets sur haut-parleur, fait-il en posant le téléphone au milieu de la table.

– Ça y est, on a fini, se félicite la voix au bout du fil. J'ai passé la matinée avec les pompiers à ratisser les lieux de l'incendie.

– Alors, ça donne quoi ? lance Hanna. Des pistes intéressantes ?

– Ça, on peut le dire, réplique Carina. Il ne fait aucun doute que l'incendie était criminel : un pignon du chalet a été aspergé de liquide allume-feu. Ce qui explique aussi la vitesse de propagation des flammes. »

Daniel soupire. Si connaître la cause du feu est, certes, une bonne chose, les conséquences restent passablement déprimantes : ils sont donc face à deux enquêtes criminelles sérieuses, dont le principal suspect est en fuite.

« Notre incendiaire a-t-il laissé des traces qui permettraient de l'identifier ? hasarde-t-il.

– Malheureusement, non. »

Il y a un bruit assourdissant sur la ligne, hachant la voix de Carina. Aux oreilles de Daniel, il semble qu'elle est à l'extérieur – c'est probablement le vent qui frappe le microphone.

« Je te laisse imaginer l'état du sol après le passage des pompiers avec leurs tuyaux, soupire-t-elle. Tout est piétiné : impossible de distinguer la moindre empreinte de semelle.

– Et comment s'est passée la perquisition d'hier ? demande Hanna en se rapprochant du téléphone. As-tu eu le temps de faire le rapport ?

– C'est en cours. »

La voix de Carina est tendue ; elle mange les voyelles de ses phrases.

« On essaie de faire au plus vite, mais difficile d'être partout à la fois. Pour résumer, vous savez déjà presque tout, notamment que nous n'avons retrouvé ni les vêtements ni les chaussures de la victime. »

Avant de raccrocher, Carina promet à Daniel de lui faire suivre sans tarder le fameux rapport.

« Meurtre et incendie criminel, donc, récapitule Raffe pour lui-même. C'est bien confirmé.

– À ce propos, dit Hanna, je commence à fortement m'inquiéter quant à la sécurité des jeunes... »

Raffe tambourine des doigts sur la table.

« Tu penses qu'ils pourraient être sérieusement en danger dans la maison ? Alors que Pontus est dans la nature ?

– Je ne sais pas, marmonne Hanna en mâchouillant son stylo. Mais ça ne me rassure pas des masses. Je me demande si on ne devrait pas poster des collègues sur place cette nuit, par précaution. »

Daniel a lui-même soupesé cette question, pour arriver à une conclusion peu réjouissante : ils n'ont pas les effectifs suffisants. Avec la tournure que prend l'affaire, tous les agents mobilisés vont encore devoir aligner les heures supplémentaires.

« On a des patrouilles sur le terrain qui cherchent Pontus partout, dit-il. Avec ça, il me semble peu probable qu'il revienne au bercail. »

Hanna esquisse une petite moue. Elle griffonne un cercle dans son bloc-notes puis repose son stylo.

« Pour moi, il n'y a pas que Pontus qui ne soit pas net, ajoute-t-elle. Il y a aussi quelque chose qui cloche sérieusement dans les déclarations de Wille et d'Amir.

– Laisse-moi deviner : Fanny a, semble-t-il, volontairement couché avec l'un des mecs, et ça n'est sûrement pas Pontus ? » suggère Daniel.

Il reçoit en réponse un sourire reconnaissant – leurs deux raisonnements ont tout l'air de se rejoindre.

« L'un d'eux nous mène en bateau, renchérit-elle. Mais lequel ? Et pourquoi ? »

Raffe pose les coudes sur la table, le menton dans les mains.

« Ils sont jeunes. Peut-être qu'ils ont honte ou peur d'être incriminés ? C'est un peu délicat d'admettre un coup d'un soir avec une fille retrouvée morte quelques heures après.

– Ce n'est pas une raison suffisante, insiste Hanna. On les a interrogés plusieurs fois, en insistant bien sur les enjeux. Ce n'est pas rien de mentir à la police ! »

Ce n'est pas l'avis de tout le monde, se dit Daniel, repensant aussitôt à ses années passées à enquêter contre le crime organisé. Dans le quartier chaud de Bergsjön, à Göteborg, taire la vérité était comme une seconde nature – et coopérer avec les forces de l'ordre, presque un sacrilège.

« On devrait amener nos deux zozos au poste, histoire de leur faire passer des interrogatoires en bonne et due forme, suggère-t-il. Ici, on pourra peut-être en tirer quelque chose. »

Hanna se lève de la table.

« Je suis d'accord. Allez, on va les chercher. »

90

Dès qu'Hanna s'installe dans la voiture de police banalisée, la fatigue, que le déjeuner et le pic d'adrénaline des révélations d'Ylva ont fait temporairement disparaître, revient la frapper comme un boomerang. La chaleur et les cahots de la route la replongent dans un état de léthargie.

Ils vont bientôt se retrouver face aux jeunes : il faut qu'elle reste alerte et concentrée.

À côté d'elle, Daniel est silencieux, absorbé par sa conduite. Il y a peu de monde sur l'E14 et, une fois n'est pas coutume, pas un seul camion en route vers la Norvège. Sur le bas-côté, ils croisent un petit groupe de garçons marchant vers Åre, skis sur l'épaule, sans paraître se soucier des véhicules qui les frôlent.

Ce sont les semaines étudiantes, se rappelle Hanna. L'autre jour, une jeune fille sortant d'un afterski bien arrosé a eu l'idée lumineuse de débouler en luge sur la rue Årevägen, en plein centre-ville. Elle peut s'estimer chanceuse de ne pas avoir fini sous les roues d'une voiture.

« Bon, reparlons des vêtements de Fanny, articule Hanna pour se remotiver et chasser la somnolence. Ils doivent bien être quelque part. C'est forcément le tueur qui les a pris, non ?

– Ça paraîtrait logique. »

Daniel semble plus avare de paroles que d'habitude – exactement comme tout à l'heure, au déjeuner : il est tout à coup devenu mutique ; elle a dû lui arracher les mots de la bouche.

Hanna contemple son collègue à la dérobée, se demandant pour la centième fois s'il est tombé sur l'un de ces épouvantables articles en ligne.

Et si c'était justement ce sujet-là qui l'avait rendu si peu loquace ?

La voiture approche de l'embranchement qui monte vers Sadeln. Dehors, les nuages sont si bas qu'ils mangent le mont Renfjället, de l'autre côté du lac, et pèsent comme un couvercle sur la vallée d'Åre. Au-delà de la limite des arbres, les cimes s'effacent. Quelques flocons virevoltent dans l'air.

Un temps à faire hiberner un chat.

C'est une expression qu'a inventée Hanna en observant Morris : par ce genre de gros temps, son matou décide généralement de tout arrêter pour aller dormir, roulé en boule, une patte sur le museau. C'est un animal particulièrement sensé – infiniment plus que sa maîtresse.

« Tu t'en sors comment, avec Alice, quand tu dois faire toutes ces heures sup' ? » tente-t-elle, avant tout pour faire sortir Daniel de sa carapace.

La mimique de lassitude de son collègue lui fournit la réponse.

« Tu veux dire comment ça se passe avec Ida depuis qu'on enquête sur cet homicide ?

– Ça aussi.

– Jusqu'à présent, elle a été étonnamment indulgente. Mais franchement, je crains que ça ne dure qu'un temps, surtout si l'affaire traîne en longueur.

– Il te faudrait quelqu'un sous le coude, qui puisse venir garder Alice à l'improviste, suggère Hanna. Que tu n'aies pas à appeler ton ex chaque fois que tu as un pépin.

– Elisabeth me dépanne déjà beaucoup.

– Mais ça revient au même ! Si tu contactes systématiquement sa mère, Ida le saura. Et ça l'énervera tout autant. »

Hanna ne comprend pas qu'une telle évidence puisse à ce point lui échapper : si Ida lui en veut de ne pas faire sa part, ça ne risque guère de s'améliorer s'il demande à son ex-belle-mère de prendre le relais chaque fois qu'il est sous l'eau.

Bosser dans la police implique d'accepter des horaires et des efforts parfois délirants quand la charge de travail le requiert. Ça n'a rien de surprenant que Daniel peine à tout concilier. Mais il lui faut trouver une solution pratique et pérenne – un voisin ou une baby-sitter, pas une ancienne belle-mère reliée en ligne directe à une ex-compagne déjà portée sur la critique.

« Tu as raison, dit Daniel. Je dois m'occuper de chercher quelqu'un. Mais je n'ai pas eu le temps, entre ça et tout le reste… »

Sa voix est lasse, presque défaite. Comme si le quotidien était sur le point de le submerger – ça ne lui ressemble pas.

Hanna aimerait poser une main sur la sienne, le serrer dans ses bras pour lui offrir un peu de réconfort. Mais elle reste sans bouger, les paumes sur les genoux.

« Je peux peut-être t'aider à trouver une baby-sitter ? suggère-t-elle plutôt. Tiens, je pourrais demander à Karro : elle est amie avec toute la ville ; elle doit bien connaître des gens que ça intéresserait de se faire un peu de sous. Sinon, tu peux poster une annonce dans le groupe Facebook d'Åre, tous les gens du coin sont dessus. »

Daniel hoche la tête avec gratitude. Il n'ignore pas la réputation de Karro, la sœur d'Anton, qu'il a déjà croisée plusieurs fois.

« D'accord, je veux bien que tu lui poses la question. Si tu as le temps.

– Bien sûr ! Et passer par Facebook, tu en penses quoi ? »

Daniel fronce les sourcils.

« Pour ça, on verra plus tard. Je ne suis pas sûr de vouloir afficher aussi ouvertement ma situation personnelle. »

Ça, Hanna peut le comprendre. Et bien plus qu'il ne l'imagine.

« Eh bien, j'en parle à Karro dès ce soir. »

Elle s'autorise un contact furtif, une main encourageante posée sur son bras.

« Ça va s'arranger. J'en suis certaine. »

91

Avec lenteur et méthode, Anton a passé au crible chacune des maisons de la rue Nedre Svedjevägen, les yeux rivés sur la neige fraîche des allées.

Mais une fois arrivé à l'aire de retournement, tout au bout de la voie, sans avoir découvert la moindre trace suspecte, il songe à rendre les armes.

Son idée était peut-être idiote, après tout. Pontus a très bien pu détaler dans l'autre sens, en direction de la grande route. Il y a des centaines de maisons et d'appartements dans le secteur.

Quand bien même il n'aurait pas quitté Sadeln, il peut être n'importe où.

Avec un soupir de découragement, Anton regarde à nouveau autour de lui.

À sa gauche, où s'arrêtent les terrains privés, se dresse un imposant bosquet de bouleaux nains et de broussailles entremêlés, formant une véritable barrière de végétation. Les branches sont alourdies sous le poids de la neige ; les rameaux les plus bas frôlent quasiment le sol. Ici et là, le vent a sculpté des congères irrégulières qui ponctuent de leurs étranges silhouettes le paysage blanc.

Si Pontus s'était enfoncé là-dedans dans la nuit noire, ç'aurait été par pur désespoir. Mais rien n'est impossible, surtout s'il a, comme Anton le redoute, des pensées suicidaires.

Un détail attire soudain son attention.

La dernière maison de la voie est située un peu à l'écart, beaucoup plus haut sur la pente que ses voisines. Au bord de la route est érigée une grande pierre portant l'inscription *Villa Synnøve*.

L'orthographe du nom, tout comme le toit de gazon de la bâtisse, suggère que ses propriétaires sont Norvégiens. Ce n'est pas rare : Åre regorge de frontaliers, qui profitent volontiers de la faiblesse de la couronne suédoise pour y investir dans l'immobilier et s'y ravitailler en nourriture et en alcool.

Anton lève les yeux vers le garage, indépendant du bâtiment d'habitation. Sur l'allée qui y mène, on distingue clairement des empreintes de pas fraîches dans la neige.

Le pouls d'Anton s'accélère. Les traces s'arrêtent au garage : rien autour de la villa, qui semble inoccupée, rideaux tirés.

Il s'approche prudemment de la construction, se baisse pour éviter d'être visible depuis la fenêtre oblongue qui perce le mur latéral.

La neige étouffe les sons. Les nuages qui planent sur la vallée baignent le paysage d'une lumière grise.

Derrière la maison, les hauts troncs des conifères forment une muraille infranchissable.

Anton n'est plus qu'à quelques mètres de l'entrée du garage, un grand rideau métallique. Rien à signaler sur cette façade. Mais le bâtiment est aussi équipé d'une porte d'accès latérale, qui, elle, semble avoir été ouverte récemment, à en juger par la neige tassée devant le seuil.

Et c'est là que les empreintes de pas s'arrêtent.

Anton s'accroupit. Il n'y a aucune autre trace autour du bâtiment.

Pas de doute : il a trouvé la cachette de Pontus.

Il serait clairement plus sage d'appeler des renforts. Anton plonge la main dans sa poche et en extirpe son portable : l'écran reste noir. Il a beau faire, même en ôtant ses gants, impossible de l'allumer… L'appareil a dû se décharger sous l'effet du froid.

Il commence à regretter amèrement sa décision de faire cavalier seul…

92

Hanna reconnaît la Toyota rouge d'Anton garée non loin de la maison des Löwengren. Que fait-il donc à Sadeln ?

« Tiens, tu savais qu'Anton avait prévu de venir ici ? dit-elle à Daniel.

– Ça ne me dit rien. Il ne m'en a pas parlé, en tout cas. »

Voilà pourquoi leur collègue a manqué la réunion avec Ylva. Mais ce n'est pas dans les habitudes d'Anton de filer à l'anglaise ; il aurait au moins pu leur dire où il allait !

Hanna a un petit sourire devant sa propre réflexion : elle est plutôt mal placée pour le juger. Elle-même n'est jamais la dernière à décider sur un coup de tête d'agir seul.

Daniel se gare devant la maison, et ils descendent de voiture. En levant les yeux vers l'Åreskutan, Hanna ne distingue rien qu'un épais rideau de brume grise.

« Je me demande si on ne devrait pas retourner parler aux Carlsson, propose-t-elle en pointant du doigt la villa des voisins. Qu'ils nous disent s'ils ont observé quelque chose pendant la nuit. »

Elle sait bien qu'une patrouille doit passer les voir, mais pourquoi se contenter de lire les rapports des autres quand elle peut mener des entretiens en personne et poser elle-même les questions qui lui brûlent les lèvres ?

Karin Carlsson a fourni un témoignage clé dans l'enquête sur la mort de Fanny. Qui sait, peut-être était-elle aussi debout quand l'incendie a éclaté ?

« On verra ça plus tard, rétorque Daniel, qui se dirige déjà vers la porte d'entrée. Occupons-nous en priorité des garçons. C'est pour ça qu'on est là. »

Hanna le suit sans rechigner.

Cette fois, c'est Emil qui leur ouvre. Ses yeux sont fatigués ; son teint, cireux, son cou, toujours strié de traces violacées.

S'il est visiblement marqué par les événements des jours passés, il ne semble pas surpris de voir à nouveau débarquer le duo de policiers.

« Bonjour, Emil, fait Daniel. Nous cherchons Wille et Amir. Il y a un point que nous aimerions aborder avec eux.

– Ils sont dans leurs chambres, je crois qu'ils dorment. Mais je peux aller les réveiller.

– Et vous, comment ça va ? demande Hanna en entrant dans le hall.

– Pas terrible… »

Emil se gratte la tête, qui mériterait un bon shampooing. Hanna a l'impression de sentir l'odeur persistante de brûlé qui imprègne ses boucles grasses.

« Vous avez retrouvé Pontus ? énonce-t-il d'une voix monocorde.

– Non, regrette Daniel. Pas encore. »

Hanna jette un coup d'œil dans le salon vide : pas d'Anton dans les parages.

« Olivia est réveillée ? demande-t-elle.

– Je crois qu'elle est allée se recoucher, dans l'une des chambres du bas. »

Emil fait quelques pas vers l'escalier.

« Je vais prévenir tout le monde. »

Hanna et Daniel restent dans l'entrée en les attendant. Si le sol est jonché de chaussures en désordre, les vestes ont été sagement accrochées sur des cintres. Se balançant d'un pied sur l'autre, Hanna promène son regard le long du mur, jusqu'à ce que son attention s'arrête sur un boîtier d'alarme blanc, fixé juste sous la tringle du portemanteau. À sa dernière visite, elle ne l'avait pas remarqué – il était probablement dissimulé derrière un vêtement suspendu sur le cintre aujourd'hui vide.

Hanna reconnaît la forme du boîtier : il y en a un presque identique chez Lydia. Lorsqu'on ouvre la porte d'entrée de sa villa, on a trente secondes pour entrer un code, faute de quoi l'alarme se déclenche.

D'ailleurs, chez Lydia, le système dispose d'une autre fonctionnalité : des caméras de surveillance, installées sur la façade.

Sa sœur possède une application qui lui permet de voir en direct ce qui se passe à chacune des portes de la maison – même quand elle est chez elle, à Stockholm.

Hanna donne un coup de coude à Daniel : « Tiens, regarde ce boîtier. Je me demande s'il n'y aurait pas des caméras connectées à l'alarme de la maison... Si oui, elles ont peut-être filmé ce qui s'est passé dans le jardin.

– Sérieusement ? Ce serait inespéré. Mais Carina ne l'aurait-elle pas repéré pendant la perquisition ? Et Berg ne nous en a pas non plus parlé... »

Daniel semble sceptique, comme s'il n'osait croire à un scénario aussi idéal.

« Il faut qu'on en ait le cœur net, dit Hanna. Imagine s'il existe des vidéos de la nuit où Fanny est morte ! Ou de l'incendie du chalet !

– Tu penses que tout est conservé ? objecte-t-il. Les caméras n'affichent pas simplement ce qui se passe en temps réel ? »

Hanna n'en a aucune idée. Elle n'a jamais possédé de maison nécessitant d'être mise sous alarme. De toute manière, elle n'a pas grand-chose de précieux à voler.

« Dès qu'on aura terminé, je vais charger Raffe de contacter la société de vidéosurveillance, dit Hanna. Et j'appellerai Lydia dans la foulée ; elle est experte en la matière. »

93

Anton fait en silence de grands moulinets avec les bras pour se réchauffer. Il a l'impression que cela fait des heures qu'il est tapi près du garage à attendre désespérément la patrouille qui sillonne le quartier. Comment a-t-il pu être assez bête pour laisser son téléphone se décharger ?

Sa patience est à bout. Il craint de plus en plus que Pontus finisse par le repérer et par s'enfuir. D'autant qu'il ne sent plus ses pieds, froids comme des glaçons.

Cela fait plus de neuf heures, désormais, que le jeune homme a disparu. S'il se terre dans ce bâtiment, il doit être affamé, assoiffé, frigorifié – et désespéré.

Quelqu'un qui peut mettre le feu à une maison où dorment ses amis est probablement capable de tout. Même des actes les plus insensés.

Mais Pontus est-il aussi débrouillard qu'il est téméraire ? Il prévoit peut-être de rester ici encore un moment, en espérant se faire oublier, avant de tenter de quitter Åre.

Ou de retourner attaquer ses camarades.

Anton consulte à nouveau sa montre et se décide : il ne veut plus, ne peut plus attendre. Il pose une main circonspecte sur la poignée, ne décelant aucun signe d'effraction. Pontus a eu de la chance : le propriétaire semble avoir omis de verrouiller son garage.

Lentement et avec une extrême précaution, Anton abaisse la poignée. Il entrouvre très légèrement la porte en sortant de son holster son arme de service – face à un personnage aussi imprévisible, on n'est jamais trop prudent.

Le nez dans l'embrasure, il plisse les yeux pour mieux voir dans l'obscurité. Le garage est vaste et loin d'être vide : une Jeep sombre trône au centre, et une motoneige est calée contre un mur. Sous le toit, il aperçoit plusieurs paires de skis alignées sur des barres de rangement et, au fond, des étagères remplies de chaussures de ski, casques et autres équipements.

Puis Anton remarque un autre détail, bien plus inquiétant : plus loin dans la pièce se trouve un établi, surmonté d'un grand panneau en bois où est méticuleusement accrochée toute une collection d'outils. Des marteaux, des haches et des scies de toutes les tailles.

En plein milieu, un emplacement vacant indique qu'il en manque un.

Pontus serait-il armé ?

Anton serre un peu plus fermement la crosse de son pistolet. Il doit être prêt à tout, il ne peut pas se laisser surprendre.

Il sent la sueur perler dans sa nuque. Que faire ? Il ne faut pas qu'il manque cette occasion de capturer Pontus, si proche du but...

Venu de l'intérieur du garage, un bruit presque imperceptible finit par le décider.

Anton ouvre la porte et entre dans la pénombre.

94

Cela ne fait que quelques minutes qu'Hanna attend, avec Daniel, que Wille et Amir sortent de leurs chambres. S'ils dormaient, ils ont peut-être besoin d'un moment pour émerger et se rendre présentables.

« Je sors regarder s'il y a des caméras de surveillance sur la façade, déclare Hanna. Je peux te laisser ici ? Fais-moi signe quand ils arrivent. »

Daniel répond d'un bref hochement de tête. Hanna ressort aussitôt dans le froid et commence à inspecter méticuleusement le bâtiment. Dans cette lumière grisâtre, difficile d'en distinguer les détails. Elle examine d'abord l'éclairage de façade, qui se compose d'appliques disposées à intervalles réguliers le long de la maison, diffusant sur le mur un double faisceau du plus bel effet.

Et là, entre deux spots, elle aperçoit de petites caméras noires, discrètement intégrées au mur.

Elle fait lentement le tour de la villa pour voir si elle en repère d'autres. À chaque nouveau pas, elle s'enfonce plus profondément dans la neige. Comme elle l'avait espéré, il semble en effet y avoir une caméra à chaque entrée : au-dessus de la porte principale, mais aussi – et surtout – de celle du local à skis et de la porte-fenêtre au rez-de-jardin. Comment ont-ils pu rater un élément aussi décisif ?

Hanna s'immobilise devant le sauna, tendant le cou pour essayer de mieux évaluer l'angle de la caméra. S'il lui semble peu probable que sa portée suffise pour capter le point du jardin où se trouvait Fanny, ce n'est pas entièrement exclu.

Si des vidéos existent, elles pourraient bien leur permettre un bond en avant dans leur enquête – du moins en les aidant à identifier le mystérieux individu décrit par Karin Carlsson.

Et qui sait, à démasquer également l'incendiaire du chalet ?

Hanna poursuit sa ronde en s'approchant des ruines calcinées. La neige tout autour est piétinée et noircie ; la façade ouest est ravagée. Le bâtiment a été sauvé in extremis, mais ne risque pas d'être habitable de sitôt. L'odeur âcre qui flotte encore dans l'air lui pique les narines : un mélange de fumée de bois et de plastique brûlé – sans compter les matériaux divers dont les restes carbonisés semblent assez peu sûrs à respirer.

Ç'aurait pu être une odeur de mort, si par malheur Olivia ne s'était pas réveillée à temps.

Cette pensée lui arrache un frisson de culpabilité.

Hanna inspecte le pignon du chalet, l'endroit où l'incendie aurait commencé, d'après les conclusions de la police scientifique. C'est là que le pyromane – Pontus, selon toute vraisemblance – a vidé sa bouteille d'allume-feu avant d'y jeter une allumette.

Elle retourne se poster devant le local à skis pour déterminer si la caméra la plus proche filme ou non le chalet. Tout dépend de l'orientation qu'on lui a donnée : Hanna se dresse sur la pointe des pieds pour examiner l'angle de l'objectif, qui lui renvoie un reflet mat.

Bingo ! Si ses observations sont justes, la caméra devrait bien avoir capté les allées et venues autour du bâtiment.

Elle qui avait prié pour un petit coup de pouce du destin, on dirait bien qu'elle a été exaucée.

95

Alors qu'elle s'apprêtait à retrouver Daniel, Hanna voit s'ouvrir la porte-fenêtre devant le sauna. Olivia se tient dans l'embrasure, en survêtement gris.

« Bonjour, Olivia ! s'écrie Hanna en coupant à travers la neige pour la rejoindre. Désolée si on vous a réveillée. Emil nous a dit que vous étiez au lit. Comment vous sentez-vous ?

– Pas très bien… »

Olivia est blafarde. Le contraste avec ses cheveux noir de jais lui donne un air quasi fantomatique.

« Vous devez être sous le choc, ça se comprend, fait doucement Hanna, une main sur la porte-fenêtre. Je tenais à vous redire que vous avez été incroyablement courageuse cette nuit. Vous avez probablement sauvé la vie d'Emil et la vôtre. Ça n'a rien d'étonnant que vous ayez besoin de repos. »

Olivia jette un rapide coup d'œil derrière elle, comme si elle s'inquiétait qu'on la surprenne en conversation avec Hanna. Ou a-t-elle encore peur de voir revenir Pontus ?

Ne devraient-ils pas tout de même poster une patrouille sur place jusqu'à demain ?

Daniel était opposé à cette idée, pourtant – Raffe aussi. Ni l'un ni l'autre n'imaginait Pontus assez stupide pour revenir sur les lieux.

Et puis, avec un peu de chance, ils lui auront mis la main dessus d'ici ce soir.

« Il y a un truc qu'il faut que je vous avoue », murmure Olivia.

Sa voix est faible, hésitante. La jeune femme n'est plus que l'ombre d'elle-même. La série de traumatismes extrêmes qu'elle a traversés ces derniers jours l'a physiquement amochée. Peut-être a-t-elle même de la fièvre.

Il y aurait de quoi rendre n'importe qui malade.

Hanna fait un pas de plus vers elle.

« Dites-moi, je vous écoute.

– C'était ce matin, se lance Olivia. J'étais dans l'escalier, et j'ai surpris une conversation entre Wille et Amir dans le salon. Ils parlaient tellement bas que je n'ai pas réussi à savoir qui était qui… »

Elle a un moment d'hésitation avant de reprendre : « Je n'ai pas vraiment saisi de quoi ils parlaient exactement. L'un des deux essayait de convaincre l'autre d'aller se dénoncer à la police… Mais l'autre a refusé net. Et puis il a dit : "*Pas un mot aux flics sur Fanny et moi.*" »

Son visage se décompose quand elle prononce la dernière phrase.

« Il y en a un qui a fait du mal à Fanny, c'est sûr ! Et l'autre est au courant.

– Mais il fallait nous appeler tout de suite ! s'écrie Hanna. Pourquoi avoir encore attendu pour nous le raconter ? »

Elle regrette aussitôt la sévérité de son ton – Olivia est déjà à ramasser à la petite cuillère.

La jeune femme se mord la lèvre et détourne le regard.

« Je sais, bredouille-t-elle. Mais ça m'a fait un choc d'entendre ça, je n'avais pas les idées claires. Alors je suis retournée me coucher. »

Hanna pose une main conciliante sur son épaule.

« Merci infiniment de m'avoir fait cette confidence », la rassure-t-elle.

Les pièces du puzzle se mettent en place, une par une. S'ils parviennent à emmener les garçons au poste et à leur arracher la vérité, ils auront le fin mot de l'histoire, elle en est convaincue.

Une autre pensée frappe alors Hanna : Pontus peut très bien avoir incendié le chalet, mais n'avoir aucun lien avec la mort de Fanny.

Il n'est pas impossible qu'ils aient affaire à deux criminels.

96

Avec une lenteur infinie, Anton esquisse quelques pas dans le garage plongé dans le noir.

En franchissant le seuil, il a cherché à tâtons un interrupteur, en vain. Sans doute est-il placé un peu plus loin.

C'est donc dans la pénombre qu'il évolue, guidé par la faible lumière du jour qui filtre par la porte ouverte et par l'étroite fenêtre.

« Pontus ? lance-t-il d'une voix qu'il veut assurée. Je m'appelle Anton, je suis de la police. Je vous demande de sortir, les mains en l'air. »

Silence total.

« Pontus ! répète-t-il. Je sais que vous êtes là. Ça ne sert plus à rien de vous cacher. »

Anton s'agenouille et jette un coup d'œil sous la Jeep pour voir si le jeune homme se serait tapi derrière. Dans l'obscurité, difficile de distinguer la moindre silhouette, mais il a la forte impression de ne pas être seul.

N'entend-il pas le bruit ténu d'une respiration ?

« Pontus, tente-t-il une dernière fois. Sortez maintenant, les mains sur la tête. »

Anton reste accroupi pour mieux percevoir les sons proches du sol. Il lui semble entendre un frottement, tout près du rideau métallique.

Du coin de l'œil, il voit une ombre bouger.

Puis quelque chose se met à grincer : Anton réalise que la porte du garage est en train de s'ouvrir. Mais alors qu'il se lève pour se ruer sur Pontus, quelque chose de massif traverse les airs dans sa direction. Anton a tout juste le temps de tourner la tête pour éviter que l'objet ne vienne le heurter en pleine face.

Il a été violemment touché à l'arcade sourcilière. La douleur est brutale, intense, comme une explosion sous sa tempe. Il y a un grand bruit sourd quand l'outil qui l'a frappé s'écrase sur le sol en béton.

Le pistolet lui est tombé des mains, sans qu'il ait vraiment compris comment, et a glissé de quelques mètres pour s'arrêter entre les roues avant de la Jeep. Pendant ce temps, le rideau de fer électrique a commencé à se lever, assez pour qu'il soit possible de s'enfuir par l'ouverture.

Tandis qu'Anton cherche son arme à tâtons sous la voiture, il voit une silhouette se jeter à toute vitesse sous la porte qui s'élève lentement.

Dans l'affolement, Anton continue de palper la dalle de béton pour retrouver son pistolet. Quelque chose de chaud lui coule le long du visage – il ne sent que maintenant qu'il saigne abondamment. Reconnaissant enfin le toucher de sa crosse, il la tire vers lui puis se précipite vers la sortie et prend le fugitif en chasse.

Devant lui, Pontus dévale la colline à toute allure en direction de la rue. Il a une avance d'une vingtaine de mètres.

Anton le poursuit tant bien que mal, mais le sang qui dégouline le long de ses paupières lui brouille la vue. La tête lui tourne ; une sensation de vertige commence à l'envahir. La distance qui le sépare de Pontus grandit sans qu'il puisse rien y faire.

Il est presque à bout de souffle.

Alors qu'il n'est qu'à quelques dizaines de mètres de la maison des Löwengren, il voit la porte d'entrée s'ouvrir – et Daniel et Hanna apparaître comme par miracle, accompagnés de deux des autres garçons.

« Daniel ! s'égosille Anton en épuisant les dernières forces qui lui restent. Arrête-le ! Arrête Pontus ! »

97

En entendant les cris d'Anton, Daniel réagit au quart de tour.

Alors qu'il vient tout juste de sortir de la maison, Wille et Amir à sa suite, il voit Pontus débouler depuis le bout de la rue, courant comme un dératé. À ses trousses, Anton semble bien mal en point : il vacille sur ses jambes, le visage en sang.

Il tombe à genoux au milieu de la chaussée sous les yeux de Daniel, qui se met à son tour à prendre en chasse le fuyard. Pontus lui est passé sous le nez et détale dix mètres devant lui.

Hanna accourt, elle aussi, depuis la maison.

« Occupe-toi d'Anton ! lui lance Daniel en accélérant la cadence. Je vais choper le gamin. »

Il a beau faire, le fuyard refuse de ralentir malgré ses sommations. Daniel n'a pas le choix : il doit sortir son arme de service – Pontus ne peut pas s'échapper.

Le pistolet levé, Daniel hurle à s'en briser la voix : « Arrêtez-vous ou je tire ! »

Pontus ne fait aucunement mine d'obtempérer. Au contraire, il accélère encore l'allure. Ni une ni deux, Daniel tire en l'air un coup de semonce.

La détonation est assourdissante, et Pontus, dans sa course, jette un regard effrayé par-dessus son épaule. Daniel voit clairement le désespoir au fond de ses yeux, mais le jeune homme refuse de capituler : il continue de dévaler tant bien que mal la pente, manquant plusieurs fois de perdre l'équilibre dans la neige glissante.

Daniel ne compte pas le laisser s'échapper, pas maintenant – il est à deux doigts de l'avoir.

Ils sont presque arrivés à l'intersection avec la route principale. Pontus s'apprête à la traverser quand une grande déneigeuse apparaît soudain derrière un virage, à quelques mètres d'eux. Le vacarme du moteur couvre tous les sons, et le conducteur, concentré sur la route, ne remarque pas le jeune homme qui déboule en trombe par sa gauche.

Daniel voit Pontus hésiter une fraction de seconde, comme s'il calculait ses chances d'atteindre l'autre côté avant que l'énorme engin ne fonde sur lui.

Le véhicule est bien trop proche pour pouvoir freiner : s'il se trouve happé par sa grande lame de métal, Pontus n'a aucune chance.

Mais le garçon ne semble pas vouloir s'arrêter – sans doute trop désespéré pour penser clairement.

« Non ! » hurle Daniel en se jetant en avant.

Tout se déroule comme au ralenti : il tend le bras pour attraper la veste de Pontus, la manque de peu, puis parvient à saisir un coin de capuche sur lequel il tire de toutes ses forces. Par un extraordinaire effort de volonté, il réussit à stopper le garçon dans sa course au moment même où le véhicule passe en vrombissant à vingt centimètres de leur nez.

Les vibrations se propagent jusque dans le sol. L'engin était si proche que Daniel a senti sur sa joue le souffle de son passage.

Ils tombent lourdement et roulent dans le fossé. Daniel en profite pour prendre le dessus.

« Vous êtes complètement fou ? halète-t-il en secouant Pontus. Vous vouliez nous tuer tous les deux ? »

Il doit se maîtriser pour contenir sa colère. Sans attendre, il extrait de sa poche une paire de menottes en tordant les bras de Pontus dans son dos.

Cette fois, le jeune homme ne résiste pas ; il reste simplement allongé sur le sol, inerte, tandis que Daniel, pantelant, finit de le menotter. Il le relève ensuite d'un coup sec en le tenant fermement par le coude.

Le visage de Pontus est couvert de neige et de gravier.

« Vous allez avoir un paquet de choses à nous expliquer, grince Daniel. Homicide, incendie volontaire et tentative d'homicide, coups et blessures, refus d'obtempérer. »

Pontus respire avec peine.

« Je n'ai rien fait », rétorque-t-il sans lever les yeux.

Daniel lui lance un regard fatigué.

Fanny est morte, le cou d'Emil porte encore les marques visibles de la violence de Pontus, et ses deux camarades ont failli périr dans un incendie criminel.

Dans cette histoire, il est très loin d'être une victime.

98

En apprenant que la police allait emmener Wille et Amir au poste, Olivia a ressenti un immense soulagement. Elle ne veut plus avoir affaire à eux. Elle a trop peur de se trahir, de révéler qu'elle a épié depuis l'escalier leur conversation cryptique au sujet de Fanny.

Être dans la même pièce suffit à la faire frémir d'horreur.

Elle a prié pour que la police les garde tous les deux en détention un bon moment, mais ses espoirs ont été douchés quand Pontus a refait surface : les flics l'ont pris en chasse, se sont occupés de leur collègue blessé et ont fini par laisser Wille et Amir dans la maison.

Ils ont tous les deux investi les canapés du salon et jouent aux jeux vidéo. Olivia se prépare un thé dans la cuisine, tandis qu'Emil est retourné dans sa chambre ; il paraît toujours profondément ébranlé par les événements.

Le crépuscule commence à tomber, mais la magnifique vue sur le lac est masquée par de lourds nuages.

Par la fenêtre, les restes noircis du chalet se dressent comme un sinistre rappel du drame de la nuit.

Les épaules d'Olivia lui font mal tant elle est tendue. Pourvu qu'aucun des garçons ne l'ait vue parler à Hanna tout à l'heure ! Ils semblent déjà méfiants, ils ne lui ont presque pas adressé la parole de l'après-midi.

Olivia n'oubliera jamais la vision de Pontus, menottes aux poignets, embarqué dans une voiture de police, sirènes hurlantes. Ni de ce type prostré au sol, le visage en sang.

Cette fois-ci, Pontus a été à deux doigts de tuer un flic.

Pendant que l'eau chauffe dans la bouilloire, Olivia attrape une tasse dans un des placards et y place un sachet de thé. En allant ouvrir le réfrigérateur pour chercher le lait, elle réalise que Wille s'est posté juste derrière la porte.

« Comment tu vas ? » fait-il.

Elle parvient à peine à le regarder dans les yeux.

« À ton avis ? laisse-t-elle échapper. Franchement, c'est l'angoisse… »

Il la fixe d'un air scrutateur.

« Dis, je t'ai vue tout à l'heure près du sauna, avec cette flic. Vous parliez de quoi ? »

Et merde ! Elle qui espérait avoir été discrète.

« Je ne sais plus, rien de spécial. »

Pour éviter d'avoir à le regarder en face, elle fait mine de s'intéresser au contenu du réfrigérateur, en déplaçant le beurrier avant de changer le concombre d'étagère.

Wille fait un pas en avant et ferme d'un coup sec la porte du frigo, forçant Olivia à reculer pour ne pas se coincer la main.

« Vous avez bien dû parler de quelque chose !

– Elle voulait juste savoir comment j'allais. »

Olivia s'efforce de paraître indifférente, mais se sent rougir. Les joues brûlantes, elle poursuit : « J'ai dit ce que je pensais, que la situation est super oppressante. Qu'est-ce que tu croyais ? »

Wille se tient soudain très près d'elle. Il attrape son bras et le serre fermement.

« Dis-moi, tu n'irais jamais m'accuser d'avoir causé la mort de Fanny, toi ? susurre-t-il. Comme tu l'as fait avec Amir. Balancer des mensonges sur moi, sans aucun fondement ? »

Olivia tente de se dégager, mais Wille maintient sa prise sur son avant-bras. S'il continue comme ça, il risque de lui laisser un gros bleu.

Son regard est glacial, dénué de toute tendresse.

« On ne lance pas ce genre d'accusation à la légère. C'est grave ! Tu le comprends, non ? »

La main de Wille se resserre. Il lui fait peur, mais Olivia ne parvient pas à se libérer de son emprise et n'ose pas protester.

Son bras lui fait mal.

« J'ai compris, souffle-t-elle. Je ne compte rien dire sur toi, promis. »

Wille ne la lâche pas des yeux.

« Tu n'as rien fait, de toute façon », ajoute-t-elle dans un murmure.

Wille lâche prise d'un seul coup. Il redevient soudain lui-même.

« Parfait ! s'exclame-t-il, puis il désigne la bouilloire : Tu crois qu'il y aura assez d'eau pour moi aussi ? »

99

L'incroyable cirque qui s'est déroulé cet après-midi chez les voisins n'a pas échappé à Åke Carlsson ; il a suivi, minute par minute, le drame depuis la fenêtre de sa cuisine, entre le jeune qui détalait, coursé par les flics, et le défilé de voitures de police devant la maison des Löwengren.

L'un des agents semblait avoir été sérieusement blessé au visage. Il était en sang et tenait à peine debout. La jeune enquêtrice de l'autre fois a même dû l'aider à grimper à l'arrière d'une voiture.

On dirait qu'ils ont attrapé un suspect, en tout cas.

Åke sourit, satisfait.

Il entend la porte d'entrée s'ouvrir, puis Karin taper des pieds pour déneiger ses chaussures sur le paillasson. Sa femme a passé une bonne partie de la journée à Storlien pour faire les courses de la semaine. Le centre commercial qui a ouvert il y a quelques années affiche des prix imbattables, au point qu'il est devenu le nouveau lieu névralgique du commerce transfrontalier.

« Mais qu'est-ce que c'est que ce bazar ? demande Karin en le rejoignant dans la cuisine. J'ai dû batailler pour qu'on me laisse passer avec la voiture. »

Elle a deux énormes sacs de courses dans les mains – et en a probablement posé le double dans l'entrée.

« J'ai l'impression que la police est en train de boucler son enquête sur la mort de la gamine, explique Åke. Ils ont arrêté l'un de ses petits camarades tout à l'heure ; je les ai vus lui courir après et l'embarquer menotté. C'était plutôt musclé. »

Karin pose les sacs au sol si brusquement que l'un d'eux se renverse, laissant rouler pommes et oranges sur le carrelage.

« Quelle horreur ! balbutie-t-elle, une main sur la bouche. Mais ce ne sont que des enfants ! Ils ont la vie devant eux.

– Quel rapport ? » rétorque Åke.

Que la police ait conclu que le coupable était l'un des jeunes est une issue qui le satisfait pleinement.

« Quand on commet un crime comme celui-là, il faut en assumer les conséquences. Ils sont majeurs et vaccinés, après tout.

– C'est vrai, réagit Karin d'une voix affligée. Mais enfin, se dire que ce gosse risque de croupir en prison... »

Elle se tasse sur la chaise la plus proche.

« Tu sais lequel c'était ? »

Åke fait signe que non. Pour lui, tous ces morveux ont plus ou moins la même tête.

« C'est pas le fils Löwengren en tout cas, dit-il. C'est le seul que je reconnaisse. »

Il lui est impossible d'avoir la moindre pitié pour un membre de cette famille.

Il se tourne vers la fenêtre et jette un coup d'œil à leur détestable villa. Il regrette toujours un peu que les flammes de l'incendie se soient arrêtées à la dépendance, épargnant le bâtiment principal.

Mais qui sait, peut-être que cette terrible histoire finira par tourner en leur faveur, si le drame pousse les Löwengren à vendre et à déménager ? Dans ce cas, il rêverait de racheter la maison pour la démolir – ou, du moins, en repeindre la façade d'une couleur un tant soit peu décente avant de la revendre.

Åke croise les bras sur sa poitrine, un petit sourire aux lèvres. Lui, en tout cas, n'éprouve pas le moindre remords.

« C'est quand même affreux. Ils ont quoi ? Vingt ans ? murmure Karin, qui s'est baissée pour ramasser les fruits tombés sur le carrelage. Mais comme tu le dis, il faut assumer les conséquences de ses actes.

– L'essentiel, c'est que le crime soit résolu, tranche-t-il. Qu'on puisse dormir tranquille la nuit !

– Moi, je veux juste que tout ça se termine, conclut sa femme dans un soupir. Quelle histoire ! Quelle horrible histoire ! »

100

De retour au poste, Daniel s'affaire à établir une liste de priorités pour la suite de l'après-midi. Assis à son bureau, il vient d'achever un coup de fil avec Grip.

Il a fallu relater à leur supérieure ce qui était arrivé à Anton, une tâche singulièrement lourde. Difficile de se défaire de la vision de son collègue tombant à genoux, livide, le visage ensanglanté.

Quand un agent est blessé en service, c'est toute l'unité qui accuse le coup. Le métier comporte évidemment une part de risques à accepter, mais on n'en devient pas pour autant immunisé avec les années. Au contraire : la prudence croît avec l'expérience.

Pontus est désormais en garde à vue. Ils l'ont placé en cellule dans l'attente de son interrogatoire – leur priorité absolue.

Hanna a accompagné Anton au centre médical, dont le bâtiment jouxte le commissariat. Selon le verdict du médecin qui l'examinera, il faudra peut-être le transférer à l'hôpital d'Östersund.

Il leur reste encore à interroger Wille et Amir à la suite des révélations d'Olivia. Mais pour l'instant, c'est bien sur Pontus qu'ils doivent concentrer leurs efforts.

Daniel entend résonner dans le couloir les pas vifs de Raffe, qui passe bientôt la tête dans l'encadrement de la porte, téléphone à la main, l'air visiblement soulagé.

« Je viens d'avoir Hanna. Il semblerait que les blessures d'Anton ne soient pas aussi sérieuses qu'on a pu le craindre.

– Les médecins ont dit quoi ?

– Commotion cérébrale. On lui a fait des points de suture à l'arcade sourcilière. Il va sans doute être envoyé à Östersund pour observation, mais son cas n'a pas l'air trop préoccupant. »

Daniel sent ses épaules s'alléger soudain d'un poids dont il n'était même pas conscient.

« Ah, tu me rassures, fait-il avec un soupir de soulagement. Il nous a fichu une de ces trouilles...

– Ça, tu peux le dire, opine Raffe. Apparemment, le médecin a dit à Anton qu'il pouvait remercier sa bonne étoile : si le marteau l'avait frappé un centimètre plus bas, il aurait pu perdre l'usage de son œil droit. »

Loin de Daniel l'idée d'accabler Anton, mais pourquoi diable s'est-il mis en tête de faire ainsi bande à part ? Il sait combien il est risqué de tenter une interpellation sans soutien. Si un incroyable hasard n'avait pas placé Daniel et Hanna sur sa route, Pontus leur aurait à nouveau filé entre les doigts.

Mais cette discussion-là peut attendre.

« Pontus va avoir un paquet de comptes à rendre. Ça se profile mal pour lui.

– Avoir tout ça sur la conscience, à son âge..., frémit Raffe. Il a quoi ? Dix-neuf ans ?

– C'est ça. »

Raffe range son portable dans la poche de son jean et s'adosse au montant de la porte avec un air pensif.

« Hanna m'a dit qu'elle rentrait, au fait. Elle ne devrait pas trop tarder. Si jamais tu veux l'attendre pour commencer l'interrogatoire de Pontus avec elle.

– Parfait ! répond Daniel. C'est ce que je vais faire. »

Dans ce genre de situations, personne ne lui arrive à la cheville. Si quelqu'un est capable d'arracher la vérité à Pontus, c'est bien elle.

101

En sortant du centre médical, Hanna ressent le besoin impérieux de prendre l'air. Elle décide de marcher un peu pour se remettre les idées en place. Anton lui a fait une énorme frayeur, tout à l'heure : sur la route depuis Sadeln, elle a vraiment cru qu'il allait perdre connaissance sur la banquette arrière.

Même si elle le sait entre de bonnes mains, il faut vraiment qu'elle fasse une pause avant de retourner au poste. Elle se sent encore un peu secouée, et veut être parfaitement alerte pour l'interrogatoire de Pontus.

D'un pas rapide, elle dépasse le commissariat et remonte vers le nord la rue Kurortsvägen en direction de l'hôtel Tott, en inspirant l'air glacé à pleins poumons.

La neige crisse sous ses chaussures. Au loin sur la colline, on voit se dessiner la silhouette du télésiège Tott, fermé pour la journée. Il est quinze heures passées ; le soleil se couchera dans une demi-heure : plus rien ne bouge sur les pistes désertées par les skieurs.

Cette affaire la touche particulièrement, il faut bien l'admettre. Chaque fois qu'elle est confrontée à des crimes impliquant des jeunes gens, elle peine à garder la distance de rigueur. Il y a quelques jours à peine, c'était un groupe d'étudiants joyeux, partis pour une semaine de ski et de soirées. Et désormais, leur vie ne sera plus jamais la même. Pontus risque de passer ses plus belles années en prison,

Olivia a perdu sa meilleure amie, et Emil et elle ont manqué de peu d'être brûlés vifs.

Comment le destin peut-il se retourner aussi brutalement ?

Hanna enfonce le menton dans son écharpe, tentant de calmer l'agitation qui bouillonne en elle. Pour l'instant, tout tend à désigner Pontus comme unique coupable, mais elle ne peut exclure que d'autres soient impliqués. Ce que vient de lui confier Olivia continue de la travailler : Wille et Amir doivent être interrogés le plus rapidement possible.

Elle est presque arrivée à l'hôtel quand elle voit qu'il est grand temps de rentrer au poste ; Daniel l'attend. Sa journée de travail est loin d'être terminée.

Peut-être devrait-elle en profiter pour appeler Lydia sur le chemin du retour, la questionner sur cette histoire de caméras de surveillance ? À cette heure-ci, elle devrait être à son cabinet.

Lydia décroche à la première sonnerie. Avant que sa sœur n'ait le temps de prononcer trois mots, Hanna lui explique la raison de son appel pour couper court aux bavardages inutiles.

« Oui, c'est bien ça, répond Lydia à sa question. On a plusieurs caméras qui filment les différentes entrées de la maison.

– Elles sont en marche en permanence ?

– Chez nous, non. Les nôtres s'activent via un détecteur de mouvement, mais c'est au choix du client. Il existe aussi des modèles qui tournent en continu. »

C'était exactement ce qu'Hanna espérait entendre.

« Sais-tu si les vidéos sont sauvegardées, et si oui, pendant combien de temps ?

– Je n'y ai jamais réfléchi, observe Lydia. Tu devrais contacter la société de vidéosurveillance. Ils stockent peut-être tout ça sur leurs serveurs ou dans le cloud.

– C'est prévu : j'ai déjà mis un collègue sur le coup.

– C'était quoi, le nom de la société ?

– Nordic Security, il me semble.

– C'est bien celle-là qui s'occupe de nous. C'est une grosse boîte, très pro, présente un peu partout en Suède. Ils sauront probablement te renseigner. »

En remerciant Lydia pour son aide, Hanna s'apprête à raccrocher quand sa sœur la relance : « Et moi qui croyais que tu m'appelais à propos d'hier ! Pourquoi tu ne m'as jamais répondu ? »

Un soupçon de reproche point dans sa voix.

« Tu imagines bien qu'avec tous les articles qui circulent sur Internet, je suis hyper curieuse, moi aussi ! »

Lydia fait une pause, courte, mais lourde de sens.

« Il se passe quoi exactement avec Henry Sylvester ? »

Oh non, pas elle aussi…

Hanna adore sa grande sœur, mais discuter avec elle du bazar qu'est devenue sa vie amoureuse est bien la dernière chose au programme. Pour l'heure, l'enquête doit primer.

« Désolée, je n'ai vraiment pas le temps, là. On en parle une autre fois ?

– Maman est sur un petit nuage, continue Lydia. Elle m'a appelée hier. Elle n'a pas arrêté de s'extasier sur ton nouveau chéri. Tu dois t'en douter, elle a déjà commencé à planifier votre mariage. Et toi, comment tu le sens ?

– Lydia, je t'en prie !

– Bon, d'accord… »

Hanna entend à son ton qu'elle est froissée.

« Je pensais qu'on pouvait discuter de ce genre de choses, toi et moi », lâche Lydia.

Hanna ne veut vraiment pas décevoir sa sœur, qui est tant de fois venue à sa rescousse au fil des ans. Mais là, elle n'a simplement pas le temps pour ça.

« C'est… compliqué, dit-elle. Écoute, on en parlera plus tard, je dois retourner bosser, j'ai encore mille choses à faire avant ce soir.

– Tu me promets de rappeler ?

– Oui, je te le promets. Parole de scout. »

Hanna raccroche dans un soupir. Parfois, elle voudrait pouvoir se dédoubler pour se consacrer pleinement à sa vie privée et à son boulot en même temps.

Maintenant, elle doit se dépêcher de remonter au commissariat et interroger Pontus. C'est tout ce qui importe.

102

Les murs de la salle d'interrogatoire sont aussi immaculés et impersonnels que le reste du poste de police.

Quand Daniel jette un coup d'œil à sa montre, il est presque seize heures ; tout s'est enchaîné sans aucune pause depuis l'incendie de la nuit.

À la table près de lui, Hanna, le teint blafard, lit un SMS. Ses yeux sont cachés par des mèches échappées de sa queue-de-cheval.

« Quelle journée ! » souffle-t-elle en rangeant son téléphone.

Daniel ne peut qu'acquiescer. Après la scène d'action de tout à l'heure, il aspire avant tout au calme et à la sérénité. Mais ça va encore devoir attendre.

Il lui faudra puiser dans ses réserves un surplus d'énergie pour terminer cette journée.

On toque à la porte, puis un collègue en uniforme escorte Pontus dans la pièce. On lui a donné un repas et l'accès à une douche. Il est propre, mais pâle, crispé, le visage creusé de cernes.

Daniel désigne la chaise de l'autre côté de la table, que Pontus tire vers lui d'un geste lent. Il semble presque engourdi, comme s'il peinait à réaliser la gravité de la situation.

Hanna lui lance un sourire encourageant.

En préparant leur stratégie, ils ont décidé de cuisiner Pontus selon la méthode éprouvée du *good cop/bad cop*. Daniel endossera le rôle du flic viril, intimidant et sans pitié, tandis qu'Hanna jouera sur l'empathie féminine pour essayer de gagner la confiance du jeune homme.

Ces clichés genrés ont beau sembler usés jusqu'à la corde, il faut reconnaître qu'ils fonctionnent toujours particulièrement bien dans ce type de jeux de rôle.

Hanna allume le magnétophone posé sur la table et commence à lire à haute voix les informations d'usage pour introduire l'interrogatoire : les nom, prénom, numéro de Sécurité sociale de Pontus, les accusations portées contre lui, ainsi que les noms des policiers présents.

« Ça se présente très mal pour vous, amorce froidement Daniel. J'espère un minimum de coopération de votre part, ou vous risquez de finir dans un sacré merdier.

– Vous êtes soupçonné d'avoir commis des crimes graves, passibles de plusieurs années de réclusion », embraie Hanna, sur un ton autrement plus cordial.

Elle a dans le regard une expression compatissante, qui dit à Pontus qu'elle ne lui veut aucun mal, qu'elle souhaite simplement l'aider.

Pontus ferme les yeux.

Formellement, il a tout à fait le droit de garder le silence, aussi bien que de requérir la présence d'un avocat. Daniel croise les doigts pour qu'il n'en fasse pas la demande – sinon ils ne pourront reprendre que demain. Et si l'on doit lui trouver un défenseur, il faudra probablement transférer Pontus à Östersund.

Cela compliquerait grandement les choses.

Pontus ouvre la bouche, mais aucun son n'en sort. Ses lèvres sont gercées, presque blanches. Un son étouffé se fraye un passage depuis le fond de sa gorge, à mi-chemin entre gémissement et sanglot.

Après tout ce qui s'est passé, serait-il en train de craquer ?

« Je peux vous servir de l'eau ? » propose Hanna.

Pontus hoche la tête. Hanna saisit une carafe posée sur la table et remplit un verre qu'elle pousse vers lui. Il en boit quelques gorgées, les mains crispées sur le récipient qu'il semble serrer de toutes ses forces. Le stress paraît le dévorer de l'intérieur.

Peut-être aussi les remords ?

« Commençons par parler de Fanny, si vous le voulez bien, suggère Hanna. Pourriez-vous m'expliquer en quoi vous êtes mêlé à sa mort ? »

Elle s'efforce visiblement de paraître compréhensive, de gagner la confiance de Pontus – qu'il se sente assez détendu pour accepter de se livrer. Car pour les personnes coupables d'un crime grave, l'aveu est bien souvent vécu comme une délivrance. Rares sont ceux, même parmi les criminels les plus endurcis, à pouvoir vivre toute une vie avec le poids de ces actes, sans jamais se trouver rattrapés par leur conscience.

Pour Pontus, encore tout jeune et sans aucun antécédent judiciaire, le poids à porter est d'autant plus lourd.

Daniel reste les bras croisés, en silence, comme un rappel menaçant de sa présence, tandis qu'Hanna mène l'interrogatoire sur un ton plus doux.

C'est la meilleure tactique pour obtenir des aveux, Daniel en est convaincu.

Pontus prend une inspiration tremblante.

Puis il ouvre la bouche pour parler.

103

Pontus articule d'une voix rauque : « Je n'ai rien à voir avec la mort de Fanny. Ce soir-là, je ne l'ai pas touchée ! Je vous le jure ! »

La formulation fait réagir Hanna : *ce soir-là* ?

« Parce que vous l'avez touchée à un autre moment, c'est ça ? » demande-t-elle, intriguée.

Il rougit.

« Non ! Ce n'est pas ce que je voulais dire...

– Vous l'avez dit, pourtant. Et c'était assez clair. Un bel exemple de lapsus révélateur : on dirait que votre inconscient a envie de vous faire avouer. »

Pontus se met à bafouiller : « Mais non, je n'ai rien fait...

– Fanny vous plaisait, et vous avez essayé de vous rapprocher d'elle, c'est ça ? tente Hanna. C'était quand ? »

Il y a un silence.

« C'était dans le train de nuit pour Åre, finit-il par lâcher, l'air penaud.

– Que s'est-il passé dans ce train ? rebondit aussitôt Hanna.

– Eh bien... On avait tous beaucoup trop picolé, et pendant la nuit, quand Fanny dormait sur sa couchette, je...

– *Je* quoi ? coupe Daniel.

– Je... euh... je suis monté à l'échelle, je me suis allongé près d'elle et... je l'ai touchée. Mais j'ai rien fait de grave, c'était par-dessus la couverture.

– Fanny était-elle d'accord ? demande Hanna.
– Pas directement, glisse Pontus, de plus en plus honteux. Enfin, elle dormait. Je ne pense pas qu'elle se soit réveillée.
– Vous êtes donc allé vous frotter contre une femme endormie et vous l'avez tripotée sans son consentement ? » résume Daniel.

Il ne prend pas la peine de cacher son mépris. Hanna ressent le même malaise, mais se retient de le manifester ouvertement devant Pontus pour ne pas ruiner le jeu de rôle, ne pas briser le fragile équilibre qu'ils s'efforcent de bâtir.

Certains mecs de cette génération en sont donc encore là, se dit-elle, dépitée. À entretenir cette vision du corps des femmes comme d'un objet inerte dont ils peuvent disposer à leur guise. Qu'est-ce qui ne va pas, au juste, dans la tête de ces types ?

« Ça n'a pas duré longtemps, se défend Pontus. Et Fanny avait toujours ses vêtements.
– Que s'est-il passé ensuite ? s'enquiert Hanna, d'un ton aussi neutre que possible.
– Un des autres mecs s'est réveillé. Je pense que c'était Emil. Alors je n'ai pas osé rester. Je suis redescendu sur ma couchette et je me suis endormi. Le lendemain, tout était comme d'habitude, comme si rien ne s'était passé.
– Et après ça, Fanny n'a pas mentionné cet épisode ? fait Daniel d'une voix cassante. Elle ne vous a pas demandé ce que vous foutiez avec vos sales pattes sur elle ?
– Non. Elle n'en a jamais parlé. Je ne sais même pas si elle était consciente que j'étais là, puisqu'elle dormait. »

Hanna n'arrive pas à garder le silence.

« Lui avez-vous au moins présenté vos excuses ?
– Non, murmure Pontus, les yeux rivés sur ses genoux. J'avais trop honte après, quand j'ai été dégrisé. Au fond, je savais que ce n'était pas bien, ce que j'avais fait. Et puis j'ai eu de grosses montées d'angoisse, je me suis mis à la rembarrer chaque fois que je la voyais. Tout est juste devenu pénible.
– D'accord », fait Hanna, lapidaire.

Il faut qu'ils avancent, qu'ils comprennent comment tout cela a mené à la mort de Fanny.

« Laissons ça de côté pour l'instant, propose-t-elle. Racontez-nous plutôt ce qui s'est passé samedi soir. Avec Fanny. »

104

Quand Anton ouvre les yeux, il est seul dans la salle de repos du centre médical. Il fait déjà noir dehors ; il a dû s'assoupir un moment après l'examen.

Il se sent faible et nauséeux – ce qui n'a rien d'étonnant après une telle commotion cérébrale, lui a expliqué le médecin. Une douleur sourde palpite au niveau du front, où il a été suturé.

Au fond, il peut s'estimer heureux d'avoir échappé à bien pire. Ce marteau, s'il avait eu une trajectoire différente, aurait pu lui laisser des séquelles gravissimes.

Le docteur lui a enjoint de se mettre au repos total pendant quelques jours et lui a signé un arrêt de travail d'une semaine. Sa première réaction a été de protester, avant de réaliser – voyant rapetisser son champ de vision dès qu'il essayait de se redresser dans son lit – que le praticien avait sans doute raison.

Où est donc son portable ? À gestes lents, il saisit sa veste roulée au bout du lit et extirpe avec précaution le téléphone de la poche.

En regardant l'écran, il découvre que sa sœur, Karro, a essayé de le joindre plusieurs fois. À tous les coups, leur mère l'a appelée, en larmes, pour lui relater la grosse dispute d'hier.

Karro va aussi venir s'embourber dans cette histoire, maintenant ?

Anton soupire ; il n'a pas la force de s'en occuper maintenant, pas dans son état. Il la rappellera plus tard.

Il ouvre ses messages, en espérant à moitié y trouver un SMS d'Hanna qui lui ferait un point sur l'avancée de l'affaire. Il aimerait savoir comment cela s'est terminé, si Pontus a fini par craquer et tout avouer. Mais elle ne lui a pas donné de nouvelles ; Daniel non plus.

Ce qu'il aurait désiré découvrir, au fond, c'est un message de Carl : qu'il ait accepté de le voir ce soir. Mais là encore, silence radio. Carl ne lui a pas répondu, et la fierté d'Anton lui interdit de lui reposer la question. Ils sont en froid, c'est un fait ; il doit en prendre son parti.

Après quelques coups légers à la porte, un infirmier grisonnant franchit le seuil. Son badge précise qu'il s'appelle Dario.

« Comment vous sentez-vous ?

– Mieux, répond Anton avec un sourire forcé – même si, à vrai dire, il ne se sent pas vraiment au top.

– Je viens de parler au médecin. Vous allez être transféré à l'hôpital d'Östersund, où vous resterez un jour ou deux en observation. On est en train d'organiser votre transport en ambulance. »

Anton aurait nettement préféré rentrer chez lui, mais renonce à discuter la décision du médecin. Ce n'est pas comme si Carl l'attendait dans son appartement à Duved.

« Y a-t-il quelqu'un, un proche, qui pourrait vous apporter une brosse à dents, des vêtements de rechange ou d'autres affaires personnelles avant votre départ ? » demande Dario.

Plutôt mourir que d'appeler ses parents pour qu'ils lui déposent sa trousse de toilette. Karro non plus, il ne veut pas lui parler. Ça l'épuise d'avance.

Et contacter Carl pour ça est hors de question : il refuse de jouer la carte de l'homme blessé qui irait mendier sa pitié ; il peut au moins s'épargner cette humiliation.

« À l'hôpital, ils auront bien des affaires que je pourrai emprunter », rétorque Anton.

Il ferme les yeux et se laisse retomber contre l'oreiller.

Jamais il n'aurait imaginé se sentir un jour aussi seul.

105

Pontus appuie le menton sur sa poitrine, le visage pâle et les traits tirés.

« Maintenant, fini d'esquiver, nous voulons des faits, dit Daniel d'un ton ferme, sans ambiguïté. Est-ce vous qui avez couché avec Fanny juste avant sa mort ? »

Pontus se contente de secouer la tête en guise de réponse.

« Mais vous savez qui c'était ? tente Hanna.

– Euh, je pense que oui. Enfin, je ne suis pas trop sûr… »

Sa voix s'estompe. Cette réponse d'une imprécision totale épuise la patience déjà mise à rude épreuve de Daniel, qui commence à entrer un peu trop volontiers dans la peau de son personnage. *Arrêtez de vous foutre de moi,* aurait-il envie de hurler – mais il vaut sans doute mieux qu'il ménage son agressivité.

Le principal, c'est d'arracher la vérité à Pontus. Hanna, avec ses manières amicales, est sans doute bien mieux placée que lui pour y parvenir.

« Dans ce cas, vous feriez mieux de nous raconter ce qui s'est passé, une bonne fois pour toutes », lui enjoint-elle.

Un air d'accablement profond tord le visage de Pontus. Il glisse les deux paumes sous ses genoux, comme un amortisseur entre lui et l'assise de sa chaise.

« Pontus ? dit Hanna. S'il vous plaît, parlez-nous.

– Samedi soir, Emil et Olivia sont allés se coucher peu après minuit. Wille est parti dans les mêmes eaux. Il ne restait plus qu'Amir, Fanny et moi dans le salon. »

La suite de son récit ressemble plus à un murmure : « Fanny était folle d'Amir. Tout le monde l'avait remarqué. Mais Amir n'avait pas l'air spécialement intéressé, même si elle avait passé la soirée à essayer de lui faire du charme. À la fin, Fanny était complètement déchirée, elle tenait à peine debout. Elle et Amir se sont posés ensemble sur le canapé et ont commencé à s'embrasser. Ça a duré un petit moment, jusqu'à ce qu'Amir se lève, comme s'il en avait sa claque. Il a dit bonne nuit et il est monté dans sa chambre. »

Le regard de Pontus glisse vers la fenêtre. La nuit s'est installée au fil de l'interrogatoire, on voit virevolter de gros flocons dans la lueur des lampadaires. Un peu de neige s'est déposée sur le rebord de la fenêtre, formant un curieux motif de dentelle blanche.

« Fanny était complètement sonnée, poursuit-il. Elle s'était évidemment imaginé qu'Amir allait lui proposer de monter avec elle sur la mezzanine, qu'ils passeraient la nuit ensemble. Mais Amir n'en avait rien à faire de ce qu'elle espérait. Il s'est simplement cassé, comme ça. Fanny s'est retrouvée toute seule, hyper triste. Je l'ai bien vue qui luttait contre les larmes.

– Qu'avez-vous fait alors ? relance Hanna.

– Pas grand-chose. J'étais presque aussi bourré qu'elle. Je comatais à moitié et j'arrivais à peine à faire des phrases cohérentes. Mais là, j'ai vu s'ouvrir la porte de la chambre de Wille. Il en est sorti, en peignoir, et… il a entraîné Fanny dans sa chambre.

– Et là ? dit Daniel.

– Ils ont couché ensemble. »

Daniel ne s'attendait vraiment pas à ça. Il voit qu'Hanna réagit avec le même étonnement ; son stylo lui en tombe des mains.

Si Pontus dit vrai, ce serait donc probablement la voix de Wille qu'Olivia a surprise hier soir depuis l'escalier – Wille aurait demandé à Amir de garder le silence sur ce qu'il avait fait à Fanny. Pontus n'a pas l'air d'affabuler ; la fluidité de son récit le rend plutôt crédible.

« Vous êtes sûr de ça ? insiste tout de même Daniel.
– Les murs entre les pièces sont assez minces. On entendait clairement ce qu'ils faisaient.
– Pourquoi ne pas nous avoir confié tout cela dès le début ? interroge Hanna. Vous nous avez menti à plusieurs reprises en assurant que vous dormiez.
– C'est que... Wille m'a ordonné de me taire. Le lendemain matin, quand le corps de Fanny a été découvert dans la neige. »

Pontus change de position sur sa chaise. Il porte une main à son cou, se gratte sous l'oreille.

Son regard se promène dans tous les coins de la pièce.

« Wille avait la trouille d'être suspecté si jamais vous appreniez la vérité. Ça la foutrait mal. Il ne veut surtout pas se laisser embarquer dans ce genre d'embrouilles qui peuvent laisser des traces. Ça aurait pu jouer sur son avenir, toute sa carrière. Il a déjà tout prévu, Wille. Il connaît déjà le cabinet de conseil en management qui l'embauchera après son diplôme. »

Daniel secoue la tête. Ce type a à peine vingt ans : c'est de la folie d'avoir planifié sa vie entière à cet âge-là. Et comment peut-il avoir pour ambition ultime de travailler dans ce secteur ?

Puis il a un pincement au cœur en repensant à l'article sur Hanna et Henry Sylvester. L'homme d'affaires a lui aussi commencé jadis dans le conseil aux entreprises. Aujourd'hui, il fait partie des personnalités les plus fortunées de Suède.

Et il est en couple avec Hanna.

« Wille veut avoir un CV et une réputation irréprochables, explique Pontus.
– Et vous, qu'en pensez-vous ? demande Hanna. Est-il irréprochable au point de n'avoir absolument rien à voir avec la mort de Fanny ?
– Je n'en ai aucune idée, fait Pontus en haussant une épaule. Je me suis endormi dans le salon avant que Fanny ne sorte de sa chambre. Et là, c'est bien vrai, pour le coup ! »

Il leur lance un regard suppliant.

« Je vous jure ! Je ne sais pas ce qui s'est passé après, si Wille et Fanny se sont embrouillés, si les choses ont mal tourné… Je n'en ai aucune idée. »

Si la crédibilité de Pontus reste encore à prouver, son histoire a le mérite de se tenir ; c'est un pas en avant.

Il s'agira désormais de vérifier habilement l'information en interrogeant Wille.

Quel temps ils ont perdu à cause de ces piteux mensonges !

« Et les recherches que vous avez faites sur Google, comment les expliquez-vous ? demande Hanna.

– J'ai eu peur que, si vous découvriez ce qui se passait et les mensonges que j'inventais pour Wille, ce soit moi qui finisse par me faire coffrer.

– Vous avez peur de lui ?

– C'est difficile à expliquer… »

Pontus baisse la tête.

« Je ne sais pas comment dire mais… quand Wille vous demande un truc, vous le faites. Et c'est comme ça avec tout le monde, il n'y a pas que moi. »

Son ton révèle à quel point il se sent impuissant. Pontus est clairement conscient d'avoir eu tort de céder quand il aurait dû défendre son pré carré.

Hanna a pris des notes depuis le début de l'entretien, malgré l'enregistrement. Elle jette un regard inquisiteur à Pontus.

« Supposons que vous n'ayez rien à voir avec le meurtre de Fanny. Qu'est-ce qui vous a poussé à incendier le chalet où dormaient Olivia et Emil ?

– Mais je n'ai jamais fait ça ! »

Ça suffit, Daniel se doit d'intervenir.

« Vous voulez nous faire gober qu'après vous être jeté sur Emil devant tout le monde pour essayer de l'étrangler, ce n'est pas vous qui êtes sorti mettre le feu à sa piaule, un peu plus tard dans la nuit ?

– Non, ce n'était pas moi ! »

De désespoir, Pontus explose : « Je ne suis pas un assassin !

– Qui aurait fait le coup, dans ce cas ? rétorque Daniel.

– Je ne sais pas, mais je n'ai rien à voir avec cette histoire.

– Pourquoi vous êtes-vous enfui si vous étiez innocent ? dit Hanna. Vous devez comprendre que ça nous interroge.

– Parce que j'ai bien compris l'image que ça donnerait. »

Pontus semble résigné.

« Vous avez vu l'historique des recherches sur mon ordinateur, vous deviez me soupçonner. Oui, c'est vrai que j'ai agressé Emil, mais je n'étais pas moi-même à ce moment-là. J'avais beaucoup trop bu, j'étais perturbé ; jamais je n'aurais fait ça autrement. Et puis je me suis réveillé au milieu de la nuit en entendant les pompiers, en voyant le feu... J'ai tout de suite compris que vous alliez m'accuser, j'ai paniqué. La seule chose à laquelle j'aie pensé, c'est qu'il fallait que je foute le camp.

– Et vous vous êtes dit que ce serait une idée lumineuse d'entrer par effraction dans le garage d'un voisin ? ajoute Daniel.

– Mais il n'était pas fermé à clé ! » objecte Pontus.

Si le gamin imagine que c'est le moment de jouer sur les mots, il se trompe lourdement.

« N'essayez pas de faire le malin, le coupe sèchement Daniel. Vous savez exactement ce que je veux dire : vous vous êtes introduit dans la propriété d'autrui sans y être autorisé.

– Il fallait que je trouve une cachette. Je n'ai pas eu le temps de réfléchir, je n'avais pas de plan », plaide Pontus, se grattant nerveusement le dos de la main.

Daniel jette un coup d'œil à sa montre : cela fait maintenant plus d'une heure qu'ils sont là, et il sent le stress monter. Il s'est souvenu en cours d'entretien qu'il devait aller chercher Alice à la crèche ; ça lui était totalement sorti de la tête. Impossible de se libérer : le plus sage serait d'envoyer un SMS à Ida ou à Elisabeth pour que l'une d'elles le remplace au pied levé.

Il sait qu'il risque de subir les foudres d'Ida pendant des jours, mais là, il n'a pas le choix. Discrètement, il sort son portable et envoie à son ex un rapide message sous la table.

« Quand vous avez été découvert par notre collègue, qu'est-ce qui vous est passé par la tête, au juste ? demande Hanna.

– J'étais en panique. Et quand j'ai vu qu'il avait un flingue, ça m'a rendu complètement parano : j'étais persuadé qu'il allait me tirer dessus. Comme si un truc avait court-circuité dans mon cerveau.

– C'est donc pourquoi vous avez décidé de l'attaquer avec un marteau, ironise Daniel en rangeant son téléphone. Vous êtes bien conscient que vous auriez pu le tuer ?

– Je n'avais pas l'intention de lui faire mal.

– Pas l'intention ? Non, mais vous êtes sérieux, là ? »

Daniel secoue la tête, incrédule. Les excuses de Pontus sont franchement pitoyables. Certes, il est jeune et immature, mais il serait tout de même temps qu'il assume un minimum la responsabilité de ses actes.

Daniel voit Hanna esquisser une mimique pour le mettre en garde : elle s'est rendu compte qu'il était sur le point de voir rouge. Sa collègue a déjà été plusieurs fois témoin de ses coups de sang, dont l'issue n'est que rarement positive. Cette colère difficile à maîtriser est justement l'un des points sur lesquels il a passé – et passe encore – de longues et coûteuses heures sur le divan de sa psy…

« Je veux bien que vous nous expliquiez ce dernier point, tempère Hanna.

– Tout ce que je voulais, c'était fuir. J'ai flippé quand votre collègue est entré dans le garage. En lançant ce marteau, je n'avais absolument pas prévu de l'atteindre à la tête : je voulais seulement lui faire tomber l'arme des mains, pour ne pas qu'il me tire dessus.

– Ce que vous avez fait, ça s'appelle des violences contre agent dépositaire de l'autorité publique, reprend Daniel, un peu plus posément. Ce coup de marteau sur le front lui a causé un traumatisme crânien, et il a eu de la chance de ne pas perdre son œil.

– Pardon », murmure Pontus.

Daniel pèse contre le dossier de sa chaise. Il n'arrive pas à recoller les pièces : d'après Pontus, c'est donc Wille qui aurait couché avec Fanny le soir fatidique ; et il nie tout le reste : la mort de sa camarade autant que l'incendie.

S'il dit vrai, ils auraient donc fait fausse route.

Quoi qu'il en soit, une chose est claire : ils doivent interroger Wille sans attendre. S'il a menti en niant avoir couché avec Fanny, il n'est clairement pas aussi innocent qu'il voudrait le faire croire…

106

Le temps que la patrouille envoyée à Sadeln ramène Wille au poste, Hanna a commandé des pizzas chez Wersén. L'attente a été plus longue qu'à l'accoutumée, sans doute à cause de l'afflux d'étudiants en ville.

Assise avec Daniel dans la kitchenette du commissariat, elle espère que ce plein de glucides lui apportera un regain d'énergie bienvenu. Sous la lumière crue des tubes de néon, sa quatre-saisons a presque l'air d'être en plastique.

Raffe s'est installé avec eux à table pour être mis au parfum pendant leur repas.

Affamée, Hanna dévore les deux tiers de sa pizza, saisissant chaque part à la main pour l'engloutir en respirant à peine, tandis que Daniel découpe la sienne avec un soin méticuleux : il a hérité des bonnes manières italiennes de sa mère.

Entre deux bouchées, il résume l'interrogatoire de Pontus, dont la garde à vue a été prolongée sur décision du procureur d'Östersund. Ils disposent de quatre-vingt-seize heures à compter de son arrestation pour l'interroger, suite à quoi il faudra le placer en détention provisoire ou le remettre en liberté.

« T'en dis quoi, toi ? lance Hanna, une fois achevé l'exposé de son collègue. On doit le croire, le gamin ? S'il est innocent, qui serait responsable de la mort de Fanny et de l'incendie ? »

Elle brise un morceau de croûte entre ses doigts.

« Et si on faisait fausse route en imaginant qu'il s'agit d'une seule et même personne ? Pontus pourrait avoir menti sur l'un des crimes et non sur l'autre… »

Elle avait déjà envisagé l'hypothèse de deux auteurs différents, mais l'arrestation du jeune homme lui avait fait délaisser cette piste. Pourtant, après l'interrogatoire de ce soir, elle s'est remise à douter : Pontus a soutenu mordicus que Wille avait couché avec Fanny et qu'il n'avait lui-même rien à voir avec l'homicide ni avec l'incendie.

Se pourrait-il que Wille ait tué la jeune femme et que Pontus ait ensuite mis le feu au chalet ? Ou, si Pontus dit vrai, Wille pourrait-il s'être rendu coupable de l'un et l'autre crime ?

Rien n'est évident.

« Il nous faut vraiment plus d'éléments matériels, constate Raffe. Pour l'instant, on n'a que des témoignages, rien qui permette de relier qui que ce soit à ce qui s'est passé.

– On verra ce qu'a à dire Carina », rétorque Daniel.

Elle vient tout juste de leur annoncer avoir bouclé le rapport de perquisition. Mais comme elle ne les a pas recontactés entre-temps, il est peu probable que ce document contienne beaucoup de nouvelles informations. Et si Carina a ordonné des tests ADN ou d'autres examens biologiques, il leur faudra sans doute attendre plusieurs mois avant d'en recevoir les résultats.

« Au fait, Raffe, lance Hanna en s'essuyant la bouche avec une serviette en papier, tu as réussi à avoir la société de vidéosurveillance ?

– Oui, je l'ai appelée tout à l'heure. Le type que j'ai eu au téléphone doit vérifier si des vidéos ont été sauvegardées et si elles sont accessibles sur leurs serveurs. Mais vu l'heure qu'il est, on aura la réponse au mieux demain matin.

– J'espère vraiment que les images seront exploitables, trépigne Hanna. Qu'on ait enfin quelque chose de probant à se mettre sous la dent !

– Clairement, acquiesce Daniel. Je crois que je n'ai jamais vu une affaire dans laquelle il y avait aussi peu d'éléments.

– Et d'ailleurs, Raffe, rebondit Hanna, tu as tiré quoi de tes recherches sur Staffan Berg ? »

Le ventilateur intérieur ronronne faiblement en bruit de fond. Une vague odeur de produits de nettoyage flotte dans la pièce depuis le passage vers dix-sept heures de l'agent d'entretien.

« J'ai récupéré des captures d'écran de son téléphone portable, répond Raffe. Le système de sécurité lui a effectivement envoyé une alerte automatique dans la nuit de dimanche à lundi au sujet du chalet, ce qui confirme ses dires. J'ai aussi vérifié les antécédents de Berg : rien à signaler. Il n'a pas de casier, paie ses impôts en temps et en heure… Sa boîte est parfaitement en règle, et il n'a pas de soucis d'impayés.

– Rien de suspect, donc ? demande Daniel.

– Il semblerait que non. L'entreprise a deux salariés : Berg et sa femme, qui s'occupe de l'administration et de la compta, et qui fait ponctuellement des ménages chez les clients. »

Raffe consulte rapidement sa montre, puis saisit la doudoune suspendue à sa chaise.

« Je dois partir, désolé. On dîne chez les parents de Nilla, ce soir. Je suis déjà à la bourre. »

Hanna réfléchit à ce qu'il vient de leur apprendre. Staffan Berg est peut-être un citoyen lambda, qui se trouve simplement en possession d'une appli de vidéosurveillance et de la clé d'une propriété où ont été commis des crimes. Mais on ne peut toujours pas l'exclure à coup sûr de la liste des suspects.

« Je serais pour interroger Berg une nouvelle fois, dit-elle, la bouche pleine. Dès qu'on aura un moment. »

Raffe est déjà debout, la main sur la poignée de la porte, prêt à partir.

« Je m'en occupe demain, lance-t-il depuis l'entrée. Là, il faut vraiment que j'y aille ! »

La porte claque derrière lui. Hanna termine sa dernière part de pizza tandis que ses pensées reviennent à la maison de la rue Nedre Svedjevägen.

« C'est tout de même dingue qu'aucun de ces jeunes n'ait vu le moindre truc qui puisse nous aider à avancer, se lamente-t-elle. Deux crimes aussi graves et pas un seul témoin oculaire ! À croire que tout le monde était aveugle et sourd... Ou qu'ils sont tous complices.

– On a toujours le témoignage de Karin Carlsson, fait remarquer Daniel.

– On ne peut pas en tirer grand-chose, maugrée Hanna sans cacher sa frustration. Karin n'a pas vu le visage du rôdeur.

– C'est vrai. Mais admets qu'on a avancé. Nos soupçons se resserrent tout de même sur deux personnes : Pontus et Wille. »

Daniel pose ses couverts sur l'assiette en les rassemblant d'un geste gracieux.

« On y verra sans doute plus clair quand on aura entendu Wille. »

Il faut aussi questionner Amir, se dit Hanna. Le presser comme un citron – car il leur a, à l'évidence, caché bien des choses. Mais la priorité doit aller à Wille ; les journées n'ont que vingt-quatre heures et, avec Anton à l'hôpital, leurs ressources ne suffiront pas.

« Admettons que Wille ait tué Fanny, dit Hanna. Quelle raison aurait-il eue de mettre le feu au chalet ? »

Elle termine son Coca-Cola en grimaçant devant la boisson tiède et dégazée.

« Pontus avait clairement un mobile pour s'en prendre à Emil, poursuit-elle. Mais il nie catégoriquement. Wille nous a caché avoir couché avec Fanny et affirme qu'il n'a rien à voir avec sa mort. Et Amir semble prêt à faire n'importe quoi pour protéger Wille. »

Elle ferme les yeux quelques secondes, essayant de chasser le découragement, l'impression de faire du surplace.

Pendant trois longues journées, ils ont cherché une logique, des liens entre les personnes et les événements, qui n'existent peut-être que dans leur imagination. Chaque fois qu'ils pensent comprendre comment les éléments s'imbriquent, quelque chose coince.

Elle repousse son assiette d'un geste brusque, renversant sa canette vide, avant de jeter à Daniel un regard résigné.

« Tous ces gosses mentent. Il faut qu'on trouve une stratégie pour leur faire dire la vérité. »

107

Ce n'est qu'à dix-neuf heures que l'interrogatoire de Wille peut commencer.

En voyant le jeune homme entrer dans la pièce, escorté par l'un de ses collègues, Daniel est frappé par la fureur qui déforme son visage. Ça change de Pontus, dont l'air de chien battu, dans des circonstances moins terribles, aurait presque fait peine à voir.

Wille est d'un tout autre calibre : le jeune homme est né avec une cuillère en argent dans la bouche, avec tous les privilèges, les réseaux et les passe-droits que cela implique. Dans son monde, la police n'est pas une institution qui inspire la crainte. Au contraire, ces gens-là s'attendent plutôt à un traitement de faveur – notamment au prétexte qu'étant bien plus imposés que la moyenne, ils seraient donc, en principe, ceux qui paient les salaires des agents.

Les parents de Wille se trouvent actuellement dans un avion qui les ramène de New York. Ils ne vont pas tarder à débarquer à Åre pour expliquer à Grip ce que la police a ou non le droit de faire à leur fils.

Pour ça, on verra bien, songe Daniel.

Wille se laisse tomber sur son siège, l'air renfrogné, tandis qu'Hanna démarre le magnétophone et débite les informations de rigueur.

« Où est mon portable ? demande-t-il dès qu'elle a terminé. Vous ne pouvez pas me l'enlever comme ça. »

Hanna pose le verre vide devant Wille sans rebondir sur sa question.

« Voulez-vous un peu d'eau ? fait-elle en s'emparant de la carafe.

– Je veux appeler mon père, répond-il. J'ai le droit de téléphoner, vous ne pouvez pas me le refuser.

– Vous regardez trop de séries américaines, raille Daniel. Ce n'est pas comme ça que marche la loi suédoise : vous n'avez pas de droit automatique à passer des coups de fil. En revanche, nous pourrons contacter vos proches dès que nous en aurons terminé pour les informer que vous êtes en garde à vue. Si nous le jugeons opportun. »

Cette déclaration fait perdre à Wille un peu de son arrogance.

« Je n'ai rien fait, maugrée-t-il.

– Vous avez menti à la police, déjà, rétorque Hanna. Nous vous avons interrogé à plusieurs reprises, et pas une seule fois vous ne nous avez dit que c'était vous qui aviez couché avec Fanny la nuit de sa mort. »

Hanna n'élève pas la voix, mais sa réplique semble tout de même avoir fait son petit effet : Wille baisse les yeux sur la table, l'air penaud.

« J'ai droit à un avocat, au moins, plaide-t-il.

– En effet, dit Daniel. Et si vous voulez un avocat, on vous en désignera un. Dans ce cas, nous allons devoir interrompre l'interrogatoire et attendre de trouver quelqu'un qui puisse vous représenter. Ça devrait être bon d'ici demain ou après-demain. En attendant, vous resterez bien au chaud en cellule. Vous pourrez y dormir : il y a un matelas en mousse par terre. Il a déjà pas mal servi, et il sent un peu le vomi et la pisse, mais il paraît qu'on s'y habitue. »

Daniel ne quitte pas Wille des yeux. S'il s'imagine qu'il aura un traitement de faveur avec son arrogance de nanti, il se fourre le doigt dans l'œil.

Devant la loi, tous les hommes sont égaux.

« Autre option, poursuit Hanna, vous pouvez aussi répondre à nos questions. On statuera ensuite sur votre sort – si on vous laisse ou non passer la nuit ici. »

Wille dégage ses cheveux de son front, faisant soudain bien moins le fier qu'à son arrivée dans la pièce.

« Qu'est-ce que vous voulez savoir ? » bredouille-t-il.

108

N'en resta plus que trois.

La citation du vieux roman policier d'Agatha Christie tourne en boucle dans la tête d'Olivia. Assise à table avec Amir et Emil, elle remue sans manger le goulasch en conserve réchauffé à la casserole qui leur tient lieu de dîner.

Après ce qui s'est passé, même Emil a perdu l'envie de cuisiner.

Olivia doit l'admettre : que Wille ne soit plus là est un soulagement. Mais ça lui semble aussi complètement surréaliste. Elle a vécu toute cette journée comme un mauvais rêve.

Emil prend son assiette et la dépose près de l'évier.

« Je vais me coucher », ânonne-t-il avant de disparaître dans l'escalier.

Olivia observe Amir du coin de l'œil. C'est la première fois qu'ils se retrouvent seuls dans la même pièce depuis cet horrible petit déjeuner où elle lui a balancé toutes ces accusations au visage.

Elle a l'impression que la moitié d'une vie s'est écoulée depuis.

Elle devrait lui présenter des excuses. Puisque c'est Wille que la police a arrêté, elle a désormais compris qui était qui dans l'accablante conversation qu'elle a surprise ce matin : c'était Amir qui tentait de convaincre Wille d'avouer à la police ce qu'il avait fait.

« Dis, fait-elle d'une voix tremblante, en déglutissant avec nervosité. Je suis désolée pour... »

Amir devait être plongé très loin dans ses pensées, car il sursaute si violemment qu'il renverse un peu de soupe de son assiette.

« Tu as dit quoi ?

– Je suis désolée, répète Olivia. Pour tout ce que je t'ai balancé l'autre jour... Quand je t'ai soupçonné d'avoir tué Fanny. J'ai eu tort, je n'aurais jamais dû dire ça. »

Pour la première fois depuis que tout a commencé, l'expression d'Amir s'adoucit ostensiblement, et il adresse à Olivia un regard qui n'est chargé ni d'hostilité ni de dégoût.

« Franchement, c'était horrible, lâche-t-il. Je ne t'aurais pas crue capable de ça, de m'attaquer avec tant de violence. Et devant tout le monde ! »

Olivia ne sait pas quoi dire pour réparer ce qu'elle a fait ; son regret est sincère. Mais il faut le dire, depuis que Fanny a été retrouvée morte dans la neige, le choc et la confusion l'ont amenée à croire un paquet de choses irrationnelles sur tous ceux qui l'entouraient.

« Pourquoi tu ne t'es pas défendu ? finit-elle par demander. Pourquoi tu ne m'as pas expliqué que je me trompais ?

– Ce n'est pas si simple... »

Amir détourne le regard. Olivia comprend évidemment ce qui se passe.

Il s'agit de Wille.

« Parce que tu savais ce que Wille lui avait fait, articule-t-elle. Et tu as essayé de le protéger. »

C'est un constat bien plus qu'une question.

« Tu savais depuis le début que c'était lui qui avait couché avec Fanny ? » poursuit-elle, en mettant plus de force dans sa voix.

Olivia entend les mots qu'elle prononce sans vraiment les comprendre. Pourquoi Fanny se serait-elle tapé le mec avec qui flirtait sa meilleure amie ? C'est la dernière chose dont elle l'aurait crue capable.

Mais Fanny était ivre, défoncée. Elle ne savait probablement pas ce qu'elle faisait. Peut-être qu'elle en voulait tellement à Amir de l'avoir laissée tomber en pleine nuit qu'elle avait décidé de prendre sa revanche en allant avec Wille ? Ou peut-être même qu'il lui avait forcé la main…

Olivia ne connaîtra sans doute jamais la réponse.

« Il n'y a pas que ça, dit Amir d'une voix blanche. Je les ai aussi vus dans la neige, tous les deux. Après. »

Il essuie une tache de soupe du coin de sa serviette, frottant la table avec un soin lent et méticuleux, comme s'il n'osait plus regarder Olivia en face.

Elle essaie de comprendre, mais elle est trop épuisée, vidée.

« Qu'est-ce que tu veux dire par là ? balbutie-t-elle après un long silence. Comment ça, tu les as vus ? »

Amir pose la serviette maculée, évitant toujours les yeux d'Olivia.

« D'abord, je les ai entendus s'envoyer en l'air. Tu sais combien les murs sont minces dans cette maison. Et un peu plus tard, alors que je m'étais endormi, j'ai été réveillé quand Fanny est sortie. Elle et Wille s'engueulaient. Je l'ai entendue lui crier un truc avant de claquer la porte. »

Il déglutit. Olivia commence à redouter la suite de son récit.

« J'ai eu du mal à me rendormir, poursuit Amir. Je ne sais pas trop pourquoi, mais je me suis levé pour aller à la fenêtre. Elle donne sur le jardin, tu sais. Et là…

– Et là ? répète Olivia, pétrifiée.

– Je l'ai vue étendue dans la neige. Wille était à côté d'elle, à genoux. Je le voyais de dos, avec son manteau noir. Je n'ai pas vraiment compris ce qu'ils faisaient. »

Le visage d'Amir se contracte.

« Et le lendemain, elle était étendue au même endroit… morte. »

Olivia pose une main sur la sienne.

« Mais il faut que tu racontes tout ça à la police !

– C'est impossible, murmure Amir.

– Tu plaisantes ? On doit les appeler tout de suite ! Ils sont en train de l'interroger !

– Je ne peux pas dénoncer Wille ! lâche Amir dans un sanglot. C'est mon meilleur pote... Je suis sûr que c'était un accident. Il ne peut pas l'avoir tuée. Non, ne parle de ça à personne. Promets-le-moi. »

Olivia se fige ; ses doigts sont glacés. La vérité est plus atroce que le pire scénario qu'elle ait imaginé. Wille n'est pas qu'un menteur, un salaud et un traître, c'est aussi un meurtrier.

Il a d'abord bien profité de Fanny, puis il l'a tuée.

Olivia a un haut-le-cœur et se retient de vomir sa soupe.

« La police doit absolument être mise au courant de ce que tu as vu, plaide-t-elle, s'efforçant de se donner l'air posé malgré le chaos qui l'assaille.

– Je ne peux pas faire ça.

– Si tu ne le leur dis pas, c'est moi qui vais le faire.

– Non, par pitié ! »

Amir saisit les épaules d'Olivia et se met à la secouer. Un profond désespoir brille dans ses yeux écarquillés.

« Si tu le racontes, je me tue. »

109

Cela fait plus d'une heure qu'ils interrogent Wille, sans arriver à rien. Daniel est sur le point de perdre patience quand le jeune homme assure, pour la énième fois, n'être impliqué ni dans la mort de Fanny, ni dans l'incendie.

« Vous avez couché avec Fanny tard dans la soirée, reprend Daniel d'un ton accusateur. Vous êtes le dernier à l'avoir vue vivante. Et pourtant, vous voulez nous faire croire que sa mort n'est pas de votre fait. Vous nous prenez vraiment pour des cons ?

– Ce n'était pas moi », répète Wille.

Il a l'air fatigué, mais l'expression butée qui lui tord la bouche refuse de s'estomper.

« Vous nous avez menti concernant ce rapport sexuel, malgré les multiples interrogatoires. Pourquoi devrions-nous vous croire cette fois-ci ? argumente Daniel.

– Ça ne vous soulagerait pas de nous dire la vérité ? surenchérit Hanna. Je vous assure, vous vous sentirez tout de suite mieux. »

Wille pince les lèvres. Il est furieux, sur la défensive.

« En refusant de l'admettre, vous ne faites que prolonger le supplice, déclare Daniel. Nous, on n'est pas pressés, on peut passer la nuit ici, si c'est ce que vous voulez. Mais le plus simple serait tout de même que vous nous racontiez sincèrement comment les choses se sont déroulées. Après ça, on vous laissera tranquille, et vous pourrez vous reposer.

– On sait déjà que vous avez suivi Fanny dans le jardin et que vous lui avez enfoncé le visage dans la neige jusqu'à ce qu'elle cesse de respirer », ajoute Hanna.

Wille tressaille en entendant la fin de sa phrase.

« Je ne suis pas un assassin !

– Mais enfin, Wille, interroge Hanna, presque à voix basse. Qui aurait fait le coup, dans ce cas, si ce n'est pas vous ?

– Je vous ai déjà expliqué ce qui s'est passé, répète Wille, le menton levé. Oui, Fanny et moi, on a couché ensemble. Ensuite, je lui ai demandé de partir. Elle s'est mise dans tous ses états et elle est sortie de ma chambre comme une furie. C'est la dernière fois que je l'ai vue. En entendant la porte d'entrée claquer, je me suis dit qu'elle était retournée au chalet. Et le lendemain matin, on l'a retrouvée dans la neige.

– Vous ne vous rendez pas compte qu'on vous a coincé ? » dit Daniel.

Il s'arrête un instant avant d'ajouter : « Pourquoi avez-vous fait ça ?

– Mais qu'est-ce que vous ne comprenez pas ? s'étrangle Wille. Je n'ai pas tué Fanny ! »

Son exclamation s'accompagne d'un geste de la main si vif qu'il renverse le verre posé devant lui. Daniel saisit quelques serviettes en papier pour éponger en hâte la flaque d'eau.

Wille fixe le mur, peu coopératif. Il ne semble guère prêt à céder sous leur pression. Au contraire : à mesure qu'il répète obstinément les mêmes réponses, il affiche une expression de plus en plus belliqueuse.

Il est près de vingt et une heures. Daniel lance à Hanna un regard en coin.

Ils ont tenté par tous les moyens de faire avouer Wille. La question est de savoir s'ils arriveront à quoi que ce soit ce soir…

L'air de la salle d'interrogatoire est chaud, lourd, étouffant. Daniel a l'impression d'avoir du papier de verre sous les paupières.

Le mieux serait peut-être d'en rester là pour la journée et de reprendre les hostilités demain matin ?

Il faut qu'ils parviennent à briser la résistance de Wille. Mais comment ?

110

Quand Hanna franchit le seuil de sa maisonnette, elle est accueillie par une grosse boule d'amour de sept kilos qui lui miaule euphoriquement au nez. À voir l'enthousiasme avec lequel Morris vient se frotter à ses jambes, elle a presque l'impression d'avoir adopté un chien. Les ronrons sonores de l'animal résonnent dans le couloir de l'entrée.

« Voilà, mon gros », susurre-t-elle en lui grattant le dos, avant de se diriger vers la cuisine, les mains et le pantalon recouverts de poils.

La journée a été déraisonnablement longue – et profondément insatisfaisante.

Si Henry était là, elle pourrait se plonger dans la chaleur de ses bras ; il trouverait les mots pour l'apaiser, lui faire oublier durant quelques heures le fracas du monde... Mais il est à Stockholm, à six cents kilomètres de là – à cause d'elle, qui a craché sur un séjour idyllique pour se jeter à corps perdu dans la nouvelle affaire.

La fatigue est écrasante. Ça fera bientôt dix-sept heures qu'elle est sur le pont ; elle tient à peine sur ses jambes.

Et pourtant, il lui semble que l'enquête piétine.

Ils n'ont pas réussi à faire plier Wille – du moins, pas ce soir. Le garçon va passer la nuit au poste, tout comme Pontus. Mais s'ils ne récoltent pas de preuve tangible contre le fils Löwengren, ils seront bientôt contraints de le remettre en liberté.

Aucun élément matériel ne le relie au meurtre ; aucun témoin ne l'a vu sur la scène du crime. Les dires de Karin Carlsson ne suffisent pas pour l'incriminer.

Ils devront recommencer à le cuisiner demain.

Hanna sort du lait, du cacao et du sucre pour se préparer un chocolat, qu'elle place au micro-ondes le temps de remplir de pâtée et d'eau les écuelles de Morris.

Malgré l'épuisement physique, elle a l'impression que son cerveau tourne à cent à l'heure. Elle va avoir du mal à s'endormir. Mais son réveil sonne à six heures trente demain, et il faut qu'elle soit un tant soit peu reposée. Si elle ne rattrape pas les heures de sommeil perdues la nuit passée, elle ne tiendra pas le coup.

Son chocolat fumant à la main, Hanna regagne sa chambre et se glisse sous la couette. Il n'est pas encore vingt-deux heures ; elle devrait en profiter pour téléphoner à Lydia. Elle va devoir se faire violence, mais une promesse est une promesse.

Sortant son portable, Hanna commence par lire les SMS qu'elle a reçus dans la journée, mais qu'elle n'a pas eu le temps d'ouvrir.

Un gentil message d'Henry lui fait chaud au cœur. Karro aussi l'a contactée : son amie compatit, imaginant à quel point tous ces racontars dans la presse doivent lui peser, et l'invite à l'appeler à tout moment si elle a besoin de parler.

Hanna tape une réponse rapide pour la remercier de sa bienveillance et lui demande si elle ne connaîtrait pas, à tout hasard, un ou une baby-sitter susceptible de dépanner Daniel.

À part ça, sa boîte de réception déborde de messages inquisiteurs de journalistes people – quelques-uns étrangers, même – qui s'enquièrent de sa relation avec le célèbre homme d'affaires.

Le contraste avec l'enquête en cours gêne Hanna au plus haut point : une jeune femme de dix-neuf ans a perdu la vie, mais ça, ces farfouilleurs ont visiblement décidé de le passer sous silence. À moins que l'affaire ne leur soit pas encore remontée aux oreilles – et heureusement, d'ailleurs. Cette fois-ci, les médias n'ont pas cherché à s'en repaître comme ils l'avaient fait pour leurs précédentes affaires.

Elle trempe avec précaution les lèvres dans le chocolat brûlant. La chaleur enveloppante lui met un peu de baume au cœur, lui évoquant les joies d'une vie moins compliquée, faite de randonnées à skis sous des rayons de soleil printaniers, de jours de congé passés à dévaler les pistes et à manger des gaufres, loin des homicides et des journaux à scandale.

La masse qui s'abat lourdement sur les pieds d'Hanna signale que Morris l'a suivie depuis la cuisine. L'air repu, il s'avance à pas de velours sur la couette, pour se mettre à son aise en plein sur l'estomac de sa maîtresse. Hanna le repousse doucement et, après quelques tractations, le matou élit domicile contre ses côtes. Dans cette position au moins, il ne lui comprime pas la totalité des organes internes.

Elle gratte le menton du chat, qui étire béatement le cou pour l'aider dans sa tâche en ronronnant avec délectation.

Peut-être devrait-elle se contenter de lui en guise de partenaire ?

Hanna n'a jamais réussi à maintenir une relation sérieuse au-delà de quelques années : chacune de ses tentatives s'est soldée par un fiasco et une bonne dose de larmes. À vrai dire, elle n'est toujours pas entièrement remise de ce que Christian lui a fait subir : son estime d'elle-même en a pris un sacré coup le jour où elle a découvert ce qu'il manigançait depuis des mois derrière son dos… Jamais elle n'avait vécu une telle trahison.

Elle le sent, la probabilité est grande que la relation avec Henry finisse elle aussi par capoter. Mais ça, il ne le sait pas encore – ou peut-être est-il si habitué à ce qu'on lui mange dans la main qu'il est incapable de s'imaginer pareille issue.

Hanna, de son côté, est sans doute bien trop échaudée pour se laisser aller et lui donner réellement sa chance.

Sera-t-elle un jour à nouveau capable d'accorder sa confiance et son amour ?

Morris, comme décidé à interrompre cette spirale de pensées négatives, lui assène une petite bourrade sur le bout du nez. Dans ses grands yeux verts, en tout cas, elle voit briller un amour sincère – qu'elle n'a pour le coup aucun mal à lui rendre.

Mais il est plus que temps de téléphoner à Lydia.

Hanna vide sa tasse de chocolat et compose le numéro de sa sœur, avec le secret espoir qu'à cette heure tardive, elle ait déjà coupé son téléphone pour aller se coucher.

Mais Lydia décroche aussitôt.

« Ah, enfin ! lance-t-elle au bout du fil, comme si elle avait passé sa soirée à attendre cet appel. Je veux tout savoir sur l'élu de ton cœur ! »

Hanna ferme les yeux.

« Je ne sais pas, il n'y a pas grand-chose à dire.

– N'importe quoi… Allez, raconte ! »

Hanna fait de son mieux pour relater aussi succinctement que possible sa rencontre avec Henry, l'évolution de leur relation depuis le printemps dernier, les raisons qui l'ont poussée, dès le premier jour, à garder cette histoire pour elle – et à refuser de mettre ses proches, Lydia comprise, dans la confidence.

Elle s'abstient, en revanche, de mentionner Daniel et la pagaille qu'il vient semer malgré lui dans cette histoire. Ça, Hanna n'en a jamais dit un mot à Lydia. Elle en a beaucoup trop honte.

Elle n'a dévoilé à personne qu'elle nourrissait depuis un moment des sentiments interdits pour un collègue.

« Il a l'air incroyable, ce type ! s'enthousiasme Lydia. C'est presque trop beau pour être vrai : un homme d'affaires avec une conscience !

– Apparemment, il y aurait deux-trois choses dans son passé professionnel pour lesquelles il a voulu se racheter. »

Henry et elle n'en ont pas parlé en détail, mais il lui a laissé entendre qu'à un certain point de sa carrière, son travail acharné pour bâtir sa fortune n'avait pas été sans quelques dégâts collatéraux. Il s'est assagi depuis, et pour faire amende honorable, il a mis sur pied une fondation visant à soutenir la lutte contre l'eutrophisation de la Baltique. Dans les faits, cet établissement occupe désormais le plus clair de son temps. Henry consacre des sommes et une énergie considérables à une série d'initiatives en faveur de la qualité de l'eau de cette mer dont la Suède est si dépendante.

« J'ai lu qu'il comptait léguer le gros de sa fortune à une fondation pour le climat qu'il a créée, embraie Lydia. Plutôt que d'encourager ses trois fils à vivre la grande vie sur la Côte d'Azur avec son héritage. Ça, ça me plaît bien !

– On dirait que tu l'as googlé ! » sourit Hanna d'une voix somnolente.

Ses paupières s'alourdissent de minute en minute ; il va falloir bientôt raccrocher si elle veut avoir ses heures de sommeil.

« Évidemment, qu'est-ce que tu crois ! »

Sans surprise, se dit Hanna en bâillant. Lydia ne peut s'empêcher de prendre les devants ; c'est dans sa nature – à plus forte raison quand il est question de la vie chaotique de sa petite sœur.

« Alors, c'est du sérieux, cette fois ? »

L'interrogation laisse Hanna interdite.

« Tu es amoureuse ? » enchaîne sa sœur sans lui laisser le temps d'ouvrir la bouche.

Est-ce qu'elle est amoureuse ? Hanna ne saurait dire ce qui lui fait le plus peur : se poser cette question ou en énoncer la réponse à haute voix.

« Il m'a demandé d'emménager avec lui, esquive-t-elle. Pendant notre week-end à Niehku. »

Lydia pousse un petit cri de surprise.

« Ah ouais ! Donc j'ai l'impression que c'est vraiment sérieux !

– Eh bien oui. On dirait… »

Hanna repense au beau visage d'Henry, à la tendresse dans sa voix lorsqu'il a mis le sujet sur le tapis. Elle songe à son cadeau d'anniversaire si amoureusement choisi – le bracelet repose toujours dans son écrin, sur la table de nuit. Jamais elle n'oserait le porter au travail.

Elle aime vraiment beaucoup Henry. Et pourtant, quelque chose la retient.

Est-ce la peur d'être à nouveau blessée ? L'incapacité de surmonter la perfidie de Christian ?

Ou son problème est-il encore et toujours Daniel ?

MERCREDI

111

Pour la première fois depuis des jours, le ciel est dégagé au-dessus de l'Åredalen.

Quand Hanna sort de chez elle au petit matin, les nuages menaçants qui bouchaient l'horizon ont laissé place à un croissant de lune d'un blanc éclatant qui plane au-dessus du Renfjället. Comme guidée par la lueur de l'astre, elle descend la rue d'un pas vif pour rejoindre à pied le poste de police.

Le thermomètre à sa porte d'entrée indiquait moins vingt-trois degrés, mais le froid est sec et vivifiant. Cette courte marche lui éclaircit les idées. La nuit dernière, elle a dormi huit bonnes heures, et ses forces sont bel et bien revenues après l'éprouvante journée de la veille.

Elle n'est plus qu'à quelques centaines de mètres de sa destination quand un petit lièvre au pelage immaculé bondit le long de la route pour disparaître dans un fourré.

Au moment où elle atteint le parking du commissariat, elle voit arriver la voiture de Daniel. Lui non plus n'habite pas très loin et pourrait venir à pied. Mais au plus fort de l'hiver, la tentation est grande d'être motorisé.

Il ouvre la portière. Hanna, pressant le pas dans sa direction, distingue ses traits crispés – il semble de mauvaise humeur.

La première chose qu'elle se dit est qu'il a dû voir passer les articles sur Henry et elle. Son ventre se serre : elle aurait évidemment dû lui parler de cette relation il y a longtemps déjà. Quelle imbécile !

« Coucou ! » s'écrie-t-elle en esquissant un timide geste de la main.

Daniel a un sursaut, puis son visage se radoucit quand il aperçoit Hanna dans le faible halo des réverbères. Il fait encore nuit ; le soleil ne se lèvera pas avant plusieurs heures.

« Eh, salut, Hanna !

– Ça roule ? » répond-elle, hésitant presque à lui demander comment il va.

Daniel presse le bouton de sa clé de voiture, les portes se verrouillent en un clac.

« Ça pourrait aller mieux. »

Il secoue la tête.

« Ida m'en veut à mort pour hier soir. Elle a dû changer tous ses plans pour s'occuper d'Alice au débotté. Mais avec cet interrogatoire qui n'en finissait pas… Tu peux l'imaginer, ma cote auprès d'elle est au plus bas. »

Il balance un coup de pied dans une congère, faisant tourbillonner la neige autour de lui, puis brandit son portable.

« Tiens, elle m'a même envoyé un message ce matin pour me dire qu'Alice était inconsolable quand elle est venue la chercher hier soir à la crèche. Il était si tard qu'elle était la dernière à partir, ça a mis la petite dans tous ses états. Tu vois quel père indigne je fais…

– Aïe, je compatis », répond Hanna.

Ça n'a rien à voir avec elle et Henry, donc. Sur le coup, elle a un peu honte de son nombrilisme.

« Ida s'en remettra, le rassure-t-elle. De toute façon, la garde partagée, c'est souvent le bazar. »

Comme si Hanna en savait quelque chose, elle qui n'a qu'un gros chat à la maison – en résidence exclusive.

« Au fait, poursuit-elle, j'ai écrit à Karro hier pour lui demander si elle connaissait quelqu'un qui pourrait t'aider avec Alice.

– Ah, merci ! »

La nouvelle n'a pas l'air de le réjouir outre mesure.

« Quoi qu'il en soit, reprend Hanna pour le réconforter, je suis reconnaissante que tu aies pu te libérer pour ces interrogatoires. Sans toi, ç'aurait été impossible. Sache-le. »

Cette fois, il montre un semblant de réaction. Hanna comprend ce qu'il ressent, bien sûr – la difficulté d'être tiraillé entre son travail et ses devoirs envers Alice. Daniel lui a déjà parlé de ses heures de thérapie, des efforts qu'il déploie pour être un meilleur père.

Et pourtant, il ne cesse de se flageller au moindre faux pas. C'est tout lui, ça : s'imaginer responsable de toute la misère du monde.

Si elle se l'autorisait, Hanna aimerait dire à Ida de prendre un peu de hauteur : ils sont au milieu d'une enquête pour homicide dans laquelle Daniel a un rôle crucial à jouer. Et quand on a devant soi un suspect sur le point de craquer, aller chercher une petite à la crèche cesse hélas d'être une priorité.

Mais ce n'est pas à Hanna de faire la leçon à l'ex de Daniel.

Ils marchent en silence vers l'entrée du bâtiment, Daniel quelques pas devant Hanna. À chaque expiration, des volutes blanches s'échappent de leurs lèvres.

Elle aimerait saisir la main de Daniel, la serrer dans la sienne pour le réconforter.

Mais elle ne peut pas. De quoi ça aurait l'air ?

112

À peine la réunion avec Grip et les collègues d'Östersund s'est-elle achevée que Daniel file vers son bureau, tremblant de rage.

Le procureur, un nouveau venu que Daniel ne connaissait ni d'Ève ni d'Adam, a refusé de prolonger la garde à vue de Wille. À ses yeux, les preuves sont insuffisantes pour le maintenir en détention. Que le garçon ait voulu cacher le rapport sexuel qu'il a eu avec Fanny ne suffit pas, semble-t-il, aux yeux de ce jeune coq procédurier, au prétexte que « *coucher avec quelqu'un n'est pas un crime* ».

Quand Daniel a tenté de faire valoir sa position, il s'est entendu rétorquer qu'il revenait à la police d'apporter des éléments convaincants.

« Si ça ne vous plaît pas, je n'y suis pour rien, s'est défendu le procureur. Mais en l'état, vos soupçons ne reposent sur rien de concret. C'est à vous de les étayer. »

Alors que Daniel allait répliquer, il avait vu Grip toussoter à l'écran, comme pour dire : « *Arrête de discuter et remets-toi au boulot.* »

C'est tellement facile pour ce type, bien au chaud dans son bureau du parquet, de pinailler sur des points de procédure en le regardant de haut. Daniel n'avait qu'une envie : crier à ce blanc-bec qu'il n'avait qu'à prendre sa place. Mais il s'est fait violence et a attendu la fin de la réunion sans dire un mot.

Une fois passé le seuil de son bureau, il claque la porte à en faire trembler la cloison.

Il sait qu'il surréagit, mais c'est plus fort que lui. Cette nuit encore, il n'a pas pu se sortir de la tête les images d'Hanna et de son nouveau mec ; et ce message mesquin d'Ida, pardessus le marché, a vraiment été la goutte d'eau.

Comme si la culpabilité d'avoir encore dû faire passer le boulot avant Alice ne suffisait pas, on leur a mis dans les pattes un procureur à la noix qui n'a sans doute jamais gagné la moindre affaire.

Si Daniel était seul au commissariat, il rouvrirait bien la porte pour la claquer une seconde fois, mais il devra se contenter de se laisser choir devant l'ordinateur et de serrer les dents.

Quelqu'un toque doucement ; la poignée s'abaisse et le visage d'Hanna apparaît dans l'entrebâillement.

« J'ai le droit d'entrer ou je vais me faire pourrir ? Ta pauvre porte, elle ne sera probablement plus jamais ce qu'elle était.

– Désolé... »

Daniel invite sa collègue à entrer en esquissant une grimace d'excuse.

« Mais ce proc' m'a tellement frustré, à nous mettre des bâtons dans les roues comme ça ! »

Hanna s'enfonce dans le fauteuil face à lui.

« Le pire là-dedans, c'est qu'il a raison. On n'a pas assez de biscuits pour garder Wille en détention. On n'a rien de matériel : aucune preuve médico-légale qui le relierait à l'homicide ou à l'incendie.

– Sans blague ! »

Daniel regrette aussitôt cette saillie qui lui a échappé ; il n'a pas à passer ses nerfs sur Hanna. Elle n'y peut rien si ce procureur est un imbécile – ou si le message d'Ida lui a gâché la matinée.

Il ne peut même pas lui reprocher sa relation avec Henry Sylvester. Et ce point-là, justement, il s'est promis de le gérer de manière professionnelle : s'il veut pouvoir continuer à travailler sereinement avec Hanna, il n'a pas le choix.

« Excuse-moi, soupire-t-il. Ne le prends surtout pas pour toi. C'est juste que je passe vraiment une journée de merde, alors qu'elle vient à peine de commencer... »

Au fond des yeux de sa collègue, il lit de la compréhension, de l'empathie : il est déjà pardonné.

Hanna est extraordinaire, à tant d'égards, et il ne peut même pas le lui dire.

« Dans ce cas, j'ai une nouvelle qui va peut-être te remonter le moral, déclare-t-elle en brandissant son portable. Je viens d'avoir un type de la société de vidéosurveillance, qui avait tenté de me joindre pendant la réunion. Ils ont localisé les images qui nous intéressent, stockées sur leurs serveurs. »

La nouvelle balaie d'un coup l'irritation de Daniel.

Serait-ce là l'avancée qu'ils espéraient ?

« Les vidéos des nuits en question ?

– C'est ça. Ils doivent nous les envoyer d'ici une heure. »

Elle fait un signe de tête en direction du couloir.

« Et si on reprenait l'interrogatoire de Pontus en attendant ? En se concentrant sur l'incendie. Après une nuit en cellule, on réussira peut-être à lui tirer les vers du nez. »

113

C'est un Pontus pâle et qux yeux cerné qui est conduit devant Hanna et Daniel dans la salle d'interrogatoire. Il y a fort à parier que sa nuit passée au trou, sur le vieux matelas en mousse qui y traîne depuis des années, n'a pas été des plus reposantes. Le garçon porte ses vêtements de la veille. Quand il se laisse tomber sur la chaise face à eux, Hanna perçoit distinctement une odeur âcre de sueur.

Il a l'air d'une épave.

Tant mieux, se dit-elle. Il sera peut-être plus enclin à coopérer qu'hier.

Elle commence à en avoir assez du chapelet de démentis et de mensonges débités par leurs gardés à vue. Les interrogatoires d'hier ont renforcé sa conviction qu'il y a bien deux auteurs : Wille aurait causé la mort de Fanny, et Pontus, incendié le chalet. Deux crimes aux mobiles distincts, dont l'un semble avoir découlé de l'autre.

Pontus ment, c'est certain : tout l'accable, dans cette histoire. Mais à défaut de preuves matérielles, il leur faut désormais le pousser dans ses retranchements pour le faire avouer.

« Comment vous sentez-vous ce matin ?

– Pas terrible. »

Pontus se triture les cuticules pour ne pas avoir à la regarder dans les yeux.

« Je comprends que tout ça doit être très difficile, articule-t-elle en mettant dans sa voix une sympathie qu'il ne mérite qu'à moitié.

– Reparlons de l'incendie du chalet, si vous le voulez bien, tranche Daniel. Hier soir, nous avons eu une petite conversation avec Wille, plutôt intéressante. Votre ami réfute catégoriquement toute implication dans le départ de feu, preuves à l'appui. Je ne vois donc pas qui pourrait être le coupable, sinon vous. »

Daniel a tout de suite sorti le grand jeu. Et son discours a l'effet escompté : Pontus devient blême, il semble au bord des larmes.

« Quand le feu s'est déclaré, Olivia et Emil dormaient dans le chalet, reprend posément Hanna. Est-ce que vous réalisez ce qui aurait pu se passer si Olivia ne s'était pas réveillée à temps ? Vos deux camarades auraient pu finir brûlés vifs. Une mort atroce au milieu des flammes !

– Deux homicides de plus, quoi ! enchaîne Daniel. Ça, ça va chercher perpète.

– Ce n'était pas moi… »

La voix chevrotante de Pontus est à peine audible.

« Il y a trois points qui vous accablent, poursuit Daniel, sans se laisser arrêter. Primo : vous étiez sur les lieux la nuit en question et n'avez aucun alibi, comme vos camarades pourront en témoigner au tribunal. Deuzio : vous aviez un mobile pour vous en prendre à Emil, que vous veniez d'essayer d'étrangler à mains nues. Tertio : vous avez décampé dans la nuit pour aller vous planquer. »

À chaque point de son énumération, que Daniel accompagne en levant un doigt, Pontus tressaille de plus belle.

« Autant vous dire que vous êtes drôlement mal barré, résume Daniel. Sans parler de l'agression d'un de nos collègues, qui vous vaudra une inculpation pour violences contre personne dépositaire de l'autorité publique. Ni de la violation de domicile que vous avez commise dans ce garage. »

Pontus, hagard, se met à haleter.

« Sans oublier non plus votre faux témoignage au sujet de Wille et Fanny », souligne Hanna.

Elle voit qu'il est sur le point de craquer. Son visage se crispe, ses lèvres sont agitées de spasmes. Une nuit en cellule, ça en calme plus d'un.

Allez, Pontus, se dit-elle. *Il est temps de vider ton sac.*

« Très sérieusement, conclut-elle, vous clamez votre innocence, mais vous imaginez vraiment qu'on va vous croire ? »

Daniel se penche en avant, coudes sur la table, et demande d'une voix calme : « Qui aurait pu mettre le feu à ce chalet… »

Son ton inflexible a disparu : la voix de Daniel est presque douce. Il pose sa main sur le bras de Pontus.

« … si ce n'était pas vous ?

– Allez Pontus, soyez raisonnable, embraie Hanna. Racontez-nous ce qui s'est passé. Ça va vous libérer d'un poids, croyez-moi. Ça doit être très difficile pour vous de porter seul ce fardeau, on le comprend bien. »

Pontus se cache le visage dans les mains. Puis une phrase étouffée monte entre ses doigts : « Je n'ai pas fait exprès… »

Enfin.

Hanna retient son souffle en entendant les mots qui sortent de la bouche de Pontus, en bribes à peine audibles.

Elle fait signe à Daniel de donner un peu d'air au garçon : mieux vaut le laisser se ressaisir avant de poursuivre. Maintenant qu'il a fait le plus dur, Hanna ne doute pas qu'il va tout déballer.

« Qu'est-ce qui s'est passé cette nuit-là ? reprend-elle après un moment de silence. Qu'aviez-vous en tête ? »

Pontus renifle, puis se lance d'une voix plaintive : « J'avais trop la rage, j'étais torché… Je ne me suis même pas rendu compte de ce que je faisais. Après l'embrouille avec Emil, je me suis effondré sur mon lit comme une masse. Plus tard, je me suis réveillé dans la nuit. En allant aux toilettes, je suis passé devant la buanderie. Et là, j'ai vu une bouteille de liquide allume-feu que quelqu'un avait posée près de l'évier. »

Les yeux exorbités, luisants d'angoisse, il poursuit : « C'était comme si… comme s'il fallait que je leur montre qu'ils ne pouvaient pas me laisser éternellement sur la touche. Et même… ça m'a fait du bien de voir le chalet cramer. Je me suis dit qu'ils allaient tous se sentir bien cons.

Surtout Wille, lui qui me traite vraiment comme la dernière des merdes. Et c'est là que j'ai entendu les cris d'Olivia...

– Deux personnes auraient pu mourir à cause de vous, répète Daniel.

– Je sais ! »

Une grimace déforme le visage du jeune homme.

« Je ne savais pas qu'Olivia et Emil étaient à l'intérieur. Je vous le jure, sur la vie de ma mère, sur la tombe de mon grand-père... Emil avait la chambre à côté de la mienne. Et Olivia avait dit qu'elle comptait retourner dormir dans la grande maison. Elle avait même déplacé ses affaires ! Je n'aurais jamais essayé de les tuer, jamais de la vie !

– C'est pour ça que vous vous êtes enfui ? » dit Hanna.

Pontus pousse un lourd soupir.

« Le feu a pris en deux secondes. Je ne comprends toujours pas comment ça a pu se propager aussi rapidement. Et quand j'ai vu Olivia sortir en courant, l'extincteur à la main... ça m'a horrifié. J'ai cru que j'allais mourir de honte. Si jamais elle me voyait, si elle comprenait ce qui se passait... J'ai paniqué, j'ai décampé aussi vite que j'ai pu. J'avais juste envie de me cacher dans un trou. Disparaître.

– Et vous vous êtes planqué dans ce garage, où notre collègue vous a débusqué », conclut Hanna, impassible.

Dans les yeux de Pontus, qu'il lève soudain vers elle, transparaît un profond désespoir.

« Je m'en veux terriblement pour ce que j'ai fait à ce policier. Je n'avais vraiment aucune intention de le blesser. »

Pontus pose les coudes sur la table et enfouit à nouveau le visage dans ses mains. Son corps tout entier est secoué de sanglots. Une plainte monte entre deux hoquets : « Qu'estce qui va m'arriver maintenant ? »

114

Une demi-heure plus tard, Hanna est de retour dans la salle de réunion aux côtés de Daniel et de Raffe. Ils connaissent désormais l'identité de l'incendiaire. Avoir enfin réussi à faire avouer Pontus a déjà un petit goût de victoire.

Maintenant, il n'y a plus qu'à espérer que les images de vidéosurveillance, qui viennent de leur parvenir, leur offrent une nouvelle percée dans l'enquête, en dévoilant qui s'en est pris à Fanny. Verront-ils apparaître à l'écran le visage de Wille ? Ou celui de Pontus, qui s'évertue encore à nier le meurtre ?

Hanna a branché son ordinateur sur le grand écran de la salle, afin qu'aucun détail ne leur échappe. Il s'avère que les Löwengren disposent d'un équipement dernier cri : des caméras qui se déclenchent dès que leurs capteurs détectent un mouvement suspect, capables de surcroît de distinguer entre humains et animaux, et dont les images sont à la fois diffusées en direct et enregistrées sur un serveur.

Grâce à un champ de vision de cent trente-cinq degrés, la portée des objectifs peut aller jusqu'à cinq mètres. Et pour ne rien gâcher, les caméras sont toutes équipées d'une vision nocturne. C'est donc avec une fébrilité à peine voilée qu'Hanna ouvre le dossier transmis par l'entreprise.

Elle clique sur le premier fichier vidéo, daté de la nuit de samedi à dimanche. Une image étonnamment nette apparaît à l'écran : elle provient de la caméra placée au-dessus de la porte-fenêtre du sauna. L'objectif a l'air d'avoir été installé de biais. S'il n'embrasse qu'une partie du pas-de-porte, il permet tout de même de voir un bout du jardin.

Est-ce que cela suffira ?

En essayant de repérer à l'image l'endroit où le corps de Fanny a été retrouvé, Hanna fixe l'écran sans ciller au point que les larmes lui montent aux yeux.

Au début, on ne voit que la blancheur de la neige dans l'obscurité. Puis Fanny entre dans le champ.

Hanna retient son souffle.

On la voit distinctement s'avancer en vacillant sur ses jambes, puis s'affaler dans la neige, au milieu du jardin.

« Attends, mets sur Pause ! » fait Daniel.

Sur l'image figée, Fanny est étendue sur le dos, bras et jambes en croix, comme si elle s'apprêtait à faire l'ange dans la neige. Son attitude n'exprime aucune colère – sa rage contre Wille semble envolée. Elle a surtout l'air joyeusement pompette, comme si la beauté de cette nuit d'hiver l'avait soudain subjuguée.

Hanna ne comprend plus rien.

« Mais regardez, elle a des vêtements ! fait remarquer Raffe. Un manteau, des chaussures. Et un jean ! »

En effet, Fanny est chaudement habillée – et non à moitié nue, comme a été découvert son corps.

« Bon, regardons la suite, dit Daniel, une certaine tension dans la voix. »

Hanna clique à nouveau sur le bouton Lecture, la vidéo redémarre.

Une ombre surgit alors, comme sortie de nulle part. Une silhouette sombre qui s'approche de Fanny et s'agenouille sur son côté gauche.

« C'est qui, ça ? » bredouille Raffe.

Impossible à dire. L'individu porte un manteau sombre à la capuche relevée, qui empêche de discerner ses traits. Mais sur le visage de Fanny, qui se tourne vers l'inconnu en se redressant un peu, Hanna croit néanmoins voir se dessiner un sourire.

Fanny aurait-elle eu cette réaction face à Wille, avec qui elle venait d'avoir une prise de bec ? Il pourrait donc bien s'agir de Pontus – ou même peut-être d'Amir. La taille de la personne ne semble pas coller, en revanche, avec la silhouette élancée d'Emil.

À moins que ce ne soit Wille, après tout ? S'il était sorti s'excuser, Fanny aurait pu sourire en estimant que tout était déjà pardonné.

Hanna sent la frustration monter : elle a beau scruter l'écran, impossible de reconnaître qui se dissimule sous cette capuche.

Soudain, l'inconnu se penche sur Fanny, la cachant de sa silhouette sombre, comme s'il se couchait sur elle – ou qu'il essayait de lui enfoncer le haut du corps dans la neige. Mais on ne peut pas dire avec certitude ce qui se passe. Les ombres se confondent, les contours se rejoignent.

Pourtant, Hanna le comprend immédiatement : un homicide est en train de se dérouler sous leurs yeux impuissants.

Après de longues minutes, l'ombre se relève. Fanny gît immobile, le visage à moitié enseveli dans la neige.

L'agresseur ôte les chaussures et la veste de sa victime, puis son pantalon et son pull, la laissant à demi nue.

Puis il sort du champ.

Seul reste à l'écran le corps sans vie de Fanny.

La caméra continue de tourner pendant quelques secondes, puis la vidéo s'arrête.

Raffe est le premier à briser le silence : « Eh bien… On sait comment Fanny a trouvé la mort. »

Il prend une grande inspiration. Devant l'horreur de la scène dont ils viennent d'être témoins, Raffe a l'air aussi sonné qu'Hanna.

« C'est donc bel et bien un homicide volontaire », poursuit-il.

Hanna ne sait pas ce qui est le plus difficile à encaisser, du sentiment d'impuissance ou de la déception. Elle qui avait tant espéré de cet enregistrement, imaginant qu'il lui apporterait enfin la clé du mystère… la tête du coupable sur un plateau.

Mais ces images ne disent rien ou presque de l'assassin de Fanny. Tout ce qu'ils ont, c'est cette ombre : une silhouette menaçante aux traits indistincts.

La frustration lui serre la poitrine.

Comment s'y prendre pour identifier le meurtrier ?

115

Une demi-heure plus tard, ils ont visionné à deux reprises l'intégralité des vidéos dont ils disposent, y compris les terribles images du crime, qu'ils ont repassées au ralenti. Daniel a à peine osé cligner des yeux, de peur de manquer un détail décisif.

Sur les enregistrements de la nuit de l'incendie, en revanche, on reconnaît clairement Pontus sortant au rez-de-jardin avec une bouteille d'allume-feu : ils ont donc des preuves techniques pour étayer sa culpabilité. Mais absolument rien ne permet d'identifier l'assassin de Fanny. Son image n'a malheureusement été captée par aucune autre caméra – comble de malchance, celle de la porte d'entrée était hors service : impossible de voir le tueur pénétrer dans la maison ou en sortir.

Daniel voit sa propre déception se refléter sur le visage d'Hanna, assise en face de lui.

« Et nos collègues d'Östersund, au service informatique ? suggère Raffe. Ils arrivent parfois à faire des miracles avec ce genre de séquences. À faire ressortir des détails invisibles à l'œil nu…

– Oui, on va leur envoyer tout ce qu'on a, rétorque Daniel. Et leur dire de faire au plus vite. »

Hanna se retourne vers son ordinateur et lance une nouvelle fois la vidéo incriminante. Quand le tueur apparaît le plus clairement dans le champ, debout près de Fanny, elle fait un arrêt sur image et zoome sur l'habit sombre de l'inconnu.

« Tu penses que les gars de l'informatique sauraient identifier cette veste ? dit-elle à Raffe, une lueur d'espoir dans la voix. Si on pouvait en distinguer la marque, on pourrait la comparer aux habits de Wille et de Pontus. »

Daniel scrute la silhouette à l'écran, avec la désagréable impression que quelque chose lui échappe.

Le vêtement ressemble à un manteau de ski tout ce qu'il y a de plus ordinaire – mais rien de plus banal à Åre que ce type de veste noire ou bleu foncé. Et quand bien même ils pourraient identifier la pièce, cela ne suffirait pas pour incriminer son propriétaire : quelqu'un d'autre aurait très bien pu la lui emprunter. Ce type d'arguments, les avocats ont beau jeu de les démonter...

Il plisse les yeux pour mieux voir l'individu.

Les proportions sont déformées par la lentille : difficile d'évaluer précisément la taille de l'inconnu qui se dresse au-dessus de Fanny. Mais ce qui est sûr, c'est que ce n'est pas un homme de la stature d'Emil. Daniel pencherait plutôt pour Pontus, qui doit mesurer aux alentours d'un mètre soixante-quinze.

Et à ce compte, il pourrait tout aussi bien s'agir de Wille...

En un mot, il est tout bonnement impossible de reconnaître la personne sur ces images.

Quelque chose continue à travailler Daniel, sans qu'il sache mettre le doigt dessus. Il se rapproche de l'écran, jusqu'à y coller le nez, mais rien n'y fait.

« Tiens, tu pourrais repasser cette séquence ? demande-t-il à Hanna. À partir du moment où Fanny s'allonge dans la neige. »

La scène se déroule une énième fois – à ce stade, il la connaît presque par cœur. Fanny entre en vacillant dans le champ de la caméra et se laisse béatement choir dans la neige. Sur le dos, elle écarte les bras et les jambes pour dessiner un ange. Quelques minutes plus tard, une silhouette sombre arrive par la gauche et se met à genoux près d'elle.

Daniel comprend tout à coup ce qui cloche... Le témoignage de la voisine...

« Attendez ! s'exclame-t-il. Karin Carlsson nous a bien dit que la personne qu'elle a vue par la fenêtre avait l'air de transporter quelque chose de lourd ? »

Hanna lui lance un regard affirmatif.

« Tu as raison ! À l'entendre, on aurait dit que l'auteur du crime s'apprêtait à déposer le corps de Fanny dans le jardin, dit-elle. C'est du moins ce que j'en avais conclu.

– Ça ne colle pas du tout avec ce qu'on voit ici ! poursuit Daniel. Fanny était déjà dans la neige, et bien vivante, quand son agresseur est arrivé. Elle y est allée d'elle-même. »

Une ride pensive plisse le front d'Hanna.

« Elle a pu se tromper, dit Raffe. C'était le milieu de la nuit, elle était encore à moitié endormie. Et peut-être qu'elle a vu la personne transporter les vêtements de Fanny...

– Ça m'étonnerait, fait Hanna. Je me souviens qu'elle avait parlé de quelque chose qui ressemblait à un très gros sac... Avoue quand même que c'est étrange !

– Je trouve qu'on devrait retourner voir Karin Carlsson, conclut Daniel. Histoire d'en avoir le cœur net. On pourrait en profiter pour jeter un coup d'œil aux vestes de Wille et de Pontus, tant qu'on y est. Voir si l'un d'eux ne posséderait pas un manteau noir ou bleu foncé. »

116

Tiré de sa sieste par le grincement d'une porte qui s'ouvre, Anton sent aussitôt que sa tête lui fait moins mal. Une infirmière, qui se présente sous le nom de Marie-Louise, entre dans sa chambre pour prendre sa tension – encore un peu basse, bien qu'elle soit remontée depuis la veille.

« Vous allez pouvoir quitter l'hôpital aujourd'hui, explique-t-elle en repliant le brassard. Le médecin viendra vous voir dès qu'il aura une minute.

– Vous êtes chargés ?

– On est en sous-effectif, admet-elle. D'autant qu'on vient de recevoir un patient à opérer en urgence : une fracture du genou à cause d'un méchant accident de ski. »

Anton s'est lui-même cassé un bras, à l'adolescence, alors qu'il participait à une compétition de descente à Duved. Peut-être la pire douleur qu'il ait jamais ressentie. Quand une partie du squelette est endommagée, c'est le corps tout entier qui entre en état de choc : c'est un traumatisme qu'il ne voudrait revivre pour rien au monde.

Le thermomètre auriculaire avec lequel Marie-Louise vérifie sa température émet un bip rassurant : pas de fièvre.

Anton se redresse dans son lit pour qu'elle puisse examiner ses points de suture au niveau du front.

« À quelle heure pensez-vous que je pourrai sortir ?

– Dès que le médecin aura eu le temps de passer vous voir. Probablement avant midi. »

Parfait. Il se sent bien mieux qu'hier et n'a qu'une hâte : rentrer chez lui, à Duved. Il a mille choses à gérer en ce moment.

« Ah, mais j'oubliais ! s'exclame l'infirmière alors qu'elle s'apprête à quitter la chambre. Vous avez de la visite : votre sœur s'est présentée à l'accueil. Est-ce que je peux la laisser entrer ? »

Karro est ici ? Pourtant, Anton ne l'a pas plus prévenue que ses parents. Mais si sa sœur a fait la route jusqu'à Östersund, il ne va évidemment pas la laisser en plan.

« Bien sûr, dit-il. Dites-lui de venir. »

La porte ne tarde pas à s'entrouvrir, et sa sœur aînée se tient dans l'embrasure, ses cheveux blonds attachés en un chignon négligé.

À peine leurs regards se sont-ils croisés qu'elle laisse échapper un sanglot.

« Doucement », murmure Anton alors que Karro se jette sur lui pour le prendre dans ses bras.

Elle serre fort son frère contre elle, au point qu'il doit la repousser pour avoir un peu d'air.

« Je n'ai pas grand-chose, tu sais. Ils m'ont fait quelques points de suture et m'ont gardé en observation pour une commotion cérébrale. C'est tout.

– Ce type aurait pu te tuer !

– Mais tu vois, je ne suis pas mort. D'ailleurs, je vais bientôt pouvoir rentrer, on doit signer mon bon de sortie tout à l'heure. »

Karro essuie une larme sur sa joue, puis enlève sa veste et s'installe sur le bord du lit ; Anton comprend qu'elle n'a pas l'intention de partir de sitôt.

« C'est parfait ! Dans ce cas, je vais pouvoir te ramener en voiture.

– Ça n'est pas non plus pour tout de suite.

– Pas de souci, je peux attendre quelques heures. »

Anton lui sourit ; sa tête de mule de sœur… Mine de rien, ça lui fait vraiment plaisir qu'elle ait fait le déplacement.

« Comment tu as su que j'étais à l'hôpital ?

– C'est Hanna qui m'a prévenue. »

Évidemment. Hanna s'est liée d'amitié avec Karro alors qu'elle venait juste de débarquer à Åre – avant même d'obtenir son poste d'enquêtrice aux côtés d'Anton.

« Elle n'a jamais entendu parler du secret professionnel, celle-là ? murmure-t-il, faussement outré. Ni du devoir de loyauté ?

– N'importe quoi ! »

Karro lui donne une tape sur le bras en pouffant. Et soudain, tout redevient comme avant. Il préfère de loin cette version de sa sœur à celle qui vient pleurnicher à son chevet en s'apitoyant sur son sort.

« D'accord, tu n'es peut-être pas aussi mal en point que je le craignais, sourit-elle. Dans ce cas, est-ce qu'on peut aborder le sujet qui fâche ? »

Anton envisage un instant de jouer au naïf et de feindre de n'avoir aucune idée de ce qu'elle entend par là.

Mais il n'a plus la force de faire semblant – il a dépassé ce stade.

« Qu'est-ce que tu veux savoir ? se contente-t-il de demander. Dis-moi.

– Parle-moi de Carl. »

117

Quand Hanna quitte l'E14 pour bifurquer en direction de Sadeln, les rayons du soleil font scintiller le givre qui habille les arbres bordant le virage. Les petites cascades figées dans la glace étincellent, la neige au sol brille d'un éclat aveuglant.

Toute la vallée resplendit.

Mais Hanna n'est pas vraiment d'humeur à s'attarder sur la beauté de la nature. Elle est trop occupée à ruminer sa déception. Il était sans doute naïf de sa part de se figurer que les images de vidéosurveillance suffiraient pour boucler l'affaire, mais elle avait au moins espéré une percée significative.

Les vidéos ont été envoyées au service informatique d'Östersund ; il ne reste plus qu'à attendre, désormais. Dans le meilleur des cas, les techniciens feront des miracles. Sinon, il n'y aura qu'à accepter qu'il s'agissait d'un pétard mouillé…

Daniel, sur le siège passager, a le nez sur l'écran de son téléphone. C'est peut-être aussi bien, étant donné son humeur de tout à l'heure. Il y avait un moment qu'Hanna ne l'avait pas vu aussi furieux. Heureusement qu'elle n'y est pour rien…

La route grimpe en pente raide. Hanna rétrograde par réflexe dans le dernier virage tandis que ses pensées tournent à plein régime.

Il y a quelque chose qui cloche sérieusement chez la famille Carlsson, entre le témoignage incohérent de Karin et la plainte déposée contre son fils pour agression sexuelle.

Hanna a pris le temps de lire le rapport de police concernant ce dernier, qui confirme le tableau qu'en avait fait Raffe. Peter Carlsson pourrait-il être leur mystérieux meurtrier ? Et si oui, sa mère essaierait-elle de le couvrir ?

Néanmoins, il y a un fossé entre des attouchements et un meurtre. Peter Carlsson donnait surtout l'image d'un pauvre type un peu pathétique, incapable de garder ses mains pour lui quand il avait bu.

Mais comment diable tout cela s'imbriquait-il ?

Tout à son impatience, Hanna écrase un peu trop brutalement la pédale de l'accélérateur. La voiture fait un bond en avant et prend un virage si serré que Daniel lâche son portable, qui tombe à ses pieds avec un bruit sourd.

« Mais qu'est-ce qui t'arrive ? s'exclame-t-il, cherchant à tâtons le téléphone sous son siège.

– Oups, désolée, répond Hanna en décélérant. J'étais dans mes pensées… »

Elle lui adresse un sourire navré, puis traverse en roulant au pas le centre de Björnen avant de dépasser le parking au départ des pistes de ski de fond. Il est plein à craquer : par ce beau temps, les sportifs sont tous de sortie.

« Bon, par qui on commence ? fait-elle. Par les Carlsson, pour vérifier le témoignage de Karin ? Ou on passe d'abord examiner les vestes de Pontus et de Wille ?

– Tant qu'à faire, allons d'abord chez les Carlsson. »

Ils sont arrivés à l'embranchement en direction de Sadeln, signalé par deux murets en pierre qui se dressent de part et d'autre de la route, décorés du nom du quartier en grandes majuscules de cuivre. Un signe de bienvenue qui laisse Hanna indifférente.

Elle a le cœur lourd, mille questions en tête, et le découragement la menace… Comment vont-ils parvenir à boucler cette enquête, qui patine comme jamais ?

118

Une Volvo blanche est stationnée devant le garage des Carlsson : Åke et Karin doivent être chez eux.

Tant mieux, se dit Daniel en suivant Hanna jusqu'à la porte d'entrée. Ils pourront au moins clore ce chapitre avant le déjeuner.

Hanna toque à la porte, qui s'ouvre sur Åke : « C'est encore vous ? » s'exclame le bonhomme.

Affublé de sous-vêtements thermiques gris clair, le teint rougeaud, il semble revenir d'une virée matinale à skis de fond.

« Nous aurions encore quelques questions à vous poser, annonce Hanna. Pourrions-nous entrer ? »

Åke les invite à passer la porte et à gagner le salon. Karin prépare le café, debout devant l'îlot de cuisine. Elle porte la même tenue que son mari ; ses cheveux sont ébouriffés. Les sous-vêtements de ski, très près du corps, révèlent une silhouette singulièrement athlétique pour son âge.

La femme a l'air surprise de les voir. Mais elle ne tarde pas à montrer du doigt la cafetière : « Vous en prendrez une tasse ?

– Non merci », répond Daniel.

Il en a déjà trop bu depuis son réveil. Et la colère de la matinée n'a fait qu'exacerber ses aigreurs d'estomac.

Hanna décline à son tour ; ils s'installent à la table en attendant que Karin vienne les rejoindre.

« Dites donc, ça n'a pas arrêté, hier ! dit Åke. Je n'aurais jamais cru voir un tel cirque ailleurs qu'à la télé… Mais je vais vous dire une chose : moi, je m'en méfie, de ces Löwengren, depuis qu'ils sont venus faire construire leur affreuse maison. Pour ma part, je ne serais pas fâché de les voir vendre et quitter Åre pour de bon. »

Quel bel esprit de voisinage, songe Daniel.

« Tu y vas un peu fort, objecte Karin. Pourquoi en aurions-nous après cette famille en particulier ? »

Elle lance un regard de reproche à son mari, comme s'il lui faisait honte devant la police.

« À compter du jour où ils ont acheté ce terrain, ces gens n'ont apporté que des problèmes, s'exclame Åke. Tu le sais aussi bien que moi, depuis le temps qu'on en parle !

– Je trouve que tu exagères, rétorque Karin.

– Mais enfin, qu'est-ce qui te prend tout à coup ? »

L'indignation transparaît clairement dans la voix d'Åke. Il porte sa tasse à la bouche, laissant perler au coin des lèvres une goutte de café dont il ne semble pas s'apercevoir.

Il dirige ensuite son agacement vers les deux enquêteurs.

« De quoi s'agit-il, cette fois ? Vous avez attrapé celui qui a tué la jeune fille, non ? Je vous ai vus embarquer l'un de ces gamins, menottes aux poignets. Ça doit être lui qui a mis le feu aussi, j'imagine. Une belle bande de voyous, je vous le dis…

– Justement, commence Hanna. Nous avons encore quelques questions à vous poser, Karin, en rapport avec votre témoignage sur la nuit de samedi à dimanche. »

En s'adressant directement à elle, Hanna essaie sans doute de couper court aux jérémiades de son rustre de mari.

Elle feuillette son carnet et s'arrête sur une page noircie de notes.

« Lors de notre échange, avant-hier, vous avez affirmé avoir vu cette nuit-là un individu se déplacer sur le terrain où a été retrouvé le corps. Vous avez déclaré que l'individu portait une veste sombre et qu'il s'agissait vraisemblablement d'un homme. Mais vous n'avez pas vu son visage. »

Karin écoute attentivement Hanna sans l'interrompre. Elle a l'air nettement plus encline que son époux à faire bonne figure.

« Oui, c'est bien ça, confirme-t-elle lorsque Hanna a achevé son exposé. Il y avait quelque chose dans la posture de la personne qui m'a fait exclure qu'il puisse s'agir d'une femme. Je ne peux pas mieux l'expliquer. »

Hanna lui adresse un sourire encourageant.

Daniel commence à se demander où elle veut en venir. Pourquoi n'évoque-t-elle pas les images de vidéosurveillance ? Va-t-elle vérifier tout le témoignage de Karin, phrase par phrase, avant d'en arriver au fait ? Ça risque de prendre un certain temps, et ils n'ont pas toute la journée.

« Vous avez aussi affirmé que la personne en question semblait porter dans ses bras quelque chose de lourd, d'encombrant, poursuit-elle.

– En effet.

– Est-ce qu'à votre avis, il aurait pu s'agir du corps de la jeune femme ? »

Hanna laisse quelques secondes de réflexion à Karin, avant de poursuivre : « Il est important que vous essayiez de vous souvenir précisément de ce que vous avez vu. Le plus infime détail peut être déterminant. La seule chose qui compte, c'est l'exactitude des faits. »

Karin ferme les yeux, puis hoche la tête d'un air pensif.

« Il faisait très sombre, mais je crois vraiment que c'est comme ça que ça s'est déroulé. Je n'en mettrais pas ma main à couper, bien sûr, mais… plus j'y réfléchis, plus la scène me revient clairement. »

Elle pose ses deux paumes autour de sa tasse de café, fronce les sourcils d'un air concentré.

« L'homme que j'ai vu dans le jardin portait probablement la jeune fille dans ses bras, oui. J'en suis presque certaine.

– Et qu'est-ce qu'il a fait ensuite ? » relance Hanna.

Daniel remarque une tension dans sa voix.

« Pouvez-vous faire l'effort de vous en souvenir ? »

Karin se caresse le front du bout des doigts, comme pour convoquer les images d'un œil intérieur.

« Je crois... qu'il l'a déposée dans la neige devant la maison.

– Et après ça ? dit Hanna.

– Il est reparti en direction de la porte d'entrée.

– Il l'a donc laissée là ? Vous souvenez-vous s'il a fait autre chose avec son corps ou avec ses vêtements ?

– Non. »

Karin s'arrête à nouveau pour réfléchir un instant.

« C'est allé très vite. Il l'a simplement laissée tomber dans la neige et l'a abandonnée sur place. »

Daniel a bien compris, désormais, la stratégie que déploie Hanna avec son chapelet de questions : elle essaie de mettre Karin en confiance pour l'inciter à habiller de toujours plus de détails un événement qui n'a jamais eu lieu.

Car Karin n'a pas pu voir cet homme déposer le corps de Fanny dans la neige. Cette scène n'existe pas ; les vidéos dont ils disposent en sont la preuve.

Cette femme leur ment.

119

Quand Karin a reproché à son mari de dire du mal des Löwengren, quelque chose a sonné faux aux oreilles d'Hanna. Elle a bien remarqué la surprise d'Åke qui, soudain, ne semblait plus reconnaître son épouse.

C'est à ce moment qu'elle a décidé de poser quelques questions complémentaires.

Karin est désormais empêtrée jusqu'au cou dans son récit.

« Vous êtes sûre de ne pas vouloir un café ? demande-t-elle. Ou un verre d'eau, peut-être ?

– Ça ira, merci », répond Hanna.

Elle fait mine d'étudier ses notes pour gagner du temps – elle a besoin de réfléchir, de choisir une direction.

Karin ment, c'est évident. Mais pourquoi ?

S'agit-il de protéger son fils ? Ou peut-être son mari ?

Pour qu'elle invente une histoire pareille, se pourrait-il finalement que l'un des hommes de sa famille soit impliqué dans le meurtre de Fanny ?

Mais s'il l'était, Åke n'irait pas vomir aussi ouvertement sa haine de ses voisins devant deux policiers. Personne ne serait assez idiot pour se saborder ainsi.

À moins qu'il ne le fasse justement pour cette raison précise : pour rendre plus improbable encore l'hypothèse de sa culpabilité…

Et si le responsable était son fils, Peter ?

Les points d'interrogation se multiplient. Hanna aimerait pouvoir échanger quelques mots en privé avec Daniel. Les affirmations de Karin la plongent dans un abîme de perplexité.

Åke commence à s'impatienter. Il a terminé son café et repousse sa tasse vers le centre de la table.

« Aviez-vous autre chose à nous dire ? lâche-t-il. Je ne voudrais pas sembler malpoli, mais nous venons tout juste de skier. J'aurais besoin de prendre une douche. »

Hanna n'a pas l'habitude de se sentir démunie en plein interrogatoire, mais aujourd'hui, elle peine à décider de la voie à suivre.

Quelle position adopter face au faux témoignage de Karin ? Doivent-ils abattre leurs cartes – révéler qu'ils ont compris qu'elle affabule – ou vaut-il mieux la laisser s'enfoncer plus encore dans le mensonge ?

Finalement, Hanna se décide – la situation est trop délicate pour pouvoir se régler dans la cuisine des Carlsson.

Ils doivent emmener Karin au poste pour un interrogatoire en bonne et due forme.

120

Daniel attend qu'Hanna reprenne l'entretien. Il remarque qu'elle hésite, qu'elle ne semble pas savoir dans quelle direction mener l'interrogatoire.

Les mensonges de Karin le surprennent aussi. Plus elle en raconte, plus son histoire lui paraît étrange. Et s'ils avaient tout simplement affaire à une mythomane ?

Hanna referme son carnet.

« J'aimerais que vous nous accompagniez au commissariat, dit-elle à Karin. Nous aurions besoin de vérifier certains points de votre témoignage. »

L'expression de Karin, jusqu'alors avenante, change du tout au tout et se tend aussitôt.

« On peut le faire tout de suite, suggère-t-elle en se passant nerveusement la langue sur les lèvres. Que voulez-vous savoir ?

– Je préférerais m'occuper de tout ça au poste, insiste Hanna.

– Je vous ai déjà tout raconté. Tout ce que j'ai vu cette nuit-là. »

Karin se tourne vers son mari, le regard suppliant.

« Je ne comprends pas, dit ce dernier. Pourquoi voulez-vous faire subir à ma femme un interrogatoire de police ?

– C'est une simple formalité », répond Hanna.

Elle fait de son mieux pour sembler rassurante, mais sa tentative produit l'effet inverse.

« Vous n'avez pas le droit de vous comporter ainsi avec nous, s'emporte Åke, la voix tremblante. Pour qui nous prenez-vous ? Nous ne sommes pas des criminels, comme ces sales gosses de la maison voisine !

– Nous pouvons tout à fait vous enjoindre de nous suivre au commissariat », intervient aussitôt Daniel pour voler au secours d'Hanna.

Tout cela commence à bien faire : les affabulations de Karin doivent être tirées au clair.

« Vous avez entendu ma collègue, poursuit-il. Nous devons simplement éclaircir quelques détails de ce qu'a relaté Karin. C'est pourquoi nous demandons à votre épouse de nous accompagner sans faire d'histoires. »

Karin se lève si brusquement qu'elle renverse sa tasse. Un fond de café ruisselle le long de la table pour s'écouler goutte à goutte sur le carrelage.

« Je n'ai rien fait ! s'exclame-t-elle.

– Ce n'est pas la question, rétorque Hanna. Nous aimerions seulement poursuivre cet échange au poste.

– De quoi accusez-vous ma femme, au juste ? s'étrangle Åke. Comment osez-vous ? »

L'atmosphère a brutalement changé. Daniel se rend compte qu'ils sont en train de perdre le contrôle de la situation.

« Vous ne m'obligerez pas à vous suivre ! » glapit Karin d'une voix stridente.

Åke bondit à son tour de sa chaise et agrippe vivement le bord de la table, ses joues couperosées frémissant de rage. C'est un homme solidement bâti, aux épaules larges ; il domine la pièce.

« Il n'est pas question que vous embarquiez ma femme », assène-t-il.

Daniel se lève lui aussi.

« Åke, le met-il en garde, ne faites pas de bêtise.

– Je vous préviens…

– Nous devons simplement nous entretenir avec Karin au commissariat, réitère Hanna. Rien de plus. »

La bouche de Daniel est devenue sèche. Il empoigne son portable pour se tenir prêt à appeler des renforts. Hanna s'est mise debout à son tour : bien campée sur ses jambes, elle est sur le qui-vive, comme si Åke était sur le point de l'attaquer.

À voir ses poings serrés, son corps en tension dont les muscles tremblent, Daniel comprend que l'homme est à deux doigts de perdre les pédales. Sur une de ses joues, un vaisseau sanguin semble près d'éclater.

Daniel se crispe sous l'effet d'une décharge d'adrénaline. Son attention tout entière est concentrée sur les traits déchaînés d'Åke, son agressivité aussi débridée que soudaine.

Sa rage.

Comment a-t-il pu changer de visage aussi vite – en une fraction de seconde ?

Daniel tâte sa ceinture et pose la main sur son arme de service. Pourquoi n'a-t-il pas envisagé que la situation puisse dégénérer ? Qu'Åke puisse devenir violent ?

Les deux hommes se fixent en silence tandis que les secondes s'égrènent. Daniel entend son pouls lui tambouriner dans les oreilles, de plus en plus fort.

Et puis d'un coup, Åke paraît calmé. Il retombe sur son siège, prend quelques grandes inspirations, puis adresse à Hanna et à Daniel un sourire tremblant. Comme s'il voulait s'excuser pour le tumulte qu'il a causé.

« Pardon, fait-il. Je me suis emporté, ça n'était pas mon intention. »

Åke cligne des yeux, l'air penaud. Ses mains sont posées sur ses genoux, ouvertes et détendues. Il semble avoir retrouvé ses esprits ; l'atmosphère explosive a disparu. Daniel pousse un soupir de soulagement.

« Il n'y a pas de mal, le rassure-t-il. Vous avez été pris de court, ça peut arriver. »

Il scrute le visage d'Åke pour tenter d'en lire l'expression, de comprendre ce que cet homme peut bien avoir en tête. Sa réaction était-elle un réflexe humain devant la détresse de sa femme ou le signe qu'il pourrait être impliqué dans le meurtre de Fanny ?

C'est ce que semblerait suggérer, en tout cas, le comportement irrationnel de Karin : pourquoi sinon aurait-elle livré ce faux témoignage ?

Et l'agressivité d'Åke a clairement pris Daniel par surprise : le septuagénaire a soudain montré une facette sombre, inquiétante, de sa personnalité. Un homme aussi imprévisible aurait tout à fait pu s'attaquer à Fanny sans crier gare…

Daniel fixe l'homme quelques secondes, puis prend sa décision : mieux vaut emmener les deux époux au poste. Après ce psychodrame, ça ne fera pas de mal de les interroger posément, chacun de leur côté, pour éviter que les réactions de l'un aux allégations de l'autre ne viennent tout compliquer.

Daniel cherche Karin des yeux et s'aperçoit qu'elle n'est plus dans la pièce.

« Où est passée votre femme ? » demande-t-il à Åke.

Au même moment, Hanna pousse un cri.

« Elle est sortie ! »

Par la fenêtre de la cuisine, Daniel aperçoit Karin, qui s'est installée en hâte au volant de la Volvo familiale. Elle met les gaz sous leurs yeux impuissants, et la voiture blanche s'élance vers la route à toute allure.

Et merde. Ils se sont fait avoir comme des bleus.

« Ne la laissons pas filer ! » s'écrie Daniel en se précipitant vers la porte d'entrée.

121

À peine Hanna a-t-elle démarré qu'elle sort de l'allée pour débouler, aussi vite qu'elle l'ose, dans la rue Sadelvägen, qui mène hors du quartier. Karin a difficilement pu s'enfuir par un autre itinéraire. La grande question est de savoir dans quelle direction elle est partie : vers le sud, en direction de l'E14, ou vers le nord, en empruntant la route qui serpente à travers la campagne pour rejoindre le lac Kallsjön en passant par Fröån ?

À l'approche du carrefour, ils doivent trancher : « À ton avis ? demande-t-elle à Daniel. Vers le nord ou le sud ? »

Son collègue est au téléphone, en train de dicter la plaque d'immatriculation de Karin Carlsson aux patrouilles qui doivent se lancer à sa recherche.

Sans réponse de sa part, Hanna décide de tourner à gauche : ce sera la route du lac Kallsjön. Elle a misé sur le fait que Karin ait préféré fuir l'E14, où le trafic est plus dense et les barrages de police, faciles à ériger. Elle a pu se dire qu'en filant vers le nord, elle parviendrait à les semer sur les petites routes.

La chaussée est recouverte de neige durcie. Elle n'est pas glissante, mais étroite et sinueuse ; par endroits, les voitures peuvent à peine se croiser. Hanna ne se préoccupe guère des panneaux limitant la vitesse à soixante-dix kilomètres-heure, mais elle s'efforce de maîtriser son véhicule pour éviter de se retrouver dans le fossé ou le nez dans une congère.

Ils passent au pied du Trillevallen puis devant l'ancienne mine de Fröån sans apercevoir l'ombre d'une Volvo blanche. À chaque embranchement, Hanna guette les traces de pneus dans la neige qui pourraient signaler que Karin a quitté la route principale. Mais aucune empreinte fraîche en vue : le sol reste désespérément et uniformément vierge.

Le paysage défile à toute allure, les sapins enneigés ne forment plus qu'une masse. Le soleil franc de la matinée s'est peu à peu voilé de nuages gris. Dans la lumière brumeuse, Hanna doit plisser les yeux pour bien y voir.

Daniel a raccroché. Penché en avant, sourcils froncés, il traque la Volvo avec la même concentration qu'elle.

« Tu crois qu'elle nous a semés ? demande-t-il au bout de quelques kilomètres.

– Je ne sais pas. »

Bientôt, ils arriveront près du lac Kallsjön, avec la baie de Grundsviken à leur gauche.

Un nouveau carrefour majeur, et un choix crucial s'ils veulent avoir une chance de rattraper Karin.

Tenter de deviner où elle est allée semble sans espoir : il y aurait cent détours possibles. Peut-être essaie-t-elle même de pousser jusqu'en Norvège ?

« Je n'arrive pas à croire qu'elle ait réussi à filer sous nos yeux », bredouille Daniel.

Hanna n'a pas de temps à perdre à battre sa coulpe : elle est trop absorbée par la trajectoire de son véhicule. Il y a quelques années, elle a été victime d'un grave accident de voiture entre Järpen et Åre, quand un assaillant l'a forcée à une sortie de route qui a bien failli la tuer. Le sentiment d'horreur en sentant les roues se décoller de la chaussée hante encore ses cauchemars.

Revivre ce traumatisme est bien la dernière chose qu'elle souhaite.

Des gouttes de sueur lui roulent sur le front, le stress s'intensifie à chaque nouveau kilomètre. Elle agrippe le volant des deux mains.

En sortant d'un virage, elle aperçoit un gros tracteur progressant à faible allure à quelques centaines de mètres devant elle. Hanna tente d'évaluer la possibilité de le doubler sans finir dans le fossé. Mais la chaussée est terriblement étroite.

« Sors le gyro, dit-elle à Daniel. Il va falloir qu'il se range, le gars ! »

Daniel attrape illico l'avertisseur bleu, descend sa vitre et le place sur le toit.

Alors que la sirène hurle au-dessus de leurs têtes, le chauffeur, sans doute assourdi par le moteur de son véhicule, reste imperturbable.

Mais pousse-toi de là !

Hanna serre les dents de toutes ses forces. Bientôt, il faudra qu'elle pile pour éviter de le percuter.

Qu'est-ce qu'il fabrique ? Pourquoi ne réagit-il pas ?

Elle s'apprête à écraser la pédale de frein quand le conducteur s'aperçoit qu'il a la police au train. L'engin agricole serre à droite du mieux qu'il peut, les laissant passer de justesse.

Hanna prie silencieusement pour que Karin se soit aussi retrouvée coincée derrière le tracteur avant eux. Si c'est bien le cas, ils ne sont peut-être pas si loin derrière elle, finalement, et ont encore une infime chance de la pincer.

Si tant est qu'elle soit partie vers le nord. S'engager dans cette direction était un pari, qui pourrait tout aussi bien se révéler perdant.

Ils arrivent bientôt au lac Kallsjön. Ils ne sont plus qu'à une centaine de mètres de l'embranchement quand Daniel pousse un grand cri : « Là, c'est elle ! »

La Volvo blanche surgit sous leurs yeux au moment même où elle va s'engager dans le carrefour en T : ils ont simplement le temps de voir ses feux arrière disparaître derrière les bouleaux. Karin a pris à gauche sur la route Husåvägen, qui longe le lac gelé – elle file donc vers l'ouest, peut-être vers la frontière norvégienne.

« Essaie de la rattraper, s'exclame Daniel à ses côtés. On ne doit pas la perdre de vue. »

Surmontant son appréhension, Hanna presse l'accélérateur, tourne à gauche dans un dérapage contrôlé et remet les gaz, les deux mains crispées sur le volant.

C'est alors qu'elle aperçoit la voiture de Karin, le nez dans le fossé. Dans la panique, elle a dû perdre le contrôle de sa trajectoire en accélérant après le carrefour. Les roues arrière de la Volvo, immobilisée en biais, ne touchent plus terre.

« On la tient ! » s'enflamme Daniel.

Hanna dose avec soin son freinage pour ne pas subir la même mésaventure et parvient finalement à s'arrêter juste derrière le véhicule accidenté. De là où elle se trouve, elle voit que le siège conducteur est vide, mais l'airbag s'est déclenché, et le moteur tourne encore.

« Mince, elle est où ? souffle Hanna.

– Elle n'a pas eu le temps de partir bien loin… »

Hanna sort en trombe de la voiture et se met à scruter le paysage.

« Là-bas ! » s'égosille Daniel en piquant un sprint.

Devant eux, Karin s'éloigne en titubant sur la glace.

122

La petite silhouette crapahutant sur le lac a quelques centaines de mètres d'avance sur eux. Mais Daniel s'en rapproche insensiblement, avançant à grandes foulées, aussi vite qu'il l'ose.

Le temps se dilate. Sur la surface enneigée, il n'entend rien d'autre que son propre souffle haletant. L'air qu'il inspire est affreusement froid ; Daniel sent ses poumons brûler sous l'effort. Tournant la tête, il remarque qu'Hanna est un peu à la traîne. Elle a beau être sportive, elle court moins vite que lui.

Daniel se rapproche de plus en plus de la fugitive. En voyant Karin dans la cuisine, il avait pu constater qu'elle était très en forme pour son âge, mais leurs trente ans d'écart ne pardonnent pas.

Et outre son état de panique, elle est probablement encore sous le choc de la sortie de route qu'elle vient de subir.

On dirait désormais qu'elle trébuche plus qu'elle ne court.

Ils sont sur l'une des parties les plus étroites du lac Kallsjön, qui forme une longue pointe d'environ un kilomètre de large. Sur la rive d'en face, vers le nord-ouest, se trouve le village de Kall, où vit Raffe.

Peut-être Karin espère-t-elle mettre la main sur un nouveau véhicule de l'autre côté ?

Soudain, elle s'arrête net, comme si elle venait de comprendre qu'elle était suivie. Puis elle change de cap pour poursuivre sa course vers l'est.

Ce n'est pas bon du tout : elle file droit vers la petite île de Storholmen, où la glace est réputée fragile. Le Kallsjön est traître par nature ; il a beau être l'un des lacs les plus profonds de Suède, il est aussi traversé de courants puissants. Son débit est contrôlé par un barrage hydroélectrique qui affecte également la formation de la glace. Daniel sait que l'épaisseur de la couche peut énormément varier selon l'endroit : même lorsqu'elle paraît solide, il faut toujours rester très prudent.

Il y a encore quelques années, deux motoneiges sont passées à travers la glace avec quatre personnes à leur bord. Et ce, malgré des températures polaires.

Karin est désormais dangereusement proche de Storholmen.

Daniel la poursuit sans relâche, tout en se mettant à l'affût d'éventuelles flaques dans la neige : c'est un indice crucial qui signale une couche de glace particulièrement mince. Le risque qu'elle se brise n'est vraiment pas à prendre à la légère.

Seuls une centaine de mètres les séparent désormais.

Bien que cela la ralentisse, Karin tourne la tête vers eux à plusieurs reprises, tout en continuant à courir d'un pas de plus en plus chancelant.

La distance entre eux se réduit progressivement.

Et puis, d'un coup, Karin a disparu.

C'est arrivé si vite que Daniel n'a pas eu le temps d'imprimer. Un instant, la femme courait devant lui ; l'instant d'après, elle n'était plus là.

Mais il a bien compris, malgré tout, ce qui vient de se passer. La glace s'est brisée sous les pieds de Karin, qui s'est enfoncée dans l'eau glacée. S'ils ne la sortent pas rapidement de là, elle va se noyer à coup sûr.

Daniel n'a jamais couru aussi vite de sa vie.

Il parcourt encore une cinquantaine de mètres puis s'arrête net. Devant lui, la glace n'est plus sèche et ferme sous la couche de neige, mais détrempée comme une éponge.

S'il continue, il s'expose à son tour à un danger mortel.

Trop occupée à vouloir les distancer, Karin ne s'est pas rendu compte à temps du risque.

Daniel fixe le trou où elle a disparu. L'eau est sombre, opaque, émaillée de morceaux de glace flottant à sa surface.

Puis une forme commence à émerger.

C'est Karin. Sortant la tête de l'eau, elle reprend son souffle, paniquée, et tente désespérément de s'agripper au bord tranchant de la glace.

« Au secours ! » gémit-elle entre deux quintes de toux.

Sa voix résonne à travers le lac tandis que la glace cède sous ses doigts.

123

Combien de temps Daniel a-t-il pour tirer Karin de l'eau glacée ? Quelques minutes, tout au plus. Encore moins si elle perd connaissance sous l'effet du choc thermique.

Il retire d'un geste sa ceinture de pantalon pour en faire une longe improvisée. Puis, à plat ventre, il rampe prudemment en direction de Karin.

Hanna, qui l'a rejoint, a aussitôt compris ce qu'il s'apprêtait à faire. Elle suit son exemple en se couchant à son tour sur la glace, quelques mètres derrière lui.

C'est le seul moyen de sauver Karin d'une mort certaine. Il est trop tard désormais pour appeler du renfort : la vie de cette femme est entre leurs mains.

Sous eux, un craquement sourd, menaçant. Daniel sent ses poils se hérisser.

« Fais gaffe ! s'écrie Hanna derrière lui. Ne prends pas le risque de tomber avec elle. »

Retenant son souffle, Daniel glisse le plus lentement possible vers le trou d'eau. Les hurlements de Karin se font plus faibles. Il la voit tenter à plusieurs reprises de hisser le haut de son corps sur la glace, mais celle-ci se brise chaque fois sous son poids.

Des éclats de voix résonnent au loin – des témoins qui, depuis la rive, ont vu le drame en train de se jouer sur le lac. Mais le temps que ces gens les rejoignent pour leur porter secours, ce sera déjà trop tard.

S'ils veulent que Karin s'en sorte vivante, la moindre seconde compte.

« Tiens, attrape ! » crie Hanna dans son dos en lui jetant sa ceinture.

Appuyé sur ses coudes, Daniel l'attache prestement à la sienne.

À peine deux mètres au total – ça ne suffira pas.

Il ôte sa veste et noue l'une de ses manches à la boucle de sa ceinture. Voilà qui rajoute presque un mètre et demi. Espérons que ça fera l'affaire.

Le froid le frappe d'un coup quand il se remet à ramper, sa peau n'étant protégée de la neige que par un simple pull. À chaque centimètre, il sent son ventre se glacer de plus en plus.

Il est désormais assez près de Karin pour apercevoir les spasmes qui secouent son visage terrifié.

Plus qu'une dizaine de mètres.

« Tenez bon, l'exhorte-t-il. Nous y sommes presque.

– Je ne vais pas y arriver, souffle-t-elle d'une voix presque éteinte.

– Si, vous allez vous en sortir ! »

La glace émet un nouveau craquement. Daniel se fige.

À quelle distance est-elle désormais ? Cette corde de fortune sera-t-elle assez longue ?

Encore un bruit qui monte de la glace. Daniel n'ose plus attendre : il lance la ligne de vie en direction de la femme, qui tend une main tremblante pour tenter de l'attraper. Mais la corde est trop courte ; elle atterrit plusieurs mètres devant elle.

Karin semble sur le point de baisser les bras. Ses forces l'abandonnent ; son visage est hagard, ses lèvres sont bleues. Si elle lâche prise pour s'enfoncer une nouvelle fois sous la glace, elle ne survivra pas.

« Attrape ma veste », fait Hanna.

Empoignant le vêtement qu'elle lui a jeté, Daniel bataille pour le nouer à leur malheureux ersatz de corde. Il ne sent plus ses doigts, devenus malhabiles sous l'effet du froid, mais finit par arriver à serrer son nœud.

Puis il se traîne encore de quelques dizaines de centimètres vers Karin. Pourvu que ça fonctionne, cette fois…

C'est leur dernière chance.

« Je vous lance la ligne ! hurle Daniel. Préparez-vous !

– Karin ! enchaîne Hanna. Essayez de vous hisser au maximum vers nous, vous allez l'avoir. »

Daniel propulse le lien dans les airs, osant à peine regarder, de peur qu'il soit encore trop court. Mais alors qu'il va retomber sur la glace, Karin parvient à gagner quelques centimètres de plus en se haussant sur le rebord.

Ses doigts s'ouvrent et se ferment dans l'air. Elle tend le bras et, contre toute attente, réussit à saisir la veste qui lui tient lieu de bouée de sauvetage.

Elle l'a !

« Cramponnez-vous de toutes vos forces ! crie Daniel à Karin.

– Je te tiens, souffle Hanna. Je vais reculer.

– Essaie d'aller doucement », souffle Daniel.

Son attention est fixée tout entière sur le visage exsangue de Karin.

« Il faut qu'elle tienne bon. »

Agrippant fermement Daniel par les pieds, Hanna commence à reculer tandis qu'il tire de toutes ses forces sur la corde improvisée pour extraire Karin de l'eau.

Lentement, son torse émerge tandis qu'elle se hisse sur le bord. Alors que la glace semble à deux doigts de céder, Karin parvient à se propulser à l'aide de ses jambes et à remonter tout son corps hors de l'eau.

Étendue sur la glace, elle est trempée, grelottante – mais enfin à l'air libre.

« Pas de mouvements brusques ! lance Daniel. Il faut qu'on se mette à l'abri sur de la glace plus solide. »

Il s'efforce d'ignorer les frissons qui le parcourent.

À un rythme infiniment lent, ils s'éloignent du trou d'eau en ondulant sur la glace – dix mètres, puis vingt. Les bras de

Daniel commencent à se tétaniser sous l'effort, car il doit traîner Karin dont les forces s'amenuisent. Elle semble à peine capable de bouger ses membres.

Se pousser ainsi vers l'arrière est encore plus épuisant que de ramper en avant. Mais au moins, la couche de glace qui les soutient a cessé de craquer.

Ils seront bientôt en sécurité.

Du coin de l'œil, il aperçoit plusieurs motoneiges venant de Kall, qui filent droit vers eux.

Les secours seront là d'un moment à l'autre.

124

Ce n'est qu'à dix-huit heures passées que Daniel et Hanna peuvent commencer l'audition de Karin Carlsson.

Daniel vient de s'installer dans la salle d'interrogatoire. Karin, prise en charge pour hypothermie, a dû rester plusieurs heures en observation au centre médical avant d'être en état de sortir. Ils vont enfin pouvoir interroger pour de bon celle qui est désormais leur principale suspecte, avant de la transférer à Östersund.

Cette fois-ci, ce petit roquet de procureur ne devrait pas hésiter à l'inculper. Lors de la perquisition menée au domicile du couple, quelques heures plus tôt, ils ont découvert les vêtements de Fanny, que Karin avait cachés dans l'abri de jardin.

Les preuves matérielles, cette fois-ci, sont incontestables.

En entrant dans la salle d'interrogatoire, en pantalon de survêtement et pull trop grand, Karin a l'air à bout de forces. Vidée.

« Bien. J'aimerais que nous parlions du meurtre de Fanny Smedsås », commence Hanna, à peine le magnétophone lancé.

Les yeux de Karin reflètent un profond désespoir.

« Racontez-nous ce qui s'est passé cette nuit-là, poursuit Hanna. Vous avez menti en prétendant avoir vu un individu rôder dans le jardin de vos voisins, n'est-ce pas ? »

Karin laisse échapper un gémissement plaintif avant de répondre : « Oui, j'ai menti.

– En quoi êtes-vous impliquée dans la mort de Fanny ? demande Daniel.

– Tout est ma faute. »

Karin plonge le visage dans ses mains, se balançant d'avant en arrière sur sa chaise.

On ne distingue plus que le bourdonnement sourd de la ventilation.

« Mais je ne voulais pas qu'elle meure, lâche-t-elle d'une voix qui se brise. Ça a dégénéré. »

Daniel sursaute sur son siège. A-t-il bien entendu ? Karin vient-elle d'avouer le meurtre de Fanny ?

C'est peut-être le choc d'avoir failli se noyer dans les eaux glacées du lac Kallsjön qui a fait émerger la vérité. Ou un besoin aussi soudain qu'impérieux d'alléger sa conscience.

« En d'autres termes, c'est vous qui avez tué Fanny Smedsås ? » reformule-t-il pour lever toute ambiguïté.

Daniel toise attentivement la femme ; il voit bien, maintenant, comment ils ont pu confondre sa silhouette, sur les images de vidéosurveillance, avec celle de Pontus ou de Wille.

Karin est grande et mince, et doit mesurer un mètre soixante-quinze. Habillée d'une veste noire et ample, il n'était pas difficile de la prendre pour l'un des garçons.

Elle hoche la tête sans un mot.

« Répondez à voix haute, s'il vous plaît, insiste Hanna en désignant le magnétophone.

– Oui, souffle Karin.

– Pourquoi avez-vous fait cela ? demande Daniel.

– Je ne voulais pas la tuer, mais... lui donner une bonne leçon. »

Dans les yeux de Karin passe une lueur de tristesse mêlée d'une pointe de défi. Elle se ronge nerveusement le bout d'un doigt. De près, Daniel constate que les cuticules ont été grignotées jusqu'au sang. Assise dans sa cuisine il y a quelques heures, Karin semblait calme, posée. C'est une tout autre personne qui se tient désormais devant eux – une femme à deux doigts de craquer.

« J'ai été témoin du cirque qui s'est déroulé samedi soir, commence-t-elle d'une voix criarde. Quand Åke est allé frapper chez les voisins pour leur demander de baisser la musique. Notre cuisine donne directement sur la baie vitrée de leur salon : j'ai vu Åke entrer, essayer d'expliquer à ces gosses qu'il était temps de se calmer. Mais au lieu de l'écouter, ils se sont conduits avec une arrogance, une insolence incroyable... Cette jeune fille a exhibé ses seins devant tout le monde... Elle a même tenté de toucher Åke à l'entrejambe. Vous vous rendez compte ? »

Les yeux de Karin luisent d'indignation, comme si elle revoyait la scène.

« Cette gamine a humilié mon mari devant toute sa bande de copains. Tout le monde lui a ri au nez. »

Daniel a toujours un peu de mal à suivre.

« En quoi cette scène est-elle en lien avec la mort de Fanny ? »

Karin semble à peine avoir la force de relever la tête ; son menton retombe lourdement sur son cou. C'est peut-être la honte qui commence à la rattraper.

Qu'elle veuille ou non l'admettre, elle a tué une femme.

« Karin ? » l'interpelle Hanna.

Comme à contrecœur, leur suspecte reprend la parole.

« En me levant cette nuit-là pour aller boire, j'ai aperçu par la fenêtre une personne allongée dans la neige, juste devant la maison des Löwengren. J'étais un peu inquiète parce qu'il faisait vraiment froid, alors j'ai mis un manteau et je suis sortie voir.

– Que s'est-il passé ensuite ? » demande Hanna.

Karin enserre son buste des deux bras. Ainsi recroquevillée sur son siège, elle a l'air toute petite.

« En m'approchant, j'ai réalisé que c'était la même fille, celle qui s'était exhibée devant Åke, qui avait tenté de le tripoter. Je l'ai vue me sourire, comme si elle voulait se moquer de moi. Et là, je ne sais pas ce qui m'a pris... j'ai vrillé.

– Vous l'avez tuée ? dit Daniel.

– Tout s'est passé tellement vite. J'avais à peine conscience de ce que je faisais... »

Karin se passe la main sur le front, le souffle court.

« Je me suis juste penchée sur elle et j'ai enfoncé sa tête dans la neige. Jamais je n'ai voulu qu'elle meure... Je voulais simplement lui faire passer l'envie d'être arrogante. Lui mettre un coup de pression. Et là, j'ai vu que... »

Karin prend une expression accablée.

« J'ai vu qu'elle ne respirait plus. »

Hanna la regarde en silence.

« Qu'avez-vous fait alors ?

– J'ai paniqué. Quand j'ai réalisé qu'elle était morte, je veux dire. C'est pour ça que j'ai enlevé ses vêtements. Je me suis dit que cette tenue pourrait laisser croire qu'elle s'était réveillée au milieu de la nuit, qu'elle était sortie dans la neige et qu'elle était morte accidentellement. Elle était complètement saoule, après tout... »

Elle s'interrompt et fixe les deux enquêteurs d'un air suppliant.

« Personne d'autre n'est impliqué. Surtout pas mon mari. Åke n'a pas la moindre idée de ce que j'ai fait. »

Ça, Daniel a vraiment du mal à y croire.

Il se souvient encore de l'accès de rage du bonhomme, de son agressivité soudaine. Åke est actuellement en train d'être interrogé par Raffe, assisté d'un collègue venu en renfort. Mais pour le moment, c'est bien le récit de Karin qui les intéresse.

« Pourquoi avoir inventé ce mensonge lors de notre premier échange ? dit-il. À propos de cet homme que vous auriez prétendument aperçu par la fenêtre... »

Karin cligne des yeux.

« Je me suis dit que cela écarterait les soupçons à mon égard. Que si j'affirmais avoir vu un inconnu rôder avec quelque chose de lourd dans les bras, vous iriez plutôt enquêter sur les jeunes d'à côté que sur nous. »

Elle presse les paumes contre ses joues, secouant la tête d'un air accablé.

« Je me suis sentie tellement coupable, après coup, de vous avoir laissé accuser un innocent… Mais j'étais désespérée… »

Sa voix s'étrangle, les remords semblent en train de l'engloutir.

« Ce que j'ai fait est affreux, je le sais ! »

Les yeux de Karin se gonflent de larmes, qui roulent le long de ses joues et dégoulinent de son menton, sans qu'elle esquisse le moindre geste pour les essuyer. Le poids des années se lit cruellement sur son visage, pâle comme de la cire.

Ses regrets emplissent la pièce entière.

« J'aurais préféré que ce soit moi qui meure plutôt que cette pauvre fille », murmure-t-elle en baissant les yeux.

JEUDI

125

Hanna, Daniel et Raffe sont une nouvelle fois rassemblés dans la salle de réunion pour un grand débriefing. Anton manque toujours à l'appel : le convalescent a reçu l'ordre strict de rester chez lui jusqu'au lundi suivant.

Assise dans une salle de conférence à Östersund, en compagnie de Carina et de deux autres collègues, Grip est radieuse.

« Hanna, Daniel, je vous félicite. Vous avez fait un excellent boulot. Je parle aussi bien de votre résolution de l'affaire que de votre intervention sur le lac pour secourir cette femme. »

Hanna a du mal à rendre son sourire à sa supérieure. C'est un énorme soulagement, bien sûr, d'avoir sauvé Karin Carlsson de la noyade. Mais les jours passés ont été proprement éreintants – et même pour des policiers chevronnés, la tragique réalité des faits est bien lourde à porter.

« Lequel de vous veut commencer ? » fait Grip en ôtant ses lunettes.

Daniel esquisse un geste en direction d'Hanna. Elle le regarde, prend une inspiration puis tous deux se mettent à parler en même temps. Hanna éclate de rire. Elle a beau se sentir déprimée, un brin de légèreté n'est vraiment pas de refus pour conjurer le blues.

L'étau qui lui ceint la poitrine se desserre quelque peu.

« Nous avons donc obtenu les aveux de Karin Carlsson », rapporte-t-elle en retrouvant son sérieux.

Pour une affaire aussi embrouillée, ce dénouement s'est avéré d'une simplicité enfantine une fois qu'ils ont pincé la coupable. Hanna en est encore un peu désarçonnée. Il y a quelques jours encore, elle s'attendait à ce que l'affaire leur prenne des mois, voire à ce qu'ils ne parviennent jamais à débusquer le véritable auteur de ce crime. Qui aurait pu imaginer qu'il s'agirait d'une femme sans histoire, de bientôt soixante-dix ans, sans motif apparent ?

« Karin Carlsson a-t-elle précisé son mobile ? demande justement Grip. Elle n'avait jamais rencontré Fanny auparavant, pourtant.

– En effet, explique Daniel. Mais elle l'avait vue par la fenêtre, quelques heures plus tôt, humilier son mari. Et en se retrouvant nez à nez avec elle, Karin a pété un plomb : elle a voulu le lui faire payer.

– Mais quel gâchis ! soupire Grip. C'est à peine croyable. Une jeune femme est donc morte parce qu'elle a manqué de respect à un retraité. »

Carina Grankvist, assise en face de Grip, se racle la gorge.

« À coup sûr, ses avocats vont plaider l'irresponsabilité pénale, avance-t-elle. Prétendre que son discernement était altéré. Je sens venir la demande d'expertise psychiatrique. »

Ça paraît probable, en effet. Un psychiatre ne sera pas de trop pour donner un sens à cette étrange impulsion de Karin – et à cette affaire si chaotique.

« Et le mari ? poursuit Grip.

– Il a eu l'air de tomber des nues quand on l'a entendu hier soir, dit Raffe. Il prétend n'être au courant de rien. La nuit du meurtre, il aurait dormi jusqu'au matin, sans remarquer que sa femme était sortie.

– Même son de cloche chez Karin Carlsson, ajoute Daniel. Elle a juré être l'unique responsable. »

Même en la pressant sur ce point, la version de Karin n'a pas bougé d'un iota : Åke n'avait pas la moindre connaissance de son rôle dans la mort de Fanny. « *Il est innocent* », a-t-elle martelé.

Que le couple dise ou non la vérité, il faudra se contenter, pour l'heure, de cette version, puisque aucun élément technique ne semble relier Åke au crime.

« En tout cas, c'est une grande satisfaction de pouvoir considérer cette affaire comme résolue, se félicite Grip. Même s'il nous reste encore du boulot pour boucler le dossier et contenter notre cher procureur. N'est-ce pas, Daniel ? »

Elle accompagne sa remarque d'un clin d'œil ; il faut croire que leur cheffe a été tout aussi agacée que lui, l'autre jour, par l'insistance de ce nouveau venu.

Elle n'en avait rien laissé paraître sur le moment, se dit Hanna. Grip a assez de bouteille pour dissimuler son mécontentement dans ce genre de contexte, mais semble, elle aussi, avoir une dent contre les jeunes magistrats à peine sortis de l'école, qui pensent pouvoir apprendre à la police comment faire son travail.

Grip retrousse les manches de son pull bleu nuit, sous lequel elle porte un élégant chemisier blanc.

« Et les jeunes ? demande-t-elle.

– Ils rentrent chez eux ce soir, répond Hanna. Tous sauf Pontus, qui est encore en détention.

– Le procureur va requérir sa mise en examen, annonce Grip. Je lui ai parlé tout à l'heure, juste avant la réunion. »

C'était à prévoir : l'incendie volontaire est un crime très grave, et la vidéosurveillance incrimine Pontus sans ambiguïté. Il va sans dire que son agression d'Anton fera elle aussi l'objet de poursuites – sans parler de la strangulation d'Emil.

« Au fait, comment va Anton ? lance Carina. Vous avez eu de ses nouvelles ? »

Hanna comptait lui rendre visite cet après-midi. Ça lui fera sans doute plaisir d'avoir de la compagnie et de connaître les derniers revirements de l'affaire.

Mais d'abord, elle doit se rendre à Sadeln. Les jeunes méritent de savoir qu'ils ont pincé l'assassin de Fanny.

126

Daniel tripote son portable, posé devant lui sur le bureau. Il doit partir dans un quart d'heure avec Hanna. Mais avant d'aller à Sadeln, il a un coup de fil à passer.

À Ida.

Le message rageur qu'elle lui a envoyé hier l'a piqué au vif. Mais ils ne peuvent pas continuer comme ça, à se disputer sans cesse sur des questions d'emploi du temps. Bientôt, Alice sera assez grande pour se rendre compte de leurs fâcheries. Et il doit avouer qu'Ida s'est vraiment pliée en quatre pour lui cette semaine, bien plus que ce qu'il est en droit d'exiger d'elle. S'il se laisse parfois dévorer par le travail, ça ne devrait pas être à son ex de payer les pots cassés.

En composant le numéro d'Ida, il ne sait pas trop s'il doit ou non espérer qu'elle réponde.

Elle décroche dès la deuxième sonnerie.

« Allô ? »

Daniel perçoit comme une certaine réticence dans sa voix.

« Salut, Ida », fait-il, avant de prendre une grande inspiration.

Il a préparé deux-trois choses qu'il voudrait qu'elle entende.

« Je voulais juste te remercier d'avoir été aussi arrangeante cette semaine, enchaîne-t-il d'un trait, pour éviter qu'elle ne l'interrompe. Ça me touche vraiment beaucoup. Je sais que tu n'aimes pas quand je me laisse happer par le travail, mais c'est parfois difficile de faire autrement. Et cette fois-ci, c'était très intense. »

Ses mots semblent avoir pris Ida par surprise ; pendant quelques secondes, il n'entend que sa respiration au bout du fil.

« Ida ? fait Daniel alors que le silence se prolonge.

– Pardon. Tu m'as un peu prise de court…

– Je suis sincère. Merci d'avoir été là. Tu es une mère extraordinaire pour notre fille. C'est tellement précieux qu'elle t'ait quand je… Quand c'est la merde au boulot. »

Ida sort enfin de sa réserve ; son ton est autrement plus amical que dans son dernier message.

Après quelques minutes de conversation posée, une voix masculine retentit en arrière-plan, les mots restent hors de portée. Ida émet un gloussement et répond à la voix : « Bien sûr, mon amour. »

Gustav.

Daniel ne peut réprimer un pincement au cœur.

Ida a l'air si heureuse, si gaie. Amoureuse.

Il ne devrait pas être mesquin. Qu'Ida soit bien dans sa vie est une bonne chose ; elle le mérite. Et grandir auprès d'une mère épanouie ne peut qu'être bénéfique pour l'équilibre d'Alice.

Mais Daniel ne se sent que plus seul en comparaison – un vrai raté.

Ida a Gustav dans sa vie, Hanna a Henry…

Il devrait probablement se créer un profil sur Tinder, comme tout le monde le fait aujourd'hui. Mais la vérité, c'est qu'il n'a aucune envie de rencontrer d'autres femmes.

Il n'y a qu'une personne, une seule, avec qui il aimerait être.

Et elle est déjà prise.

127

Dans sa chambre au rez-de-jardin, Olivia vient tout juste de fermer la valise où elle a rassemblé les rares affaires qui n'ont pas été endommagées par l'incendie, quand elle entend frapper à la porte d'entrée. Elle tend l'oreille pour voir si l'un des garçons compte s'en occuper. Mais les coups reprennent. Elle gravit l'escalier pour aller ouvrir.

Sur le palier se tiennent les deux policiers, Hanna et Daniel. Les voir rend Olivia nerveuse : elle ne leur fait plus confiance.

En voyant Wille revenir du commissariat, hier matin, elle s'est retrouvée sidérée, tétanisée. Comment ont-ils pu le remettre en liberté après ce qui s'est passé ?

À plusieurs reprises, elle a tenté de persuader Amir d'aller raconter aux flics ce qui avait vu samedi, mais il a catégoriquement refusé de dénoncer son camarade.

Et puis Wille a repris ses quartiers, comme si de rien n'était.

Depuis, Olivia compte fébrilement les minutes qui la séparent de son départ de cet endroit maudit.

« Bonjour, Olivia, dit Hanna. Auriez-vous un petit moment ? »

Olivia recule de deux pas pour laisser entrer les deux visiteurs.

« Pourriez-vous demander à vos amis de nous rejoindre ? fait Daniel. Nous voudrions vous tenir au courant de l'avancée de l'enquête. Il s'est passé beaucoup de choses ces dernières vingt-quatre heures. »

Ils sont bientôt assis tous les quatre autour de la table : Olivia, Amir, Wille et Emil.

La policière commence par une annonce : ils ont arrêté une personne qui a avoué le meurtre de Fanny, et Pontus a admis, de son côté, avoir incendié le chalet. Son collègue Daniel complète ses propos, expliquant comment ces deux crimes se sont déroulés.

« Qui est-ce qui a tué Fanny ? demande Olivia.

– Malheureusement, nous ne pouvons pas vous dévoiler son nom pour le moment, répond Daniel. Il s'agit de respecter le secret de l'enquête et de l'instruction. »

Olivia n'a jamais entendu cette expression de sa vie.

« Mais on a le droit de savoir qui c'est ! s'exclame-t-elle. Vous ne pouvez pas nous faire ça, nous dire que vous avez attrapé le tueur sans révéler son nom. »

Daniel lève les mains pour se disculper.

« C'est quelqu'un de tout à fait extérieur, qui ne fait pas partie de votre entourage et que vous n'avez probablement jamais rencontré.

– Alors pourquoi il a tué Fanny ?

– Sur ce point non plus, nous ne pouvons hélas pas vous en dire davantage. »

Olivia est prise d'un vertige. Ces derniers jours ont été proprement cauchemardesques. Elle a soupçonné un par un presque tous ses camarades. Et puis Amir a fini par lui avouer ce qu'il pensait avoir vu – Wille, agenouillé près du corps sans vie de son amie…

Il se révèle donc qu'il avait tort, lui aussi : il s'agissait d'un mystérieux inconnu dont on ne veut même pas leur dévoiler le nom.

Elle n'en peut plus.

« Dès que cette personne sera inculpée, nous vous communiquerons son identité, explique Hanna. Nous n'avons malheureusement pas le droit de le faire avant cela. »

Wille leur lance un regard glacial. Il n'a pas pardonné à la police les heures qu'il a passées au trou. Olivia l'a entendu échanger au téléphone avec son père, qui n'a pas cessé de l'appeler. Il compte apparemment déposer plainte contre la police pour la manière dont ils ont traité son fils.

Mais il ne l'a pas volé, se dit Olivia. Il a menti en niant avoir couché avec Fanny.

Elle jette à Wille un regard dégoûté – elle pourrait lui cracher au visage… Comment a-t-il pu lui faire ça ? Et faire ça à Fanny, qui était sans doute trop saoule pour comprendre ce qui lui arrivait ?

Wille mériterait de retourner en détention.

« Et Pontus, il va lui arriver quoi ? » demande Emil.

Hanna prend un air solennel.

« Il va être mis en examen pour incendie criminel et pour violences à l'encontre d'un fonctionnaire de police. Il aurait pu blesser notre collègue très grièvement, Olivia et vous auriez pu perdre la vie dans cet incendie, et la strangulation dont vous avez été victime vient encore aggraver les charges qui pèsent contre lui. »

Emil porte la main à sa gorge. Il s'est enroulé un foulard autour du cou, qui ne cache pas tout à fait les traces violacées marquant sa peau.

« Vous pensez qu'il sera condamné ? questionne Amir. Il ira en prison ? »

Cette fois, c'est Daniel qui répond : « C'est très probable. Pour un incendie criminel, la peine minimale est de deux ans de réclusion. Les violences contre un fonctionnaire sont quant à elles passibles d'une amende ou jusqu'à deux ans d'emprisonnement. Et l'agression d'Emil risque d'alourdir encore la peine. Le tribunal tiendra sans doute compte de l'âge de Pontus et de son absence d'antécédents judiciaires, mais ça s'annonce assez mal pour lui. »

Pontus est foutu, songe Olivia. Il va devoir abandonner ses études, fêter ses vingt ans en taule… Sa vie ne sera plus jamais la même.

Comment pourra-t-il se reconstruire après cela ? Et elle, et les autres, comment y arriveront-ils ?

Olivia sent les larmes monter. Comme s'il avait compris sa détresse, Emil l'entoure de son bras et la serre contre lui. Sa chaleur lui fait du bien. Elle pose la tête contre le torse de son ami et ferme les yeux.

Hanna se redresse.

« Mais nous allons vous laisser tranquilles, dit-elle en se levant de sa chaise. Nous tenions à vous informer de ces derniers événements.

– Vous serez tous appelés à témoigner en vue des procès à venir, complète Daniel. Mais on préfère vous prévenir : l'instruction risque de prendre un certain temps. Dans le système judiciaire, les choses ne vont jamais très vite. »

Emil se lève à son tour.

« Merci d'être venus, dit-il. Ça fait du bien de... »

Il s'arrête, détourne le regard et déglutit avant de pouvoir continuer.

« De savoir que vous avez attrapé l'assassin de Fanny. »

Olivia n'aurait pas mieux dit. Elle est heureuse qu'Emil ait la force d'exprimer collectivement leur gratitude – une force que les autres n'ont pas. Il est clairement le plus mûr de tous, celui qui a le mieux géré la situation, ces jours passés.

Elle veut simplement que la police s'en aille à présent, qu'elle puisse rester seule avec son chagrin.

En sortant, Hanna se retourne. Son regard croise celui d'Olivia, et elle lui adresse un petit signe de tête, comme si elle l'invitait à la suivre.

Dans l'entrée, Hanna la prend à part : « Vous avez été vraiment courageuse, lui dit-elle. Je veux que vous le sachiez. Ce que vous avez traversé est terrible. Vous aurez besoin du soutien de votre père et de vos amis dans cette épreuve.

– Je suis tellement triste..., murmure Olivia.

– Je comprends. »

Le regard d'Hanna est empli de compassion.

« Je ne saurais trop vous conseiller de solliciter l'aide d'un professionnel. Une prise en charge psychologique peut être précieuse. »

La policière caresse les cheveux d'Olivia, à la manière d'une grande sœur. Hanna paraît calme, confiante, et parvient malgré tout à la réconforter. Olivia se sent un peu mieux.

« Croyez-moi, assure Hanna. J'ai eu affaire à des jeunes filles qui ont subi des épreuves vraiment traumatisantes, trop dures pour être traversées seule. Personne ne devrait avoir à endurer ce que vous venez de vivre. Il va vous falloir de l'aide pour le surmonter, et ça prendra du temps. »

Olivia hoche la tête en tremblant. Elle tente de formuler la question qui lui brûle les lèvres depuis quelques jours.

« Et Wille ? dit-elle. Il ne devrait pas être inculpé, lui aussi ? Il a abusé de Fanny alors qu'elle était ivre… »

Hanna vient d'enfiler sa veste et jette à Olivia un regard tout à la fois empreint de frustration et de sympathie.

« Vous avez raison : dans un monde idéal, il serait poursuivi. Mais en l'état, ça n'a aucune chance d'aboutir. Nous n'avons pas de preuve matérielle qui étayerait la thèse de l'agression. Wille affirme que Fanny était consentante, et selon la loi, l'état d'ébriété n'est pas incompatible avec le consentement… »

Elle se baisse pour lacer ses chaussures.

« Ce n'est même pas parole contre parole : Fanny n'est plus là pour contester la version de Wille. En termes de droit, il est inattaquable. »

Olivia se doutait qu'on lui apporterait ce genre de réponse, mais l'entendre dire à voix haute fait tout de même très mal.

Hanna pose la main sur la poignée pour sortir, puis se retourne et donne à Olivia une brève accolade.

« Vous avez mon numéro de téléphone, ajoute-t-elle. Vous pouvez m'appeler quand vous voulez. Vraiment. »

Une fois qu'Hanna et son collègue ont passé la porte, Olivia reste debout dans l'entrée ; la prévenance de la policière fait à nouveau monter un flot de larmes. Elle a tout fait pour prendre sur elle, mais elle se sent si mal. Fanny lui manque trop. Depuis que c'est arrivé, elle est trop épuisée pour rester alerte, mais elle redoute d'aller dormir à cause de tous les cauchemars qui l'assaillent.

L'idée de retourner à Uppsala et d'y retrouver la chambre vide de Fanny la paralyse d'avance.

Elle arrive à peine à regarder Wille.

Tout ce qu'elle désire, c'est rentrer enfin chez elle.

Auprès de son père.

128

La sonnerie de la porte tire Anton de sa sieste. L'agression qu'il a subie l'a fatigué bien plus qu'il ne l'aurait pensé. Il a dû se rendre malgré lui à l'évidence : ces quelques jours de repos étaient plus que nécessaires.

Il est presque dix-sept heures, il a dormi plus longtemps que prévu. Pieds nus, il va ouvrir. Hanna se tient devant lui, un bouquet de tulipes à la main.

Elles sont un peu défraîchies – elles doivent venir de la station-service –, mais l'attention n'en reste pas moins touchante.

« Entre ! fait-il avec un geste de la main.

– Comment tu vas ? »

La voix chaleureuse d'Hanna lui met du baume au cœur.

« Allons à la cuisine, lance-t-il. Je te sers un café ?

– Un petit, alors, répond Hanna. Je ne peux pas rester longtemps. Je voulais juste prendre de tes nouvelles et te dire que ça y est : on a chopé les coupables. »

Tandis qu'Anton place les fleurs dans un vase et prépare le café, Hanna lui raconte les derniers rebondissements : leur angoissante traque de Karin Carlsson, son étrange mobile et l'aveu de Pontus concernant l'incendie.

Une fois son récit achevé, Hanna dévisage Anton d'un œil attentif.

« Tu as l'air épuisé. C'était peut-être trop d'un coup ? »

C'est bien possible, en effet – la tête commence à lui tourner. Il serait probablement mieux dans son lit.

« Ça va, dément-il. Je ne suis pas mal à ce point. »

Hanna semble dubitative.

« Je pense qu'il vaut mieux que je te laisse te reposer. Retourne dormir, va ! Je connais le chemin. »

Anton suit son conseil : il regagne sa chambre et s'apprête à s'enrouler sous la couette quand la sonnette retentit à nouveau, avant même qu'Hanna n'ait eu le temps de sortir.

« Je m'en occupe ! » s'écrie-t-elle depuis le couloir.

Puis il n'entend plus rien ; quelques secondes plus tard, Hanna passe la tête dans l'embrasure de la porte.

« On dirait que ton copain est là, lance-t-elle avec un petit sourire.

– Mon copain ? balbutie Anton, se redressant d'un bond contre la tête de lit.

– C'est comme ça qu'il s'est présenté, en tout cas. »

Elle lui adresse un clin d'œil complice.

« Très mignon, dis donc ! Et il me semble bien le reconnaître… Mais tu m'en diras plus quand tu seras sur pied. »

Avant qu'Anton n'ait le temps de bredouiller une réponse, Hanna a filé, et Carl se tient à sa place sur le seuil de la chambre. Peinant à cacher son étonnement, Anton cherche quelque chose à dire. Mais Carl se dirige sans attendre vers lui, s'assied au bord du lit et prend sa main dans la sienne.

« Pardonne-moi, souffle-t-il, la voix tremblante. Je suis un imbécile. Je me suis comporté comme un enfant gâté. »

Anton sourit faiblement.

« Je pourrais dire exactement la même chose. De moi, je veux dire.

– Tu n'as rien fait de mal, répond Carl. C'est simplement que samedi, je me suis senti terriblement blessé. J'ai eu l'impression que tu n'étais pas prêt à te battre pour moi… À te battre pour notre couple. »

Anton secoue la tête. Il doit l'admettre, cette accusation n'est pas sans fondement. Il s'apprête à lui parler de la dispute avec ses parents quand Carl pointe le bandage sur sa tempe.

« Ça fait très mal ?

– Ce n'est pas si méchant. »

Carl lui caresse la joue.

« Quand ta sœur m'a appelé pour me dire ce qui s'était passé, j'ai eu une de ces peurs ! L'idée que j'aurais pu te perdre m'a tétanisé. »

Alors qu'il préparait une phrase pour minimiser la gravité des événements, Anton prend conscience de ce que Carl vient de lui dire : « Ma sœur t'a appelé, tu dis ?

– Oui. Karro, c'est bien ça ? »

Hier, à l'hôpital, il lui a parlé de Carl. À vrai dire, ça lui a fait un bien fou de pouvoir enfin jouer cartes sur table, de parler à un membre de sa famille de l'homme qu'il aime.

Karro l'avait écouté avec intérêt ; après avoir demandé à voir sa photo, elle avait souri, trouvé Carl séduisant. Anton avait bon goût, selon elle. Mais sa sœur n'avait pas prononcé un seul mot pour lui reprocher son silence pendant toutes ces années – ni pour expliquer qu'elle avait déjà deviné ce qui se tramait.

Pour une fois, Karro, d'ordinaire volubile et exubérante, avait fait preuve d'une retenue pleine d'empathie – elle lui avait donné le soutien qu'il fallait dans ce moment si délicat.

Mais il n'avait jamais imaginé qu'elle irait jusqu'à contacter Carl.

« Elle a été adorable, d'ailleurs. Elle a dit qu'on était tous les deux les bienvenus à son anniversaire, dimanche », explique Carl avec un sourire en coin.

Anton se remémore l'élément déclencheur de leur dispute : la fête à laquelle il comptait se rendre seul pour ne pas avoir à présenter Carl à sa famille.

Anton aurait volontiers poursuivi la conversation, mais la fatigue l'envahit ; il peine à garder les yeux ouverts.

« Je suis désolé, je crois que j'ai besoin de me reposer. »

Carl contourne le lit et se glisse sur la couette, tout près d'Anton.

« Je peux rester chez toi ce soir ? » lui susurre-t-il à l'oreille.

Rien ne lui ferait plus plaisir.

« Quelle question », murmure Anton dans un sourire.

Il cherche la main de Carl. La prochaine fois qu'ils sortiront tous les deux en ville, il n'a pas l'intention de la lâcher.

129

Le cri de joie que pousse Alice en l'apercevant sur le palier de la crèche balaie d'un coup toutes les idées noires qui ont hanté Daniel ces jours passés.

« Papa ! »

Elle accourt vers son père aussi vite que ses gambettes le lui permettent. La soulevant du sol, il la fait tournoyer dans les airs, puis serre son petit corps contre sa poitrine, humant son doux parfum d'enfant.

L'une des puéricultrices lui sourit.

« Elle vous a réclamé toute la journée, lance-t-elle. Ça fait plaisir de vous voir, dites donc ! »

Daniel n'arrive pas à savoir si sa dernière phrase était innocente ou s'il doit la prendre comme une pique. Il n'est presque pas venu de la semaine, mais honnêtement, l'avis de cette femme est le cadet de ses soucis. Tout ce qu'il veut, c'est passer du temps avec Alice : rentrer à la maison et la faire dîner, puis la border et lui lire une longue histoire. Elle retourne chez sa mère pour le week-end : il ne l'aura avec lui que jusqu'à demain après-midi. Qu'Ida ait gardé Alice pendant qu'il faisait des heures supplémentaires ne change pas pour autant leur planning : elle veut passer le week-end avec sa fille, et Daniel n'ira certainement pas le lui reprocher.

« Qu'est-ce que tu as envie de manger ? demande-t-il à Alice en l'aidant à enfiler sa combinaison rose et ses après-skis.

– La piza ! » babille Alice.

En d'autres termes, une margarita, sa pizza préférée. S'il réserve généralement ce petit plaisir au vendredi, ce soir mérite bien de faire exception.

Il aurait volontiers accompagné Hanna chez Anton, mais ça ne lui aurait pas laissé le temps d'arriver à l'heure à la crèche.

Quoi qu'il en soit, Daniel est bien content d'avoir pu remettre les choses à plat avec Ida. Il lui faudra apprendre à vivre avec la douleur de n'avoir Alice à ses côtés que la moitié du temps et s'efforcer de tirer le meilleur parti de la situation. D'ailleurs, leur dernière conversation lui a donné l'impression d'avoir assaini la relation. Sans compter que Karro lui a envoyé les noms de plusieurs candidats au baby-sitting, qu'il prévoit de contacter ce week-end. Ça ne sera pas de trop.

« On y va ? » demande-t-il à Alice.

Il prend sa petite main dans la sienne. Dans l'autre, elle tient fermement Rénou.

Tous deux rejoignent la voiture garée devant la crèche. Daniel doit penser à faire un saut au supermarché sur le chemin de la pizzeria ; il a quelques bricoles à acheter.

Il attache Alice dans son siège-auto et lui dépose un baiser sur le front.

Ce soir, au moins, ils forment une petite famille – bien qu'elle ne soit composée que d'une petite fille, de son papa et d'un renne en peluche.

130

En revenant de chez Anton, Hanna se retrouve coincée dans un embouteillage qui commence dès le pied du téléphérique VM8. Quitte à rouler au pas, elle ferait aussi bien, tant qu'elle y est, de s'arrêter en ville faire quelques courses.

Son frigo est vide, et elle n'a plus de pâtée pour Morris.

Elle emprunte la sortie juste après la station-service et descend jusqu'à la gare ferroviaire. Elle pourra laisser sa voiture dans le parking souterrain, le temps de faire un tour au supermarché.

Anton et Carl Willner, ça alors ! songe-t-elle en souriant pour elle-même.

À peine a-t-elle ouvert la porte au jeune homme, tout à l'heure, qu'elle l'a aussitôt reconnu. Il avait été un témoin central dans l'une de leurs enquêtes criminelles, quelques années plus tôt. Et voilà qu'il a tout l'air de fricoter avec son collègue…

Hanna est vraiment heureuse pour Anton. Depuis le temps, elle commençait à se demander pourquoi il ne leur avait jamais dit un seul mot de sa vie sentimentale lors des pauses café et pourquoi un gars en or comme lui peinait à trouver chaussure à son pied. Elle l'imaginait souffrant d'une profonde solitude… Mais, avec l'apparition de Carl, tout s'éclaire.

Anton aussi a besoin d'un peu d'amour dans sa vie – comme tout le monde, en somme.

D'ailleurs, le portable d'Hanna vibre, et le nom d'Henry s'affiche à l'écran, ce qui la met étonnamment en joie. Ces derniers jours, elle a à peine eu le temps de penser à autre chose qu'à l'enquête. Le stress causé par les journalistes people s'est d'ailleurs estompé dès que le boulot a repris le dessus. Soudain, tout ce cirque médiatique lui a semblé dérisoire par rapport à l'horreur qu'ont vécue Fanny et sa bande. Un retour à la banalité du quotidien, à des conversations sans crimes et sans drames, c'est tout ce qu'elle demande.

Hanna décroche tout en s'engouffrant dans le parking souterrain près de la gare et en cherchant des yeux un emplacement libre.

« Salut, toi !

– Salut, ma chérie. »

La voix d'Henry est douce et chaleureuse. Ils bavardent le temps qu'elle aille payer le parking et gravisse l'escalier jusqu'au rez-de-chaussée du bâtiment. Un train vient d'entrer en gare, venu tout droit de Stockholm. C'est probablement celui-là que les jeunes reprendront en sens inverse pour regagner Uppsala.

Pauvres gosses.

Hanna espère Olivia bien entourée : elle aura besoin d'un soutien de taille pour surmonter les traumatismes de la semaine passée. Les garçons aussi, surtout Emil.

« Mais où es-tu ? » l'interroge Henry.

Hanna marche vers l'entrée du magasin ICA, le téléphone à l'oreille. Le hall est plein d'une foule de gens qui se croisent, entre les vacanciers qui débarquent avec leur équipement de ski et ceux qui s'apprêtent à remonter dans un train en direction de la capitale.

« Je suis dans la gare, répond-elle. Je dois acheter à manger pour Morris. Et de quoi dîner pour moi.

– Ça, pour une coïncidence !

– Comment ça ?

– Ça te dirait, une livraison spéciale pour le dîner ? fait Henry. Un petit plateau de charcuteries et de fromages italiens, arrosé de champagne ?

– Qu'est-ce que tu veux dire ?

– Retourne-toi... »

Comme par magie, Henry se matérialise devant elle, tenant à la main un grand sac siglé de l'une des meilleures épiceries fines du marché couvert d'Östermalm.

Hanna n'en croit pas ses yeux.

« Qu'est-ce que tu fais ici ? »

Henry affiche un petit air espiègle et semble plutôt content de lui.

« Je voulais te faire une surprise, puisqu'on a dû écourter nos vacances... Et essayer de racheter un peu ce que t'a fait vivre cette horde de journalistes à potins. J'ai lu sur Internet que vous aviez arrêté le coupable, que l'affaire était résolue. Je me suis dit que tu aurais enfin un peu de temps à consacrer à ton amoureux. »

Avec un sourire radieux, il ouvre les bras vers Hanna, qui s'y jette aussitôt.

C'est à ce moment qu'elle aperçoit Daniel. Il arrive face à elle, la main dans celle d'Alice.

Pendant une bonne seconde, leurs regards se croisent. Et dans les yeux de son collègue, elle croit soudain lire la même attente, le même désir que celui qu'elle porte en elle depuis si longtemps.

Puis il tourne la tête vers la petite et la prend dans ses bras, comme s'il n'avait pas remarqué la présence d'Hanna. Père et fille disparaissent dans le supermarché au milieu de la foule des clients.

Henry caresse le dos d'Hanna. Avant qu'elle ne puisse réagir, Daniel et Alice se sont évaporés.

Ce regard, elle a dû l'imaginer.

À moins que...

POSTFACE

La création de *Pistes noires* tient du miracle. Ou, plus exactement, ce livre est le résultat de beaucoup de sang, de sueur et de larmes. Alors que je venais tout juste de m'atteler à sa rédaction, j'ai subi une grave fracture de la jambe dans un accident de ski en haut de l'Åreskutan – et le moins qu'on puisse dire, c'est que cet hiver-là n'a pas été de tout repos. Au départ, je n'étais tout bonnement pas en état d'écrire. Puis, à mon retour chez moi, après des semaines d'hospitalisation et avec l'arrêt brutal des analgésiques, l'écriture est devenue ma bouée de sauvetage. Pouvoir continuer à user de ma fibre créative, alors que tant d'autres capacités m'avaient été retirées, a été une grande consolation et m'a permis de supporter une longue et pénible convalescence.

Comme toujours, ce roman n'aurait pas été ce qu'il est sans le concours de plusieurs personnes extraordinaires, qui ont généreusement donné de leur temps et de leurs connaissances.

Je tiens à remercier tout particulièrement Dan Lang, guide et sauveteur en montagne à Åre, ainsi que les précieux « experts jeunesse » que sont mon fils Leo Sten et notre fille de cœur Anna Lyrvall. Tous deux m'ont aidée à comprendre comment les étudiants d'aujourd'hui s'amusent, s'expriment et se comportent, seuls ou en groupe.

Un grand merci au commissaire Rolf Hansson, de la police judiciaire, qui contribue depuis des années à réviser mes manuscrits, et à mes chères amies Anette Brifalk, Helen Duphorn, Madeleine Lyrvall et Gunilla Petersson, pour leurs commentaires avisés apportés au fil de l'écriture.

Je veux également témoigner ma profonde reconnaissance aux personnes suivantes, qui ont partagé leur expertise pour rendre le texte aussi précis et juste que possible : Eva Rudd, médecin légiste au Conseil national suédois de médecine légale ; l'inspecteur de police Andreas Zehlander, directeur du groupe Åre/Krokom ; Alf Lerner, ancien médecin-chef du centre médical d'Åre ; Robin, de la Niehku Mountain Villa.

Si d'aucuns estiment que j'ai exagéré les dangers d'une descente à skis dans le ravin de l'ouest ou la fragilité de la glace sur le lac Kallsjön, ces quelques excès ont leurs justifications dramaturgiques. Quant au restaurant Årelagat, j'ai tout de même tenu à l'inclure, bien qu'il n'ait ouvert ses portes qu'en 2023.

J'assume l'entière responsabilité de toutes les autres erreurs que j'aurais pu commettre.

Chaque nouveau roman est un travail d'équipe, et celui-ci ne fait pas exception. Je tiens donc à remercier ma formidable éditrice, Ebba Östberg, ainsi que mon conseiller littéraire, John Häggblom, qui a également endossé le rôle de réviseur au moment de démêler certains nœuds. John, tu m'as sauvé la mise aux moments les plus critiques ! J'adresse aussi un chaleureux remerciement à ma brillante correctrice Yrsa Winbergh, qui s'est mobilisée au pied levé sur la dernière ligne droite.

C'est comme toujours un privilège de travailler aux côtés de Sofia Heurlin, qui est d'un professionnalisme hors pair, et de ses collaborateurs au sein de la maison d'édition Forum, ainsi qu'avec Elin Olsson de chez Micael Bindefeld AB et son adorable équipe de relations publiques.

Anna Frankl, tu es l'agente parfaite – merveilleuse à tous points de vue !

Un grand merci également à Joakim Hansson, à Sara Tiala et aux autres membres de l'agence Nordin !

Pour finir, *Pistes noires* n'aurait jamais vu le jour sans Lennart, mon mari adoré, qui s'est rendu disponible de jour comme de nuit après mon accident de ski. Des mois durant, il a cumulé les rôles d'infirmier, de chef cuisinier, de préposé aux courses et au changement de la litière du chat – et surtout aux tâches ménagères –, alors que j'étais clouée au lit, à peine capable de me traîner jusqu'à la salle de bains.

« Dans la joie comme dans la peine, ma chérie » : c'est la première chose qu'il m'ait dite à mon arrivée au centre médical d'Åre, où une ambulance venait de me conduire. « On va s'en sortir. »

Et c'est ce que nous avons fait, malgré les obstacles de cet hiver. Après trente-trois ans de mariage, je n'ai jamais été aussi heureuse que ce soit avec lui que j'aie choisi de partager ma vie.

Lennart, ce livre est pour toi !

Åre, août 2023
Viveca Sten

Composition Pixellence
Impression CPI Bussière en août 2025
Éditions Albin Michel
22, rue Huyghens, 75014 Paris
www.albin-michel.fr
ISBN : 978-2-226-49899-1
N° d'édition : 26183/01 – N° d'impression : 2085273
Dépôt légal : septembre 2025
Imprimé en France